Unterwegs
in die Welt von morgen

Unterwegs in die Welt von morgen

Utopische Geschichten
und Science-fiction-Romane

Verlag Das Beste
Stuttgart · Zürich · Wien

Die Texte in diesem Buch
erscheinen mit Genehmigung der Verleger

133

Printed in Germany
ISBN 3 87070 443 8

Illustrationen: Mike Knepper

Als der Himmel Feuer fing
von Ben Bova
Ins Deutsche übertragen von
Tony Westermayr

Erstes Buch

1

ALEC stand am Hauptfenster der Beobachtungskuppel und blickte über die aufgebrochene, rissige Wallebene zum kahlen Horizont.

Über den zusammengesunkenen Höhen des Ringgebirges leuchtete, sanft in der Schwärze schwebend, die blaue, buckelige Sichel der Erde. Sie glühte, fing das Licht der wieder still gewordenen Sonne mit Streifen von strahlendem Weiß, warf scharfe Schatten auf den zernarbten Mondboden.

Hinter sich hörte er eine leise Stimme:

„Da ist die ganze Schönheit
und die Wahrheit auch dazu.
Ich will fort von diesem traur'gen Menschen
und wieder in die Heimat meiner Jugend."

Alec drehte sich um und sah Dr. Lord, den Astronomen. Der alte Mann lächelte schwach; das Erdenlicht, das durch das Fenster drang, erfaßte seinen dünnen weißen Haarkranz und umgab ihn vor dem Dunkel des kaum erhellten Raumes wie mit einem Heiligenschein.

„Ich wußte gar nicht, daß Sie Dichter sind", sagte Alec.

Dr. Lords Stimme klang wie das Flüstern eines Sterbenden. „O ja. Damals, bevor der Himmel brannte, als es noch Mädchen gab, die man beeindrucken konnte, lernte ich stundenlang Gedichte auswendig. Mit Lyrik und Himmelsbeobachtungen zusammen hatte ich recht ordentliche Erfolge. Die ganze Nacht im Observatorium an der Arbeit, wissen Sie . . ., da bittet man schon mal ein Mädchen herüber, damit es einem

Gesellschaft leistet . . ." Er lachte leise über seine Erinnerungen.

„Hat die Ratssitzung schon angefangen?" fragte Alec.

„Ja, vor etwa zehn Minuten. Ihre Mutter sagte, die Abstimmung werde erst nach langer Debatte stattfinden und es schicke sich nicht, daß Sie dabei sind, während man zu entscheiden versucht."

Alec nickte. „Ich würde keinem Ratsmitglied zu nahe treten wollen."

„Nein, das wäre nicht ratsam", bestätigte Dr. Lord.

Alec drehte sich wieder um zum Fenster und dachte: Da ist die ganze Schönheit und die Wahrheit dazu . . . und noch viel mehr.

Dr. Lord trat neben Alec vor das Fenster. Alec konnte trotz der bewußt schwachen Beleuchtung in der Beobachtungskuppel ihre undeutlichen Spiegelbilder sehen. Lord war sehr alt und gebrechlich; die totenblasse Haut spannte sich wie uraltes, zerfallendes Pergament über seine Backenknochen. Er atmete durch den Mund, die Lippen weit geöffnet, so daß man große, nagetierartige Zähne sah, die erstaunlich kräftig und gesund in seinem vom Tod gezeichneten Gesicht standen.

Alec betrachtete sein eigenes Gesicht und fragte sich, wie es wohl aussehen würde, wenn er jemals Dr. Lords Alter erreichen sollte. Er war nur wenig größer als der alte Mann, nicht so groß wie sein Vater oder die meisten anderen Männer, die er kannte. Seine Gesichtszüge waren zart, beinahe feminin, und seine Haare kräuselten sich zu goldenen Löckchen, wie kurz er sie auch scheren mochte. Aber er hatte die dunklen, lauernden Augen seiner Mutter. Und um den Mund kleine, zornige Furchen. Fältchen der Anspannung. Haßfältchen.

„Ich war dabei, als es passierte", murmelte Dr. Lord. Er sprach mehr mit sich selbst als mit Alec.

Alec sagte nichts und hoffte, der Alte würde nicht seine ganze Litanei herunterbeten. Ein paar Augenblicke lang war nur das leise Summen der Ventilatoren zu hören.

„Wir hatten keine Ahnung . . ." Dr. Lord schien sogar jetzt noch, über fünfzig Jahre später, wie betäubt davon zu sein.

„Freilich, ein paar Theoretiker hatten davon gesprochen, daß die Sonne vielleicht alle zwanzig-, dreißigtausend Jahre eine wirklich große Fackel hinauszucken läßt . . ., aber die Theoretiker kamen dauernd mit unbeweisbaren Einfällen daher."

Er verstummte. Alec wollte den alten Mann schon bitten, sich verabschieden zu dürfen, als dieser weitersprach: „Als es geschah, war ich in Maine, im Moosehead Center, und überprüfte die neuen 50-m-Parabolspiegel . . ."

Erbost über sich selbst, jedoch ohne jetzt noch zu wagen, den alten Mann zu unterbrechen, starrte Alec auf die leuchtende Erdsichel hinaus. Er richtete seine Gedanken auf die Debatte, die im Moment im Rat stattfand. Er wußte, daß die Wahl zwischen Kobol und ihm fallen mußte. Kobol konnte für sich die Vorzüge von Alter und Erfahrung verbuchen und war persönlich nicht beteiligt. Als Ratsmitglied durfte er außerdem an der Diskussion teilnehmen, ohne Gefahr zu laufen, unhöflich zu sein. Alecs einzige Vorzüge waren seine Mutter und das Drängen, das ihn innerlich verzehrte.

„. . . flammte der Himmel auf. Im ersten Augenblick dachten wir, es wäre die Morgendämmerung, aber dazu war es zu früh. Und das Licht war zu grell. Der Himmel brannte. Es war so gleißend hell, daß man nicht hinsehen konnte. Der Wald rings um das Center, das Gras der Rasenflächen, die Gebäude selbst – alles ging in Flammen auf. Die ganze Welt brannte. Einige von uns hatten das Glück, noch in den Keller zu gelangen, hinter die Schutztüren, aber die meisten starben. Peterson, Harding, Sternbach . . ., die wunderschöne Robertson . . . Der Feuersturm tötete die meisten . . ., hätte noch mehr Opfer gefordert, wenn nicht die Regenfälle alles überflutet hätten. Feuer und Flut – Gottes Hände züchtigten uns. Wir dachten an einen Raketenangriff, aber so simpel war es nicht. Alles zerstört. Alles. Die Hand Gottes . . ."

Alec legte die Hand auf die zerbrechliche, knochige Schulter des alten Mannes. „Ist ja gut . . ., wir haben es geschafft, wir konnten überleben."

„Ja, ihr seid alle unter der Oberfläche gewesen", sagte Dr. Lord. Seine leise Stimme stockte, klang fast schluchzend.

„Aber ihr habt keine Ahnung . . ., keine Vorstellung . . ., die ganze Tagseite der Erde war verkohlt. Europa, Afrika, fast ganz Asien . . ., einfach zerstört. Schlagartig. Ganze Kontinente in Flammen. Es dauerte Jahre, bis wir die Sonne wiedersahen. Jahre! Die Wolken bedeckten den ganzen Himmel. Die Städte starben. Die Menschen verhungerten. Eine ganze Zivilisation unter dem brennenden Himmel vernichtet. Eine einzige Sonnenfackel, nur Augenblicke lang ein Teil der Sonnenenergie auf uns gezielt, und zehntausend Jahre Zivilisation gingen in Rauch auf."

„Aber wir überlebten hier. Wir fanden euch. Jetzt ist alles gut."

„Alles verbrannte. Der Himmel verbrannte. Kein Ort, wohin man sich wenden konnte, nichts."

Alec zog den alten Mann ganz sanft vom Fenster fort. „Kommen Sie, gehen wir in Ihr Quartier. Sie sind müde."

Dr. Lord ließ sich von Alec zur Rolltreppe führen. Die meiste Zeit blieb sie uneingeschaltet, und die Leute stiegen mit Muskelkraft hinauf und hinunter. Für den alten Mann drückte Alec jedoch den Einschaltknopf. Aus der Vertiefung unter der Treppe paffte der Geruch von Maschinenöl herauf, und ein Motor sprang heulend an. Die Stufen glitten an ihnen vorbei. Alec half dem alten Astronomen auf eine Stufe und stellte sich zu ihm. Wortlos fuhren sie fünf Etagen hinunter zur Wohnebene.

Er ließ den alten Mann an dessen Tür allein und ging durch den grob aus dem Gestein gehauenen Korridor zum Hauptplatz der Siedlung, wo sich auch der Sitzungssaal des Rates befand. Die Felswände des Flures trugen Rohrleitungen für Wasser, Strom und Wärme: die drei Grundbedürfnisse der Siedlung. An der Decke schimmerten Leuchtröhren, weniger für die Passanten als für das Gras gedacht, das am Boden wuchs.

Während er mit seinen Schuhen durch das dünne, Sauerstoff erzeugende Wachstum ging, fragte Alec sich, wie es auf der Erde sein mochte. Wie das wohl war, ohne Raumanzug ins Freie zu treten? Ob er Angst bekommen würde? Es gab Geschichten über

Menschen, die wahnsinnig geworden waren, draußen ohne Schutz. Und die Schwerkraft . . .

Kopfschüttelnd verbannte er all seine Sorgen und marschierte entschlossen auf den Sitzungssaal zu.

2

AUF DEM Hauptplatz drängte sich eine Menschenmenge. Alec hatte gewußt, daß sie kommen würden, aber trotzdem erschreckte es ihn, so viele Menschen auf einmal zu sehen, die durcheinanderwimmelten, nichts arbeiteten, einander beinahe wahllos berührten. Die große Hochkuppelhöhle summte von hunderterlei gedämpften Gesprächen.

Die doppelten Stahltüren der Ratskammer waren noch geschlossen. Niemand durfte hinein oder heraus, während der Rat tagte. Ursprünglich war der Versammlungsraum die einzige Höhle des ersten Mondstützpunktes unter dem Boden gewesen. Die Doppeltür war eigentlich eine Druckschleuse. Früher hatte sie in einen Schacht geführt, durch den die Oberfläche zu erreichen gewesen war.

Alec bewegte sich ziellos durch die Menge und achtete darauf, nicht berührt zu werden und niemanden zu berühren. Er war zu nervös gewesen, um in seine Unterkunft zurückzukehren und auf Nachricht vom Ergebnis der Abstimmung zu warten. Das Gedränge brachte ihn aber nur noch stärker aus der Fassung. Und er konnte erkennen, daß alle auf dieselbe Weise reagierten: Je mehr Menschen auf den Platz drängten, desto erregter wurde die Menge. Der Lärmpegel stieg unaufhörlich an.

Er kannte die meisten Leute natürlich beim Vornamen, war aber nicht in der Stimmung, sich zu unterhalten.

„Du machst den Eindruck, als ob du eine Erfrischung nötig hättest."

Die Stimme erschreckte Alec. Er drehte sich rasch um und sah Bill Lawrence, einen der besten Ingenieure der Siedlung, mit dem er befreundet war, seit er denken konnte. Die dichte schwarze Mähne kurz geschoren, den Bart säuberlich gestutzt, stellte Lawrence sich der Welt meist mit steifer Förmlichkeit. Seinen Freunden gegenüber verschwand diese Haltung jedoch zugunsten einer ungezwungenen Heiterkeit.

„Sehe ich so verkrampft aus?" fragte Alec und zwang sich ein Grinsen ab.

„Alle sind so verkrampft", gab Lawrence zurück. „Warum, glaubst du, versammeln sich die hier alle?" Er nahm Alec beim Arm – etwas, das nur bei Freunden erlaubt war – und führte ihn durch die wogende, plappernde Menge zurück zu den Bänken rund um die Zwergbäume an der Rückseite des Platzes. Dort saßen mehrere von Alecs Freunden und schlürften Getränke aus Plastikbechern.

Alec setzte sich zu ihnen und bedauerte im stillen wieder einmal, daß Lawrence durch seine spröden Knochen von der Erdmission ferngehalten wurde.

Lawrence gab ihm einen Becher. „Deitz hat das in seinem Chemielabor gebraut, zwischen den Experimenten mit Rattengift und Raketentreibstoff. Streng verboten, natürlich. Der Liter kostet fünfundzwanzig."

Alec trank vorsichtig einen Schluck. Die Flüssigkeit verbrannte ihm die Zunge. Er rang nach Luft. „Uäh . . ., wer kauft denn einen Liter von dem Zeug?"

„Niemand."

Alle lachten.

Zeke, ein rundlicher junger Mann, der wegen seiner goldenen Haare und seiner stets geschäftigen Art „Hummel" genannt wurde, sagte: „Wir zeigen Deitz an . . ., sobald wir das gesamte Beweismaterial getrunken haben."

Alec schüttelte den Kopf. „Bis dahin seid ihr längst alle tot." Er stellte den Becher neben sich auf die Bank.

„Fast unheimlich, wenn man sieht, wie sich hier alle zusammendrängen", meinte Joanna mit ihrer heiseren Stimme. Sie war hochgewachsen, langbeinig, schwarzhaarig, russischer Abstammung.

Alec nickte. „Ist denn heute überhaupt keiner auf seinem Posten?"

Lawrence, der noch stand, blickte auf das Gedränge. „Nur diejenigen, die nicht anders können. Alle anderen haben ihre Arbeit einfach im Stich gelassen und sind hergekommen."

„Ich verstehe das nicht", sagte Alec. Es war wirklich erschreckend.

„Kobols Leute machten einen kleinen Vorbeimarsch, kurz bevor du gekommen bist", sagte Zeke, die Hummel. „Alle Bergarbeiter und Techniker. Es sei eine spontane Demonstration, hieß es."

„Ein Vorbeimarsch! Ohne Erlaubnis?"

Lawrence nickte grimmig.

„Zuerst lassen sie ihre Arbeit liegen, dann demonstrieren sie ohne Genehmigung des Rats." Alecs Stimme klang entsetzt, sogar in seinen eigenen Ohren.

„Kobol will die Expedition zur Erde anführen", sagte Joanna.

„Nein, das ist es nicht allein", verbesserte Lawrence. „Es geht um die Beherrschung des Rats. Wenn Kobol sich durchsetzt, führt er die Expedition an und übernimmt nach seiner Rückkehr das Kommando im Rat. Deine Mutter kämpft dort um ihren Vorsitz."

„Kobol kann sich gegen sie nicht durchsetzen", knurrte Alec.

„Wenn er mit dem spaltbaren Material von der Erde zurückkommt, wird er ein Vertrauensvotum verlangen, und Lisa wird zurücktreten müssen", erklärte Lawrence.

„Deshalb ist es so wichtig, daß du die Expedition leitest", fügte Zeke ergänzend hinzu. „Ich jedenfalls will nicht, daß die Bergarbeiter und Techniker an die Macht kommen. Innerhalb von zehn Jahren wären wir übervölkert und niedergetrampelt. Kobols Leute scheinen einfach nicht zu begreifen, daß man schneller Menschen machen als neuen Ackerboden schaffen kann."

„Kobol wird die Expedition nicht anführen", erklärte Alec mit Bestimmtheit. „Und die Herrschaft im Rat wird er auch nicht übernehmen."

„Wer sagt das?" schrie eine neue Stimme. Ein älterer Mann stand zwischen Alecs Bank und der benachbarten. Er war groß und breit, hatte eine zottige Mähne und trug den feuerroten Overall eines Eisschürfers.

„Es ist unhöflich, ein Privatgespräch zu unterbrechen", erwiderte Alec mit Bedacht, da er sah, daß einige andere Bergleute und Techniker sich um die Bank versammelt hatten.

„Oohh!" Der Schürfer spitzte die Lippen. „Unhöflich dürfen wir freilich nicht sein, wie? Sonst bekommen die zarten Nachkommen der Wissenschaftler vielleicht einen Ausschlag."

Lawrence legte die Hand auf Alecs Schulter. „Kümmere dich nicht um sie."

Alec wandte sich mühsam wieder seinen Freunden zu.

„Kobol wird hier endlich Ordnung schaffen", erklärte der Eisschürfer laut. „Er wird es euch Süßen mit euren Bruchknochen schon zeigen. Die Siedlung wird dann von den Starken beherrscht. Ihr Vögel drückt den ganzen Tag nur Knöpfe, während wir uns für euch abrackern. Da wird sich allerhand ändern."

Alec rang um seine Beherrschung und stand auf. „Gehen wir", sagte er leise. „Sogar die Höflichkeit hat ihre Grenzen."

Der Schürfer trat jedoch rasch vor die Bank und stellte sich Alec in den Weg. Grinsend stemmte er die Fäuste in die Hüften. Er war einen Kopf größer als Alec und strotzte vor Kraft und Selbstsicherheit. „He, reg dich nicht auf. Ich wollte dich nicht zum Weinen bringen."

Alec funkelte ihn an.

„Eigentlich sollte ich dir ja viel Glück für die Abstimmung im Rat wünschen", fuhr der Schürfer gutmütig fort. „Du wirst es brauchen." Er legte den Kopf zurück und lachte; die anderen Bergleute und Techniker stimmten in sein Gelächter ein.

Alec spürte, wie Lawrence seinen Arm packte und ihn fortzuzerren versuchte.

„Komm schon, Alec. Du bringst dich nur selbst in Verlegenheit, wenn du ihm zuhörst."

„He, wartet mal", fuhr der Schürfer fort. „Paß auf, Kleiner. Ich würde selber für dich stimmen, wenn ich im Rat säße."

Alec blinzelte.

„Aber sicher! Das würde ich tun. Immer vorausgesetzt, ich bekäme dieselben Anreize geboten wie die anderen Männer im Rat . . ."

Alec spürte, wie eine Welle heißer Wut in ihm aufstieg und in ihm den Platz für etwas räumte, das viel kälter war als Mondeis. Er befreite seinen Arm aus Lawrences' Griff. „Was für Anreize?" fragte er so leise, daß man es kaum hören konnte.

„Frag mal deine Mama, Kleiner." Der Schürfer grinste breit. Ein Großteil der Menge auf dem Platz war herangeströmt.

Alec trat einen Schritt auf ihn zu.

„Was 'n los, Kleiner? Sie hat's für dich schon mit der Hälfte vom Rat getrieben, warum nicht auch mal mit richtigen Männern?"

Alec zielte auf die Kehle des Sprechers. Der Schürfer hob abwehrend die Hände, und Alec prallte mit ihm zusammen. Sie stürzten gemeinsam über die Rückenlehne der Steinbank. Irgend jemand kreischte, Stimmen gellten, aber das war alles ganz weit weg. Alec fühlte den harten Aufprall auf den grasbewachsenen Boden durch den muskulösen Körper des Schürfers.

Der Bergmann war groß und wendig, seine Hände waren hart, er hatte große Kräfte. Aber er war nicht wie Alec seit Monaten jeden Tag viele Stunden in der Erdzentrifuge gewesen. Alec raffte sich auf, fuhr herum und sah den Bergmann erst halb aufgerichtet, die Knie gebeugt, eine Hand affenartig am Boden.

Der Bergmann blickte zu ihm auf und grinste. „Hab schon gehört, daß du jähzornig bist, Kleiner. Jetzt wirst du mal sehen, was dich das kostet." Er richtete sich langsam auf. Alec blieb bewegungslos stehen. Er bemerkte, daß sie zwischen den Bänken standen und wenig Bewegungsfreiheit blieb. Alle seine Nerven in ihm, alle Muskeln fieberten vor Wut und Erwartung. Aber er hielt sie im Zaum und wartete.

Der Bergmann überragte Alec. Er machte eine leichte Bewegung nach rechts, um anzutäuschen, aber Alec ging nicht darauf ein. Eine Finte nach links, doch Alec reagierte immer noch nicht. Dann schoß der Bergmann eine Gerade auf Alecs Kopf ab.

Alec duckte sich, trat dem Mann ans Knie, hieb mit der Handkante auf die Nierengegend und ließ die andere in das

Gesicht des Gegners schnellen. Er traf die Nase. Blut spritzte, als der Bergmann an die Steinbank prallte.

Das blutverschmierte Gesicht des Bergmanns verriet völlige Überraschung. Das Grinsen war verschwunden. Er schob sich auf alle viere, um wieder aufzustehen, aber das verletzte Knie ließ es nicht zu. Er sank erneut zu Boden, auf das Gesicht.

Alec starrte die Gesichter in der Runde an.

„Hat sonst noch jemand was zu sagen?"

Lawrence trat heran. „Komm, es ist vorüber. Gehen wir."

Alec ließ sich von seinen Freunden durch die schweigende Menge führen, während sich die Begleiter des Bergmannes über diesen beugten.

Sie landeten in der Unterkunft, die Alec mit seiner Mutter bewohnte. Der Reihe nach zogen sich dann seine Freunde zurück, nur Joanna blieb noch.

Gemeinsam tranken sie gesetzlich erlaubten Alkohol aus dem kostbaren Vorrat, der jedes Jahr aus den nicht mehr verwendbaren Abfällen der Farmen künstlich hergestellt wurde.

„Weißt du", meinte Joanna, „ich finde, daß das Rattengift von Deitz besser schmeckt."

Alec gab einen Knurrlaut von sich. „Wie kannst du das überhaupt feststellen? Das Zeug brennt dir doch die Geschmacksknospen von der Zunge."

Sie saß neben Alec auf dem gepolsterten Sofa, die Füße angezogen. Die Möbel waren aus Mondstein hergestellt, dem Material, das es am häufigsten gab, und waren mit Schaumpolstern ausgekleidet. Das Zimmer war nach Mondmaßstäben geräumig, groß genug für einen großen Sichtschirm an einer Wand, zwei Stühle und einen niedrigen Steintisch vor dem Sofa. An den anderen Wänden hingen Bilder. Die Deckentafeln verstrahlten sanftes Licht aus Leuchtröhren.

„Ja, stark ist das Zeug." Joanna lächelte ihn an. „Ich hatte übrigens keine Ahnung, daß du so kräftig bist . . . Du bist mit dem Bergmann umgesprungen wie mit einer Spielzeugfigur."

Alec zuckte die Achseln. „Verbring so viele Stunden in der Zentrifuge wie ich, und du bist auch kräftig."

„Du hängst dich wirklich rein", sagte sie leise.

Darauf wußte er keine Antwort. Joanna starrte ihn an, ihre eisblauen Augen waren ein seltsamer Gegensatz zu ihren langen schwarzen Haaren. „Interessiert dich denn außer der Expedition zur Erde gar nichts?“ fragte sie mit schwachem Lächeln.

„Mich interessiert vieles, aber an erster Stelle steht die Expedition“, gab er zurück.

„Oh. Ich verstehe.“

Ihre verdammten Spiele, dachte Alec. Vor allem an sich selbst denken. Aber er wußte, daß er sich ebenfalls an dieses Spiel hielt.

„Das Leben der ganzen Siedlung hängt von der Mission ab“, sagte er. „Wenn wir das spaltbare Material nicht bekommen, geraten wir in Schwierigkeiten, die nicht mehr zu beheben sind – und zwar bald!“

Sie nickte versonnen. „Und deshalb bist du so . . . unzugänglich gewesen?“

„Ich war im Training. Sich der vollen Erdenschwere zu stellen, heißt, sechsmal sein Normalgewicht zu schleppen. Dazu Unterricht in militärischer Taktik, in Logistik, die vielen Planungen . . .“

„Damit befaßt du dich schon seit unserer Kinderzeit“, sagte Joanna.

„Seit zehn Jahren“, bestätigte er. „Seit mein Vater auf die Erde ging.“

Sie wollte darauf etwas sagen, aber er wechselte sofort das Thema.

„Hast du gewußt, daß der Rat meinen Expeditionsplan angenommen hat? Ich habe ihn mit dem alten Colonel Dunn ausgearbeitet, in sämtlichen Einzelheiten: Leute und Ausrüstung, Zeitabläufe – alles. Der Rat hat ihn Kobols Plan vorgezogen.“

„Nein, das wußte ich nicht. Das ist . . . großartig.“ Aber ihre Stimme klang tonlos und gleichgültig.

„Ich habe sogar die alten Magnetbänder über Erdmeteorologie studiert . . ., Niederschläge, Temperaturveränderungen und dergleichen.“

„Aber was ist mit *dir?*“ fragte Joanna. „Was willst du aus alledem herausholen?“

„Ich?" fragte er betroffen. „Ich will die Expedition leiten." Natürlich steckte mehr dahinter, doch das ging sie nichts an.

„Aber warum? Was ist der Grund . . ., dein eigener, ganz persönlicher Beweggrund?"

Alec antwortete nicht. Er konnte nicht.

Joanna wirkte ungeduldig. Sie drehte sich zu ihm herum, kniete nieder, hockte sich auf die Fersen. „Also ist es wegen deines Vaters oder deswegen, weil du deine Mutter als Vorsitzende im Rat halten willst? Oder was ist es?"

Er schob sich weg von ihr. „Es ist nicht für meine Mutter und ganz bestimmt nicht für meinen Vater. Es ist für mich. Ich gehe, weil ich gehen will."

„Es macht dir Spaß, dein Leben aufs Spiel zu setzen."

„Du sollst nicht so persönlich werden!" fauchte er. „Das ist nicht höflich."

Sie preßte entschlossen die Lippen zusammen. „Alec, hör auf mit dem Quatsch von der Höflichkeit. Wir kennen uns, seit wir ganz klein waren, und ich will wissen, warum du so darauf erpicht bist, dein Leben zu riskieren. Mich erschreckt das."

„Ich bin für die Aufgabe am besten geeignet. Niemand in der ganzen Siedlung, von Kobol an abwärts, hat sich bei allen körperlichen und geistigen Prüfungsaufgaben so gut gehalten wie ich. Ich mache gern das, wofür ich ausgebildet worden bin."

„Und ausgebildet hat *sie* dich", sagte Joanna. „Sie hat dich einer Gehirnwäsche unterzogen."

Alec sprang auf. „Es ist besser, wenn du gehst. Entweder du willst nicht verstehen, oder du kannst es nicht!"

„Nein, Alec! Keines von beidem. Ich verstehe schon . . ., sogar besser als du. Ich möchte, daß du dein eigenes Leben lebst, nicht das ihre. Warum mußt du dich für ihre Laufbahn, ihre Rache wegwerfen?"

„Geh endlich!" schrie Alec.

Joanna stand bedrückt auf und ging zur Tür. Sie öffnete sie, drehte aber den Kopf kurz zu Alec herum. „Du armer Narr", murmelte sie. Dann ging sie.

ER WAR schon fast eingeschlafen, als seine Mutter endlich nach Hause kam. Nachdem Joanna das Zimmer verlassen hatte, war er eine Weile zornig auf und ab gegangen, hatte schließlich die Kochnische betreten und etwas zu essen versucht. Die kalten Reste der Mahlzeit lagen noch auf der Anrichte neben dem Mikrowellenherd. Er wartete darauf, daß sie anrief, und wanderte unaufhörlich durch die aus drei Räumen bestehende Wohnung. Dann ging er in seine eigene Kammer, setzte sich auf die Koje und starrte die Kunststoffverschalung an den Wänden der von Menschenhand herausgehauenen Höhle an, die handgewebten Behänge, die den Wassertank und die Brennstoffzelle verbargen. Er knipste das Licht aus und ließ sich auf die Luftmatratze zurückfallen, sank langsam in sie hinein, während sie unter ihm seufzte. Dann versuchte er, seine Gedanken abzuschalten, leer zu werden, ein Nichts, eine Null. Er schloß die Augen. Aber er sah das feixende Gesicht des Eisschürfers vor sich und dann das Gesicht seines Vaters.

„Schläfst du?"

Alec riß die Augen auf. Seine Mutter stand in der Tür, umrahmt vom Licht aus dem Wohnzimmer.

„Nein." Er hob die Hand und schaltete das Licht an. Sie wirkte müde. Alec beobachtete sie, während sie von der Tür zum Stuhl am Bett ging, und konnte begreifen, warum alle Männer in der Siedlung sie begehrten. Lisa Ducharme Morgan war hochgewachsen, biegsam, von dunkelhaariger Schönheit. Aber sie war eine kalte Schönheit, eine ferne Diana oder Artemis, wie geschaffen für die Aufgabe der Führerschaft in diesem winzigen Treibhaus verpflanzter Menschheit im kalten, sterilen Mondgestein.

„Ich habe von deiner Schlägerei gehört", sagte sie halblaut. „Was wolltest du beweisen?"

„Daß du keine Hure bist", erwiderte er und bedauerte es sofort.

Aber sie zuckte nicht mit der Wimper. „Ach, das schon wieder. Noch eine Kleinigkeit, die wir deinem Vater verdanken."

„Der Rat hat nicht abgestimmt?" fragte Alec.

„Nein." Sie schüttelte müde den Kopf. „Die Debatte zieht sich hin. Kobols Leute versuchen es mit allen Tricks – sie behaupten sogar, du wärst seelisch zu labil, um die Expedition zu führen. Es sollte mich wundern, wenn die Schlägerei nicht bewußt inszeniert war."

Alec dachte kurz nach. „Das könnte sein", gab er zu.

Sie beugte sich vor, plötzlich angespannt. „Kannst du denn nicht begreifen, wie wichtig es für dich ist, daß du dich beherrschst? Du hast heute gegen alle Regeln des Zusammenlebens verstoßen, die wir haben; was glaubst du, wie der Rat darauf reagieren wird? Spar dir deine Wut für den wahren Feind auf, sonst machst du für uns beide alles kaputt."

Mit Mühe behielt Alec seine Stimme in der Gewalt. „Ich will nur wissen, wann der Rat abstimmt und ob ich Sieger bleiben werde oder nicht."

Sie starrte ihren Sohn lange an. Alec blickte unverwandt in die endlos tiefen, unendlich dunklen Augen. Seine eigenen Augen.

„Abgestimmt wird morgen vormittag. Ich glaube, du wirst gewinnen."

„Dann gehe ich zur Erde."

„Ja. Genau wie dein Vater", antwortete sie voll Bitterkeit.

3

DIE ZERSTÖRUNG der Erde war nicht vollständig gewesen. Selbst eine totale Novaexplosion der Sonne hätte die Festmasse der Erde nicht vernichten können.

Und so gnadenlos war die Sonne nicht gewesen. Sie hatte lediglich eine Fackel hinausgeschleudert. Allerdings eine sehr große Strahlung und energetische Plasmateilchen dieser Fackel hatten die Tagseite der irdischen Lufthülle so aufgeheizt, daß fast alles Brennbare schlagartig in Flammen aufging. Auf dem halben Planeten brannten Wälder, Grasland, sogar Städte. Es dauerte Monate, bis die Brände gänzlich erloschen, Jahre, bis der Rauch sich endlich verzog. Aber das war nur die erste, augenblickliche Auswirkung.

Am schlimmsten waren die Stürme. Bis zu einem gewissen Grad linderten sie die Hitze der Brände, aber über den ganzen Planeten tobende Orkane und Tornados mit glutheißem Regen und Winden von nahezu Schallgeschwindigkeit peitschten die gesamte Erdoberfläche. Sturmfluten brachen über die meisten Küstenstädte herein und ertränkten fast alle Einwohner, die noch am Leben waren. Ganze Wälder wurden umgeblasen, gesunde Bäume ebenso wie verkohlte Stümpfe. Nicht nur Menschen starben, das ganze Leben auf dem Land wurde dezimiert und auch ein Großteil des Lebens im Meer.

Von jeder Gattung überlebten einige Exemplare. Sogar ein paar Menschen. Und das trotz der Tatsache, daß sie in den ersten panischen Augenblicken der Todesqual ihres Planeten Raketen aufeinander abschossen. Und trotz der Tatsache, daß sie die gepeinigte Atmosphäre mit radioaktiver Strahlung, tödlichen Viren und Giftgasen verseuchten. Trotz alledem überlebten einige Menschen.

Auf dem Mond erging es der Menschheit viel besser.

Schon tief unter dem Boden eingegraben, um die alltägliche Rauheit der lunaren Umwelt zu überleben, verspürten die Mondsiedler von der Sonnenfackel kaum eine Wirkung. Ihre wissenschaftlichen Instrumente spielten natürlich verrückt. Viele ihrer Anlagen an der Oberfläche stellten ihre Arbeit einfach ein und waren nie mehr zu gebrauchen. Die paar Dutzend Menschen, die auf der Mondoberfläche überrascht wurden, als die Sonnenfackel ihren Achtminutensprung von der Photosphäre zum Krater Alphonsus machte, starben blitzschnell und beinahe schmerzlos.

Die Mondsiedlung überlebte. Sie war fast autark und produzierte schon seit Jahren genug Nahrung, um alle Bewohner zu versorgen. Ab und zu wurden Delikatessen noch immer von der Erde heraufgebracht: Melonen, Fisch und dergleichen. Die Mondkolonie brachte aber ihre eigenen Grundnahrungsmittel hervor und verfügte sogar über eine kleine Ranch mit Ziegen und Schweinen.

Die Siedlung importierte zunächst fast alle Medikamente von der Erde, und in den ersten zehn Jahren nach der Katastrophe wüteten Epidemien unter der Mondbevölkerung. Aber das Wissen war in den Köpfen der Überlebenden vorhanden, und bei der ersten Expedition zurück zur ausgebrannten Erde suchten die Forscher vom Mond die Pflanzen, die als Grundlage für viele Medikamente dienten. Innerhalb einer Generation lernte man, die Pflanzen für die meisten erforderlichen Medikamente zu züchten oder die Arzneien künstlich herzustellen.

Der Schlüssel zur Autarkie der Siedlung war die Schmelzhütte, in der Mondgestein durch Blitze von Menschenhand in gasförmige Elemente verwandelt wurde: Sauerstoff, Wasserstoff, Stickstoff, Silizium, Kalium, Kohlenstoff und andere lebensnotwendige Stoffe. Die Schmelzhütte brauchte elektrischen Strom, und zwar in großen Mengen. Diese Energie wurde von Atomreaktoren geliefert.

Und das war der Punkt, in dem die Mondsiedlung nicht autark war. Für die Reaktoren benötigte man spaltbares Material, Uran und Thorium, aus dem die Schnellen Brüter hochklassigen atomaren Brennstoff herstellen konnten. Nur geringe Mengen von Uran und Thorium waren hierfür erforderlich. Alle zehn Jahre eine Expedition zur Erde mußte eigentlich genügen.

Das hatte auch genügt. Bis vor zehn Jahren.

ALEC schnellte am nächsten Morgen aus dem Schlaf hoch wie beim plötzlichen Schritt aus der Dunkelheit in das grelle Sonnenlicht oben auf der Oberfläche. Er nahm rasch ein Trockenbad und zog einen schwarzen Trikotanzug über seinen schlanken Körper.

Seine Mutter war schon angekleidet und erwartete ihn im Wohnraum. Sie gab ihm eine Tasse Sojatrank. „Ich habe beschlossen, dich zur Ratssitzung mitzunehmen."

Er trank einen Schluck von der brühheißen Flüssigkeit. „Kobol wird auch dasein?"

„Versteht sich."

Alec sah ihr zu, als sie ihr dichtgewelltes schwarzes Haar vor dem einzigen Spiegel aufsteckte. Der Anzug, den sie trug, war streng geschnitten, vom hohen Kragen bis zu der weiten Hose.

Aber trotzdem – wenn sie die Hände so über den Kopf hob . . ., wenn sie ging und rhythmisch die Hüften bewegte . . . Alec hörte wieder die geflüsterten Gerüchte und die höhnenden Zurufe aus seiner Kindheit. Er spürte, wie sein Gesicht glühte und seine Lippen sich grimmig zusammenpreßten.

Lisa drehte sich herum. „Du brauchst nicht so verkrampft zu sein. Ich habe dir gesagt, du wirst die Abstimmung gewinnen. So kommt es auch. Gehen wir."

Der Sitzungssaal war bewußt streng gehalten. Die Felswände waren nackt und unbehauen, rohes Gestein wie an dem Tag, als man die Höhle aus dem jungfräulichen Mondgestein gesprengt hatte. Es gab keinerlei Schmuck. Außer dem runden Tisch mit den Stühlen und einem tragbaren Bildschirm in der Ecke gegenüber den Doppeltüren enthielt der Raum überhaupt nichts.

Die meisten Ratsmitglieder saßen bereits am Tisch. Lisa rauschte majestätisch herein, reichte den Männern neben ihrem Platz die Hand, lächelte die anderen zur Begrüßung an. Sie ließ zu, daß Alec ihr den Stuhl hinschob, dann wies sie ihm einen Stuhl fast genau gegenüber zu, der schon für ihn bereitgestellt war.

„Ich hoffe, es stört Sie nicht, daß ich Alec heute eingeladen habe", sagte sie liebenswürdig zu den anderen. „Ich danke für die mir erwiesene Höflichkeit."

Alec unterdrückte ein Lächeln, als er sich setzte. Es war nicht höflich, die eigene Stellung auszunutzen, um einen persönlichen Vorteil zu erlangen, aber es wäre noch unhöflicher gewesen, wenn ein anderes Ratsmitglied Einwände erhoben hätte. Aber wie würde sich das auf die Abstimmung auswirken?

Mehrere Ratsmitglieder nickten Alec zu. Er kannte sie natürlich alle. Neun Männer, sechs Frauen. Aber drei Männer fehlten noch: Kobol und seine engsten Verbündeten.

„Das ist der Stuhl, auf dem Ihr Vater saß", bemerkte der dicke alte Tölpel neben Alec. „Wir haben ihn für Sie aufgehoben. Vielleicht werden Sie in ein paar Jahren den Rat durch Ihre Mitgliedschaft bereichern."

Alec nickte knapp. Er wollte lieber nichts dazu sagen.

Kobol traf endlich ein, und die Gespräche am Tisch verstummten. Flankiert von seinen beiden Gefolgsleuten, blieb er einen Augenblick an der Tür stehen und starrte Lisa an. Sie erwiderte seinen Blick. Dann schaute er zur Seite, und er nahm seinen Platz ein.

Alec beobachtete ihn. Er wußte, daß Kobol den Rat unter seine Gewalt bringen, daß er über die ganze Mondsiedlung herrschen wollte, daß es ihn aber vor allem nach Lisa gelüstete. Alec verspürte einen ganz besonderen Haß auf ihn.

Kobol war so alt wie Lisa. Groß und hager, mit einem knochigen, beinahe totenschädelhaften Gesicht, dessen markante tiefliegende Augen unter den schwarzen buschigen Brauen fast nicht zu erkennen waren. Große, vorstehende Zähne. Ein Schnauzbart, zum einen, um zu zeigen, daß er fürs Rasieren kein zusätzliches Wasser vergeudete, zum anderen aber auch, um davon abzulenken, daß er eine Glatze bekam. Soviel stand jedenfalls für Alec fest.

Kobol zog seinen Stuhl an den Tisch heran. „Entschuldigen Sie die Verspätung", sagte er mit seiner dünnen, nasalen Stimme. „Fangen wir an."

Lisa zeigte ein schwaches Lächeln. „Wir nehmen die unterbrochene Sitzung vom vierten September wieder auf", sprach sie in das Mikrofon, das mit dem zentralen Computerspeicher verbunden war. „Die dem Rat vorgelegte Frage lautet: Wer soll die bevorstehende Expedition zur Erde leiten? Die Kandidaten sind Ratsmitglied Martin Kobol und Bürger Alexander Morgan. Die Argumente sind vorgebracht worden. Am Schluß der gestrigen Sitzung wurde ein Antrag auf namentliche Abstimmung zurückgestellt." Sie sah sich in der Runde um. „Gibt es noch Fragen, bevor wir über den Antrag abstimmen?"

„Ich habe eine Frage!" rief einer von Kobols Anhängern mit Stentorstimme, ein sehr kleiner, bärtiger Mann mit den vorquellenden Augen des Schilddrüsenkranken.

„Ratsmitglied Le Strande", sagte Lisa gelassen und erteilte ihm damit das Wort.

Der kleine Mann schob den Stuhl zurück und stand auf. Er

zeigte auf Alec. „Bürger Morgan ist ein sehr begabter und tüchtiger Mann. Darin sind sich alle einig. Doch er ist sehr *jung*. Vielleicht zu jung, um eine Expedition von derart kritischer Bedeutung zu führen . . ."

„Aber die Shorter-Expedition von –" rief jemand.

Le Strande schnitt ihm mit einer herrischen Geste das Wort ab. „Vergeuden wir nicht unsere Zeit mit Diskussionen über frühere Expeditionen. Manche sind erfolgreich gewesen, andere völlig gescheitert. Ich könnte darauf hinweisen, daß Morgans eigener Vater die Verantwortung für die allerkatastrophalste von sämtlichen Expeditionen trägt, die direkte Ursache für die Krise, in der wir jetzt stecken."

„Sie wollen doch gewiß nicht behaupten", sagte Lisa mit eisiger und messerscharfer Stimme, „daß das Vorgehen meines damaligen Mannes meinen Sohn davon ausschließen soll, seine rechtmäßigen Pflichten als Bürger zu übernehmen?"

„Keineswegs", gab Le Strande gewandt zurück, „aber der Rat muß berücksichtigen, daß jedes Handeln eine Ursache hat. Wir leiden an einem kritischen Mangel an spaltbarem Material. Warum? Weil wir fast unsere ganzen Reserven verbraucht haben. Warum? Weil unsere letzte Expedition vor zehn Jahren keinerlei spaltbares Material zurückbrachte. Warum? Weil Douglas Morgan es ablehnte, von der Erde zurückzukehren. Er lehnte es rundweg ab! Und wir haben zehn Jahre lang krampfhaft und höflich diskutiert, was wir tun sollten, während unsere Energiereserven schrumpften."

Die Ratsmitglieder nickten und murmelten zustimmend.

„Morgan sitzt immer noch da unten, verwandelt sich in eine Art Barbarenherrscher und dreht uns eine lange Nase." Le Strandes Stimme wurde lauter und hallte von den Gesteinswanden wider. „Er weiß, wie dringend wir das spaltbare Material brauchen. Er weiß, daß wir sterben müssen, wenn wir es nicht bekommen. Aber stört ihn das?"

„Nein!" riefen mehrere Räte.

„Und nun sollen wir der Anregung seiner Frau folgen und seinen Balg hinunterschicken? Damit er uns hilft, das Herzblut zu holen, das wir brauchen? Oder damit er Douglas Morgans

Pläne fördert, auf der Erde ein Reich zu errichten, das uns zuletzt alle ums Leben bringen wird?"

Mehrere Ratsmitglieder erhoben sich, hieben mit den Fäusten auf die Tischplatte und bekundeten lärmend ihre Zustimmung zu Le Strandes Attacke. Kobol hatte sich zurückgelehnt, zupfte lässig an seinem Ohrläppchen, schwieg und blickte unergründlich unter den buschigen Brauen hervor.

Alec loderte vor Zorn. Er umklammerte die Armlehnen des Sessels, innerlich angespannt. Am liebsten wäre er aufgesprungen und hätte die anderen niedergeschrien, aber dann sah er das Gesicht seiner Mutter.

Sie saß stumm und regungslos da, eine Eiskönigin, und wartete, bis die Narren sich heiser geschrien hatten. Nur ihre Augen waren lebendig. Sie gleißten vor Wut.

Das Geschrei der Räte sank zu stockendem Gemurmel herab und verstummte ganz. Im Saal wurde es totenstill.

Dann sagte Lisa mit einer Stimme, die zu verstehen Alec sich anstrengen mußte: „Ratsmitglied Le Strande, Ihre Sorge um unsere Zukunft hat Sie über die Grenzen der Höflichkeit und des gesunden Menschenverstandes hinausschießen lassen. Sie glauben doch gewiß nicht, daß die Sünden des Vaters den Sohn – und auch die Ehefrau besudeln?"

Le Strande blinzelte mit seinen wässerigen Froschaugen.

„Ich, ähem . . ., ich wollte nur, daß der Rat, ähem, alle Fakten bedenkt."

„Einschließlich der Tatsache", erwiderte sie mit plötzlich vibrierender Stimme, „daß ich einen Ehemann verloren habe. Einschließlich der Tatsache, daß mein einziges Kind ohne Vater aufgezogen wurde und alle die Schmähungen und krankhaften kleinen Anspielungen spürt, die Sie so unbekümmert angesprochen haben. Einschließlich der Tatsache, daß mein Sohn sich freiwillig erboten hat, diese gefährliche Expedition zu leiten, damit er den gemein denkenden und engstirnigen Narren in dieser Siedlung beweisen kann, daß er eine eigenständige Persönlichkeit ist, nicht ein Duplikat seines Verräters von Vater. Beziehen Sie diese Tatsache in Ihre Überlegungen ein, Ratsmitglieder. Alle miteinander!"

Sie sanken, wie von der Kraft in Lisas Worten gestoßen, auf ihre Stühle zurück. Le Strande starrte auf die Tischplatte. Kobol lächelte und schlug die Beine übereinander.

„Frau Vorsitzende!" rief ein weißhaariger Rat zwei Plätze neben Lisa.

Sie nickte ihm zu.

„Ich bedaure, daß die Debatte ein schlimmes Maß an Unhöflichkeit erreicht hat", sagte er. „Durch den Ausbruch ist jedoch eine kritische Frage angesprochen worden. Douglas Morgan hat Verrat an uns begangen. Es gibt kein anderes Wort für sein Verhalten, obwohl ich ihn an dem Tag, an dem er zur Erde flog, zu meinen engsten Freunden gezählt habe. Die Frage ist also: Warum hat er etwas so Schreckliches getan? Gibt es in seiner Psyche einen Faktor, der zu verborgen ist, als daß unsere Tests ihn vorher hätten aufdecken können? Und – verzeihen Sie, aber ich muß das fragen – hat sein Sohn diesen Faktor geerbt?"

Bevor irgend jemand antworten, bevor er selbst nachdenken konnte, war Alec aufgesprungen. Er beherrschte sich nur mit Mühe. „Ich denke nicht daran, hier zu sitzen und zuzuhören, wie über meine Mutter und mich gesprochen wird, als wären wir Versuchsexemplare im Biolabor."

Der Rat rechts neben ihm griff nach seinem Arm, aber Alec riß sich los und ging um den Tisch herum auf den weißhaarigen Mann zu. „Seit ich mich freiwillig zu dieser Expedition gemeldet habe, bin ich allen körperlichen und geistigen Tests unterworfen worden, die den Medizinern eingefallen sind. Die Unterlagen darüber stehen zur allergründlichsten Durchsicht zur Verfügung. Und ich weiß, daß Sie sich ausführlich damit beschäftigt haben . . ." Er blieb am Stuhl des alten Mannes stehen, der den Kopf heben mußte, um Alec anzusehen. Alec ergriff die Rückenlehne mit den Händen. „Haben Sie die Unterlagen über mich studiert?" fragte er.

„Nun . . . ähm . . . ja . . ."

„Gibt es irgendeinen Hinweis auf Unausgeglichenheiten gleich welcher Art?" Alec entdeckte, daß tief in seinem Inneren der Zorn von einer anderen Empfindung verdrängt wurde –

eigentlich nicht von Freude, sondern von einem Kitzel, einer Erregung, dem Prickeln der *Macht.*

„Nein ..., die Ärzte haben Ihnen die besten Noten gegeben ..."

„So ist es." Alec ließ den Blick durch die Runde gehen. „Ich weiß, daß ich jung bin. Ich weiß, daß mein Vater uns alle im Stich gelassen hat – aber niemanden so sehr wie meine Mutter und mich. Und ich weiß auch, daß ich bei jedem Test, von psychologischer Assoziation bis zu schwerer Artillerie, besser abgeschnitten habe als jeder andere Bürger der Siedlung. Wenn ich Kobol hieße oder Le Strande oder Nickerson, dann hätten Sie keine Sekunde gezögert, mich als den Leiter der Expedition zu bestätigen. Das ist die Wahrheit, und wir wissen es alle!"

„Du hast nicht das Wort", sagte Lisa zu ihm. „Entschuldige dich, und geh an deinen Platz zurück." Aber ihr Blick war liebevoll.

Er lächelte seine Mutter an. „Entschuldige. Ich bitte den Rat um Nachsicht."

Eine der Rätinnen, beinahe so jung wie Alec, bat ums Wort.

„Rätin Dortman", sagte Lisa.

Sylvia Dortman hatte Alecs Nominierung mit Nachdruck unterstützt und war eine von Lisas zuverlässigsten Verbündeten. Nun wirkte sie jedoch beunruhigt. „Es hat keinen Sinn, das Problem unbeachtet lassen zu wollen, das die meisten Ratsmitglieder bedrückt", sagte sie. „Und dieses Problem ist schlicht die Frage des Vertrauens. Wir haben darauf vertraut, daß Douglas Morgan zur Erde fliegen und uns das spaltbare Material bringen würde, das wir für die Konverteranlagen brauchen. Er hat uns im Stich gelassen, und zwar ganz bewußt. Können wir auf seinen Sohn vertrauen?" Bevor jemand antworten konnte, hob sie die Hand. „Ich stelle nicht Alexander Morgans Loyalität oder Entschlußkraft in Frage. Ich zweifle nicht an seinen körperlichen oder geistigen Fähigkeiten, diese Expedition zu führen. Ich ziehe nicht einmal seine Absichten in Zweifel. Aber die grundsätzliche Sorge bleibt. Sein Vater war genauso tüchtig und geachtet und beliebt wie Alec – sogar noch mehr. Und Douglas wurde trotzdem zum Verräter. Wir wissen nicht, warum. Und ebensowenig wissen wir, was Alec tun wird, wenn er die Erde erreicht hat."

Geraume Zeit blieb es still. Alle Ratsmitglieder wandten sich Lisa zu und warteten auf ihre Reaktion. Alec blieb sitzen wie die anderen und starrte seine Mutter an.

Schließlich sagte sie ganz leise: „Wir hören Wiederholungen früherer Diskussionen. Der Antrag, über die Frage abzustimmen, ist gestellt. Wer unterstützt ihn?"

„Eine Frage, bitte." Wieder war es Le Strande. Lisa nickte ihm zu. „Ich schlage vor, daß wir statt namentlich geheim abstimmen, um eine völlig freie Entscheidung zu gewährleisten."

Die meisten Räte stimmten zu. Der Antrag wurde unterstützt.

„Also gut", sagte Lisa. Sie hatte die Augen geschlossen, und ihre Stimme klang unendlich müde. „Stimmen wir ab."

Warum? wütete Alec stumm. Warum jetzt abstimmen, bevor diese unsinnigen Argumente widerlegt sind? Dann sah er den vernichtenden Blick, den Lisa auf Sylvia Dortman richtete, und begriff schlagartig. Sie will abstimmen lassen, solange wir noch eine Mehrheit haben. Sie fürchtet, daß unser Rückhalt abbröckelt.

Die Räte stimmten ab, indem sie den entsprechenden Knopf drückten, der auf der kleinen Tafel an jedem Platz in den Tisch eingelassen war. Die Stimmabgabe wurde vom Computer registriert und auf dem Bildschirm angezeigt. Fünfzehn Ratsmitglieder, acht Stimmen waren zur Mehrheit nötig.

Der Bildschirm flackerte und leuchtete auf: RATSABSTIMMUNG: MORGAN, SECHS STIMMEN. KOBOL, VIER STIMMEN. STIMMENTHALTUNGEN, FÜNF.

Alec, der sich im Sessel verdreht hatte, um den Bildschirm ablesen zu können, spürte zum erstenmal Angst. Fünf Stimmenthaltungen! Sie konnten Kobol den Zuschlag bringen. Nur vier brauchten sich anders zu entscheiden!

„Ein zweiter Wahlgang ist nötig", sagte Lisa.

„Frau Vorsitzende."

Es war Kobol. Er hatte, wie die Schicklichkeit es verlangte, während der Debatte geschwiegen. Nun stand er auf, ein schlaksiges Auseinanderklappen von Knien und Ellenbogen.

„Der Verlauf der Debatte hat mich davon überzeugt, daß jede weitere Diskussion den Rat hoffnungslos spalten und Gegensätze aufreißen könnte, die über Jahre hinweg nicht zu heilen wären. Ich glaube, im Interesse von Frieden und Einheit ist die Zeit reif für einen Kompromiß."

„Woran denken Sie?" fragte Lisa.

Kobol lächelte und entblößte seine Zähne. „Wenn wir uns nur die verschiedenen psychischen und physischen Tests ansehen, denen wir alle unterworfen worden sind, ist klar, daß Alec am besten geeignet ist, die Expedition zu leiten. Aber die Frage nach Vertrauen – oder eigentlich nach Schuld – ist nun einmal aufgeworfen worden."

Alec entdeckte, daß er den Blick von Kobols Gesicht nicht losreißen konnte. Hinter der Maske, die Kobol trug, ging etwas vor.

„Niemand wünscht sich sehnlicher, die Expedition anzuführen, als ich. Ich glaube, ich würde meine Sache gut machen. Ich bin einer der wenigen Männer, die von der letzten Expedition zurückgekommen sind. Mit leeren Händen, gewiß, aber wenigstens holten wir uns die Fährrakete zurück. Ich weiß, daß ich jeden Widerstand brechen könnte, der uns auf der Erde erwarten mag – selbst den von Douglas Morgan und seiner Barbarenarmee . . ."

Ein verständnisvoller Seufzer ging um den Tisch.

„Aber ich weiß auch, daß es für unsere Siedlung nicht wiedergutzumachenden Schaden bedeuten könnte, wollte ich darauf bestehen, daß ich die Expediton anführe", fuhr Kobol fort. „Freund gegen Freund, Eifersucht und Haß anstelle von Harmonie und Zusammenarbeit."

Worauf will er hinaus? dachte Alec gequält.

„Ich möchte deshalb meine Kandidatur für das Expeditionskommando zurückziehen . . ."

Die Ratsmitglieder ächzten im Chor auf.

„. . . vorausgesetzt, daß ich als stellvertretender Leiter unter Alec benannt werde."

Alec kam sich vor, als wäre er auf einen Berggipfel geschoben und hinuntergestoßen worden.

Der ganze Rat wirkte wie betäubt, aber man erholte sich rasch, man murmelte, nickte mit den Köpfen, tauschte Blicke. Kobol setzte sich, während die anderen durcheinanderredeten. Lisa rief den Rat zur Ordnung.

Le Strande bat ums Wort. „Ich habe in diesem Rat noch nie einen so großzügigen und uneigennützigen Vorschlag gehört. Ich schlage vor, daß wir Alexander Morgan zum Leiter der Erdexpedition bestellen und Martin Kobol zu seinem Stellvertreter – und zwar einstimmig!"

Alle waren einverstanden. Die eigentliche Abstimmung war nur noch eine Formalität.

Lächelnd, erleichtert, erfreut darüber, daß ein Ausweg aus der Sackgasse gefunden worden war, verließen die Ratsmitglieder den Saal. Jeder drückte Alec die Hand – ebenso Kobol. Alec stand neben seinem Stuhl, innerlich noch immer aufgewühlt, bis außer ihm, seiner Mutter und Kobol niemand mehr im Raum war.

Lisa stand hinter ihrem Sessel, und Alec hatte den Eindruck, daß sie ihn als Schild gebrauchte, um sich vor Kobol zu schützen. „Also", rief sie ihm zu, „haben Sie erreicht, was Sie wollten?"

Kobol grinste und ging auf sie zu. „Noch nicht ganz, aber es ist ein Schritt in die richtige Richtung."

Alec ging um den Tisch herum auf seine Mutter zu.

„Martin, ich möchte Ihnen . . . danken", sagte sie zu Kobol. „Es war viel Vernunft und innere Güte nötig, um diesen Kompromiß vorzuschlagen."

„Ich bin immer bereit, mich mit der Hälfte zufriedenzugeben, wenn ich das Ganze nicht bekommen kann."

Alec trat zu Lisa, aber sie blieb Kobol zugewandt, der nun ebenfalls herangekommen war. Er stand nur wenige Schritte entfernt, fast in Reichweite.

„Sie sind immer noch entschlossen, den Rat zu beherrschen, nicht wahr, Martin?" fragte sie.

„Den Rat – und alle, die dazugehören."

„Und Sie glauben, daß Sie die Expedition dazu benutzen können, um Ihre Stellung zu verbessern", sagte Alec.

„Versteht sich", erwiderte der andere. „Warum wollen *Sie* um jeden Preis die Expedition anführen? Wenn Sie lebend zurückkommen, werden Sie selbst Ratskandidat sein. Eines Tages werden Sie versuchen, den Platz Ihrer Mutter als Ratschef einzunehmen." Kobol wandte sich wieder Lisa zu und fuhr fort: „Aber bis dahin werde *ich* der Kopf hier sein, und Sie werden Ihre Befehle von mir entgegennehmen."

„Sie träumen", sagte sie, aber Alec sah, daß sie den Blick nicht von Kobols Gesicht gelöst hatte.

Er erwiderte, immer noch grinsend: „Manchmal werden Träume wahr. Sie haben große Träume geträumt, weiß Gott. Und nun wird einer davon wahr. Ihr Sohn wird den Verrat Ihres Mannes rächen. Den Namen der Familie reinwaschen. Ihre Macht im Rat bewahren."

Nun streckte Lisa doch den Arm nach Alec aus. Er ergriff ihre Hand, und sie zog ihn zu sich heran.

„Das ist wahr", flüsterte sie; es war ein leises, atemloses Zischen für Kobol. „Alec wird Größe erreichen. Und Sie können ihn nicht aufhalten."

„Aufhalten?" Kobol lachte leise in sich hinein. „Ich werde ihm helfen. Ich habe mich freiwillig unter seinen Befehl gestellt, wenn Sie sich erinnern."

„Ja", sagte sie.

Einen nervenzerrenden Augenblick lang standen sie alle drei wie erstarrt: Alec neben seiner Mutter, Kobol den beiden gegenüber. Alec sah, daß die Blicke des älteren Mannes und seiner Mutter sich ineinander verfingen. Kobols Augen waren wie immer unergründlich. Aber der Blick seiner Mutter: Ihre Augen funkelten mit einem Licht, das Alec dort noch nie gesehen hatte, etwas, das jenseits von Angst oder Bösartigkeit lag, das viel stärker war als Haß.

Schließlich trat Kobol einen Schritt zurück. Mit einem gemurmelten „Wenn Sie mich entschuldigen . . ." ging er zur Tür.

Als diese sich hinter ihm geschlossen hatte, wandte Lisa sich ihrem Sohn zu. „Er wird versuchen, dich zu ruinieren, deine Autorität zu untergraben, vielleicht sogar die Mission scheitern zu lassen."

„Ich weiß", sagte Alec. „Er wird versuchen, mich umzubringen."

Sie umklammerte seinen Arm und zog ihn an sich. Alec schlang die Arme um ihre Hüften und ließ zu, daß sie ihren Kopf an seine Schulter preßte.

„Nein, nein, das darf er nicht . . ., das kann er nicht." Sie hob den Kopf und sah Alec an. In ihren Augen standen Tränen. „Ich hätte nicht so drängen dürfen. Ich hätte dich nicht zwingen sollen . . ."

„Du hast mich zu nichts gezwungen."

Sie schloß kurz die Augen. „Alec, du bist immer noch ein Kind. Du verstehst nichts von alledem. Ich kann dich beeinflussen, die Ratsmitglieder, alle . . ." Sie blickte zur Tür. „Fast alle."

„Mit Kobol werde ich fertig", behauptete Alec störrisch.

„Wirklich? Wirst du wissen, was zu tun ist, wenn die Zeit kommt?"

„Ja." Er war jetzt innerlich völlig ruhig. „Wenn die Zeit kommt, werde ich ihn töten."

„Nein! Dazu darf es nicht kommen", sagte sie plötzlich angstvoll. „Du verstehst diese Dinge nicht. Wenn es zur Gewalt kommt, wird er dich töten. Er wird zuschlagen, wenn du es am wenigsten erwartest. Er kann eine Million Kilometer entfernt sein und wird dich doch erreichen. Es darf nicht zur Gewalt kommen, sonst bist am Ende du tot."

Alec machte sich los von ihr. „Ich kann schon auf mich aufpassen. Mit ihm werde ich fertig. Und für dich kann ich auch sorgen."

„Und was ist mit deinem Vater?"

Die alte, Übelkeit erregende Flut von Haß wogte wieder in ihm hoch. „Mit dem werde ich auch fertig."

„Er wird sich auf die Suche nach dir machen, sobald er erfährt, daß eine Expedition auf der Erde ist."

„Laß ihn. Wenn er es nicht tut, suche ich ihn."

„Und wenn ihr zwei euch findet . . .?"

Alec hatte die Fäuste so fest geballt, daß seine Fingernägel in die Handflächen schnitten. „Wenn ich ihn finde, bringe ich ihn um."

Lisa Ducharme Morgan lächelte. „Sag es noch einmal", bat sie leise.

„Ich bringe ihn um", wiederholte Alec. „Für alles, was er dir angetan hat, Mutter. Ich werde ihn finden, und dann bringe ich ihn um."

4

DIE SATELLITENSTATION rotierte gleichmäßig mit einem g. Alec hatte in den letzten fünf Jahren täglich mindestens eine Stunde in der großen Zentrifuge der Siedlung verbracht und dabei das Sechsfache seines Normalgewichts verspürt. Seine Erdgenen entstammenden Muskeln hatten sich der vollen 1-g-Belastung stets ohne Klagen angepaßt.

Aber hier im Satelliten machte er sich nach fast einem ganzen Monat sechsfacher Mondschwere nun doch Sorgen. Er erwachte morgens müde und mit Schmerzen am ganzen Körper. Sein Rücken tat weh, ein dumpfer Schmerz von der Art, die nie ganz vergeht. Sein Pulsschlag hämmerte nach der kleinsten Anstrengung in den Ohren, etwa wenn er vom Schlafdeck zum Beobachtungsstand hinaufkletterte. Der Stand lag wenigstens in der Null-g-Nabe der Satellitenstation. Alec nahm sich vor, dort nicht zuviel Zeit zu verbringen.

Kobol war schon da, als Alec den Kopf durch die Luke im Boden der kleinen Kuppel schob. Der Ältere saß an einer der Aussichtsluken, den Sicherheitsgürtel locker um die Hüften gelegt, und starrte gebannt durch eines der stummelartigen Teleskope.

Der Beobachtungsstand besaß vier solche Luken, in gleichmäßigen Abständen rundum verteilt. Fast die ganze Bodenfläche wurde von einer hufeisenförmigen Anordnung von Steuerkonsolen und Sichtschirmen eingenommen. Eine dreiköpfige Beobachtermannschaft kontrollierte die unbemannten Sensoren zur Überwachung der Erde.

Alec schwebte durch die Luke sanft hinauf. Als seine dünnbeschuhten Füße den nackten Metallboden berührten, bückte er sich langsam und schloß den Lukendeckel. Dadurch wurde er ein wenig abgetrieben. Er berührte das hintere Ende des Konsolen-Hufeisens, stieß sich ab und näherte sich halb schwebend, halb gehend einem freien Sichtfenster. Die Art der Bewegung erinnerte ihn an die Eisläufer, die er im Bergwerk im Mare Imbrium gesehen hatte.

Der Anblick der nahen Erde ließ noch immer seinen Atem stocken. Eine riesige blaue Kugel, changierend in verschiedenen Farben, mit Streifen von blendendem Weiß, zeigte sogar verschiedene Beschaffenheit, während sie an seinem Fenster vorbeiglitt. Sie ist so ungeheuer groß, dachte Alec. Und so . . . lebendig.

„Das ist die Ostküste von Nordamerika“, drang Kobols Stimme zu ihm herüber, wie ein altes Holzblasinstrument im oberen Register, zu verfeinert, um unhöflich zu sein, aber doch herablassend, gelangweilt von der Notwendigkeit, Tieferstehenden alles erklären zu müssen.

„Ich weiß“, knurrte Alec. „Und unser Hauptziel –“

„Blicken Sie durch Skop drei“, sagte Kobol. „Ich habe es an meines angeschlossen.“

Alec setzte sich federleicht auf den Drehsessel und beugte sich über das kleine Teleskop zu seiner Rechten.

„Wolken . . .“, murmelte Kobol.

Durch eine Lücke im Weiß erhaschte Alec einen Blick auf braune und grüne Kräuselungen, die wie alte Lavaströme am Rand eines Ringgebirges aussahen. Aber diese Rundrippen waren rasiermesserscharfe Grate, Hunderte von Metern hoch. Jedenfalls hatte man ihm das erzählt.

„Da . . ., in der Lichtung . . .“

Alec sah etwas Graues, einen etwas helleren Umriß von der Form eines schrägen X.

„Das ist der Flughafen“, sagte Kobol, als die Wolken sich wieder über die Stelle schoben. Alec wandte sich vom Teleskop ab und blickte zu Kobol hinüber, der weitersprach: „Die Oak-Ridge-Anlage ist nur wenige Kilometer vom Flughafen entfernt. Wenn sie noch intakt ist, finden wir dort sowohl weiterverarbeitetes als auch rohes spaltbares Material – genug für mindestens hundert Jahre."

Alec nickte, stand auf und schwebte zu den Monitorkonsolen. „Tut sich in der Gegend irgend etwas?" fragte er den jungen Mann, der in der Mitte saß.

Dieser drehte sich herum und sah Alec an. „Nicht viel . . ., jedenfalls nichts, was wir auffangen könnten. Natürlich keine Fahrzeuge. Keine Feuer oder Anzeichen von Leben, das würden die Infrarotgeräte feststellen. Aber das Gebiet ist stark bewaldet – die Bäume haben sich nach den Feuerstürmen wieder gut erholt. Ich glaube nicht, daß wir Menschen in kleiner Zahl bemerken würden, die dort unterwegs wären."

Alec blickte auf die über fünfzig Bildschirme, die an den gewölbten Konsolen blinkten und leuchteten. Die beiden anderen Beobachter paßten konzentriert auf, berührten Tasten, machten Notizen.

„Wir sind stark genug, um mit kleinen Gruppen fertig zu werden", sagte Alec. „Achtet mit euren Sensoren nur auf große Trupps."

Der Junge lächelte. „Jawohl, Sir, machen wir."

Ein Junge. Alec wandte sich ab. Er ist nur ein Jahr jünger als ich, dachte er. Aber ich habe jetzt das Kommando und muß deshalb auf Befehl des Rats respektiert werden.

Dann sah er, daß Kobol, dessen Miene hinter Brauen und Schnauzbart unergründlich war, ihn beobachtete. Alec wandte sich ab, erreichte die Luke und begab sich wieder hinab in den Wohn- und Arbeitsbereich.

Schnelligkeit. Schnelligkeit und Feuerkraft. Darauf würde es ankommen. Alec legte sich auf seine Koje und verfolgte die Magnetaufzeichnungen an seinem Sichtschirm. Seine Zelle war nicht größer oder besser eingerichtet als die irgendeines anderen – ein nackter, enger Raum mit Koje, Schreibplatte, Stuhl und Sichtschirm.

Wir müssen hinein und wieder hinaus, bevor jemand

bemerkt, daß wir gelandet sind, sagte sich Alec. Er wußte, daß seine fünfzig Mann, bewaffnet mit Automatikgewehren und Lasern, mit jedem Pöbelhaufen von Barbaren fertig werden konnten, auf den sie stoßen mochten. Aber die Beobachter hatten gelegentlich größere Gruppen gesehen, die besser organisiert waren und auf den zerfallenden alten Autostraßen marschierten. Manche zu Pferd. Hier und da sogar ein paar mechanische Fahrzeuge.

Wenn Oak Ridge nun verteidigt wird? fragte sich Alec. Douglas kannte den Wert des spaltbaren Materials. Er mochte versuchen, sie der Expedition vom Mond vorzuenthalten.

Warum?

Alec bewegte unbehaglich die Schultern. Das Laken unter ihm war zerknittert und bohrte sich unangenehm in seine nackte Haut.

Warum macht er das? dachte er. Warum ist er nicht zu uns zurückgekommen? Warum versucht er uns alle umzubringen?

Dann kam ihm ein neuer Gedanke. Was ist, wenn er nicht in Erscheinung tritt?

Darauf war er vorher noch nie gekommen.

Was, wenn ich zu wählen habe zwischen der Rückkehr zum Mond und der Möglichkeit, ihn zu finden?

Er lag da und verfolgte, wie die gebirgige Landschaft Tennessees an ihm vorüberzog.

„Schnelligkeit und Feuerkraft", sagte er laut, bemüht, sich auf die Mission zu konzentrieren. „Für die Schnelligkeit kommt es auf das Gelände an. Hinein und hinaus, bevor sie merken, daß du da bist."

Wenn du das machst, findest du ihn nie, schoß es ihm durch den Kopf.

Zornig streckte Alec die Hand aus und schaltete das Sichtgerät ab.

BESPRECHUNGEN. Gymnastik. Untersuchungen. Training. Die Tage in der Satellitenstation verschwammen zu einem unaufhörlichen Ablauf automatischer Routinetätigkeiten. Am Morgen Besprechungen zur Taktik. Körperliche Ertüchtigung, die zumeist darin bestand, daß man eine Stunde lang durch den Zentralkorridor des Satelliten lief. Dann medizinische Untersuchungen. Nach dem Mittagessen Ausbildung: Waffen, Nachrichtenverbindungen, Nahkampf.

„Sie nehmen ab."

Es war eine Ärztin, eine gutaussehende Frau. Alec hatte miterlebt, daß mehrere Männer sich bei ihr blamiert hatten, weil sie bestrebt gewesen waren, sie zu beeindrucken. Sie war groß und kräftig, mit breitem, slawischem Gesicht und starkknochigem Körper, den sie eisern in Form hielt. Ihr weißer Overall spannte sich über ihrem Busen und den Hüften.

„Das gehört dazu", sagte Alec. „Bald werde ich graue Haare bekommen."

Sie befanden sich in der winzigen Nische neben dem Untersuchungsabteil. Den größten Teil davon nahm die automatisierte Diagnosezelle mit ihren Instrumenten und dem Computerterminal ein. Alec saß ihr an dem winzigen Schreibtisch gegenüber und begriff, warum die Männer hinter ihr her waren. Aber sie sah ihn mit sorgenvoller, unverhüllter Aufrichtigkeit an.

„Was beschäftigt Sie?"

Sie, hätte er am liebsten gesagt, erwiderte aber: „Ich bin verantwortlich für das Leben von fünfzig Männern, die mit mir da hinuntergehen. Und für das Leben der gesamten Siedlung, wenn wir das spaltbare Material nicht zurückbringen."

„Sie haben diese Verantwortung selbst gesucht."

„Dadurch wird sie nicht leichter."

Sie löste endlich den Blick von ihm und richtete ihn auf den Datensichtschirm an der Wand.

„Ich glaube, Sie reden Unsinn", sagte sie gelassen. „Entweder wollen Sie mir etwas vormachen, oder Sie machen sich selbst etwas vor."

Alec brach in Gelächter aus.

„Das finden Sie komisch?"

„Klar, wieso nicht?"

Sie schob offenkundig verärgert die Lippen vor.

„Hören Sie", sagte Alec, „äh . . ., wie heißen Sie überhaupt mit Vornamen?"

„Lenore."
„Lenore?"
„Wie bei Edgar Allan Poe."
„Was?"
„Lassen Sie nur. Darf ich Sie dann Alexander nennen statt Commander Morgan?"
„Alec."
Sie lächelte immer noch nicht. „Also gut, Alec. Sie verlieren Gewicht und werden nicht grauhaarig. Worauf führen Sie diesen medizinischen Vorgang zurück?"
„Sind Sie nicht nur Ärztin, sondern auch Psychiaterin?"
„Nein. Bitte beantworten Sie meine Frage."
Alec lehnte sich auf dem Stuhl zurück. „Die Antwort ist – ich weiß es nicht."
„Ich glaube, Sie wissen es doch."
Ohne die Stimme zu heben, sagte Alec: „Was Sie glauben, ist mir eigentlich egal."
Nun lächelte sie. Aber nicht freundlich. „Sollte es aber nicht sein. Weil Sie nicht zur Erde gehen, bis ich davon überzeugt bin, daß Ihre körperliche Verfassung es erlaubt."
Alec starrte sie an und spürte, wie die Hitze in ihm aufstieg. „Die Tyrannei der Ärzte."
Sie zog die Schultern hoch. Wider Willen fand Alec die Bewegung reizvoll.
Einen langen Augenblick saßen sie da und versuchten einander mit Blicken zu durchbohren. Dann meinte sie: „Soll ich Ihnen sagen, was ich vermute?"
„Warum nicht?" Alec bemühte sich um Beiläufigkeit, fühlte aber, wie seine Fäuste sich unter dem Tisch ballten.
„Sie schlafen nicht gut, Sie essen nicht richtig. Sie sind gereizt, launisch, nervös."
„Sind das Vermutungen?"
„Nein", sagte sie leichthin. „Das ist Beobachtung. Jetzt kommt die Vermutung. Der Grund für Ihren Zustand ist der: Sie haben Angst."
Alec kämpfte den Drang nieder, aufzustehen und wegzugehen. Trotzdem spürte er, wie ihm das Blut ins Gesicht schoß.

„Nicht im Sinn körperlicher Feigheit“, fügte Lenore schnell hinzu. „Sie haben sich hier bei Erdenschwere herumgeschleppt und fühlen sich miserabel wie wir alle. Aber Sie machen sich Gedanken darüber, was Sie auf der Erde werden leisten können. Sie wissen von der dichten Atmosphäre, von der Hitze, der schrecklichen Feuchtigkeit. Das macht Ihnen Sorgen. Sie haben zuviel Phantasie. Wie Lord Jim.“

„Wer ist das?“

„Mein Gott! Lesen Sie denn gar nichts?“

„Sicher – Militärgeschichte, Taktik. Geographie . . .“

„Ihr Problem ist, daß Sie sich nicht entspannen können“, sagte Lenore kopfschüttelnd.

„Und das Rezept?“ fragte er, während er aufstand.

„Ach ja“, meinte sie und lächelte diesmal richtig. „Heute abend serviere ich Ihnen ein besonderes Abendessen. In meiner Kabine. Zwanzig Uhr. Kommen Sie. Das ist eine ärztliche Anordnung.“

Alec grinste sie an. „Die Tyrannei der Ärzte.“

LENORE machte wirklich etwas Besonderes. Zu zwei Normtabletts aus der Kombüse gab sie irgendwelche Gewürze, stellte eine köstliche Sauce für das Sojafleisch her und sogar eine goldene Flüssigkeit, die beinahe wie Mondbrandy schmeckte.

„Ich habe Kombüse und Medikamentenschrank beraubt“, gab sie zu.

Sie saß auf der Koje. Alec hatte den einzigen Stuhl bekommen. Lenore trug kurze Hosen und ein Pullover-Oberteil, die übliche Freizeitbekleidung. Sie füllte alles großartig aus.

„Ihr Rezept gefällt mir“, sagte Alec. Er sprach langsam und mit Bedacht, so stark war der Brandy. „Ich habe mich seit Monaten nicht mehr so wohl gefühlt.“

„Die Behandlung fängt erst an“, sagte sie und klopfte mit den Fingerspitzen auf das Bett.

Alec nahm sein Glas mit.

„Fühlen Sie sich gut?“ fragte sie.

Er nickte. „Vielleicht zu gut.“

„Was heißt das?"
„Ich will mit dir schlafen."
„Tja, warum nicht?" sagte sie.
„Ich bin nicht sicher, ob ich das wirklich tun sollte."
„Du hast Angst, ich hätte dich bewußt hergelockt . . ., dich heimlich beeinflußt?" Sie lächelte.
„Nein, das nicht . . ."
„So war es aber", sagte Lenore. „Ich habe das schon seit Tagen geplant."
„Wirklich?" In einem Winkel von Alecs Hirn sagte eine Stimme, daß ihn das eigentlich beunruhigen sollte, aber die Stimme kam von weit her, und er beachtete sie nicht.
Lenore nickte. „Schon von dem Augenblick an, als ich sah, wie verkrampft du geworden bist."
„Oh! Habe ich deine mütterlichen Instinkte geweckt?"
„Nicht direkt . . ., warum sagst du das?"
Alec zuckte die Achseln. „Weiß nicht. Was?" Er leerte sein Glas und griff nach der Flasche auf dem kleinen Tisch.
Aber sie fragte: „Mit wie vielen Frauen hast du schon geschlafen?"
Er packte die Flasche. „Mit Tausenden. Zu Hause im Schreibtisch hatte ich eine Liste, aber sie wurde zu lang. Mußte die Namen in den Computer eingeben."
„Na komm, im Ernst." Sie hielt ihm ihr Glas hin, und er schenkte nach. Die Flüssigkeit rann bei 1 g so schnell, daß der kleine Plastikbecher überfloß und Brandy auf ihr nacktes Bein tropfte.
„He!"
„Verdammt! Entschuldige . . ." Alec stellte die Flasche hin und griff nach einer Serviette. Er tupfte den Brandy von ihrem Bein.
„Das ist schön", sagte Lenore leise.
Bald darauf küßten sie einander, aber die warnende Stimme in Alecs Gehirn verstummte nicht. „Warum wolltest du wissen, mit wie vielen Mädchen ich geschlafen habe?"
„Hmmmm?" murmelte sie. Dann bog sie sich ein wenig zurück. „Ach . . ., das war nur berufliche Neugier."

„Beruflich?“

„Medizinisch“, sagte sie. „Psychologisch.“

„Du sagtest doch, du seist keine Psychiaterin?“

„Bin ich auch nicht . . ., aber es ist trotzdem interessant, wie sehr Menschen von Menschen angezogen werden, die sie an ihre Eltern erinnern.“

Er löste sich ganz von ihr. „Du hast mit meiner Mutter nicht die geringste Ähnlichkeit.“

Lenore lächelte. „Und du keine mit meinem Vater. Aber du hast dieselbe liebe, irgendwie scheue Art des Staunens. Und ich neige zur Angriffslust . . .“

„Das ist Quatsch!“

„Na, na! Habe ich einen wunden Punkt getroffen?“ Sie wirkte sehr belustigt. „Hättest *du* mich zum Essen zu dir eingeladen? Wäre *dir* das überhaupt in den Sinn gekommen?“

„Hm . . ., vielleicht nicht. Ich habe an dich gedacht, aber . . . du warst so beschäftigt.“

„Ich bin, seit wir hier sind, in der Station mit niemandem ins Bett gegangen“, sagte Lenore. „Glaubst du mir das? Sechs Frauen und achtzig Männer, ich darf jeden Mann mindestens zweimal in der Woche abtasten . . ., und ich habe auf dich gewartet.“

Alec wußte nicht, was er sagen sollte.

„Ich habe sogar Martin abgewiesen. Zweimal.“

Der Alarm schrillte in seinem Kopf. „Kobol?“

Sie nickte. „Zweimal.“

„Warum sagst du ‚sogar‘?“ fragte Alec scharf.

Sie zog die Schultern hoch. „Ich weiß nicht. Vielleicht, weil er aufregend ist. Schwarzhaarig und geheimnisvoll. Todernst. Er hat mich vor dir gewarnt . . .“ Sie schien dem Kichern nahe zu sein.

„Vor mir?“

„Ja. Er sagte, du hättest kein Interesse.“

„Hat er das?“ Alec spürte, wie die Wut in ihm hochquoll. „Was hat er noch gesagt?“

Lenore sah ihn prüfend an. „Nichts“, antwortete sie leise. „Sonst hat er nichts gesagt . . .“

„Nein?" Alec packte ihren Arm. „Er hat nicht gesagt, daß ich einen klassischen Ödipuskomplex habe? Er hat dir nicht erzählt, daß ich's gerne mit meiner Mutter treiben möchte?"

„Nein . . . Alec . . ." Ihre Augen waren groß und ängstlich geworden.

Alec warf den Becher auf den Boden und stand auf. „Ich weiß nicht, was du für ein Spiel treibst, aber du kannst Kobol oder jedem anderen sagen, daß ich vor nichts Angst habe. Ich bin nicht schwach und habe keine Angst! Vor nichts!" Er drehte sich um und griff nach dem Türöffner. Sie saß zusammengekauert in der Kojenecke.

„Alec . . ., was habe ich . . ."

Eine Hand an der Tür, sagte er: „Wer weiß, vielleicht hat Kobol dich dazu angestiftet – um festzustellen, ob ich überhaupt ein Mann bin!"

„Bist du einer?"

Plötzlich hätte er am liebsten zugeschlagen, mit den Fäusten ihr Gesicht bearbeitet, sie erdrosselt. Statt dessen packte er sie, zog sie vom Bett, riß ihr die Kleidung vom Leib. Sie stöhnte, dann schlug sie zu. Aber der Schlag war ungeschickt; die zerfetzte Kleidung, die noch an ihren Armen hing, behinderte sie. Sie rangen miteinander. Sie war kräftig, aber er war von mörderischer Wut erfüllt. Er riß ihr den Rest der Kleidung herunter und stieß sie auf das Bett. Als sie aufzustehen versuchte, schlug er mit dem Handrücken in ihr Gesicht.

Sie fiel zurück auf das Bett, dann griff sie nach der Flasche auf dem Tisch. Inzwischen hatte Alec den Reißverschluß seiner Kombination aufgerissen. Er stieß die Flasche weg, drehte Lenore auf den Rücken und stürzte sich auf sie. Sie fauchte ihn mit gebleckten Zähnen an: „Ich beiß dir den Pimmel ab!"

„Versuch es."

Sie wehrte sich noch, dann gab sie es auf, ihn wegschieben zu wollen. „Warte . . ., warte . . ., laß mich wenigstens . . ."

Aber er explodierte in ihr und stand von der Koje auf.

„Sag Kobol, daß ich noch nicht tot bin", erklärte er.

Und ließ sie liegen.

5

„UND ICH sage, wir gehen jetzt!"

Sie saßen in der kleinen Messe der Satellitenstation, die gleichzeitig als Besprechungsraum diente. Der enge Raum mit den Metallwänden konnte nur vier Tische aufnehmen. Zu dieser Nachtzeit waren die drei anderen unbesetzt.

Mit Alec saßen Kobol, Ron Jameson und Bernard Harvey am Tisch. Jameson war einer der wenigen echten Militärs der Siedlung, ein Fachmann für Waffen und Taktik. Er diente der Expedition als Chefadjutant des Kommandeurs, war der Mann, der Strategie in Befehle für die Truppen übersetzte. Er sah auch soldatisch aus: hochgewachsen, schlank, mit den scharfen grauen Augen eines Jagdfalken. Einer, der kaum je in Panik geriet. Harvey war Ratsmitglied und sollte zur Siedlung zurückkehren, sobald die Truppe auf der Erde gelandet war. Er war klein und rundlich und begann kahl zu werden.

„Aber der Plan sieht vor, daß Sie erst in drei Wochen abrücken", wandte Harvey ein.

Kobol legte vor seinem Gesicht die Fingerspitzen aneinander und verdeckte damit seinen Mund. „Da sind die Frühlingsregenfälle vorbei, und der Boden ist ausgetrocknet. Man wird an Land viel leichter vorwärts kommen."

„Wenn wir auf dem Flugplatz landen, brauchen wir nur ein paar Kil auf befestigter Straße zurückzulegen", sagte Alec. „Wir können über Nacht hin und wieder zurück."

„Aber Ihr eigener Aktionsplan . . ."

„Ron, was sagen die Piloten?" erkundigte sich Alec bei Jameson.

„Sie würden den Flughafen vorziehen", erwiderte Jameson auf seine bedächtige Weise. „Wir hielten bei jedem Überflug die Vergrößerungsteleskope auf den Flugplatz gerichtet, wie Sie vorgeschlagen hatten. Für beide Fähren ist genug Platz. Die Rollbahnen befinden sich in elender Verfassung, sind aber immer noch besser als eine Landung im freien Gelände."

„Die Fähren sind auf dem Flugfeld die reinen Schießscheiben", wandte Kobol ein. „Wenn die Einheimischen angreifen, treffen sie die als erstes."

„Irgendwelche Anzeichen für Barbarenbanden rund um das Flugfeld?"

Jameson schüttelte den Kopf.

Alec klopfte mit dem Zeigefinger auf die Tischplatte, um seine Worte zu unterstreichen. „Die Frühlingsregenstürme halten die Einheimischen in ihren Löchern fest und hindern sie daran, unterwegs zu sein", sagte er. „In drei Wochen wimmeln vielleicht die Wälder von ihnen, und wir müßten uns nach Oak Ridge durchkämpfen und wieder zurück. Im Augenblick können von den Bewohnern nur diejenigen dasein, die in der Nähe hausen, und die scheinen keine große Bedrohung darzustellen. Gleichgültig, wo wir mit den Fähren landen, wir sind immer angreifbar."

Kobols Miene wirkte unergründlich, Harvey schaute verstört drein.

„Wenn wir jetzt gehen und auf dem Flugplatz landen, können wir in maximal zwei Tagen das ganze Unternehmen abschließen. Bevor irgendwelche Barbarenhorden die Zeit haben, sich zu sammeln und über uns herzufallen."

„So war das nicht vorgesehen", widersprach Harvey störrisch. „Das ist Ihr eigener Plan. Der Rat –"

„Der Rat hat mir das Kommando übertragen. Ich entscheide, daß wir jetzt gehen. Wenn es möglich ist, gleich morgen. Spätestens übermorgen."

„Das ist ein Fehler", sagte Kobol tonlos.

„Mag sein", gab Alec zurück. „Aber es ist *mein* Fehler."

Sie saßen ein paar schweigsame Sekunden lang unter den bläulich strahlenden Leuchtplatten an der Decke.

„Also gut", sagte Alec. „Das wär's. Ron, bitte veranlassen Sie, daß die Männer sich bereit machen. Unterrichten Sie die Piloten und die Wartungsmannschaften."

Jameson nickte.

Alec wandte sich an Harvey. „Sie können das dem Rat melden, wenn Sie wollen."

Harvey schwitzte sichtlich. „Das werde ich wohl am besten tun", erwiderte er.

Alec stand auf, nickte den anderen zu und verließ die Messe. Der Hauptkorridor der Station lag nachts im Halbdunkel. Als er durch die Schatten zu seinem Zimmer ging, sagte er sich: Wenigstens brauche ich sie nicht mehr zu sehen.

ES DAUERTE zwei Tage.

Zwei Tage, um die Waffen zu überprüfen, die Fernmeldegeräte, die Nahrung und Kleidung, die sie brauchen würden. Zwei Tage hektischer Gespräche zwischen Station und Siedlung. Männer, die geglaubt hatten, drei Wochen Zeit zu haben, mußten ihre Gespräche mit zu Hause auf achtundvierzig Stunden zusammendrängen. Fragen um Rat. Technische Daten von den Zentralcomputern der Siedlung an die der Station.

Zwei Tage Impfungen und ärztliche Untersuchungen. Alec schob seine abschließende Untersuchung bis zum letztmöglichen Augenblick hinaus. Lenore gab sich ihm gegenüber ganz sachlich, unpersönlich, klinisch kühl. Aber als er aufstand, um zu gehen, sagte sie ruhig: „Viel Glück."

Er murmelte ein Dankeswort und eilte hinaus.

Sie bestiegen hintereinander die beiden Fähren, fünfzig Mann und vier Piloten im Schwebeschritt durch die engen Zugangstunnel, die Stationsnabe und Fährluken miteinander verbanden. Die Piloten gingen in ihren gewohnten blauen Kombinationen voran. Dann die Truppen, in schmutzig-olivgrünen Uniformen und mit deplaziert wirkenden Stahlhelmen, pralle Tornister auf dem Rücken, die Schußwaffen umgehängt. Sie schlurften unsicher durch die Tunnel, die Hände ausgestreckt, damit ihre Fingerspitzen die stoffbezogenen Wände berühren und somit das Gleichgewicht halten konnten.

Alec hielt sich an der Stationsluke auf und beobachtete seine Männer, als sie stumm und mit grimmigen Gesichtern an ihm vorbeizogen. Man hörte nur das Klirren von Metall, das Aneinanderschlagen von Metall und Plastik, das Scharren der Stiefel. Als der letzte im Tunnel verschwunden war, schob auch Alec sich hindurch und betrat die Fähre.

Zwei Dutzend Männer gurteten sich gerade auf ihren Sitzen an. Tornister und Waffen waren abgenommen und in den Fächern über den Köpfen verstaut worden. Alec blieb kurz an der Einstiegsluke stehen. Er hatte die Fähren in den vergangenen Wochen ein dutzendmal besichtigt, aber es war das erstemal, daß er seit ihrer Abreise eine von ihnen besetzt sah. Die gewohnte Mischung aus Gerüchen von Schmierstoffen, Plastik und Ozon war jetzt überlagert vom Geruch nach menschlichem Schweiß und Waffenöl. Als er zu dem leeren Doppelsitz ganz vorn im Passagierabteil ging, fiel ihm plötzlich ein, wie alt die Fährraketen schon waren. Der Kunststoffboden war abgewetzt, und die Metallwände sahen so zerkratzt aus, daß sie beinahe poliert wirkten. Die Fähren waren lange vor der Sonneneruption gebaut und von den Mondingenieuren mit einer Sorgfalt gepflegt worden, die an blinden religiösen Eifer grenzte.

Unsere Verbindung zur Erde, dachte er. Und der einzige Weg zurück.

Als er im Mittelgang neben dem Sitz stehenblieb und seinen schweren Tornister abnahm, fragte er sich, ob er zu den Männern etwas sagen sollte. Viele hätten Kobols Führerschaft der seinen vorgezogen, das wußte er. Kobol war beim letzten Vorstoß mit auf der Erde gewesen. Viele der Männer grollten Alec, weil er den Einsatz vorverlegt hatte, und zweifelten an der Richtigkeit seiner Entscheidung.

„Wenn wir nur ein bißchen Glück haben", begann er so laut, daß sie erstaunt hochfuhren, ihre Privatgespräche oder geheimen Gedankengänge unterbrachen und zu ihm hinaufstarrten.

„Wenn wir nur ein bißchen Glück haben", wiederholte er, „sind wir in sechsunddreißig Stunden oder noch früher wieder in dem Eimer hier. Deshalb habe ich den Einsatz vorverlegt . . ., damit wir *alle* zurückkommen, schnell und sicher."

Sie grinsten, sie nickten, sie unterhielten sich wieder miteinander. Aber jetzt ging es lebhafter und unbekümmerter zu. Alec setzte sich und legte die Gurte an.

„Abtrennung in fünf Minuten", ertönte die Stimme des Piloten aus dem Lautsprecher. „Zündung in sieben Minuten."

Unwillkürlich spannte Alec die Muskeln an. Und wenn wir wirklich so schnell hin- und wieder zurückkommen, wie groß ist dann die Aussicht, daß ich meinen Vater finde? fragte er sich. Aber tief in seinem Inneren wußte er, daß sie sich da unten auf der Erde begegnen würden. So oder so. Und einer von ihnen würde sterben.

Die Trennung von der Station und die Zündung gingen so sanft vor sich, daß Alec am planmäßigen Ablauf gezweifelt hätte, wenn die Vorgänge vom Piloten nicht über Lautsprecher angesagt worden wären. In der Passagierzelle gab es keine Fenster, und Alec spürte nur einen ganz schwachen Druck und ein Poltern, als die Raketen zündeten.

„Wir sind unterwegs, in der Flugbahn, alle Systeme grün", meldete der Pilot hoch zufrieden.

Alec löste die Gurte und stand vorsichtig auf. Während er sich mit einer Hand am Griff in der Schottwand vor sich festhielt, klopfte er mit der anderen auf die Luke zum Cockpit.

Der Kopilot öffnete die Tür. Alec quetschte sich in die enge Welt von grünleuchtenden Lämpchen und Datenbildschirmen, zwei breiten Kontrollsesseln und Skalen und Schaltern, von denen die beiden Piloten umgeben waren – überall, vorn, seitlich, an der Konsole zwischen ihnen, sogar an der Decke.

Vor ihnen befanden sich Fenster. Alec konnte die helleuchtende riesige Masse der Erde an ihnen vorbeifegen sehen.

„Alles läuft bestens", sagte der Kopilot fröhlich. „In zehn Minuten Eintritt in die Erdatmosphäre."

Alec nickte. „Was ist mit Kobols Schiff?"

„Eben kam eine Meldung. Alles okay."

„Können wir sie sehen?"

„Optisch nicht." Der Kopilot zeigte auf einen kreisrunden Schirm an der Steuertafel vor sich. Ein leuchtender gelber Strich rotierte dort mit hoher Geschwindigkeit; in der Nähe des Kreismittelpunkts stand ein einzelner dicker Punkt. Andere Punkte, kleiner und trüber, zeigten sich am Rand des Schirms.

„Das sind sie, direkt hinter uns", sagte der Kopilot. „Die anderen Punkte sind die Station und kleinere Satelliten, die hier vorbeikommen."

„Aha."

„Tut mir leid, daß wir hier keinen Platz für Sie haben", sagte der Pilot, ohne den Blick von den Instrumenten zu lösen.

Alec verstand den Wink. Commander hin, Commander her, hier hatte der Pilot zu befehlen, und Alec stand im Weg.

„Wenn wir landen, bin ich zu beschäftigt, um mich zu bedanken", sagte er grinsend, „also mache ich das jetzt gleich. Prima Flug!"

„*Vielen* Dank", gab der Kopilot mit breitem Lächeln zurück.

Als Alec sich wieder auf seinen Sitz sinken ließ, wiederholte er im stillen: Schnelligkeit. Schnelligkeit und Überrumpelung. Wenn ein Feind da ist, laß ihm keine Zeit zum Überlegen. Nimm dir nicht die Zeit, noch einmal alles zu durchdenken.

Aber trotzdem hatte er Zweifel. Wenn ich nun wie gelähmt bin? Wenn ich an der Luke stehe und nicht hinaustreten kann?

Alec warf einen Blick auf Jameson, der auf der anderen Seite des Mittelgangs saß, so entspannt, daß er beinahe zu schlafen schien. Alec erhob sich plötzlich und klappte das Fach an der Decke hoch. Er schob seine schwerelose Ausrüstung vor sich her und schwebte durch den Gang zu dem Sitz an der Luke.

„Würden Sie, bitte, auf den vordersten Sitz wechseln?" sagte er zu dem verblüfften Jungen, der am Gang saß. „Nehmen Sie die Ausrüstung mit."

Der junge Mann, offenkundig völlig verwirrt, tat es. Alec verstaute seine Sachen und schnallte sich neben einem ebenso überraschten jungen Mann von etwa zwanzig Jahren an. Er sagte nichts.

„Eintritt in die Atmosphäre beginnt in zwei Minuten. Fest anschnallen."

Es wurde so holperig, daß dadurch alle anderen Gedanken verdrängt wurden. Alec spürte, wie sich die Fähre in die schwere, turbulente Lufthülle der Erde hineinbiß; er fühlte die g-Kräfte, als die Gurte in seinen plötzlich bleischweren Körper einschnitten. Seine Hände waren so schwer, daß er sie nicht von den Lehnen heben konnte. Hals- und Schultermuskeln verkrampften sich bei der Anstrengung, den Kopf hochzuhalten. Seine Handflächen wurden feucht. Unsinn! sagte er sich. Es ist nicht heißer als vorher.

Aber alle Mann hier wußten, daß die Außenhaut der Fähre von glühendheißer Luft umspült war, heiß genug, um den Atomen Elektronen wegzureißen.

Ein ideales Radarziel, sagte sich Alec. Hat *er* wohl Radaranlagen?

Plötzlich gab es einen heftigen Ruck, ein Aufbäumen. Alec wurde tief in seinen Sitz hineingepreßt, dann stürzte der Boden unter ihm ein, und sein Magen stülpte sich um.

„Tut mir leid", tönte die Stimme des Kopiloten aus dem Lautsprecher. Sie klang nicht mehr fröhlich. „Wird ein bißchen unruhig. Wir haben den Eintritt hinter uns und fliegen in den unteren Schichten der Atmosphäre. Es geht leider nicht sehr glatt, aber zur Sorge besteht kein Anlaß."

Schwankend, ruckend, vibrierend saßen sie da, eine Ewigkeit von ungefähr zwanzig Minuten in leidendem, angstvollem Schweigen.

„Vor uns ist das Flugfeld. Landung in zwei, drei Minuten. Kann ungemütlich werden."

Die Luken für die Fahrgestelle öffneten sich mit gewaltigem Dröhnen unter ihnen. Trotz der Ankündigung erschraken die meisten Männer sichtlich.

„Auf die Landung vorbereiten!" überschrie Alec das Windrauschen. „Sobald der Pilot die Meldung durchgibt, öffnen wir die Luke und sind unterwegs!"

Der Aufprall am Boden war unverkennbar. Die Fähre hüpfte einmal hoch, setzte wieder auf und rollte mit wild kreischenden Bremsen und dem Geheul von Bremsraketen weiter. Alec preßte sich gegen die Schultergurte, spürte, wie sein Kopf nach vorn drängte.

Dann hörten Lärm und Bewegung schlagartig auf.

„Alles klar, wir stehen", sagte der Pilot mit gepreßter Stimme.

Hinter sich hörte Alec die Hauptluke aufspringen. Er atmete einmal rasch ein, dann griff er nach dem Gurtschloß.

Er stand auf und packte Helm, Tornister und Maschinenpistole. „In Ordnung – *los!*" schrie er.

Der Mann von der anderen Seite des Ganges erreichte die Luke als erster und stieß die Tür auf. Alec winkte ihn zur Seite, während er die leichte Waffe umhängte.

„Die Treppe ist verklemmt", knurrte der Mann.

Alec nickte kurz und sprang hinunter, ohne auch nur nachzudenken. Er hatte kaum Zeit gehabt, festzustellen, wie schnell er fiel, als er schon mit einem heftigen Anprall, bei dem seine Knie einknickten, den Boden erreichte. Er warf die Arme nach vorn und konnte so verhindern, daß er hinfiel.

Er riß die Waffe von der Schulter und trat rasch von der Fähre zurück. Die anderen Männer sprangen, begleitet von dumpfen Lauten, hintereinander herab.

„Also, ihr wißt Bescheid." Er winkte mit dem freien Arm. „Ausschwärmen und einen Kreis bilden!"

Sie hasteten los. Einige hinkten merklich. Die Treppe fuhr endlich knarrend aus ihrem Loch unter der Luke aus und rastete ein. Die letzten zehn Männer eilten hinunter und machten sich an den Frachtluken zu schaffen. Jameson kam als letzter und wirkte so unbekümmert wie bei der Hochzeit eines Freundes.

Unterdessen stand Alec am Bug der Fähre und beobachtete die Männer, während die Frachtluken aufgingen. Zerstreut sah er, daß die Bugspitze des Raumschiffes von der sengendheißen Fahrt durch die Lufthülle verkohlt und voller schwarzer Streifen war.

Dann plötzlich durchfuhr ihn der Gedanke. Ich bin auf der Erde! Ich stehe auf der Erde, bewege mich, atme!

Er schaute sich um. Der Himmel war grau, nicht blau, die Sonne hinter den Wolken verborgen. Es war bei weitem nicht so hell, wie Alec erwartet hatte. Er ließ das Blendvisier im Helm oben. Es war nicht einmal sonderlich heiß, nur etwa so warm wie in den Unterkünften der Mondsiedlung. Aber da war etwas anderes, ganz Merkwürdiges; Luft wehte über seinen Körper, ganz so, als stünde er vor einem Ventilator. Nur war das hier sanfter, weicher und durchaus nicht so gleichmäßig. Es hörte auf und fing gleich darauf wieder an, sehr verspielt.

Die Fähre war, wie Alec sah, nicht auf der Betonrollbahn selbst gelandet, sondern auf dem grünen Gras daneben. Der Beton war rissig und löcherig, während der Grasboden einigermaßen eben wirkte, auch wenn er holprig war. Die vielrädrigen Fahrgestelle der Fähre schienen unbeschädigt zu sein; sie konnten also wieder starten.

Das ganze Gelände rund um den Flugplatz war offen, der Blick unbehindert. Das Land schien sich endlos auszudehnen, ohne daß dort, wo er hingehört hätte, ein Horizont auszumachen gewesen wäre. Statt dessen gab es in der Ferne dunkle, runde Berge, weiter entfernt als alles Landschaftliche, das Alec je gesehen hatte.

„Alec." Es war Jameson, der zu ihm getreten war. „Der Abwehrkreis steht, das schwere Gerät ist aus dem Frachtraum gerollt."

„Gut." Alec schaute auf die Armbanduhr; fünf Minuten seit dem Aufsetzen. „Sehr gut. Die Lastwagen mit den Lasern an den Außenkreis. Zwei Dutzend Männer können das Feld nicht nur mit Handfeuerwaffen verteidigen."

Jameson grinste schief. „Klug beobachtet." Er drehte sich um und schrie ein paar Befehle.

Ein Kreischen zerfetzte den Himmel. Alec blickte nach oben und sah die zweite Fähre kommen. Sie zog einen weißen Streifen hinter sich her, umkreiste einmal den Platz, dann fegte sie auf der anderen Seite der halb verfallenen Landebahn herunter, blies Zungen von glühenden Gasen aus den Bremsraketen, schleuderte Klumpen von Grasboden, Steinen und Betonbrocken vor sich her.

Alec eilte auf die Rakete zu, als sie zum Stillstand gekommen war. Bevor er sie erreicht hatte, war die Leiter bereits ausgefahren, und die Männer strömten heraus, um ihre Plätze einzunehmen. Als letzter kam die schlaksige Gestalt von Martin Kobol die Leiter herunter.

„Willkommen auf der Erde!" rief Alec ihm zu.

Eine Salve aus einer MP untermalte seinen Gruß.

6

Kobol wirkte so entgeistert, wie Alec sich fühlte. Alle Männer schienen neben der noch rotglühenden Fähre zu erstarren.

„Was war das?“ fragte Kobol.

Alec riß das Mikrofon vom Helm. „Hier Morgan. Wer hat geschossen und warum?“

Im Kopfhörer hörte er die blechern klingende Antwort. „Hier Kurowski. Ich war's. Ich habe neben dem Gebäude hier am westlichen Flügel jemanden bemerkt.“

„Getroffen?“

„Nein, Sir. Er sprang hinter ein Haus, als ich schoß.“

Kobol kletterte die Leiter ganz hinunter. Er hörte über sein Funkgerät im Helm mit, hatte sein Mikrofon aber nicht heruntergezogen.

„Es könnte ein Tier gewesen sein“, sagte er zu Alec. „Es laufen ja alle möglichen Arten von denen frei herum.“

Alec schnitt eine Grimasse. „Kurowski, wo sind Sie?“

„Wo ich eingeteilt bin. Hundert Meter von der Fähre entfernt an der Westseite. Nicht viel Deckung hier . . . Ich liege auf dem Bauch an einer Art Betonrille.“

„Ein Abzugskanal“, murmelte Kobol. „Für den Abfluß von Regenwasser.“

„Gut“, sagte Alec. „Bleiben Sie dort. Die anderen kommen in ein paar Minuten mit schwererem Gerät nach. Wenn Sie wieder etwas sehen, nicht schießen, wenn es nicht anzugreifen scheint. Munition sparen. Aber rufen Sie mich sofort.“

„Jawohl, Sir.“

„Ich will die Gebäude durchsucht haben“, sagte Alec zu Kobol.

„Dazu würden wir alle Leute brauchen.“

„Wir können die Hälfte von den schweren Waffen nehmen, sobald die Laser rundum aufgebaut sind.“

„Das sind nur sechs Mann.“

„Mehr können wir nicht erübrigen. Ich führe die Suche an,

wenn die Waffen aufgestellt sind." Alec ging auf die Stelle zu, wo Kurowski lag, und überließ es Kobol, die Aufstellung der Waffen zu beaufsichtigen.

Er konnte die Gebäude sehen, weiß und niedrig, mit Löchern als Fenster. Das Hauptgebäude wurde von einem Turm überragt, der aber oben abgebrochen und verkohlt zu sein schien. Da könnte man hundert Mann verstecken, dachte er. Und in dem Berggelände noch einmal tausend.

Kurowski lag im Abzugskanal und umklammerte seine Waffe so fest, daß die Knöchel weiß hervortraten. Alec kroch hinab.

„Sonst noch etwas gesehen?"

„Nein, Sir, nichts."

„Sind Sie sicher, daß es ein Mensch war . . ., nicht irgendein Tier?"

Der Junge schüttelte den Kopf. Sein Gesicht war gerötet vor Erregung oder vielleicht auch vor Angst. „Es stand auf zwei Beinen, was es auch war. Da bin ich ganz sicher."

Alec nickte.

„Gut. Wir bilden einen Suchtrupp. Bis dahin beobachten wir beide die Gebäude."

Es war sogar behaglich. Hier zu liegen war nicht unangenehm, und Alec bekam ein Gefühl für diese Riesenwelt, die Erde hieß. Die Brise erzeugte Geräusche, seltsame Seufzer und Gewisper. Erinnerungen an alte Gedichte aus seiner Schulzeit ergaben zum erstenmal Sinn. Und auch anderes war zu hören. Alec hatte zwar gesagt bekommen, wie Vogelrufe und Insektengesumm klangen, aber gehört hatte er davon bisher nichts.

„Da, sehen Sie sich das an." Kurowski zeigte auf eine Stelle, sechs Zentimeter vor seiner Nase. Im Kurzgras krabbelte wild ein Insekt.

„Das nennt man wohl eine Ameise", sagte Alec. „Oder auch eine Biene."

„Bienen können doch fliegen, oder?"

„Ja."

Die Lafetten der schweren Waffen rumpelten endlich an ihre Plätze. Sie hatten sechs gepanzerte Fahrzeuge mit Ballonreifen, angetrieben von summenden Elektromotoren, die Hochleistungslaser trugen. Manche Männer hasteten zu Fuß heran und schleppten schwere Raketenwerfer und Maschinengewehre. Sie bauten ihre Waffen zusammen und umgaben sich mit einem furchteinflößenden Arsenal von Munitionsgurten und geflügelten Raketen.

Alec führte sechs Mann an zu einer Durchsuchung der ausgebrannten Gebäude. Doch sie fanden nichts als verkohlte Mauern, zerbröckelnde Böden und zerfetzte Dächer sowie ein paar erschreckte Waschbären und andere kleine Tiere, die sich in den Ecken häuslich eingerichtet hatten. Einer der Soldaten gab aus seinem Sturmgewehr eine Salve auf ein braunes, pelziges Etwas ab, das von den Geschossen zerfetzt wurde.

„Nur gut, daß es kein Stinktier war", murmelte Beardon, der bei der Vorbereitung auf das Unternehmen ganz besonders lästige Tierbewohner der Erde studiert hatte.

Am späten Nachmittag gab Alec Anweisung, die Vorpostenlinie vorzuschieben. Die meisten Raketenwerfer und schweren MGs wurden auf den Hausdächern neu postiert, ebenso die Infrarotsensoren, damit man nachts etwas sehen konnte. Ein Laserfahrzeug wurde vor dem Hauptgebäude abgestellt. Die anderen Selbstfahrlafetten rollten weiträumig um das Flugfeld herum, im Abstand von ungefähr tausend Metern zu den Fähren. Neben ihnen gingen Soldaten, die Automatikgewehre schußbereit.

Alec war in die erste Fähre zurückgekehrt und besprach die Lage mit Kobol. Der Ältere saß schwerfällig auf einem gepolsterten Sitz. Alec lehnte an der Armlehne des Sessels gegenüber.

„Wir müssen davon ausgehen, daß man uns entdeckt hat", sagte Kobol.

„Richtig. Ich glaube zwar nicht ganz daran, aber sicherheitshalber muß man es unterstellen."

„Die Fähren wären viel leichter zu verstecken gewesen, wenn wir in einem der benachbarten Täler niedergegangen wären."

Alec schüttelte den Kopf. „Die sind hier sicher genug. Niemand von den Barbaren hat Waffen mit eine Reichweite von tausend Metern."

„Nicht?"

„Und vom Satelliten liegt noch immer keine Meldung vor, daß große Scharen von Barbaren zu uns unterwegs wären. Vor einem massierten Angriff sind wir also sicher, zumindest noch ein oder zwei Tage."

Kobol blickte skeptisch, sagte aber nichts.

„Also", fuhr Alec fort. „Wir ziehen heute nacht los. Ich –"

„Heute nacht? In der Dunkelheit?"

„Ja. Wir haben Infrarotgerät, die Barbaren nicht. Wir können in der Dunkelheit vorankommen, sie nicht, und sie werden das von uns auch nicht erwarten. Ich brauche ein Dutzend Männer und eines der Laserfahrzeuge. Wir haben Luftbildkarten des Gebiets; die Straße zwischen hier und der Anlage von Oak Ridge ist deutlich eingezeichnet. Wir können im Morgengrauen dort sein und eventuell vorhandene Verteidiger überraschen."

Kobol schüttelte den Kopf. „Die Leute werden nachts nicht losziehen wollen. Und diejenigen, die hierbleiben müssen, werden noch mehr Angst haben, weil sie wissen, daß ein Viertel der ganzen Truppe abgezogen ist."

„Ich bin nicht hier, um zu diskutieren", sagte Alec, als er aufstand. „Die Leute werden sich an die Befehle halten. Morgen um diese Zeit können wir schon wieder auf dem Heimweg sein."

„Na gut", meinte Kobol achselzuckend. „Sie haben das Kommando. Ich nehme an, Sie werden den Vormarsch nach Oak Ridge persönlich anführen wollen."

„Richtig. Und ich möchte Sie dabeihaben, damit Sie das spaltbare Material finden, wenn wir dort sind."

„Ja, das dachte ich mir. Das heißt, daß wir Jameson den Befehl hier übertragen, während wir beide fort sind."

„Ja. Er wird die Leute im Griff haben."

Kobol stand langsam auf. „Wissen Sie, wenn Sie draußen im Dunkeln nicht vorsichtig sind, kann es Ihnen passieren, daß einer Ihrer eigenen Leute Sie niederschießt", sagte er.

„Stimmt", entgegnete Alec in ruhigem Ton. „Daran habe ich auch schon gedacht. Wenn das mir passieren kann, könnte es aber auch einem anderen zustoßen. Sogar noch viel eher."

Kobol grinste. „So habe ich mir das auch vorgestellt."

„Wenn wir uns nur richtig verstehen", sagte Alec ohne ein Lächeln.

DIE NACHT war anders.

Es ging nicht nur darum, daß die Lichter gelöscht wurden. Es war *dunkel.* Und lebendig.

Alec saß auf dem Kotflügel des Laserfahrzeugs, das leise dahinrollte und ein Dutzend Männer beförderte, ihn und Kobol eingeschlossen. Der Fahrer saß im gepanzerten Cockpit zwischen den Kotflügeln und suchte mit Infrarotlampen und Abtastern seinen Weg. Hier oben im offenen Gelände erschienen all die alten Sagen von Geistern und Werwölfen nur zu wahr.

Das ist absoluter Unsinn, dachte Alec.

Aber trotzdem lauerten draußen im Dunkeln Wesen. Solche, die stöhnten und krächzten, solche, die seufzten, plötzlich Schreie ausstießen oder ein seltsam gespenstisches Heulen.

„Wetten, daß das eine Eule ist, oder wie sie das nennen", sagte eine Stimme hinter Alec.

Die Wolken hatten sich kurz vor Sonnenuntergang verzogen, so daß Alec und seine Leute den ergreifendsten Anblick ihres Lebens verfolgen konnten: einen irdischen Sonnenuntergang, sprühend vor Rot- und Flammenorangetönen, die langsam zu Blau verblaßten, dann zu sanftestem Violett und schließlich in sternübersäte Dunkelheit übergingen.

Jetzt war der Himmel klar. Bis auf ein beunruhigendes Funkeln wirkten die Sterne ganz normal. Wo die Straße nah an die Bäume heranführte, wurden allerdings sogar die Sterne verdeckt. Alles, was Alec dann noch sehen konnte, waren die verkrümmten schwarzen Äste, die im stöhnenden Wind raschelten und vor der schwachen Helligkeit des Himmels schwankten. Ihn fröstelte, und das lag nicht nur an der zunehmenden Kälte.

Der Lastwagen hielt so plötzlich, daß Alec beinahe abgeworfen worden wäre.

„Was ist denn?“ zischte er und beugte sich zu dem Seitenschlitz am Fahrerhaus hinunter.

„Da hat sich etwas bewegt“, antwortete der Fahrer aus der gepanzerten Kanzel.

„Etwas? Was denn?“

„Weiß nicht. Es strahlte so viel Wärme ab, daß es auf dem Infrarotgerät auftauchte. Groß wie ein Mann, vielleicht auch mehr als nur einer.“

Alec überlegte einige Sekunden. „Gut. Wir halten nicht. Ihr steigt alle ab und geht zu Fuß nebenher. Wenn ihr eine Bewegung wahrnehmt, sagt es mir über Funk. Nicht schießen, wenn nicht auf euch geschossen wird. Joe, Sie fahren im Schrittempo. Geben Sie durch, was Sie auf dem Schirm sehen.“

„Jawohl.“

Aus der Fahrt über die zerfallende verlassene Straße wurde ein Tasten und Kriechen. Alec wog die Maschinenpistole in der Hand und ließ den Kolben einrasten. Er ging vor dem Fahrzeug her, auf dem rechten Bankett. Die Straße war so breit, daß vier Lastwagen aneinander hätten vorbeifahren können. Aber Gebüsch und Bäume drangen vor bis zum Beton. Da könnte sich eine ganze Armee verstecken, dachte Alec, aber er sah nichts.

„Voraus ist etwas!“ ertönte die Stimme des Fahrers in seinem Kopfhörer.

„Ich habe auch etwas gesehen“, bestätigte ein Soldat aufgeregt. „Es lief von links nach rechts über die Straße. Ganz schnell.“

„Das rechte Bankett der Straße bestreichen“, sagte Alec. „Wie weit voraus, Joe?“

„Ungefähr fünfzig Meter.“

„Fünfzig Meter, Schütze.“

Das Fahrzeug hielt. Das leise Summen der Elektromotoren wurde verdrängt vom schrillen Heulen des Lasergenerators. In der Dunkelheit konnte Alec den eiförmigen Metallspiegel der Laserwaffe kaum erkennen, als er sich ein wenig in seine Richtung drehte und im Sternenlicht schwach aufschimmerte. Dann steigerte sich das Heulen zu einem schrillen Crescendo, und der Wald in fünfzig Meter Entfernung ging schlagartig in Flammen auf. Es klang beinahe wie eine Explosion, dann wie ein knackendes Brausen, als der unsichtbare Laserstrahl Infrarotenergie in das Gehölz peitschte.

Im grellen, scharfen Licht der Flammen sprangen zwei große Tiere auf die Straße, hetzten darüber hinweg und verschwanden auf der anderen Seite im Gebüsch. Sie liefen auf allen vieren und hatten anmutig schlanke Beine.

„Hirsche!" sagte jemand angewidert.

„Die haben doch Hörner."

„Nicht immer."

„Feuer einstellen!" befahl Alec.

Die Flammen erloschen so rasch, wie sie emporgeschossen waren. Alec nahm einen sonderbar angenehmen Geruch wahr. Er mußte fast husten dabei, aber gleichzeitig rührte der Duft eine tiefliegende Saite in ihm an, von deren Vorhandensein er nichts geahnt hatte. Brennendes Holz? Warum riecht das so angenehm?

„Gut", sagte er kopfschüttelnd. „Wenn wirklich Leute dort waren, sind sie längst auf und davon. Alles wieder auf das Fahrzeug!"

Kobol sprang auf den linken Kotflügel und sagte so laut, daß jeder es hören konnte. „Das war also ihr Hinterhalt. Zwei erschrockene Hirsche."

Alle lachten. Aber Alec ließ der eine Gedanke nicht los: Er ist da draußen. Irgendwo hier draußen wartet er auf uns. Und er ist nicht allein.

Er setzte sich im Verlauf der nächsten paar Stunden zweimal mit Ron Jameson auf dem Flugplatz in Verbindung. Dort rührte sich nichts; eine stille Nacht ohne Zwischenfälle. Die Männer schliefen in Schichten.

Alecs Leute waren alle wieder auf dem Wagen, und er bemerkte, daß sie während der Fahrt einnickten. Sie hielten sich hier und dort am Fahrzeug fest oder streckten sich an Stellen aus, die möglichst flach waren. Nach dem zweiten Funkgespräch mit Jameson steuerte er selbst und ließ den Fahrer auf dem Kotflügel ein Nickerchen machen. Sogar Kobol schien zu dösen. Sein Kopf schwankte während der Fahrt ein wenig, das Kinn lag auf der Brust.

Auf dem Infrarotschirm vor Alec zeigte sich die Straße ganz deutlich als orangeroter breiter Streifen, durchzogen von Rissen und Fugen. Das Laub auf beiden Seiten war rosarot, bis auf vereinzelte kleine Tiere, die in hellerem Rot erschienen.

„Wer sitzt am Laser?" fragte Alec leise in sein Helmmikrofon.

„Gianelli."

„Sind Sie ganz wach?"

„Darauf können Sie sich verlassen. Ich habe die IR-Brille auf – die ist so schwer, daß mir der ganze Kopf weh tut. Ich könnte nicht einschlafen, selbst wenn ich es wollte."

„Gut."

„Freut mich, daß Sie sich Sorgen um mich machen."

Alec grinste vor sich hin. „Passen Sie gut auf . . . vor allem hinten. Ich halte vorn Ausschau."

„Ja, das mache ich schon die ganze Zeit. Nichts rührt sich, bis auf ein paar Rehe."

„Sind Sie sicher, daß es Rehe sind?"

Gianelli lachte leise. „Ja, es sei denn, Menschen laufen auf allen vieren über die Straße."

„Gut."

Alec saß immer noch am Steuer, als sie über eine Kuppe fuhren und auf seinem Schirm die wärmeabstrahlenden Gebäude der Oak-Ridge-Anlage auftauchten. Fast automatisch brachte er das Fahrzeug langsam zum Stehen. Dann schaute er auf die Armbanduhr. In eineinhalb Stunden würde die Sonne aufgehen.

Einen Augenblick lang überlegte er, ob er die schlafenden Männer wecken sollte. Statt dessen kramte er in seinem Beutel nach einer Aufputschtablette und schluckte sie mit einiger Mühe trocken hinunter.

Er klappte den Cockpitdeckel hoch, stieg hinauf in die von einer murmelnden Brise erfüllte Nacht und blieb auf dem Lastwagen stehen. Überall lagen schlafende Männer, in der Dunkelheit kaum sichtbar. Wieder tönte ein unheimlich klagendes Geräusch aus dem Wald, das Alec eine Gänsehaut über den Rücken jagte.

Er stieg über einen der schlafenden Männer hinweg und erreichte das Lasergeschütz. „Gianelli?“ flüsterte er.

„Ja.“

„Schlafen Sie ein bißchen. Ich halte Wache.“

Gianelli widersprach nicht. Alec stieg hinauf zum Drehsitz an der Waffe und nahm dem anderen stumm die Infrarotbrille ab. Der Laser summte leise. Er war eingestellt auf Breitbandabtastung, so daß er nicht als Waffe, sondern als Suchscheinwerfer fungierte.

Die IR-Brille war tatsächlich sehr schwer. Alec mußte sich anstrengen, um den Kopf hochzuhalten, während er die Laserkanone langsam im Kreis drehte. Das leise Summen der Antriebsmotoren klang beinahe tröstlich, verglichen mit den fremdartigen Nachtgeräuschen ringsum.

Die Bäume erschienen durch die Brille gespenstisch weiß, während die Betongebäude der Anlage unten im Tal von wärmerem Orangerot waren. Die Häuser standen in offenem Gelände, die nächsten Bäume waren Hunderte von Metern entfernt. Die Umgebung der Gebäude erschien dunkel und leblos. Vielleicht wächst dort etwas Gras, dachte Alec, aber viel mehr nicht.

Während er den Laser langsam drehte und einen Vollkreis beschrieb, erfaßte ihn das unheimliche Gefühl, daß jemand ihn beobachtete. Anfänglich war es nicht mehr als eine unruhige Ahnung, aber mit der Zeit verstärkte sich das Gefühl und wurde zu einem Prickeln an seinem Rückgrat, zu einer kalten Faust der Angst, die sich auf seinen Nacken preßte.

Vielleicht sollte ich ein paar von meinen Leuten wecken, dachte er, gab sich aber selbst die Antwort: Nein! Du bist nur nervös. Du hast Angst, weil du hier draußen allein bist.

Er biß die Zähne zusammen, drehte weiterhin die Waffe im Kreis und spürte, wie ihm mit jedem Augenblick kälter wurde. Direkt vor ihm lag die Straße, an deren Ende unten im Tal die Gebäude standen. Drehen, und die Bäume kamen heran, näher, immer näher, und griffen mit geisterhaft weißen Armen nach ihm, packten zu, erstreckten sich bis in den Himmel hinauf. Weiterdrehen, wieder die Straße, der Weg zurück zum

Flugplatz, zu den Fähren, zur Sicherheit. Dann wieder die Bäume und schließlich die Gebäude.

Wenn er nun da draußen ist? fuhr es Alec durch den Kopf. Kann er IR-Geräte haben? Brillen? Wenn ja, dann sitzen wir hier als Leuchtfeuer, ein großes, fettes, leuchtendes Ziel.

Alec trat plötzlich auf die Pedale, damit sich die Kanone andersherum drehte. Die Elektromotoren heulten kurz auf, die Lafette wurde langsamer und kam zum Stillstand, dann drehte sie sich in die entgegengesetzte Richtung.

Dort! In den Bäumen!

Es war verschwunden, bevor er erkennen konnte, was es war. Heiße Punkte, gleich mehrere, zwischen den Bäumen. Sie verschwanden aus seinem Gesichtsfeld in dem Augenblick, in dem die Laserstrahlen sie erfaßten.

Tiere, sagte er sich. Aber reagieren Tiere auf Infrarotlicht?

Er blickte auf die Uhr. Noch eine Stunde bis Sonnenaufgang, aber schon wurde der Himmel hinter den Gebäuden von Oak Ridge fahl. Kann es sein, daß unsere Sonnenaufgangszeiten nicht stimmen? fragte er sich. Dann dachte er an die Schönheit des lang dauernden Sonnenuntergangs am vorigen Abend und an die Vorträge von Dr. Lord über die atmosphärischen Erscheinungen auf der Erde und begriff, daß das Tageslicht schon heraufkam, bevor die Sonne über dem Horizont erschien.

Angespannte fünfzehn Minuten lang suchte er die Umgebung des Fahrzeugs ab, ließ den Laserstrahl wahllos hin und her gleiten, bemüht, einen berechenbaren Ablauf zu vermeiden. Er sah nichts. Dann war es hell genug, um den Laser abzuschalten und die schwere IR-Brille abzunehmen.

Ein paar Männer regten sich, als das Licht heller wurde. Alec wußte nicht, worüber er mehr erleichtert war: über die Tatsache, daß er nicht mehr allein war, oder über das Ende der dunklen, bedrohlichen Nacht.

Sie bewegten sich geordnet auf die Gebäude zu: Alec auf der rechten Seite voraus, Kobol als Nachhut der Drei-Mann-Formation, das Fahrzeug in der Mitte der ausgeschwärmten wachsamen Männer.

Der Boden rund um die Gebäude war kaum bewachsen, nur hier und dort sproß schütteres Gras in Büscheln. Große Flächen unmittelbar vor den Gebäuden bestanden nur aus zerfallendem Beton oder aus Teerdecken. Auch Kiesflächen gab es.

Als sie näher herankamen, begann Alec zu begreifen, warum Kobol sich freiwillig als Nachhut gemeldet hatte. Er war der einzige, der schon einmal hiergewesen war, zehn Jahre vorher. Alec hätte ihn gern gefragt, ob die Gebäude unverändert waren, aber dazu hätte er Kobol heranrufen müssen. Vor allen Männern hätte er zeigen müssen, daß Kobol es wußte und er – Alec – nicht.

Zum Teufel damit! Alec ging mit gleichmäßigen Schritten auf die leblosen Gebäude mit den klaffenden Fensterhöhlen zu, umklammerte mit der Rechten seine Maschinenpistole und spürte den beruhigenden Druck des Gurts an seiner Schulter.

Der Weg war weiter, als er gedacht hatte. Alles war totenstill, abgesehen von einem nicht lokalisierbaren, leisen Rascheln und Vogelgezwitscher im Wald. Kein Wind. Die Sonne stieg am Himmel hinauf, und es wurde viel heißer, als er sich vom vergangenen Tag erinnern konnte. Kommt die Hitze von den Gebäuden? dachte er. Angst vor radioaktiver Strahlung schlich sich in Alecs Gedanken ein. Trotzdem ging er unbeirrt weiter und blickte nur ab und zu zurück auf seine Leute und den langsam dahinrollenden Lastwagen.

Als sie endlich den Rand der Betonflächen rund um die Gebäude erreichten, ließ er halten. Undeutliche dunkle Streifen und Flecken sprenkelten die zerbrochenen Betonplatten; sie waren vor einer Ewigkeit entstanden und durch Jahre der Verwitterung verblaßt.

„Das Fahrzeug bleibt hier, wo es das ganze Gebiet im Visier behalten kann", sagte Alec ins Mikrofon. „Vor dem Wagen aufstellen."

Kobol ging auf ihn zu; seine schmale Brust und die Achselhöhlen der Kombination waren dunkel vom Schweiß. Mit dem schweren, dicken Helm auf dem Kopf sah er ein wenig lächerlich aus.

„Was meinen Sie?" fragte Alec und zeigte auf die Gebäude.

Kobol zog die buschigen Brauen so hoch, daß sie im Helm verschwanden. „Ist lange her, seit ich hier war. Aber es sieht ganz wie früher aus."

„Das ist der Haupteingang, nicht?"

Kobol nickte.

„Gut. Gianelli, nehmen Sie zwei Mann mit und folgen Sie mir. Die anderen bleiben hier. Scharf aufpassen!"

Sie gingen langsam auf die Bauwerke zu. Mit jedem Schritt wurde die Anspannung stärker. Alec konnte sehen, daß die Fenster leer gähnten; nirgends gab es eine Glasscheibe. Auch die Türen fehlten, und die Mauern trugen Sengspuren von alten Bränden. Das Innere der Gebäude lag jedoch vollkommen im Dunkeln.

Er konnte spüren, wie sein Herz stärker schlug, als sie die Stufen zum offenen dunklen Eingang hinaufstiegen. Seine Handfläche, die er an die Schußwaffe gelegt hatte, war feucht.

Sie traten ein.

Der Boden war übersät mit Beton- und Putzbrocken, vertrocknetem Laub und anderem Abfall, dessen Herkunft Alec nicht kannte. Der Raum war groß und leer.

„Empfangshalle", sagte Kobol. „Längst alles gestohlen."

Alec erschrak. „Das spaltbare Material?"

Kobol grinste ihn an. „Keine Sorge. Man kommt nur schwer an das spaltbare Material heran, selbst wenn die Barbaren wüßten, was das ist, und es haben wollten, was nicht der Fall ist. Es gibt alle möglichen Legenden und Tabus, was die radioaktiven Stoffe angeht, wissen Sie."

Sie gingen durch ein leeres, tristes Gebäude. Die Räume waren riesig, aber schwarz und versengt. Vom Dach fehlte das meiste. Die hochkletternde Sonne schien durch die verrottenden Überreste. Außer ein paar schiefen Trennwänden stand nichts mehr. Es gab kein Anzeichen dafür, daß hier jemals menschliche Wesen gelebt oder gearbeitet hatten. Alles war mit einer dicken Schmutzschicht bedeckt, in der man die Fußspuren kleiner Tiere sehen konnte. Kobol zeigte auf vertrocknetes Gras in einem Riß hoch oben an einer Betonwand.

„Vogelnester", murmelte Gianelli bedrückt.

„Die Barbaren haben hier alles mitgenommen, was sie tragen konnten“, erläuterte Kobol überflüssigerweise. „Und das andere verbrannt.“

Sie gelangten zu einer Metalltür, die sich auf einen langen Korridor mit Metallrippen öffnete.

„Das ist die Verbindung zwischen dem Verwaltungsgebäude hier und einer der Verarbeitungsanlagen. Dort stellte man das spaltbare Material aus natürlichen Erzen her.“ Kobols dozierende Stimme hallte unangenehm von den Metallwänden des Tunnels wider, durch den sie gingen. „Im nächsten Gebäude seht ihr große Verarbeitungsanlagen, dann kommen die Lagergewölbe.“

Sie öffneten die Tür am Ende des Tunnels.

Der Raum war riesengroß, gewaltiger als jeder andere, den Alec bisher gesehen hatte. Durch das zerstörte Dach fielen schräg Sonnenstrahlen ein. Alles war unheimlich und still.

Und leer.

Der gigantische Verarbeitungsbau war noch gründlicher ausgeplündert worden als das Verwaltungsgebäude. Nichts war geblieben als die nackten Wände und ein bißchen Staub, der in den Sonnenstrahlen schwebte.

Kobols Unterkiefer klappte herunter.

„Da ist überhaupt nichts“, sagte Alec.

„Vollkommen ausgeräumt.“ Kobols Stimme klang gepreßt und entsetzt.

„Das spaltbare Material!“

Sie stürzten los, alle fünf, Kobol voran, rannten durch den riesigen leeren Raum, wobei das Poltern ihrer Stiefel auf dem Zementboden widerhallte. Alec kam sich bald vor wie in einem Alptraum. Ihm schien, als müßte er ewig durch die nackte, halbzerstörte Halle, diesen gigantischen Betonkasten laufen.

Er rannte, so schnell er konnte, aber es hatte den Anschein, als käme er der Rückwand der Halle und der Metalltür dort nicht näher. Beinahe unbewußt nahm Alec wahr, daß der Boden mit Metallsockeln übersät war. Dort hatte man früher Maschinen verschraubt. Die Sockel wirkten sauber und glänzend; die Maschinen waren also erst vor kurzer Zeit entfernt worden.

Keuchend hetzten sie zu der schweren Metalltür. Sie stand einen Spalt offen.

„Die Lager . . .", murmelte Kobol mit rollenden Augen, während er die Tür aufzustemmen versuchte. Die anderen vier halfen ihm mit allen Kräften.

Der Raum auf der anderen Seite war klein, kaum so groß, daß sie sich alle fünf hineinzwängen konnten. Er war ausgekleidet mit mattgrauem Metall. Drei Wände trugen kastenartige Fächer und sahen aus wie Bücherregale aus Metall, aber . . .

„Leer." Kobol atmete schwer. Sein Gesicht war kalkweiß. „Das . . . war kein . . . Barbar."

Alec schwieg.

„Nur einer . . . wußte, was . . . das spaltbare Material wert war", sagte Kobol. „Ihr Vater."

7

ALEC zwang sich, ein paarmal tief durchzuatmen, bevor er antwortete. „Sie glauben, er hat das hier bewußt ausgeräumt?"

Kobol nickte. Seine Augen funkelten bösartig. „Wer sonst? Die Barbaren könnten die Leute und Geräte, die man dafür braucht, gar nicht zusammenbringen. Sie wüßten gar nicht, worum es hier geht . . . Die meisten hatten abgrundtiefe Angst vor dem Ort hier."

Gianelli gab der Wand einen Tritt. „Herrgott noch mal! Wir haben den weiten Weg ganz umsonst gemacht!"

„Ihr Vater wußte, daß wir das spaltbare Material brauchen", sagte Kobol anklagend. „Er hat es weggebracht. Er will die ganze Siedlung vernichten."

Alec erwiderte den Blick des anderen. „Wie lange können wir mit dem, was wir in der Siedlung haben, durchhalten?"

„Ein Jahr, vielleicht eineinhalb. Was spielt das für eine Rolle?"

„Bis dahin haben wir das Material. Wir werden es finden,

und wenn ich den ganzen Planeten auseinanderreißen muß."

Kobol antwortete nicht. Er schüttelte nur den Kopf.

Sie gingen hinaus und durchquerten langsam die leere Halle bis zu dem Eingang, durch den sie hereingekommen waren. Die Besiegten schleppen sich erschöpft dahin, dachte Alec. Trotzdem kam er sich nicht besiegt vor. Er war erregt, beinahe hochgestimmt. Er zwingt mich, ihn ausfindig zu machen, sagte er sich. Das ist sein erster Fehler.

Sie befanden sich gerade im Verbindungstunnel, als es aus Alecs Kopfhörer krächzte: „Da kommt jemand . . . auf uns zu . . ." Die Funkstimme klang schwach und war überlagert von starken Störungen.

„Was?"

„. . . einzelne Person zu Fuß . . . zu uns hier auf dem Fahrzeug . . ."

Alec eilte durch den Tunnel und verließ ihn zur rechten Zeit, um zu hören: „Mensch! Es ist ein Mädchen!"

Die fünf Männer beschleunigten ihre Schritte und verließen das Gebäude. Alec konnte eine einsame schlanke Gestalt auf das Laserfahrzeug zugehen sehen. Sie mußte aus dem Wald gekommen sein. Bis er und seine Männer den Wagen erreichten, war sie fast schon in Rufweite.

„Sie ist unbewaffnet", sagte Kobol.

Und sehr hübsch, dachte Alec. Klein und schlank, bekleidet mit einer fleckigen weißen Bluse und einer langen Hose, die sich glatt um ihre Hüften spannte. Längliches, ernsthaftes Gesicht mit großen Augen. Lange blonde Haare, die der Wind aufwühlte. Sie warf sie mit einer raschen Kopfbewegung zurück, als sie auf das Fahrzeug zuging.

„Sie scheint einen ganz bestimmten Grund für ihr Kommen zu haben", meinte Alec.

„Vielleicht fühlt sie sich einsam", mutmaßte Gianelli glucksend. „Bestimmt nicht deinetwegen, Kerl", kommentierte einer der anderen.

„Sehe sonst niemand", sagte Kobol, der den fernen Wald durch ein Fernglas beobachtete. „Aber zwischen den Bäumen könnte eine ganze Armee versteckt sein."

Wie Hannibals Armee am Trasimenischen See, dachte Alec.

Er beobachtete das herankommende Mädchen. Ein Gesicht, das entschlossen wirkte. Kräftiges Kinn, hervorstehende Backenknochen, schmale Aristokratennase. Die Lippen zusammengepreßt. Aber die Augen wirkten forschend, ein wenig unsicher, vielleicht ein bißchen ängstlich.

Er spürte die Anspannung der anderen, als sie näher kam. Lächerlich, dachte er. Ein Dutzend Männer, bis an die Zähne bewaffnet, nervös wegen eines einzigen unbewaffneten Mädchens. Ein Gewehrverschluß knackte. Todesangst vor einem Mädchen! Alec lächelte beinahe.

„Gianelli, behalten Sie die Gebäude im Auge", ordnete er leise an. „Vielleicht soll sie uns ablenken."

Die junge Frau hob die rechte Hand, die Innenfläche nach außen gedreht, und blieb zwanzig Schritte vor dem Fahrzeug stehen. Alec ging ihr entgegen. Er wußte, ohne über die Schulter blicken zu müssen, daß Kobol sich ihm angeschlossen hatte.

„Mein Name ist Angela", stellte sich das Mädchen vor. Kein Lächeln. Ihre Stimme klang tonlos.

„Ich heiße Alec, und das ist Mar–"

„Alec Morgan und Martin Kobol", sagte das Mädchen.

„Sie kennen meinen Vater." Aus irgendeinem Grund war Alec nicht erstaunt.

„Er hat mich hergeschickt. Um Sie zu warnen."

Einen Augenblick hatte Alec das Gefühl, als erstarre die ganze Welt. Er konnte die Sonne an Schultern und Nacken spüren, den hellen Himmel und das frische Grün der Wälder in der Ferne sehen, die angenehme, aber zurückhaltende Stimme des Mädchens hören. Aber gleichzeitig schien er weit weg zu sein, weiter entfernt als der Mond, und von dort die Szene zu beobachten.

„Wir lassen uns von Warnungen nicht erschrecken", sagte Kobol.

„Augenblick", knurrte Alec. „Wovor sollen Sie uns warnen?"

Sie schob eine Haarsträhne aus der Stirn. „Eine Räuberbande ist unterwegs zum Flughafen. Man hat Ihre Schiffe landen sehen . . ."

„Weshalb sollten sie sich heranwagen? Haben sie keine Angst?“

Angela lächelte schwach. „Angst vor ein paar Dutzend Leuten? Wissen Sie, wie viele das sind?“

„Unsere Feuerkraft ist beträchtlich.“

„Ich weiß“, gab sie zurück. „Die der anderen auch. Sie haben es auf Ihre Waffen abgesehen.“

Kobol trat an sie heran. „Sie lügen! Wir hätten eine große Schar von Leuten in diesem Gebiet bemerkt. Wir haben Sensoren . . .“

„Was Sie nicht sagen!“ Sie wandte sich wieder an Alec. „Hören Sie, Ihr Vater hat mir alles über die Plattform erzählt, die Sie am Himmel haben. Man kann die Angreifer von dort aus nicht sehen – nicht gut genug. Mindestens zweihundert Mann versammeln sich ein paar Kil vom Flugplatz entfernt. Wir versuchen, sie zu stören . . .“

„Das Ganze ist ein Trick“, sagte Kobol.

Sie starrte ihn finster an.

„Wo ist mein Vater?“ fragte Alec.

Angela machte eine Handbewegung. „Im Norden . . . sieben-, achthundert Kil von hier.“

„Und das spaltbare Material?“

„Das was?“

Er hat ihr also nicht alles erzählt, dachte Alec. „Die Maschinen und das Material aus diesen Gebäuden hier. Mein Vater hat sie mit nach Norden genommen?“

Sie zog die Schultern hoch. „Davon weiß ich nichts. Die Gebäude stehen seit Jahren leer.“

Wer's glaubt! dachte Alec. Er wandte sich an Kobol. „Kommen Sie, wir müssen zum Flugplatz zurück. Wenn ein paar hundert Mann unterwegs sind –“

„Das kann nicht sein“, widersprach Kobol.

„Ich lasse mich nicht als Lügnerin bezeichnen!“ fuhr ihn Angela an. „Schon gar nicht von einem Holzkopf, der einen Baum nicht von einem Kuhfladen unterscheiden kann!“

Alec biß sich auf die Unterlippe, um nicht zu lachen. Kobol trat unwillkürlich einen Schritt zurück.

„Kommen Sie", sagte Alec zu Kobol, um Ernsthaftigkeit bemüht. „Wir können es uns nicht leisten, ihre Warnung zu mißachten. Wir müssen los." Er griff nach dem Handgelenk des Mädchens. „Sie können mitkommen."

Sie wich ein wenig zurück. „Ich schaffe es schneller allein."

Alec hielt ihr Handgelenk fest. „Wir haben das Fahrzeug. Damit geht es viel schneller als zu Fuß."

Sie widersprach nicht weiter.

Als sie aufgestiegen waren und rollten, rief Alec die Fähren.

„Hier ist alles ruhig", meldete Jameson gelassen. „Keine Bewegung, wenn man ein paar Vögel ausnimmt."

„Fragen Sie beim Satelliten nach!" befahl Alec. „Man soll das Gebiet so intensiv absuchen, wie es möglich ist."

„Er ist auf der anderen Seite. Erst in vier Stunden kommt er wieder hier herüber."

„Verdammt! Also, dann paßt scharf auf. Den Fähren darf nichts zustoßen."

„Worauf Sie sich verlassen können", versprach Jameson.

DIE ERSTEN Kampfgeräusche wurden hörbar, als sie noch zwei Hügelketten vom Flugplatz entfernt waren.

„Was ist das?"

Es war ein seltsam dumpfes Geräusch. Ein schwaches Poltern, beinahe wie ein Lukendeckel, der weit entfernt in einem Korridor zufällt.

Alec saß am Laser und ließ die Beine herabbaumeln. Angela saß neben ihm. Sie erstarrte bei dem Geräusch.

„Mörser. Will muß angerückt sein –"

Alec schrie zum Fahrer hinunter: „Höchsttempo! Sehen Sie zu, daß wir zu den Schiffen zurückkommen!"

Die Elektromotoren heulten und sirrten, aber das überladene Fahrzeug schien nicht schneller zu werden.

Angela redete gegen den fauchenden Wind und drei ferne Explosionen an. „Will Russo . . ., ein Freund Ihres Vaters . . ., er hat eine kleine Gruppe von uns hergeführt und versucht die Angreifer so lange aufzuhalten, bis Sie starten können."

„William Russo", zischte Kobol. Er stand hinter ihnen. „Er ist also doch nicht tot. Er beging zusammen mit Douglas Morgan Verrat."

Alec mußte den Hals verdrehen und mit zusammengekniffenen Augen in die Mittagssonne starren, um Kobol zu sehen.

„Wir sollten unsere Flanken schützen", sagte Kobol. „In den Wäldern könnte es von Barbaren wimmeln."

„Nein, auf dieser Seite vom Flugplatz sind sie nicht", erklärte Angela.

Alec raffte sich auf und blieb neben Kobol stehen. „Wenn wir Leute zu Fuß hinausschicken, müssen wir langsam fahren. Es ist besser, wir beeilen uns."

„Dreißig Kil in der Stunde?" sagte Kobol verächtlich.

„Immer noch besser als Gehen!" fuhr ihn Alec an.

„Und wenn wir in einen Hinterhalt geraten?"

„Kämpfen wir von hier aus."

Die Fahrt kostete Nerven. Das Fahrzeug fuhr quälend langsam und schien eine Ewigkeit an den Stellen zu brauchen, an denen Bäume und Unterholz bis an die Straße heranreichten. Die Männer umklammerten ihre Waffen und starrten gebannt ins Dickicht. Alec sah, daß sie schwitzten, obwohl die Bäume kühle Schatten warfen und der Wind blies.

Immer wieder blickte er auf Angela. Sie wirkte besorgt, aber nicht angstvoll. Sie rechnet nicht mit bösen Zwischenfällen, dachte er, also brauche ich es auch nicht zu tun. Trotzdem hatte er feuchte Handflächen.

Kobol hielt mit den Fährschiffen ständig Funkkontakt. Alec hatte den Helm abgenommen und ihn mit dem Kinngurt an das Geländer um die Laserkanone gehängt.

Er setzte sich wieder zu Angela. „Kennen Sie meinen Vater gut?"

Sie nickte. „Er ist auch mein Vater."

„W–"

„Stiefvater", fügte sie hinzu. „Er und meine Mutter . . . Bevor sie starb . . ." Sie redete nicht weiter und senkte den Blick.

Alec hatte die Zähne so fest zusammengebissen, daß seine Kiefer schmerzten.

Angela sah ihn wieder an. „Er hat sie sehr geliebt", erklärte sie. „Er war nicht einfach ein Mann, der eine Frau nimmt. Er hat, seit ich klein war, sehr für mich gesorgt."

Alec sagte nichts. In seinem Inneren krampfte sich etwas zusammen, immer enger.

„Leben Sie wirklich auf dem Mond?" fragte sie.

„Ja." Es klang erschöpft und krächzend.

„Habe ich etwas Falsches gesagt?"

„Nichts, was ich nicht schon gewußt hätte, wenn man es genau nimmt. Aber . . ." Er schüttelte den Kopf. „Ich habe nicht erwartet, einer Stiefschwester zu begegnen. Meine Mutter wird das sehr interessieren."

„Oh . . . ja, ich verstehe."

„Wirklich?"

„Ich denke schon." Sie hob ein wenig das Kinn.

Alec schüttelte den Kopf. „Ich glaube nicht."

„Da ist der Flugplatz!" rief Gianelli. „Verdammt noch mal! Die Schiffe sehen *herrlich* aus!"

Alec stand auf. Im selben Augenblick gab es in den Bäumen auf der anderen Seite des Flugfeldes eine Explosion. Schwarzer, von Flammen durchzüngelter Rauch quoll zum Himmel hinauf. Den Bruchteil einer Sekunde danach drang ein brausendes Krachen an sein Ohr. Es war wie ein Faustschlag ins Gesicht.

„Sie kommen näher", sagte Angela. Zum erstenmal schwang in ihrer Stimme Furcht mit. „Will wird sie nicht mehr lange aufhalten können."

Das Fahrzeug ließ die letzte Kuppe hinter sich und holperte jetzt die Straße hinunter auf die Raumschiffe zu. Sie standen immer noch beieinander, im grellen Sonnenlicht silbrig schimmernd, seltsam fremd in dieser Landschaft von weichem Grün und graubraunem Beton. Die anderen Laserfahrzeuge waren hinter den Fähren im Halbkreis aufgefahren. Soweit Alec erkennen konnte, wurde jedoch nicht gefeuert.

„Da, dort drüben!"

Alec blickte in die Richtung, die der ausgestreckte Arm eines Soldaten anzeigte, und sah drei Männer, die rechts von den Schiffen eben aus dem Wald getreten waren. Selbst ohne Fernglas konnte er erkennen, daß sie Schußwaffen über den

Schultern hängen hatten. Sie blieben stehen und schwenkten die Arme.

„Wartet!" schrie Angela, als die Männer im Fahrzeug auf die drei Neuankömmlinge zielten. „Das ist Will! Nicht schießen!"

Bevor man sie aufhalten konnte, sprang sie vom Lastwagen und lief auf die drei Männer zu.

„Nicht feuern!" fauchte Alec. Er zog sich zum Fahrerhaus hoch und klopfte auf das Dach. „Fahren Sie da hin, wo die Männer sind!" Er wandte sich an seine Leute. „Bis auf Kobol alle runter vom Fahrzeug und zu den Fähren! Rasch!"

Ihre Gesichter zeigten, daß ihnen das, was da vorging, nicht behagte, schon gar nicht die Aussicht, ein bis zwei Kil durch offenes Gelände laufen zu müssen, nicht übermäßig weit vom dunklen Wald entfernt. Aber sie gehorchten.

Der Laserwagen hielt neben Angela. Sie blieb stehen, und die drei Männer gingen lässig auf sie zu. Sie trugen unauffällige, beliebig zusammengestellte Kleidung: Hosen mit über den Knien abgetrennten Beinen, uralte graue Hemden, einer von ihnen eine Weste; nur ein einziger hatte Stiefel an. Aber die Waffen wirkten gut gepflegt, und an Gurten trugen sie Munitionskästen.

Alec kletterte vom Fahrzeug, um ihnen entgegenzugehen. Kobol blieb am Laser. Der schwere Kupferspiegel der Kanone war auf Alecs Rücken gerichtet. Innerhalb einer Viertelsekunde könnte er uns verschmoren lassen, dachte Alec.

Angela lächelte wie ein Kind. Sie griff nach Alecs Arm, als wollte sie ihn den herankommenden Männern entgegenzerren.

Einer von ihnen war den anderen vorausgeeilt. „Alec, das ist Will Russo . . . Will, Alec Morgan", sagte Angela.

„Aha! Sie sind also Dougs Junge!"

In der Mondsiedlung hatte es nie einen großen oder kleinen Hund gegeben, doch Alec hatte vor Jahren einmal Videoaufzeichnungen von Kindersendungen gesehen. Jetzt tauchte plötzlich vor seinem inneren Auge das Bild eines großen, jungen, verspielten Bernhardiners auf, und er erinnerte sich, daß der Hund mit seiner gutgemeinten Begeisterung, die erwachsene Männer umwarf und Möbelstücke zerbrechen ließ, die

Geschichte beherrscht hatte. Will Russo erinnerte ihn an solch einen riesengroßen, tapsigen, grinsenden, fröhlichen Jungbernhardiner. Wie viele sehr große und breite Männer hatte er ein wenig gebeugte Schultern, vom Herabbeugen zu Leuten, die kleiner waren als er. Sein Gesicht war rund, mit leicht vorquellenden Augen, geröteten Wangen, rötlichen, gelockten Haaren, die jetzt verschwitzt am Kopf klebten, und einem leichten Grinsen.

„Freut mich, Sie kennenzulernen“, sagte er mit weicher Stimme. Er packte Alecs Hand mit einer mächtigen Tatze und schüttelte sie kräftig. „Tut mir leid, daß wir es so kurz machen müssen, aber die anderen sind viel mehr als wir. Wir können sie vielleicht noch eine halbe Stunde aufhalten –“

Die nächste Explosion untermalte seine Worte.

„Die Wälder wimmeln nur so von ihnen. Auf Ihre Fähren haben sie es ganz besonders abgesehen.“

„Verluste?“ fragte Angela.

Russo zog die Brauen zusammen. „Ein paar. Bis jetzt waren das nur kleine Gefechte, aber nun wird es langsam ernst.“

Noch eine Explosion. Näher diesmal. Alecs Ohren dröhnten.

„Augenblick“, sagte er zu Russo. „Ich muß viel mehr über das erfahren, was hier vorgeht –“

„Großer Gott, das ist keine Zeit für Erklärungen. Sie haben nur –“

Alec stemmte die Fäuste in die Hüften. „Ich gehe nicht weg, bis ich bestimmte –“

Ein heulendes, pfeifendes Geräusch, das klang, als dringe Luft durch ein Leck in der Bordwand, unterbrach ihr Gespräch.

„Achtung!“ schrie einer der Männer.

Russo hechtete auf Alec zu und stieß ihn zu Boden. Bevor Alec etwas sagen oder tun konnte, setzte eine Reihe von Explosionen das Universum in Brand, erfüllte es mit ungeheurem Lärm und erschütterte es in den Grundfesten. Erdklumpen prasselten herab. Alec konnte den ätzenden Rauch auf der Zunge schmecken.

Er lag auf dem Bauch und hatte das Gesicht ins Gras

gedrückt. Nun hob er langsam den pochenden Schädel. Angela lag auf den Knien, während an ihrem Arm ein Blutrinnsal herablief. Russo hatte sich neben ihr ausgestreckt.

„Sie scheinen recht zu haben", sagte er ohne jedes Anzeichen von Angst oder Zorn. „Sie gehen nicht weg." Er zeigte hinüber. Alec sah, daß eine der Fähren in Flammen stand.

8

ALEC starrte auf die brennende Fährrakete. In der Bordwand klaffte ein breiter Riß, und im schwarzen Rauch, der daraus hervorquoll, schossen Flammen hoch.

„Wir müssen den Mörser zum Schweigen bringen, sonst erwischt er auch noch die andere Fähre", sagte Will Russo.

Alec sprang auf und rannte zum Fahrzeug. Kobol schrie in das Funkgerät: „Schafft um Himmels willen die zweite Fähre weg! Wenn die Flammen die Tanks erreichen –"

Alec kletterte hinauf zur Laserkanone und brachte Kobol mit einer Geste zum Schweigen. Er packte seinen Helm, drückte ihn auf seinen Kopf und sagte ins Mikrofon: „Hier Alec Morgan. Alle Leute sofort in die unbeschädigte Fähre und auf der Stelle starten! Habt ihr verstanden! Auf der Stelle!"

„Es passen doch nur achtundzwanzig Mann hinein", widersprach Kobol.

Alec winkte ab. „Befehl bestätigen! Wer hat das Kommando?"

Einen Augenblick lang hörte er im Kopfhörer nur ein Summen. „Hier Jameson", sagte plötzlich eine Stimme. „Die Fähre kann nicht mehr als knapp über dreißig Leute aufnehmen, und wenn es Liebespaare wären."

„Zwängt sie rein!" fauchte Alec. „Keine Diskussion! Laßt Fahrzeuge und Ausrüstung zurück!"

Er blickte auf das Flugfeld hinunter und sah die unbeschädigte Fähre von der brennenden wegrollen.

Wieder meldete sich Jamesons Stimme. „Wir haben hier mindestens drei Verwundete, wenn nicht mehr."

„Schafft sie in die Fähre! Ein Dutzend Freiwillige sollen hierbleiben! Die übrigen können sich in die Fähre quetschen. Nutzt den Frachtraum! Die Laser bleiben hier!"

Russo und seine Leute, Angela eingeschlossen, waren zum Fahrzeug gekommen. Der große rothaarige Mann blickte zu Alec hinauf, die Augen vor dem grellen Licht am Himmel zusammengekniffen, und grinste ihn an. „Könnten Sie ein paar Waffen einsetzen, um die Angreifer zu vertreiben?"

„Kommen Sie rauf", sagte Alec. Er duckte sich unter dem Geländer der Kanone und trat mit dem Fuß auf das Dach des Fahrerhauses. „Fahren Sie los! Schnell!"

Kobol hielt sich am Geländer fest, als das Fahrzeug holpernd anfuhr, und schob sein verkrampftes Gesicht nah an das von Alec heran. „Ich fliege mit der Fähre. Ich bleibe nicht."

„Gut", knurrte Alec. „Aber bleiben Sie in Verbindung. Ich sage Ihnen, wann Sie zurückkommen und uns holen sollen."

„In Ordnung."

Sie starrten einander einen Augenblick an. Er hat nicht die geringste Absicht, mich zu holen, dachte Alec. Und er weiß, daß ich es weiß.

Das Fahrzeug schwankte auf dem Grasboden hin und her. Wieder schlugen zwei Granaten in der Nähe der Rollbahnen ein, aber von beiden Fähren zu weit entfernt, um mehr als Krater im Boden zu verursachen. Der Rauch von der beschädigten Fähre schien verflogen oder wenigstens viel dünner geworden zu sein.

„Vielleicht brennt sie nicht mehr", mutmaßte Angela, während der Wind pfiff und die Einschläge krachten.

Russo schüttelte den Kopf. „Das bezweifle ich."

Alec stand hinter der Fahrerkuppel und verfolgte, wie seine Leute zur unbeschädigten Fähre strömten, die jetzt in der hintersten Ecke des Flugfeldes stand, außer Reichweite der Waffen. Die Laserfahrzeuge umringten die Rakete wie eine Abwehrmauer. Aber sie feuerten nicht. Ein paar Männer standen neben ihnen und blickten zum Wald hinüber, wo gekämpft wurde. Sie gafften wie Zuschauer, die ein seltsames Ritual zu begreifen versuchten. Die übrigen Männer zwängten sich durch die Haupteinstiegsluke in die Fähre, ohne sich umzusehen.

Alecs Fahrzeug hielt neben der Fährrakete. Der Silberanstrich war zerfurcht und versengt. Jetzt sah er schmutzig aus, besudelt von den Grundelementen der Erde.

Jameson stand an der Luke. „Wir sind fast fertig. Fünfzehn Mann wollen freiwillig bei Ihnen bleiben. Der Pilot überprüft das Schiff, um festzustellen, ob Schäden vorliegen, die einen Start verhindern."

Russo trat zu Alec und fuhr sich über die Nase. „Hören Sie, ich möchte mich nicht einmischen, aber wenn Sie nicht anfangen, mit den Laserkanonen den Wald auszuräuchern, kommen Sie mit Ihrer Fähre hier überhaupt nicht mehr weg."

„Gut", sagte Alec. „Wo sind die Leute, die bei mir bleiben? Ich brauche auf jedem Fahrzeug einen Fahrer und zwei Schützen."

„Ich kümmere mich darum", gab Jameson zurück.

„Sie bleiben?"

„Ja."

Alec grinste ihn an. „Fein. Danke."

Kobol packte Alec am Arm und zog ihn ein paar Schritte beiseite. „Sie vertrauen diesen Leuten?" flüsterte er.

„Russo? Ja, warum nicht? Er hilft uns, die Angreifer so lange aufzuhalten, daß ihr starten könnt."

Kobols Gesicht verfinsterte sich noch mehr. „Das sagt *er*. Ich habe weder Angreifer gesehen noch jemanden von seinen Leuten. Nur das Mörserfeuer. Es könnte *sein* Mörser sein."

Alec schüttelte den Kopf. „So hören Sie doch –"

„Nein, Sie hören zu! Im Frachtraum ist noch genug Platz für die restlichen Männer, Sie eingeschlossen!"

„Ich bleibe."

„Um Ihren Vater zu finden?"

„Um die Angreifer aufzuhalten . . . und das spaltbare Material in die Hände zu bekommen, das wir brauchen."

Nun schüttelte Kobol den Kopf. „Wir wissen beide, warum Sie bleiben. Ich will nicht erleben, daß Sie gute Leute aus persönlichen Gründen opfern."

Alec hätte ihn am liebsten an der Kehle gepackt. „Warum bleiben Sie dann nicht freiwillig hier, damit jemand von den guten Leuten ungeschoren davonkommt?"

„Wenn Sie den Narren spielen wollen, können Sie nicht erwarten, daß ich mitmache", knurrte Kobol. Er drehte sich um und ging zur Leiter an der Luke. Er kletterte hinauf und blickte noch einmal herunter. „Ich bringe die Leute zur Satellitenstation zurück. Von dort aus erstatte ich dem Rat genauen Bericht. Ich bin sicher, daß man sich für Ihr Vorgehen sehr interessieren wird. Und Ihre Mutter auch." Er grinste schief. Das Lächeln eines Mannes, der seinen Gegner überlistet hat.

Alec ging auf die Leiter zu, aber sie wurde hochgezogen und verschwand im Schiff. Die Luke klappte zu. Alec sah Kobol ein letztes Mal am Eingang stehen und triumphierend grinsen.

„Alec!" rief Jameson.

Alec drehte sich um und sah ihn ein paar Meter entfernt warten.

„Wir sind fahrbereit", sagte Jameson.

Alec brauchte einen Augenblick, um sich zu fassen. Er ging an den Fahrzeugen entlang und schwang sich auf das eine, mit dem er vorher gefahren war. Will Russo saß schon an der Kanone.

„Ich habe meine Männer in zwei von Ihren Fahrzeugen bemerkt", sagte Russo. „Sie kennen das Gelände gut."

Alec zog den Kinngurt fester. „Also, dann los! Sie geben die Hinweise!" Plötzlich kam ihm ein Gedanke. „Was ist mit dem Mädchen?"

„Angela?" Russo blinzelte. „Ich habe sie vorausgeschickt. Sie soll unseren Leuten sagen, daß sie zurückweichen müssen, um nicht von unserem Feuer erfaßt zu werden."

Das Fahrzeug hatte sich in Bewegung gesetzt und rollte zum anderen Ende des Flugfeldes. Während sie über die verfallenen Landebahnen und den holprigen Boden schwankten, fiel Alec auf, daß der Kampf abgeflaut zu sein schien. Aus dem Wald waren keine Explosionen mehr zu hören.

„Die Fähre weitab liegenlassen", sagte Alec in sein Mikrofon. „Man weiß nie . . ."

Die Fähre explodierte mit einer Wucht, daß er fast vom Fahrzeug gerissen wurde. Der Lastwagen kippte beinahe um, als eine weißglühende Feuerkugel hochsprang und nach ihnen griff. Alec spürte die sengende Hitze im Gesicht.

Der Fahrer riß den Wagen heftig herum, fort von dem gleißenden Feuerball. Alec hielt sich an der Laserkanone fest und sah, wie der Feuerball sich in eine schwarze Säule hochrasenden Rauchs verwandelte, die sich hoch über ihren Köpfen pilzartig verbreitete.

„Menschenskind!“ murmelte Russo.

Nach wenigen Augenblicken waren sie wieder auf Kurs und rollten so schnell, wie die Elektromotoren es zuließen, auf den Wald zu. Zum erstenmal konnte Alec im Gehölz durch sein Fernglas Gestalten erkennen.

Sie wirkten zerlumpt, Arme und Beine waren nackt, keine zwei von ihnen trugen die gleiche Kleidung, aber bewaffnet waren alle. Sie bildeten am Waldrand eine Schützenlinie.

Alec gab den Feldstecher an Russo weiter. „Sind das Ihre Leute?“

Russo blickte kurz durch das Glas. „Nein. Das sind die Angreifer. Und sie haben offenbar Granatwerfer. An Ihrer Stelle würde ich die Laserkanonen auf größtmögliche Reichweite einsetzen.“

Während Alec über Funk die notwendigen Befehle erteilte, tönten drei dumpfe Schläge aus dem Wald.

„Mörserfeuer“, sagte Russo ruhig.

Er trug keinen Helm, keine Körperpanzerung. Er saß auf dem Kanoniersitz, der für ihn viel zu klein war, die Beine gut einen Meter über dem dahinrasenden Boden. Er wirkte völlig gelassen, sogar zufrieden.

Vor ihnen barsten drei Granaten. Alec zuckte zusammen.

„Haben Sie denn keine Angst?“ schrie er Russo zu.

Will grinste. „Könnte schon sein. Ich habe aber schon lange gelernt, daß das nicht hilft, drum achte ich nicht drauf.“

Alec glotzte ihn an.

„Hören Sie.“ Russos Miene wurde ernst. „Wenn wir mit dem Wagen ausscheren und da hinten in den Wald hineinfahren“, er zeigte nach links, „können wir die Mörser vermutlich von der Seite packen und ausschalten.“

Alec hörte Kobols Stimme sagen: „Sie vertrauen diesen Leuten?“

„Gut“, sagte er gedehnt. Er griff nach seinem Helmmikrofon.

Russo schwenkte den Zeigefinger hin und her. „Lieber nicht funken. Die hören uns sonst . . .“

Wieder explodierten Mörsergranaten, eine davon so nah, daß das Fahrzeug durchgerüttelt wurde. Alec duckte sich unwillkürlich und hörte Splitter an die Bordwand prasseln. Vor ihnen schoß eine Flammensäule hoch. Er hörte dumpfe Schreie, als der Wald in Flammen aufging.

Alec beugte sich zur Fahrerkabine hinunter und gab Anweisung, nach links auszuscheren.

Zehn Minuten später schoben sie sich langsam durch eine schmale Waldschneise und rollten eine steile Steigung hinauf.

„Woher . . .“

„Pst!“ Russo legte den Finger an die Lippen.

Alec schob sich zu ihm hinüber. „Woher wissen Sie, wo die Mörser sind?“ flüsterte er.

„Nur eine Vermutung“, murmelte Russo. „Aber sie haben keine sehr große Reichweite, also müssen sie irgendwo da oben hinter der Kuppe sein.“

Die Motoren des Fahrzeugs waren bei dieser geringen Geschwindigkeit kaum zu hören. Das Unterholz war so dicht, daß Äste Alecs Füße streiften. Sein Nacken brannte, und er spürte Schmerzen, als er den Kopf zu drehen versuchte. Ein Ast, der tief herabhing, verfing sich kurz in den Kühlrippen der Laserkanone und peitschte davon.

Im Dickicht konnte man nicht weiter sehen als einige Meter, an den Seiten noch nicht einmal so weit. Wir könnten hier überall in einen Hinterhalt geraten und sind nur zu dritt, schoß es Alec durch den Kopf. Weiter hinten hörte er das Knistern von Flammen, immer wieder übertönt von MP-Feuerstößen. Die Bäume über ihren Köpfen verdeckten den Himmel fast völlig, aber Alec hatte trotzdem den Eindruck, daß er sich grau verfärbt hatte. Rauch?

Dann ein Grollen wie ferner Donner. Es verstummte jedoch nicht. Es wuchs, nahm zu, wurde lauter und immer lauter, bis das ganze Fahrzeug vibrierte.

„Die Fähre hebt ab." Alec richtete sich zu seiner vollen Größe auf und versuchte durch das dichte Laub hindurch etwas zu erkennen. Über seinem Kopf fegte etwas Silbernes vorbei und wurde rasch kleiner . . .

Der ungeheure Schlag eines Überschallknalls zerfetzte die Luft. Alec hatte ihn noch nie zuvor gehört, lächelte aber trotz Schock und Schmerzen. „Sie haben es geschafft. Sie sind auf dem Weg."

„Gut." Russo nickte fröhlich.

Kobol fliegt zum Satelliten zurück, dachte Alec. Er könnte zum Mond zurückkehren und in wenigen Tagen bei meiner Mutter sein. Sogar noch früher, wenn er sich beeilt.

Russo legte die mächtige Pranke auf Alecs Schulter. „Passen Sie auf", zischte er.

Der dumpfe Knall eines Mörsers.

„Anhalten!"

Das Fahrzeug kam zum Stehen. Wieder hörte man dumpfe Schläge auf ihrer rechten Seite. Irgendwo im dichten Gehölz. Die Schneise, die sie befuhren, führte in die entgegengesetzte Richtung.

„Wir müssen vom Fahrzeug herunter", sagte Russo. Er prüfte den Verschluß seines Sturmgewehrs. Er bewegte sich glatt und exakt.

Alec beugte sich zum Heckschlitz der Fahrerkabine hinunter. „Bleiben Sie hier, und machen Sie dicht. Wenn jemand angreift, schießen Sie per Fernsteuerung."

„Verstanden", tönte es dumpf aus der gepanzerten Kabine.

Alec nahm die Maschinenpistole von der Schulter. Es war eine kurzläufige Waffe mit langem Magazin und Schulterstütze.

Russo stand schon auf dem Boden und stieß den Lauf seiner Waffe in das Gebüsch neben dem Fahrzeug. Alec sprang zu ihm hinunter.

„Sicherungshebel umgelegt?"

Alec blickte auf seine Waffe und sah, daß sie noch gesichert war. Er wurde rot und legte den Hebel mit dem Daumen um.

Russo grinste ihn an. „Möchte nicht auf Fremde stoßen, ohne gleich guten Tag sagen zu können."

Sie gingen geduckt ins Dickicht hinein, Russo voran. Hier wuchs alles sehr dicht. Die Zweige zerkratzten Alecs Gesicht, Arme und Beine. Das gefleckte Sonnenlicht brannte heftiger auf seinem Nacken, weil er gebückt ging. Überall summten Insekten, und nach kaum einer Minute spürte Alec Stich- und Juckschmerzen, wie er sie noch nie erlebt hatte. Russo schien das nicht zu stören. Alec kämpfte den Drang nieder, auf seinem Körper herumzuklatschen und zu kratzen.

Das Knallen wurde lauter und wiederholte sich öfter.

„Sie haben viel Munition", flüsterte Russo über die Schulter zurück. „Die verbrauchen ihre ganzen Vorräte, weil sie hoffen, Ihr Material zu erbeuten."

„Hoffentlich haben sie keinen Lasertransporter getroffen", gab Alec zurück.

„Die Laser scheinen sich gut zu halten, wenn man danach geht, wie viele Granaten die Kerle verschießen."

Sie legten sich auf den Boden und krochen unter tiefhängenden Ranken hindurch. Plötzlich zischte Russo: „Halt!"

Alec regte sich nicht. Er spürte, wie sein Herz hämmerte. Der Boden unter ihm war weich und ein wenig feucht, die dampfende Wärme drang an seinen Körper. Er schwitzte. Die Schweißtröpfchen brannten in seinen Augen.

Russo schob sich zu ihm zurück. „Da oben in dem großen Baum, auf der Kuppe . . ."

Alec blickte zu dem höchsten Baum hinüber, der vor dem Himmel aufragte und die belaubten Äste weit hinausstreckte. Auf einem der unteren Äste kauerte ein Mann, ein Fernglas vor den Augen.

„Beobachter. Die Mörser müssen in Rufweite sein."

„Putzen wir ihn weg?"

Russo schüttelte den Kopf. „Wenn wir ihn abschießen, bevor wir genau wissen, wo die Mörser sind, warnen wir nur die Kanoniere. Kommen Sie mit."

Russo schlängelte sich vor Alec durch das Unterholz. In weitem Bogen umgingen sie die Stelle. Nach einigen Minuten begriff Alec. Russo versuchte hinter den Beobachter und die Mörser zu gelangen.

Es dauerte mindestens eine Viertelstunde. Alec bekam keine Gelegenheit, auf die Uhr zu sehen, weil sie ständig in Bewegung waren. Endlich hockte Russo sich vorsichtig auf die Knie, schaute sich um und erhob sich. „Los, stehen Sie auf, und strecken Sie sich. Wir müssen gleich ganz schnell sein."

Sie befanden sich jetzt auf dem anderen Hang des Hügels. Der hohe Baum mit dem Beobachter war kaum zu sehen, weil er nur mit der Krone über den Hügelkamm ragte.

„Sind Sie sicher, daß es derselbe Baum ist?" fragte Alec. „Die sehen alle gleich aus."

„Wenn Sie länger hier sind, nicht mehr."

„Na gut. Was nun?"

„Wir atmen ein paarmal tief durch, dann rennen wir wie die Wilden zu dem Baum, schießen den Beobachter ab, sobald er sich umdreht, und beharken die Mörsermannschaften, wenn sie auftauchen."

„Sind Sie sicher, daß sie da sind?"

Russo nickte. „Ja. Obwohl ich in den letzten Minuten keine Schüsse mehr gehört habe. Vielleicht wollen sie abrücken."

„Also gut", sagte Alec. „Dann los."

„Okay . . ." Russo atmete tief ein. „Jetzt!"

Sie stürmten die restlichen fünfzig Meter durch hüfthohes Dickicht zur Kuppe, Russo als erster. Alec sah, daß er die Waffe bis zur Achselhöhle hob und drei Schüsse abgab. Wider Willen zuckte Alec zusammen.

Etwas fiel aus dem Baum. Alec bemerkte es aus dem Augenwinkel, weil er den Hügelkamm erreicht hatte und acht Männer sah, die mitten in der Bewegung erstarrt waren. Sie hatten die Mörser abgebaut. Die Rohre, die Zweibeinstützen und ein halbes Dutzend Granaten lagen noch herum, als sie aufsahen, manche gebückt, andere aufgerichtet, einer gerade im Begriff, sich mit einem leuchtendroten Tuch den Hals abzuwischen.

Für den Bruchteil einer Sekunde sah Alec dies alles, dann

sprangen die Männer zu ihren Waffen. Alec hörte und fühlte sich schießen. Die Maschinenpistole bäumte sich in seinen Händen auf und ratterte. Zwischen den erschrockenen Männern spritzte die Erde auf. Vier von ihnen wurden zurückgeschleudert, die Arme hochgerissen, die Münder weit geöffnet. Zwei andere schienen zu taumeln, griffen nach den Waffen, die am Boden lagen, und brachen über ihnen zusammen. Die letzten beiden liefen davon.

Alec bemerkte, daß er aus der Hüfte geschossen und den Lauf hin- und herbewegt hatte. Nun richtete er sich auf, hob die Waffe an die Schulter und zielte sorgfältig . . .

Russo klopfte ihm auf die Schulter. „Das genügt. Lassen Sie die beiden laufen."

„Aber sie werden –"

„Großer Gott, Mann, was wollen Sie? Wir haben sieben Männer getötet und ihre Mörser und Handfeuerwaffen erbeutet. Ist das nicht genug?"

Zum erstenmal wirkte Russo gereizt. Nicht direkt zornig, aber verärgert wie ein Vater über sein törichtes Kind.

Alec ließ die MP sinken. „Woher wissen Sie, daß sie tot sind?"

Russo blickte auf die am Boden liegenden Männer hinunter. „Wenn sie es noch nicht sind, werden sie es bald sein."

Langsam gingen sie hinunter. Der Beobachter lag bewegungslos unter dem großen Baum, blutüberströmt, die Beine eingeknickt, das Gesicht verzerrt. Alec drehte sich um und starrte auf die sechs Männer bei den demontierten Mörsern. Sein Magen drehte sich um.

Sie waren zerfetzt, halb auseinandergerissen. Einer hatte kein Gesicht mehr, da war nur noch eine quellende Masse von Rot und Grau. Ein anderer stöhnte.

Alec wandte sich ab und wankte davon. Alles verschwamm vor seinen Augen, aber hören konnte er immer noch.

„Bitte . . . bitte . . ."

„Tut mir leid, mein Sohn. Ich kann für dich nichts tun."

Ein einzelner Schuß.

Alec lehnte sich an einen Baum und erbrach sich.

Nach Stunden, wie ihm schien, kam Russo herauf. „Das erstemal, daß Sie Tote sehen." Es war keine Frage.

„Das erstemal, daß ich . . . schuld bin", stieß Alec hervor.

„Okay. Bringen Sie ihre Waffen zum Fahrzeug. Lassen Sie sich Zeit. Sie müssen fünf-, sechsmal gehen. Ich begrabe sie."

„Sie tun . . . was?"

Russo zuckte beinahe verlegen die Achseln. „Eines Tages wird mich jemand umbringen, und ich möchte nicht über der Erde liegenbleiben, wenn mich die Maden fressen."

„Aber Sie haben sie umgebracht."

„Ja. Und jetzt müssen sie begraben werden." Russo schwieg kurze Zeit. „Man tötet Feinde, wenn sie in der Lage sind, einen zu töten. Wenn sie davonlaufen und keine Waffen haben, läßt man sie laufen. Wenn sie tot sind, begräbt man sie. Und man macht keine Gefangenen, wenn man keinen guten Grund dafür hat."

„Das sind hier die Regeln des Krieges?"

„Die Regeln des Überlebens."

BIS SIE mit ihrer Arbeit fertig waren und das Laserfahrzeug zum Flugfeld hinuntersteuerten, war der Kampf dort längst zu Ende. Russo ließ Alec bei seinen eigenen Leuten und Fahrzeugen am Rand des verkohlten, rauchenden Waldes und entfernte sich in die Spätnachmittagsschatten des Waldes. Bevor die Sonne untergehe, werde er zurück sein, sagte er.

Jameson berichtete vom Gefecht. „Sie tauchten immer wieder im Wald unter. Wir konnten sie mit den Fahrzeugen dort nicht verfolgen und fuhren deshalb am Waldrand ständig hin und her und beharkten sie, wenn sie feuerten. Sie versuchten uns mit den Mörsern zu treffen, aber die meisten Granaten fingen wir auf dem Scheitelpunkt ihrer Flugbahn mit den Laserstrahlen ab."

Zwei Fahrzeuge waren beschädigt, aber noch fahrbereit. Mehrere Männer hatten Verwundungen, Tote gab es keine.

Jameson starrte in den Wald, wo Will Russo verschwunden war. „Sind diese Leute auf unserer Seite, oder was ist los?"

Alec zog die Schultern in die Höhe. „Heute waren sie auf

unserer Seite. Wie es weitergeht, weiß ich nicht. Alle sollen auf dem Posten bleiben."

„Wann holt uns die Fähre?"

„Wenn ich sie rufe."

Alec ahnte, wie Jamesons nächste Frage lauten würde, aber gestellt wurde sie nicht. Nach einem kurzen Zögern sagte Jameson nur: „Ich stelle lieber Wachen auf." Er ging davon und ließ Alec allein stehen.

Der Helmfunk hatte nur eine begrenzte Reichweite, aber in jedem Fahrzeug gab es ein starkes Funkgerät, mit dem man die Satellitenstation erreichen konnte, sobald sie über ihnen stand. Alec kletterte in die leere Kabine des nächstbesten Laserwagens und schaltete das Gerät neben dem Fahrersitz ein.

Der Satellit meldete sich nicht. Nach einigen Minuten begriff er. Er ist schon wieder unter unserem Horizont, dachte er. Verdammt! Und alle Zeitangaben befanden sich in den Fähren.

Er stieg hinaus und sprang ins Gras. Weit draußen auf dem Flugplatz lag das geschwärzte, zerfetzte Wrack der zerstörten Fähre und rauchte immer noch.

Alec blickte auf den stillen Wald, den dunkelnden Himmel, die länger werdenden Schatten der nahenden Dämmerung.

Und plötzlich ging ihm auf, daß sie in einer fremden, feindseligen Welt ganz allein waren.

9

DIE SONNE stand schon hinter den Bäumen, als Will Russo wieder auftauchte. Er kam allein aus dem Wald und ging auf den Halbkreis der Lastwagen am Rand des Flugfeldes zu.

Alec war trotz allem froh, ihn zu sehen. Als Jameson ihm mitteilte, daß Russo zurückkomme, ging Alec ihm bis zur Postenkette entgegen.

„Sie haben sich noch nicht für die Nacht eingerichtet, wie?" fragte Will unvermittelt.

„Nein, bis jetzt noch nicht."

„Gut, gut." Er schien sich ehrlich zu freuen. „Wir haben auf dem ersten Hügelkamm unser Lager aufgeschlagen" – er wies in die ungefähre Richtung –, „und ich würde es für eine gute Idee halten, wenn Sie sich uns anschlössen."

Alec schwieg.

„Der Rest der Angreifer treibt sich hier noch irgendwo herum", fuhr Will fort, „und wenn wir uns zusammentun, sind wir stark genug, um sie während der Nacht abzuschrecken. Wir werden dann beide ruhiger schlafen können."

Meine Fahrzeuge und Waffen und deine im Geländekampf erfahrenen Leute, dachte Alec. Er nickte.

„Können die Lastwagen da hinauf?" fragte er.

„Ja sicher . . ., ich zeige Ihnen den Weg."

„Gut." Alec drehte sich um und rief Jameson heran.

Will grinste jungenhaft. „Prima. Wunderbar. Einigkeit macht stark."

Der Weg hinauf zur Hügelkuppe war schmal und nur schwer zu bewältigen. Eines der Fahrzeuge rutschte in eine vom Regen ausgewaschene Rinne neben der kaum sichtbaren Fahrspur, und sie brauchten fast eine Stunde, um es wieder herauszuziehen. Die Männer mußten die Hinterräder mit Muskelkraft aus dem überwucherten Graben heben, weil die Elektromotoren des anderen Lastwagens zu überhitzen drohten, als man das Fahrzeug freizuschleppen versuchte.

Es war tiefe Nacht, als sie endlich oben ankamen. Alec, auf der Fahrerkabine des vorausfahrenden Wagens, sah eine Handvoll Menschen still um ein kleines Lagerfeuer sitzen. Angela war dabei.

„Ist das Ihre ganze Truppe?" fragte er Will, der neben ihm saß.

„O nein . . ., wir haben noch einmal doppelt so viele Leute als Wachen aufgestellt. Haben Sie die beim Herauffahren nicht bemerkt?"

Alec schüttelte den Kopf.

Die Bäume standen am Hügelkamm weit auseinander, so daß genug Platz vorhanden war, um die Fahrzeuge abzustellen. Alec wies Jameson an, die Männer auf den Lastwagen schlafen zu lassen. Vier Mann sollten wach bleiben und die Infrarotgeräte bedienen.

„Ich weiß nicht recht, ob vier Mann genügen", meinte Jameson halblaut. Sie standen neben einem der Fahrzeuge, vom Lagerfeuer so weit entfernt, daß man sie nicht hören konnte.

„Was meinen Sie damit?"

„Ich will kein unhöflicher Gast sein", sagte er leise und schob die Daumen in den Gürtel, „aber – tja, warum sollten sich die Leute so für uns einsetzen? Vor allem, wenn es dieselben sind, die das spaltbare Material gestohlen haben. Warum haben sie Kopf und Kragen riskiert, um die Angreifer vertreiben zu helfen, und warum bieten sie an, Lager und Essen mit uns zu teilen? Für mich ergibt das keinen Sinn."

Alec mußte ihm recht geben. „Immerhin ist es besser, als allein und ungeschützt dazusitzen. Und wir haben Rationen nur noch für ein, zwei Tage."

„Ich weiß nicht recht", meinte Jameson skeptisch. „Wenn es ihnen nun allein darauf ankommt, sich die schönen neuen Fahrzeuge unter den Nagel zu reißen? Es würde ihnen nicht sonderlich schwerfallen, uns allen die Kehle durchzuschneiden, während wir schlafen."

Die Vorstellung, Will Russo könnte jemanden im Schlaf ermorden, paßte für Alec nicht zu dem Bild, das er sich von dem Mann gemacht hatte. „Einverstanden", sagte er trotzdem. „Sagen Sie den Leuten, sie sollen in den Fahrerkabinen schlafen. Dichtmachen und niemandem öffnen, der nicht von uns ist."

Jameson schwieg einige Sekunden. Im schwachen Widerschein des Lagerfeuers konnte man den Ausdruck auf seinem scharfgeschnittenen Gesicht nicht erkennen. „Also gut", sagte er schließlich. „Aber mir gefällt das ganz und gar nicht."

„Ich könnte mir auch etwas Besseres vorstellen", räumte Alec ein. „Aber ebenso eine viel schlechtere Lage."

„Mag sein."

„Jemand soll am Funkgerät bleiben. Der Satellit muß in der Nacht irgendwann heraufkommen."

Jameson kehrte zum Fahrzeug zurück, Alec ging auf das

Lagerfeuer zu. Angela saß davor. Er konnte im Feuerschein ihr langes Haar golden schimmern sehen.

Das Feuer zog ihn in seinen Bann. Die Flammen, seltsam verkrümmt, tanzend, zuckend, formten sich vor seinen Augen zu Bildern und Erinnerungen. Er starrte es an, dann bemerkte er, daß er in das Feuer starrte, tief in die hochzüngelnden Flammen, während die Scheite dunkelrot aufglühten und die Flammen emporleckten, orangefarben und gelb und blau und . . .

„Hallo. Schon gegessen?"

Alec riß sich von dem hypnotisierenden Anblick los. „Wie bitte? . . . Ah so, nein, noch nicht."

„Was ist denn? Fühlen Sie sich nicht wohl?"

„Doch, doch . . . Es ist nur . . . Ich habe vorher noch nie ein offenes Feuer gesehen. Faszinierend."

„Oh! Ja, das glaube ich."

Sie saßen nebeneinander am Feuer. Zum erstenmal bemerkte Alec, daß an gekreuzten Stangen ein geschwärzter Metallbehälter über den Flammen hing. Angela sagte „Kessel" dazu. Alec hatte den Eindruck, daß es früher ein Benzinfaß gewesen war, aber man hatte es oben abgeschnitten. Die Kanten waren umgebogen und rundgeklopft.

„Nehmen Sie Eintopf aus dem Kessel, und fühlen Sie sich wie zu Hause", lud sie ihn ein.

Alec stand auf und beugte sich über den Kessel. Er enthielt einen suppenartigen brodelnden Brei, in dem Klumpen schwammen. Er dachte an die Injektionen und Pillen vor dem Verlassen des Satelliten, rührte mit seinem Messer um und spießte einen der Klumpen auf. Er hielt ihn auf Armlänge von sich, wo er tropfte und dampfte, ging zu Angela zurück und kauerte sich nieder.

„Nur keine Angst", sagte sie lachend. „Das war ein Kaninchen."

„Kaninchen?"

Es war das erste Mal, daß er sie lachen sah.

„Haben Sie denn nichts, was man als Teller benützen kann? Der Eintopf besteht aus guten Sachen – Karotten und Lauch und allen möglichen Kräutern."

„Äh . . ., so geht es schon. Ich habe im Wagen ein Eßgeschirr, aber zuerst will ich einmal . . ." Er biß in das Kaninchenfleisch.

Welch ein Schmerz! Alec hatte noch nie etwas so Heißes im Mund gehabt. Hustend, nach Atem ringend, würgte er das brühheiße Stück endlich im ganzen hinunter.

Angela hämmerte auf seinem Rücken herum, wirkte angstvoll und schrie ihm ins Ohr: „Wollen Sie Wasser? Alles in Ordnung?"

„Es geht schon", krächzte er mit tränenden Augen. „Mein Mund ist völlig verbrannt, am Mageneingang hat sich ein Stück Kaninchen verklemmt, aber sonst geht es mir gut."

Die acht oder neun Leute am Feuer – zumeist Männer – starrten ihn an, blickten aber rasch zur Seite und unterhielten sich weiter. Alec brachte ein paar Fleischstücke ohne weitere Schwierigkeiten hinunter und entdeckte, daß sie gut schmeckten. So gut, daß er mehr essen wollte.

„Ich hole mein Eßgeschirr", erklärte er und wollte aufstehen.

„Nein, lassen Sie nur", gab Angela zurück. „Nehmen Sie meinen Teller. Ich wasche ihn noch eben ab, ja? Dann brauchen Sie nicht extra zu den Fahrzeugen zu gehen." Sie griff zu einer Büchse voll Wasser, die auf dem Boden stand. Während sie Metallteller und Löffel abwusch, fragte sich Alec: Warum will sie mich von den Fahrzeugen fernhalten?

Er aß stumm und wachsam. Nebenbei fragte er sich, wie lange die Impfungen im Satelliten ihn vor den hiesigen Erregern schützen würden. Der Eintopf war heiß und kräftig, ganz anders als alles, was er bisher gegessen hatte. Angela hielt ihm einen Metallbecher voll Wasser hin.

Als er fertig war, wusch er selbst ab und gab Angela die Eßgeräte zurück.

„Geht es Ihrem Mund besser?" fragte sie und mußte dabei ein Lächeln unterdrücken.

„Ich werd's überleben." Mit der warmen Mahlzeit im Magen fühlte Alec sich gut und gestärkt. Nur der Sonnenbrand am Nacken störte.

„Das tut mir leid. Ich hätte Sie warnen sollen, aber ich kam gar nicht auf den Gedanken –"

„Schon gut", meinte er. „Das Essen war großartig. Vielen Dank . . . Und jetzt gehe ich wohl besser zu meinen Leuten zurück."

Sie stand mit ihm auf und begleitete ihn. Alec war sich bewußt, daß er als einzige Waffe sein Messer dabeihatte. Sie war völlig unbewaffnet.

„Da." Sie hob die Hand. Über dem baumbestandenen Horizont ging der Mond auf. Er war fast voll, leuchtend hell, friedlich und prächtig.

Alec starrte ihn an. Die Lichter von den Oberflächenkuppeln der Siedlung waren nicht zu sehen.

„Wie ist es?" fragte Angela.

„Wie ist was?"

„Das Leben dort . . . auf dem Mond."

„Wir leben nicht *auf* ihm", erwiderte er. „Wir leben unter der Oberfläche. Man kann nicht im Freien herumlaufen wie hier. Man braucht Raumanzug und Helm."

„Warum?"

„Es gibt keine Luft."

Ihre Augen weiteten sich kurz, dann verengten sie sich plötzlich. „Augenblick mal . . ., wie kann man dort leben, wenn es keine Luft gibt?"

Sie setzten sich auf einen Felsblock und verfolgten, wie der Mond am Nachthimmel höher stieg und den vereinzelten silbrigen Wolken nachzujagen schien, während Alec ihr vom Leben auf dem Mond berichtete. Sie weiß wirklich nichts, dachte er und schilderte, wie großartig die Erde dort oben wirkte. Es dauerte nicht lange, und er starrte nicht den Mond an, sondern sie. Im sanften Mondlicht schien sie blaß und goldumrahmt vor der Dunkelheit zu schweben. Mein Gott, wie schön sie ist! sagte er sich.

Sie wandte sich ihm zu. „Zum erstenmal erzählt mir jemand von diesen Dingen. Papa – Ihr Vater, meine ich . . ."

Alec spürte eine eisige Hand, die sich um sein Herz krampfte.

„Komisch“, sagte sie lächelnd, aber mit einem verwunderten Unterton in der Stimme. „Es fällt mir jetzt direkt schwer, ihn Papa zu nennen . . ., seit ich weiß, daß er Ihr Vater ist.“

„Er hat Ihnen von der Siedlung nie erzählt?“ fragte Alec tonlos.

Angela schüttelte den Kopf. „Er wechselte immer das Thema, wenn ich ihn danach fragte. Nach einer Weile stellte ich eben keine Fragen mehr.“

Alec stand auf. „Ich muß nach meinen Leuten sehen. Gute Nacht.“

„Oh!“ Sie zögerte kurz, dann stand sie auch auf. „Gute Nacht, Alec.“ Sie drehte sich um und ging zum Lagerfeuer zurück.

Er wagte nicht, noch etwas zu sagen oder ihr zuzurufen, und stapfte in die andere Richtung davon.

Unter Mißachtung seines eigenen Befehls legte sich Alec im Freien nieder, auf dem Moosboden in der Nähe der Fahrzeuge. Er wickelte sich in eine Plastikplane und hatte die Maschinenpistole neben sich liegen. Viel Schlaf fand er jedoch nicht.

Die Sonne weckte ihn, als er nach eigener Schätzung höchstens eine Viertelstunde gedöst hatte. Nachdem er sich mit Jameson kurz besprochen hatte, ging er steif und mit schmerzenden Gliedern zum Lagerfeuer. Es schwelte nur noch, aber eine der Frauen häufte neues Brennholz auf die Glut.

„Na, Sie sind ja früh munter“, meinte Will Russo jovial. Er stand ein wenig abseits und hatte einen dampfenden Becher in der Hand. Um das Feuer herum ging er auf Alec zu. „Da, trinken Sie einen Schluck Kräutertee. Er ist nicht sonderlich gut, aber Sie werden schneller wach. Wenn Sie sich rasieren wollen . . .“

Alec schüttelte dumpf den Kopf. Als er den Becher an die Lippen führte, fiel ihm der sengende Schmerz vom gestrigen Abendessen ein. Mund und Gaumen taten immer noch weh.

„Äh . . . danke.“ Er gab Will den Becher zurück. „Ich trinke lieber Wasser.“

Will zuckte die Achseln. „Haben Sie schon Verbindung mit Ihrem Satelliten? Kommt man, um Sie abzuholen?"

„Bis jetzt noch nicht", erwiderte Alec, während er sich nach dem Wassereimer bückte. „Wir haben zwar jemanden am Funkgerät, aber bis jetzt rührt sich noch nichts." Er trank aus der Büchse und machte sich wieder Sorgen wegen der Bakterien.

„Ich möchte Sie nur ungern allein im Wald lassen", sagte Russo, „aber wir können nicht mehr lange hierbleiben."

„Ich verstehe."

Alec ging mit raschen Schritten zu den Fahrzeugen zurück. Aus der Kabine des ersten Wagens zog er den Sanitätskasten. Die Tabletten befanden sich alle in säuberlich beschrifteten Gläsern, aber die Hinweise waren nicht allzu genau. Außerdem fehlte schon die Hälfte der Pillen. Alec versuchte sich ins Gedächtnis zu rufen, was man ihm beigebracht hatte, und nahm drei verschiedene Tabletten, die er trocken hinunterschluckte.

„Ach, da sind Sie ja", sagte Ron Jameson.

Alec stieg herunter. „Was gibt's?"

„Funkkontakt."

Alec ging mit Jameson zum dritten Lastwagen. Gianelli saß in der Kabine, hatte einen großen Kopfhörer angelegt und kniff vor Konzentration die Augen zusammen.

„Ja . . ., ja . . ., Empfang immer noch gut. Da kommt er. Augenblick . . ." Er nahm den Kopfhörer ab und hielt ihn Alec hin. „Der Satellit überträgt ein Gespräch von zu Hause. Kobol ist schon wieder in der Siedlung."

Alec setzte den Kopfhörer auf und bog das kleine Mikro vor den Mund. Kobol! dachte er. Er ist zurückgeflogen, so schnell es nur ging. Zwischen dem Satelliten und den Imbrium-Bergwerken muß er den Antrieb voll aufgedreht haben.

Die dicken Ohrhörer dämpften alle Geräusche außer dem Rauschen und Knacken der Störungen. Alec konnte sehen, daß Gianelli zu Jameson etwas sagte, aber ihre Stimmen konnte er nicht hören.

„Hallo . . . hallo . . ., Alec Morgan?" Am Funkgerät saß ein

Mädchen, soviel konnte Alec erkennen, aber die Stimme klang undeutlich und war von Störgeräuschen überlagert.

„Ja. Sprechen Sie."

Eine Pause. Dann sagte eine Stimme: „Alec, hier Martin Kobol. Können Sie mich hören?"

„Ja."

Es dauerte zweieinhalb Sekunden, bis Alecs Antwort den Mond und Kobols Worte wieder die Erde erreichten. Eine deutliche Pause.

„Gut. Hören Sie zu. Ich bin eben angekommen. Der Rat tritt in einer Stunde zusammen. Hier ist alles durcheinandergeraten – unsere sämtlichen Pläne, alles. In der ganzen Siedlung droht echte Panik, wenn wir nicht behutsam vorgehen und die Menschen beruhigen. Sie hatten sich fest darauf verlassen, daß wir das spaltbare Material mitbringen würden."

„Ich weiß. Sparen Sie sich die politischen Reden!"

Wieder eine Pause.

„Wir müssen einen anderen Plan ausarbeiten. Können Sie ein paar Tage da unten durchhalten?" *Oder ein paar Wochen? Oder Monate?*

„Ja, ich glaube schon."

„Gut. Passen Sie also auf. Bleiben Sie, wo Sie sind, und halten Sie durch, während wir uns das weitere Vorgehen überlegen."

„Nein."

Eine lange Pause, die diesmal nicht nur Folge der weiten Entfernung war.

„Wie war das?"

„‚Nein', habe ich gesagt", erklärte Alec. „Wir wissen, wo das spaltbare Material ist. Wir holen es."

„Sie können doch nicht . . ., ich meine –"

„Ich kann und werde es tun. Wir bleiben mit dem Satelliten in Verbindung."

„Das ist doch Wahnsinn. Sie wollen uns zwingen, daß wir eine der eingemotteten alten Fähren herausholen und verfolgen, was Sie unternehmen –"

„Sparen Sie sich das, Martin. Wir sind hergekommen, um das Material zu holen, und wir werden es besorgen. Alles andere ist Nebensache."

Kobols Stimme klang schrill. „Sie können nicht durch den ganzen Kontinent ziehen, um ihn zu finden, Sie Narr. Das kostet Sie und Ihre Leute das Leben."

„Das wäre Ihnen peinlich, wie?" gab Alec zurück. „Hören Sie genau zu, Martin. Wir können durch das Land ziehen und dabei gut zurechtkommen. Hier gibt es genug zu essen."

„Was Sie selbst machen, ist mir egal", sagte Kobol. „Ihre persönlichen Rachegelüste gehen mich nichts an. Aber die anderen zu gefährden, ohne ihnen auch nur Gelegenheit zu geben –"

„Adieu, Martin. Sagen Sie dem Rat, daß ich mich an das Wesentliche halte. Ich beschaffe das spaltbare Material."

Die Zeitverzögerung zwischen ihren Bemerkungen machte aus dem Gespräch zwei Monologe.

„Und dann das Medizinische", sagte Kobol, der jetzt ruhiger geworden zu sein schien. Er hatte sich offenbar wieder in der Gewalt und schien während des Redens fieberhaft zu überlegen. „Sie setzen die Leute allen Krankheiten der Erde aus . . ."

„Ich möchte jetzt mit meiner Mutter sprechen", antwortete Alec. „Bitte, veranlassen Sie das."

„Ihre Impfungen sind nicht genug Schutz . . ." Kobol unterbrach sich. „Ihre Mutter ist damit beschäftigt, sich auf die Ratssitzung vorzubereiten. Bis wir sie herholen könnten, wäre der Satellit wieder unter Ihren Horizont getaucht und außer Reichweite."

„Gut. Dann will ich morgen mit ihr sprechen."

Wieder die Pause. Alec spürte, wie Kobols Gehirn arbeitete.

„In Ordnung, ich sage es ihr. Aber ich möchte Sie noch einmal davor warnen, Ihre Leute zu gefährden. Der Rat wird unüberlegtes Vorgehen nicht gutheißen. Sie sollten bleiben, wo Sie sind, bis wir über den nächsten Schritt entschieden haben."

„Das ist zu gefährlich", gab Alec zurück. „Wir sind hier

schon einmal in der Falle gewesen. Ich will das nicht noch einmal zulassen."

Kobols Stimme wurde schwächer. „Der Befehl für Sie lautet, dort zu bleiben, wo Sie sind."

Alec lächelte schief. „Das geht nicht, Martin. Wir befinden uns hier in viel größerer Gefahr, als wenn wir unterwegs sind. Ich erwarte morgen einen Anruf. Und dann will ich mit meiner Mutter sprechen. Ich gebe Ihnen jetzt noch einmal Gianelli. Sagen Sie ihm die Ephemeriden für den Satelliten, damit wir wissen, wann Sie in Reichweite sind." Alec nahm den Kopfhörer ab und gab ihn Gianelli zurück. „Rasch, bevor der Satellit außer Funkreichweite ist."

Gianelli griff nach den Kopfhörern und grinste. „Macht noch Helden aus uns", murmelte er.

Jameson sagte nichts. Alec stieg vom Fahrzeug und begab sich auf die Suche nach Will Russo. Auf halbem Weg zum Lagerfeuer, das zwei Männer jetzt zuschütteten, sah er den großen rothaarigen Mann auf sich zukommen.

„Hab Sie schon gesucht", empfing ihn Will.

Die Art des Mannes, sein weit ausgreifender, schlaksiger Gang, die herabhängenden Arme, das breite Grinsen auf seinem Gesicht – Alec brachte es einfach nicht fertig, ihm zu mißtrauen.

„Ich habe Sie auch gesucht", sagte er.

„Haben Sie sich mit Ihren Leuten in Verbindung gesetzt?" Russo zeigte mit dem Daumen zum Himmel.

„Ja. Wenn es Ihnen nichts ausmacht, gehen wir mit Ihnen nach Norden . . . Ich möchte meinen Vater finden."

Wills Grinsen wurde noch breiter.

„Gut. Sehr gut. Ich habe eben eine Nachricht von ihm erhalten. Er ist nur ein paar Kil von hier entfernt, in einer Stadt namens Coalfield."

„Hier?" Alec fühlte sich auf einmal schwerelos und halb betäubt.

„Ja." Will nickte. „Nur wenige Kil westlich von hier. In ein paar Stunden können wir dort sein."

10

ALEC achtete kaum auf die vorbeiziehende Landschaft, während er auf dem voranfahrenden Lastwagen saß. Er war unterwegs zu der Stadt, in der sein Vater wartete. Seine und Russos Leute begleiteten ihn. Sie fuhren auf den anderen Fahrzeugen. Sie ließen die Hügel und Wälder hinter sich und erreichten eine Straße. Aber es war keine breite Betonstraße wie diejenige zwischen Oak Ridge und dem Flugplatz, sondern ein schmales, fast völlig zerfallenes Teerband, das sich durch die Landschaft schlängelte. In den Rissen wuchsen Unkraut und Gras.

Hinter sich konnte er Gianelli mit Angela reden hören.

„Sie meinen, Sie gehen die ganze Zeit zu Fuß?" fragte Gianelli ungläubig. „Sie schleppen Ihre Vorräte und Waffen durch die Gegend?"

„Sicher", antwortete sie ein wenig belustigt. „Wir fahren, wenn wir etwas finden, womit wir fahren können. Es existieren nicht mehr viele einsatzfähige Autos oder Lastwagen – hauptsächlich sind es elektrische mit Solarbatterien. Für die anderen gibt es kaum Treibstoff."

„Also laufen Sie", sagte Gianelli noch einmal. „Und schleppen alles auf dem Rücken mit sich herum."

„Wenn wir nicht Pferde oder andere Packtiere finden, ja. Ich habe voriges Jahr, als ich mir ein Bein verletzte, fünfhundert Kil auf einer Kuh zurückgelegt."

„Was für ein Bein war es denn?"

„Das rechte."

„Sieht aber jetzt sehr gut aus." Es klang vielsagend.

„Ja. Und Sie nehmen die Hände weg!"

Alec wandte sich nach hinten. „In den Bäumen könnten fünfhundert Mann versteckt sein", sagte er mit ruhiger Stimme. „Macht eure Spielchen ein andermal."

Gianelli schoß das Blut ins Gesicht. Er preßte die Lippen zusammen, rückte aber von dem Mädchen weg. Angela sah Alec kurz an und schwieg. Er wandte sich ab.

Vor sich konnte er die ersten Gebäude der Stadt sehen. Seine Hände waren plötzlich feucht geworden und zitterten ein wenig. Er umklammerte mit der einen Hand den Haltegriff am Fahrzeug und schob mit der anderen den Munitionsgürtel zurecht. Er ist hier, dachte er. Irgendwo zwischen diesen Häusern . . . Alle seine Sinne schienen schärfer zu werden. Er spürte, wie der Pulsschlag in seinen Ohren pochte und sein Atem schneller ging. Er ist hier! wiederholte er im stillen. Aber tief in seinem Inneren drängte ihn etwas zur Flucht, verlangte, daß er den Rückzug antrat, zum Mond zurückkehrte, das Weite suchte, irgendwohin. Und gleichzeitig konnte er die Ungeduld kaum bezähmen, dem Menschen zu begegnen, den zu finden er hergekommen war.

Alec wußte aus Bildaufzeichnungen, daß es sich um einen kleinen Ort handelte. Trotzdem war die Mondsiedlung dagegen winzig klein. So viele Gebäude, alle oberirdisch! Und welche Vielfalt: einstöckig, zweistöckig, Backsteinfassaden, Holzverkleidungen, Steinblöcke. Fenster, die auf ihn heruntergafften, leer, gähnend, dunkel. Eine Straße nach der anderen, alle paar hundert Meter eine Abzweigung.

Aber leer. Tot. Niemand lebte hier. Niemand war auf den Straßen. Keine Fahrzeuge. Nichts zu sehen als die stummen Häuser und vom Wind verwehter Staub, der in den verlassenen Straßen emporwirbelte.

Alec blickte hinüber zu Will.

„Die Stadt ist verlassen, seitdem der Himmel brannte", sagte Will. „Ab und zu kommt jemand vorbei, aber auf Dauer lebt niemand hier. Es ist zu schwierig, etwas anzupflanzen, und der Ort läßt sich gegen Überfälle kaum verteidigen."

„Woher wissen Sie, in welchem Haus mein Vater ist?"

Will grinste. „Ach, Douglas wird sein, wo er immer ist."

Es war ein einstöckiges Backsteingebäude mit der Aufschrift: US POST OFFICE – COALFIELD, TENN. – 37719.

Will schlug vor, die Fahrzeuge rund um das Gebäude zu postieren. Alec gab den Befehl an Jameson weiter, während der Lastwagen, auf dem er und Will saßen, auf den Parkplatz hinter dem Haus rollte. Unter einem Vordach stand ein einzelnes

Fahrzeug, kantig und offen. Alec kannte es von den historischen Bildbändern als Jeep.

Als er abstieg, fragte er sich, wo sein Vater den Treibstoff dafür hernahm. Wenn er weite Entfernungen damit zurücklegte, mußte er unterwegs Treibstofflager angelegt haben. Dann stand Will Russo neben ihm, griff nach seinem Arm und führte ihn durch einen Eingang, dem schon lange die Tür fehlte.

Im Inneren war es dunkel. Sie gingen durch einen schmalen Korridor und bogen um eine Ecke.

Und da war er. Er stand in der Mitte eines großen Raumes, umgeben von leeren Regalen und halbzerstörten Schreibtischen. Das Dach fehlte zur Hälfte, so daß der Sonnenschein hereindrang. In der stillen Luft schwebte träge der Staub.

Der Raum war groß und weit, aber Douglas Morgan schien ihn auszufüllen. Er war groß und massig, breitschultrig, von mächtigem Körperumfang. Will Russo ist beinahe ebenso groß, dachte Alec, aber während Will einem fröhlichen, jungen Hund gleicht, ist Douglas ein Bär, grau und schwer.

Douglas' Gesicht war kantig und markant. Über der Stirn schwang sich eine dichte Mähne von eisgrauem Haar empor, das kraftvolle Kinn war umrahmt von einem grauen gestutzten Vollbart. Auch die Augen waren grau. Sie starrten Alec unverwandt an und nagelten ihn fest, ohne zu blinzeln.

Ich sehe ihm überhaupt nicht ähnlich, dachte Alec. Kein Wunder, daß er mich haßt.

„Du bist Alec, wie?" Seine Stimme klang laut und herrisch, selbst im Gesprächston. „Du hast wirklich viel von deiner Mutter."

Und von dir nicht? Oder bist du zornig, weil deine Erbanlagen unterdrückt worden sind?

„Ich bin Alec."

„Na, dann komm her und laß dich ansehen. Ich beiße nicht."

Alec ging langsam auf seinen Vater zu. Der Mann war wirklich so groß wie in seinen Kindheitserinnerungen – ein Gigant mit Titanenstimme.

Sie standen einander gegenüber. Keiner streckte die Hand

aus. Keiner lächelte. Trotz der Sonne, die durch das zerstörte Dach hereinschien, fühlte Alec sich kalt und innerlich wie betäubt.

„Er versteht zu kämpfen", sagte Will in das Schweigen hinein. „Er hat mir geholfen, eine gefährliche Mörserstellung zu nehmen. Hat sich sehr gut gehalten."

Douglas nickte. „Immerhin etwas."

„Hinterher ist mir übel geworden", stieß Alec hervor.

Douglas zog die schweren Brauen hoch. „So? Empfindsame Seele, wie? Na ja . . ., einen Menschen zu töten ist keine Kleinigkeit. Aber sei froh, daß du es warst, dem schlecht werden konnte, und daß nicht einem anderen deinetwegen schlecht wurde."

„Wollen wir uns nicht hinsetzen und etwas trinken?" schlug Will vor. „Wir haben bei der Fahrt allerhand Staub schlucken müssen. Ich hätte Lust zu feiern."

„Was zu feiern?" fragte Douglas.

„Euer Wiedersehen."

„Ach, das." Douglas lächelte spöttisch. „Sicher. Offenbar hast du irgendwo unterwegs Fusel gefunden. Dann mach die Flasche auf, und wir feiern ein bißchen. Nur wir drei."

„Ich hole sie." Will eilte zum Eingang zurück.

„Tut mir leid, daß wir für den großen Anlaß nicht saubergemacht und geschmückt haben", sagte Douglas. „Äh . . ., es hapert ein bißchen mit den Möbeln. Möchtest du dich hierher setzen?" Er wies auf den Boden vor einer angekohlten, halb demolierten Holztheke, die sich durch den ganzen Raum zog.

Alec ließ sich achselzuckend auf den Hacken nieder. Er sah zu, wie Douglas sich langsam und steif hinhockte und den Rücken seufzend an die Holzwand lehnte.

„Bei den Regenfällen im Frühling hab ich mir eine Erkältung geholt", sagte er, ohne seinen Sohn anzusehen. „Das Bücken fällt mir verdammt schwer."

Will kam zurück und brachte eine Metallflasche mit. Er setzte sich vor Douglas und Alec auf den Boden. Grinsend schraubte er die Kappe ab und roch am Inhalt. „Mann! Bei der Hitze darf man das nicht aufheben."

Douglas griff danach und schnupperte vorsichtig. „Wette, daß ich mit dem Zeug meinen Jeep pro Gallone fünfzig Kil weit bringe." Er gab die Flasche an Alec weiter. „Da, du bist der Ehrengast. Du darfst als erster trinken. Wenn du danach noch am Leben bist, probieren wir es vielleicht auch."

„So schlimm ist es gar nicht", sagte Will empört. „Der Bauer, der mir den Stoff verkauft hat, schwor Stein und Bein, sie hätten ihn erst im Sommer gebrannt."

Alec griff nach der Flasche und hob sie an den Mund. Die aus der Öffnung aufsteigenden Schwaden schienen in seinen Augen zu brennen. Er trank einen Schluck. Die Flüssigkeit schmeckte scharf und säuerlich. Nicht husten! befahl er sich.

„Nicht übel", sagte er mit Mühe.

Douglas ließ sich die Flasche geben. „Wenn du es aushältst, schaffe ich das wohl auch."

Alec sah, wie sein Vater einen großen Schluck trank, während der Alkohol sich glühend einen Weg zu seinem Magen bahnte. Sie reichten die Flasche zum zweitenmal herum.

„Wir haben viel zu bereden", sagte Douglas schließlich.

„Allerdings", gab Alec zurück.

„Vielleicht sollte ich lieber gehen", meinte Will.

„Nein, du bleibst!" befahl Douglas.

Dann kommt wenigstens Mutter nicht zur Sprache, dachte Alec. Laut sagte er: „Das spaltbare Material ist fort."

„Richtig. Wir haben es nach Norden geschafft . . ., zur, äh, Sicherheit."

„Wir brauchen es."

„Das weiß ich."

„Warum hast du es dann fortgebracht? Warum hast du es nicht selbst zu uns zurückgeschafft? Warum hast du uns im Stich gelassen und bist in diesem Dreckloch geblieben?" Alle Fragen in einem Atemzug.

Douglas hatte die Flasche in der Hand. Er starrte sie an, dann schüttelte er einmal kurz den Kopf, als sei er zu einer Entscheidung gelangt. „Das ist eine lange Geschichte. Aber das Ganze läuft auf einen einzigen Punkt hinaus. Die Mondsiedlung kann allein nicht überleben. Sie braucht die Erde, sonst geht sie zugrunde."

„Natürlich!" knurrte Alec. „Wir brauchen das spaltbare Material –"

„Darum geht es nicht." Douglas drehte sich zu Alec herum und lehnte sich fester an die Theke. Das Holz knarrte. „Es geht um mehr als um das spaltbare Material – um viel mehr. Es geht um den Fortbestand der Siedlung."

„Ich verstehe nicht."

„Paß auf. Die Siedlung war nie dazu vorgesehen, gänzlich autark zu sein, stimmt's? Als die Sonne aufflammte, war man plötzlich allein auf sich gestellt. Nachschub von der Erde gab es nicht mehr."

„Und wir halten uns nun schon seit fünfzig Jahren, und zwar nicht schlecht", warf Alec ein.

„Das bildet ihr euch ein." Douglas' Stimme wurde lauter. „Aber sieh dir das einmal objektiv an. Ihr verlaßt euch immer noch auf die Maschinen, die vor der Sonnenfackel da waren, nicht? Niemand hat neue Reaktoren, neue Verarbeitungsanlagen, neue Raketenfähren gebaut, oder? Niemand hat auch nur die Solarbatterienfelder erweitert oder versucht, die Anlagen auf den Strom umzustellen, den diese Batterien liefern. Nein, statt dessen schleicht ihr euch immer wieder auf die Erde, um spaltbares Material für die Reaktoren zu holen."

„Und?"

„Was geschieht denn, wenn ihr alles spaltbare Material verbraucht habt, das ihr finden könnt? Was dann?" herrschte ihn Douglas an.

„Das wird noch Jahrhunderte so gehen."

„Jahrhunderte, Jahrtausende . . ., wo ist der Unterschied? Es kommt doch darauf an, daß es eines Tages soweit sein wird, und wenn ihr dann nicht das Wissen und den Mumm habt, neue Geräte zu bauen – etwa Fusionsgeneratoren –, dann geht ihr zugrunde. Alle miteinander."

„Aber das liegt so weit in der Zukunft . . ."

„Und wie steht es mit den Medikamenten?"

„Wir stellen alles künstlich her, was wir brauchen."

„O ja, natürlich tut ihr das", sagte Douglas höhnisch. „Aber wie viele Leute in der Siedlung haben zu brüchige Knochen, um zur Erde fliegen zu können? Wie viele von deinen Leuten werden einen Sonnenstich bekommen, weil sie nicht genug Melanin im Körper haben? Und das da an deinem Nacken ist übrigens ein sehr schöner Sonnenbrand."

Alec geriet in Verwirrung. „Das sind doch Erbfragen . . ., die Medizin kann nicht –"

„Genau!" fuhr Douglas dazwischen. „Was ist mit den vier oder fünf Leuten, die jedes Jahr in der Siedlung an Krebs sterben? Wie?"

Verstört antwortete Alec: „Krebs ist unausweichlich . . ., das weiß jeder . . ."

„Ist er das, ja?" Douglas warf einen Blick zu Will hinüber und wandte sich wieder Alec zu. „Bevor der Himmel in Flammen aufging, wurden auf der Erde krebshemmende Medikamente hergestellt, mein Lieber."

„Wirklich?"

Douglas nickte. „Und in eurer Siedlung wird der Krebs häufiger, mit einer Zunahme von fünf Prozent im Jahr. Noch eine Generation, und . . . fft!" Er schnalzte mit den Fingern.

„Nein –"

„Ich habe es selbst berechnet, und das liegt schon zehn Jahre zurück. Krebs, Geburtsschäden, andere genetische Erkrankungen – in der Siedlung alles im Zunehmen. Wegen der Inzucht. Der Genpool der Siedlung ist nicht groß genug, um lebensfähig zu sein!"

„Nein, warte –"

„Nein, hör *du* zu. Die Siedlung stirbt. Sie ist zu klein und zu stark von Inzucht bestimmt, um zu überleben. Sicher, vielleicht kommt ihr noch einmal fünfzig Jahre oder länger durch . . ., aber schon das bezweifle ich. Als ich wegging, waren bereits viele Belastungen sichtbar. Ich wette, daß es immer ärger wird. Niemand weiß, wie man neue Anlagen baut. Ihr habt ein paar kluge Ingenieure und Techniker, aber keine nennenswerten Wissenschaftler, nur einige Astronomen. Und die genetischen Defekte werden stillschweigend unter den Teppich gekehrt, weil niemand weiß, wie sie zu behandeln sind oder was man tun muß, um sie zu unterbinden."

„Er hat recht", sagte Will. „Ich war früher Arzt, wissen Sie. Was Douglas sagt, ist absolut richtig."

Alec funkelte die beiden an. „Also habt ihr beschlossen, die Siedlung sterben zu lassen. Du bist weggegangen, ohne je zurückkommen zu wollen."

„Das ist völlig falsch", sagte Douglas. „Die Siedlung wird zugrunde gehen – *wenn sie allein bleibt.* Ich versuche sie zu retten, indem ich euch zwinge, die Verbindung zur Erde wiederherzustellen. Und dazu muß ich auf der Erde eine lebensfähige Zivilisation aufbauen. Richtig?"

Ein glühender Strom von Wut brach aus Alec hervor. „Das ist doch nur ein Vorwand! In Wirklichkeit willst du dir hier ein eigenes kleines Reich aufbauen und die Siedlung zwingen, sich ihm zu unterwerfen."

„Ich sehe schon, daß deine Mutter dich erzogen hat", erwiderte Douglas lächelnd. Er zuckte mit den Schultern. „Nenn es ein Reich, eine Renaissance, einen Versuch, den völligen Untergang der Menschheit als Gattung zu verhindern . . ., nenn es, wie du willst. Aber ich werde die Überreste der Zivilisation auf die eine oder andere Weise wieder zusammenführen. Und ich möchte, daß du dabei mitarbeitest. Du bist mein Sohn, und –"

„Und eines Tages werde ich alles erben?" schrie Alec. „Als Thronfolger? Als Erbprinz?"

„So ungefähr", murmelte Douglas.

„Dann bist du ein Verrückter! Weißt du denn nicht, daß Kronprinzen nur darauf sinnen, wie sie den Herrscher vom Thron stoßen können?"

Douglas schwieg. Er saß da und starrte seinen Sohn an. Dann erhob er sich langsam und ging hinaus.

Alec rührte sich nicht.

Will schüttelte traurig den Kopf. „Ich sollte meine Nase da nicht hineinstecken – Vater und Sohn, na ja. Aber das war doch eine Gemeinheit. Er hat zehn Jahre auf das Wiedersehen gewartet."

„Und jetzt hat er mich gesehen“, sagte Alec, der das Ganze plötzlich satt hatte. „Was hat er erwartet? Glückwünsche dazu, daß er uns im Stich gelassen hat? Einen Orden, weil er fünfhundert Menschen den Rücken kehrte, um hier unten den König spielen zu können?“

„Hinter dem Ganzen steckt vieles, was Sie nicht begreifen.“

„Nein.“ Alec stand auf. „Ich verstehe ihn sehr gut. Er kann behaupten, was er will, aber es bleibt dabei, daß er lieber hier unten ein König ist als oben ein verantwortlicher Bürger der Siedlung. Und er will uns zur Unterwerfung zwingen, indem er das spaltbare Material zurückhält. Er weiß, daß wir ohne das nicht überleben können.“

„Ihr werdet nicht einmal mit dem Material überleben“, sagte Will leise. „Genau das wollte er Ihnen klarmachen.“

Der Nachmittag schien kein Ende nehmen zu wollen. Alec lief allein durch die verlassenen Straßen, wirbelte Staubwölkchen auf, starrte das Unkraut und ein paar verkümmerte Blumen an, die der warme Wind zauste. Rings um die Stadt wuchsen die Bäume hoch in den Himmel, aber die Bäume in den Straßen waren nichts als dürre Skelette.

Alec brauchte einige Stunden, um zur Ruhe zu kommen und seine Fassung soweit wiederzugewinnen, daß er seinen Männern gegenübertreten konnte, ohne ein Zittern seiner Hände oder ein Versagen der Stimme fürchten zu müssen. Er hat sich eingeredet, er sei im Recht, dachte er. Und Will und die anderen hat er überzeugt. Alles, was Mutter mir über ihn erzählt hat, ist wahr. Er findet für alles eine Begründung – dafür, daß er uns im Stich gelassen hat, dafür, daß er uns einfach unserem Schicksal überläßt. Und dann behauptet er noch, es wäre zu unserem Besten! Der gemeine Kerl!

Die flammende Pracht des Sonnenuntergangs beachtete Alec nicht, und erst als es dunkel wurde, kehrte er zu den Fahrzeugen zurück. Er verirrte sich ein paarmal, fand aber endlich das Postamt und auch seine Leute. Sie saßen zusammen mit Wills Begleitern an einem offenen Feuer vor dem Gebäude und aßen.

„Da sind Sie ja", sagte Jameson, als Alec aus der Dunkelheit bei den Lasertransportern trat. „Ich wollte Sie schon suchen lassen."

„Unnötig", gab Alec zurück.

Seine und Wills Leute saßen bunt durcheinander. Die Mädchen von Russos Gruppe waren auch dabei, lachten viel und bezauberten die Männer. Angela war allerdings nirgends zu sehen. Alec setzte sich ans Feuer und aß mit. Er fragte nicht danach, was im Kessel war. Es schmeckte nach nichts – jedenfalls für ihn.

Als er gerade fertig war, erschien Angela.

„Papa möchte Sie sprechen", sagte sie mit gepreßter Stimme.

Er stand auf und ging mit raschen Schritten davon. Obwohl sie klein war, hielt sie mit ihm Schritt. Klein, aber zäh, dachte er. Sie hat viel mitgemacht.

„He, Alec, wo gehen Sie hin?" rief ihm Gianelli nach. „Tun Sie nichts, was wir nicht tun dürfen!" Das allgemeine Gelächter tönte hinterher.

Sie gingen in die Dunkelheit hinein, um das Haus herum.

„Er ist nicht Ihr Vater", sagte Alec grimmig.

Sie schob das Kinn vor. „Mehr als –", brauste sie auf, schien es sich aber anders zu überlegen. „Sie haben recht", sagte sie statt dessen. „Er ist nicht wirklich mein Vater."

„Und Sie sind nicht meine Schwester."

„Und?"

„Sie sollten das nicht vergessen."

„Ich werde daran denken", sagte sie spröde.

Douglas saß in seinem Jeep, der hinter dem Postamt abgestellt war. Nur die Sterne gaben Licht; der Mond war noch nicht aufgegangen.

„Danke, Angela", sagte Douglas leise. „Wenn es dir nichts ausmacht, möchte ich allein mit Alec reden."

„Es macht mir nichts aus . . ., Papa." Sie betonte das letzte Wort besonders.

„Also?" sagte Alec, der am Jeep stehengeblieben war. In der Dunkelheit konnte er den Ausdruck auf dem Gesicht seines Vaters kaum erkennen.

„Was hast du vor?"

Alec zögerte kurz. „Ich weiß es noch nicht genau", sagte er dann wider besseres Wissen. „Ich muß erst mit Mutter und mit dem Rat sprechen."

„Sie ist im Rat?"

„Die Vorsitzende."

Douglas gab einen Knurrlaut von sich. „Das hätte ich mir denken können. Matriarchalische Gesellschaften landen immer bei einer Bienenkönigin."

Alec ballte die Fäuste, sagte aber nichts.

„Hör zu", fuhr Douglas fort. „In den nächsten Tagen werdet ihr die Ruhr bekommen, du und deine Leute. Das ist nicht lebensgefährlich –"

„Nein, wir haben Tabletten und –"

„Quatsch! Die Tabletten helfen euch gar nichts, verlaß dich drauf. Sobald ihr eßt, was hier wächst und gedeiht, verändert sich die Darmflora, und ihr bekommt die Ruhr. Dagegen ist nichts zu machen. Ihr geht dabei zwar nicht zugrunde, aber ihr werdet euch wünschen, ihr könntet es. Ihr werdet nicht in der Verfassung sein, weiterzuziehen oder euch zu verteidigen. Wenn ihr nicht mit den Fähren abfliegen könnt, seid ihr hilflos. Und ich kann es mir nicht leisten, daß meine Leute hier tagelang herumsitzen und euch beschützen."

„Dann geht doch", fuhr ihn Alec an. „Wir brauchen eure Hilfe nicht."

„Ihr könntet mitgehen."

„Und dir helfen, dein Reich aufzubauen?"

„Mithelfen, deine Mutter und die anderen in der Siedlung zu retten."

„Die rette ich – indem ich das spaltbare Material beschaffe."

Douglas schüttelte bedächtig den Kopf. „Nein. Das kannst du nicht. Es ist weit von hier und zu gut geschützt. Du wärst längst tot, bevor du auf hundert Kil herankämst."

„Ich bin wegen des Materials hergekommen."

„Du verlierst dein Leben dabei."

„Willst du mich umbringen?"

„Ich brauche keinen Finger zu rühren", gab Douglas erbost

zurück. „Hier kannst du auf hunderterlei Art ums Leben kommen: Räuberbanden, Krankheiten, Verletzungen . . ., du kannst sogar verhungern, wenn du vom Überleben so wenig Ahnung hast, wie ich annehme."

„Ich bekomme das spaltbare Material, so oder so!"

„Ach, wirklich?" sagte Douglas sarkastisch. „Na, das wird dir ein kleines bißchen schwerfallen. Erstens wird deine Mutter, wenn du mit ihr redest, dir befehlen, sofort nach Hause zu kommen. Ich kenne sie. Niemals läßt sie zu, daß ihr Söhnchen hier ungeschützt herumläuft und sich den Fuß verstaucht."

„Du magst *sie* gekannt haben", fauchte Alec, „aber *mich* kennst du nicht."

„Das ist wahr. Nur bedauerlich, daß sich das nicht mehr nachholen läßt. Du fliegst nämlich entweder zum Mond zurück oder bist hier innerhalb einer Woche tot."

„Das werden wir sehen."

„Allerdings. Zu schade, daß du das mit dem Leben bezahlen mußt. Du hättest einiges in dir gehabt. Stur genug, um ganz mein Sohn zu sein, bist du auf jeden Fall, das gebe ich zu."

Douglas streckte die Hand nach dem Ganghebel aus und gab Gas. Alec zuckte zurück, als der Motor aufbrüllte. Douglas legte wortlos den Gang ein, daß es im Getriebe knirschte, und fegte in einer Wolke von Staub und Benzinschwaden davon.

Alec stand eine Weile da und versuchte mit dem Gedanken fertig zu werden, daß er willens und fähig gewesen wäre, den Mann auf der Stelle umzubringen.

11

AM NÄCHSTEN Morgen, als der Funkkontakt erneut hergestellt wurde, rechnete Alec mit Einwänden von seiner Mutter, doch sie blieben aus.

Er saß in der gepanzerten Fahrerkabine, allein und von den anderen isoliert. Er schilderte, was alles vorgefallen war, und gab seinen Entschluß bekannt, nach Norden zu gehen und das spaltbare Material zu holen.

Die Stimme seiner Mutter klang fern, viel kälter und distanzierter, als die Strecke von hier zum Mond es zu rechtfertigen schien. „Du mußt tun, was getan werden muß“, sagte sie mit metallisch klingender, eisiger Stimme über das Rauschen und Knacken im Kopfhörer hinweg.

„Wenn ich das spaltbare Material gefunden habe, könnt ihr uns Verstärkung schicken.“ Er spürte, daß andere Überlegungen sie beschäftigten.

„Gut, Alec. Der Rat wird deinen Plan akzeptieren. Dafür sorge ich.“

„Und Kobol?“

Ihr Zögern dauerte länger als die Nacheilung des Signals. „Mit Kobol werde ich fertig. Er wird dich nicht aufhalten.“

„Ihr müßt die anderen Fähren einsetzen und Nachschub für uns abwerfen. Wir brauchen Medikamente und Munition, wir brauchen Treibstoff für die Fahrzeuggeneratoren.“

„Das kostet Zeit“, sagte sie. „Mindestens einige Tage, vielleicht sogar mehr.“

„In Ordnung. Ich bleibe über den Satelliten in Kontakt mit dir. Es wäre sinnvoll, einen automatischen Relaissatelliten in eine synchrone Umlaufbahn zu bringen, damit wir ständig in Verbindung bleiben können.“

Ihre Stimme wurde schwächer; die Satellitenstation geriet außer Reichweite. „Ich versuche es, Alec. Ich versuche es.“

„Paß gut auf dich auf, Mutter. Sei vorsichtig.“

„Du auch, Alec. Tu, was getan werden muß. Finde ihn und tu, was getan . . .“ Ihre Stimme verklang zu einem unhörbaren Flüstern.

Alec blieb noch mehrere Minuten lang allein in der Fahrerkabine sitzen, gelähmt von einem unerklärlichen Schwächegefühl. Ich darf mich nicht gehenlassen, dachte er. Ich bin für fünfzehn Menschenleben verantwortlich. Er griff nach dem Türöffner. Plötzlich durchzuckte ein scharfer Schmerz seinen Körper. Alles drehte sich um ihn.

Schwindlig torkelte er aus dem Fahrzeug. In der Morgenluft war es kühler. Er atmete ein paarmal tief durch und kämpfte die Schmerzen nieder.

„He!" rief er einem seiner Leute zu. Der Mann beschäftigte sich mit dem Brennstoffelement des Transporters hinter der Kabine, unmittelbar unter dem Lasergeschütz. Er hob den Kopf. Alec erkannte ihn, konnte sich aber nicht auf seinen Namen besinnen.

„Holen Sie die Medi-Bänder, und informieren Sie sich über Ruhr. Gianelli soll alles Verfügbare dazu in Erfahrung bringen, wenn der Satellit wieder auftaucht."

Der Mann sah ihn verwirrt an. „Der Satellit kommt aber erst in zwölf Stunden wieder, oder?"

Alec nickte, und ihm wurde wieder schwindlig. „Ja. Los!"

„Okay. Ruhr?" Er wirkte betroffen.

Alec kämpfte gegen die immer stärker aufsteigende Übelkeit an und ging an den Fahrzeugen entlang, um Ron Jameson zu suchen.

Endlich fand er ihn. Jameson saß am Boden, an ein Vorderrad gelehnt, und reinigte ein Sturmgewehr. Die Waffenteile waren auf einem Tuch ausgebreitet. James ölte gerade das Schloß. Alec wankte heran.

„Sie hat es also auch erwischt", stellte Jameson fest.

„Und Sie?" Alec sank neben ihm auf den Boden.

Jameson nickte. „Gestern nacht ein Anfall. Nicht erfreulich."

„Wir kriegen sie alle. Und Douglas zieht seine Leute ab."

„Ich weiß. Will Russo war hier und hat Sie gesucht. Es paßt ihm gar nicht, aber er rückt noch vor dem Mittag ab."

Alec lehnte den Kopf an das kühle Metall und schloß die Augen. „Dann sind wir allein . . ."

„Mit Durchfall und Erbrechen als Gesellschaft", sagte Jameson tonlos.

„Was können wir tun?"

„Sie schicken uns nicht die Fähre?"

„Nein . . ." Alec krümmte sich unter den krampfartigen Schmerzen zusammen. „Wir gehen nach Norden und suchen das spaltbare Material."

Jameson schwieg lange. Alec starrte ihn dumpf an. Der andere ließ den Blick durch die Runde gleiten.

„Tja", sagte er schließlich. „Wir schaffen am besten die Fahrzeuge in die Gebäude hinein, wo man sie nicht so leicht entdeckt. Und zwar so, daß die Laser alles ins Kreuzfeuer nehmen können, falls wir wirklich angegriffen werden. Wir müssen uns mit kranken Leuten verteidigen."

„Wir haben die Feuerkraft auf unserer Seite", meinte Alec.

Jameson sah ihn verächtlich an. „Das wird nicht viel helfen, wenn die Kanoniere die Hosen voll haben."

Alec hielt es nicht länger aus. Er raffte sich mühsam auf und wankte davon, um eine abgelegene Stelle zu finden, wo er seiner Übelkeit freien Lauf lassen konnte.

Die Sonne stand fast senkrecht am Himmel, als er sich zwang, auf die Straße vor dem Postamt zurückzukehren. Er war in Schweiß gebadet und fröstelte gleichzeitig. Er bemerkte, wie sehr er stank. Seine Knie zitterten.

Von hinten packten ihn starke Arme. „Mein Gott, es hat Sie schwer erwischt, wie?" Will Russos Gesicht war todernst.

„Es . . . geht schon . . .", stieß Alec hervor.

Will führte ihn ins Postamt und drückte ihn auf den Boden nieder. Dann ging er neben ihm in die Hocke. „Hören Sie, wir müssen los", erklärte er. „Im Norden tut sich allerhand, womit wir uns befassen müssen –"

„Dann gehen Sie." Alec hob schwach die Hand.

„Lassen Sie mich doch ausreden. Ich weiß, daß Sie am liebsten sterben möchten, aber so gefährlich ist es nicht. In ein paar Tagen haben Sie sich erholt. Sie dürfen nur kein Fieber bekommen – das macht Sie für andere Krankheiten anfällig. Haben Sie Mittel dagegen, Aspirin, irgend etwas?"

„Ja, aber nicht viel anderes."

„Etwas anderes brauchen Sie nicht. Nehmen Sie Tabletten, und machen Sie kalte Umschläge. Die anderen auch."

„Gut." Innerlich zuckte Alec vor dem Gedanken an diese Verschwendung von Wasser zurück. Wasser war zu kostbar.

„Okay", sagte Russo. „Ich sehe, daß ein paar von Ihren Leuten noch genug Kraft haben, um die Fahrzeuge in Garagen und Hallen zu fahren. Das ist gut. Lassen Sie sich nicht blicken, dann belästigt Sie vielleicht niemand."

Alec schwieg.

„Die Bande, mit der wir zu tun hatten, scheint abgezogen zu sein. Aber es werden sich andere herumtreiben, darauf können Sie sich verlassen. Ich habe ein paar von den Bauern hier gebeten, ein bißchen auf Sie aufzupassen und Ihnen Bescheid zu geben, falls Banditen auftauchen. Die Einheimischen mögen die Kerle nicht und haben immer mit uns zusammengearbeitet. Eine Warnung erhalten Sie also auf jeden Fall."

„Gut."

„Aber verlassen Sie sich nicht zu sehr darauf", sagte Will einschränkend. „Sie riskieren nicht die eigene Haut, um euch zu helfen. Bleiben Sie daher selbst wachsam, vor allem nachts."

Na klar, dachte Alec. Bleibt wach. Wir können von Glück reden, wenn wir überhaupt bei Bewußtsein bleiben.

„Also . . ." Russo stand auf und sah auf Alec hinunter. „Viel Glück. Ich hoffe, Sie kommen durch und wir sehen uns wieder."

Wenn es wirklich dazu kommt, dann zielen wir mit den Waffen aufeinander, dachte Alec.

In der ersten Nacht war es gar nicht so schlimm. Bevor der Mond aufging, glaubte einer der Männer, jemanden auf der Straße zu bemerken, und gab eine Salve ab. Alles fuhr hoch, ob gesund oder krank, aber der Alarm war schnell vorbei. Als der Mond heraufkam und hell am Himmel stand, wurde es in der Stadt ganz still. Jedenfalls soweit das Alecs Leute beurteilen konnten.

Am nächsten Tag bewölkte sich vormittags der Himmel, am frühen Nachmittag begann es zu regnen. Alec lag wie ein Häufchen Elend auf dem Boden im Postamt neben den beiden Transportern, die hineingefahren worden waren. Der Regen troff durch das zerstörte Dach und verstärkte die Qual der Männer durch Pfützen, Rinnsale und kalte, zugige Luft.

Ron Jameson hielt sich am besten. Er war auf den Beinen, ging von Gebäude zu Gebäude, von einem Mann zum anderen, verteilte Medikamente, sorgte für Disziplin und eine halbwegs erträgliche Stimmung. Bei Alec dagegen zeigte er sich grimmig.

„Ich habe mich mit Russos Leuten unterhalten, solange sie noch hier waren“, sagte er, während Alec auf dem Doppelsitz einer Fahrerkabine lag und mit den Zähnen klapperte. Auf das Dach trommelte der Regen. Jameson beugte sich vor. „Sie sagten, daß die Bauern in der Gegend die Banden nicht leiden können, aber solange sie in Ruhe gelassen werden, helfen sie uns nicht.“

„Will hat gesagt, sie würden uns warnen.“ Alec brauchte seine ganze Kraft, um die Worte hervorzustoßen.

Jameson sah Alec durchdringend an. „Verlassen Sie sich lieber nicht darauf. So, wie es jetzt regnet, könnten die Banditen mit einer Blaskapelle einmarschieren, ohne daß sie uns auffielen.“

„Wie viele . . . sind noch auf den Beinen?“ fragte Alec ächzend.

„Sie erholen sich langsam. Sieben oder acht Mann sind wieder so gut wie auf dem Damm.“

„Von fünfzehn.“

„Das Schlimmste haben wir hinter uns. Ich glaube, Sie hat es am ärgsten erwischt.“

Alec lächelte schwach. „Wenigstens muß das kein anderer durchmachen . . .“ Er hatte Aspirin und Antibiotika wieder erbrochen. Die Krämpfe und der Durchfall ließen ein wenig nach, aber er fror erbärmlich und war völlig kraftlos. Nichts wollte im Magen bleiben.

„Wir schaffen es“, sagte Jameson und zwang sich ein Lächeln ab. „Wenn die Sonne wieder herauskommt, geht es besser.“

Alec übersetzte das für sich: Wenn wir die heutige Nacht überstehen, haben wir eine Chance.

Er schlief ein. Als er wach wurde, war es dunkel. Der Regen tropfte immer noch auf das Kabinendach, schien aber nachgelassen zu haben. Er hatte wieder Krämpfe. Mühsam richtete er sich auf. Schmerzen überfluteten ihn. Schwindlig hielt er sich an der Tür fest und fiel halb aus dem Wagen.

Alles war naß. Der triefende Regen auf Kopf und Schultern tat beinahe wohl. Alec preßte die Hände auf den Bauch und torkelte zum Hintereingang hinaus. Falls ihn von den anderen jemand entdeckt hatte, ließ sich jedenfalls keiner etwas anmerken. Er selbst sah niemanden.

Er zerrte an seinem Gürtel, als sich die erste Explosion ereignete. Sie erfaßte ihn und warf ihn auf den schlammigen Boden, zehn Meter von seinem ursprünglichen Platz entfernt. Die Rückwand des Postamts war jetzt ein einziger Flammenvorhang. Wie in Zeitlupe sank sie in sich zusammen. Funken und brennende Bruchstücke flogen in die Luft. Männer brüllten.

Alec rollte sich im eiskalten Schlamm auf den Rücken. Schüsse. Schreie. Das schrille Heulen eines Generators auf Hochtouren.

Er rollte sich wieder auf den Bauch und sah vier Männer auf sich zulaufen. Im flackernden Flammenschein erkannte er, daß sie bewaffnet waren. Dann bohrte ein Transporter die Schnauze durch eine Hausfassade auf der anderen Seite des Parkplatzes. Die dahinstürmenden Männer verwandelten sich in brennende Fackeln, als der Laser sie erfaßte. Ihre Kleidung fing Feuer, und sie tanzten schreiend herum, während ihre Haare und ihre Haut brannten. Dann stürzten sie zu Boden. Wo der unsichtbare Laserstrahl auftraf, brodelte es. Die bleistiftdünne Linie kochender Erde wanderte durch den Parkplatz auf Alec zu und kam so nah an ihm vorbei, daß er hören konnte, wie die Materie zischend in Plasma verwandelt wurde.

Dann entfernte sich der Strahl. Explosionen folgten. Ein anderer Transporter schob sich aus einem zusammenstürzenden Gebäude, doch im nächsten Moment explodierte das Fahrzeug selbst. Menschen und Maschinenteile flogen hoch in die Luft und verschwanden im Dunkeln.

Alec konnte sich nicht bewegen. Er lag im Dreck und sah, wie die Banditen die Gebäude rund um das lodernde Postamt eroberten. Fluchend rannten Männer über den Parkplatz davon und feuerten mit ihren Waffen, bemüht, das einzige Fahrzeug zu erreichen, das noch einsatzfähig war.

Dann kam ein anderer Transporter langsam um die Ecke gerollt. Ein Dutzend schwarzgekleideter Männer stürzte darauf zu, um ihn zu erobern. Der Laser erfaßte sie und verwandelte sie in kreischende Fackeln. Auf dem Dach des Gebäudes, wo immer noch das erste Fahrzeug stand, tauchten Männer auf, aber es mußten Alecs eigene Leute sein, weil sie wild auf den Parkplatz hinabschossen.

Am anderen Ende der Parkfläche erschien ein dritter Laserwagen. Das Geschütz war nicht in Aktion, doch Alec konnte oben auf der Plattform, hinter der Kabine und zu Fuß hinter dem Fahrzeug Männer erkennen. Das haben sie erobert, dachte er, aber sie wissen nicht, wie man mit dem Laser umgeht.

Jameson mußte es ebenfalls erkannt haben. Alec nahm jedenfalls an, daß er vom ersten Transporter aus das Gefecht leitete.

Der eroberte Lastwagen rollte halb über den Parkplatz, bevor er vom Kreuzfeuer der beiden Laserstrahlen erfaßt wurde. Die Männer heulten auf und verbrannten, die Reifen zerplatzten, das Fahrzeug kam zum Stillstand. Dann mußte ein Strahl die Wasserstoff- und Sauerstoffleitungen getroffen haben. Der Lastwagen verwandelte sich in einen Feuerball, der Alec mit seiner gleißenden Hitze beinahe versengte.

Dann war plötzlich Ruhe. Der Transporter brannte aus, das Postamt war nur noch eine rauchende Ruine. Es fielen keine Schüsse mehr, man vernahm keine Schreie. In der Ferne hörte Alec einen Lastwagen davonfahren.

Mensch! dachte er. Sie haben uns fertiggemacht, und ich liege einfach da und habe die Hosen voll!

Er erhob sich auf Hände und Knie. Eine Salve fetzte Geschosse in den Schlamm, keine vier Meter von ihm entfernt. Er klatschte wieder auf das Gesicht. Irgendwo hinter ihm ratterten Salven.

Meine Leute halten mich für einen Gegner! fuhr es ihm durch den Kopf. Wenn sie den Laser auf mich richten . . . Alec begann am ganzen Körper zu zittern. Ich könnte schreien, dachte er. Aber dann zersieben mich die Banditen.

Er blieb im kalten Schlamm liegen, während der Regen nachließ und ganz aufhörte und die Brände langsam erloschen und der Himmel allmählich heller wurde.

Er merkte gar nicht, daß er vor Erschöpfung eingedöst war, bis jemand in der Nähe schrie: „He, das ist Alec!"

Bevor er reagieren konnte, hatten ihn zwei Männer gepackt und zerrten ihn zu den beiden Fahrzeugen, die auf dem Parkplatz nebeneinanderstanden. Einer der Männer war Gianelli.

„Wo sind Sie verletzt?" fragte er Alec immer wieder. „Wo sind Sie getroffen worden?"

Es kostete Alec große Mühe, ihnen zu sagen, daß er gar nicht verletzt sei. Die Männer, die überlebt hatten und sich bewegen konnten, versammelten sich um ihn, als er zu den Transportern geschafft wurde. Nachdem sie gesehen hatten, daß er nur die Hosen voll hatte, gingen sie langsam auseinander.

Eine Stunde später, als er sauber war und sich umgezogen hatte, fühlte er sich kräftig genug, um etwas zu essen. Jameson hatte zwischen den Lastautos ein Feuer anzünden lassen.

„Sie sind wieder in Ordnung?" fragte Jameson.

Alec nickte.

„Passen die Sachen?"

„Es geht. Wo haben Sie sie her? Wir hatten keine –"

„Von den Toten", sagte Jameson tonlos. „Von unseren und ihren."

Alec öffnete den Mund, brachte aber keinen Ton heraus. Schließlich faßte er sich so weit, daß er fragen konnte: „Wie viele haben wir – verloren?"

„Drei tot, fünf verwundet. Zwei ziemlich ernst, aber die anderen drei nur leicht."

Nur noch zwölf Mann, dachte er. „Sie haben ein Fahrzeug."

„Es hat sie zweiundzwanzig Tote gekostet."

„Und Verwundete?"

„Die meisten haben sie mitgenommen." Jameson blickte zur Seite. „Die anderen sind heute früh gestorben."

Ein Pistolenschuß krachte. Alec zuckte zusammen.

„Das war der letzte", sagte Jameson.

„Ich saß in der Mitte fest", murmelte Alec. „Wollte hinaus, um zu . . . Ich bekam nicht einmal die Hose herunter."

Jameson nickte. „Das dachte ich mir schon."

Er entschuldigte sich und ließ ihn allein. Während Alec

heiße Brühe schlürfte, hörte er einen der Männer halblaut sagen: „Ist mir egal, ob er mich hört! Er hat sich gedrückt, während Ollie und die anderen zusammengeschossen wurden. Ein feiner Führer!"

Und Jamesons ruhige, besonnene Stimme: „Mag sein, daß es Sie nicht stört, ob er Sie hört, aber wenn Sie noch einmal so etwas sagen, brech ich Ihnen den Kiefer. Verstanden? Er war schwer krank und ist es immer noch."

Die Antwort klang so leise, daß Alec sie nicht verstehen konnte. Er lehnte sich mit dem Rücken an das Fahrzeug und umklammerte den heißen Becher mit beiden Händen. Ein Dutzend Männer, dachte er. Zwölf Mann und zwei Laserfahrzeuge. Damit sollen wir durch das ganze Land fahren und Douglas und das spaltbare Material finden. Und die meisten halten mich für einen Feigling oder einen Wahnsinnigen. Oder für beides.

Er kniff die Augen zusammen und starrte zur aufgehenden Sonne hinauf. Die Wärme war tröstlich und gab Kraft.

„Na gut", flüsterte er. „Zwei Wagen und zwölf Mann. Wir fahren nach Norden. Und zwar sofort!"

Zweites Buch

12

UNTER den Bäumen war es angenehm kühl. Die Sonne brannte immer noch heiß herab. Ihre Strahlen sprenkelten die schwankenden Äste und hoben hier und dort eine Graslichtung heraus. Es wehte eine leichte Brise, die einen scharfen Geruch hatte. Sie kam in Böen aus Nordwesten. Das Laub fiel schon herab. Die Vielfalt der Farben war unfaßbar. Alec hatte noch nie solche Rot-, solche Goldtöne gesehen.

Aber jetzt hatte er keine Zeit dafür. Er lag auf dem Bauch am Waldrand, auf weiches Laub gebettet. Unten im Tal sahen sie ein Dorf, umgeben von einer Mauer. Eine Anzahl kleiner Hütten. Aus einigen Kaminen stieg dünner Rauch auf.

Ron Jameson lag neben Alec. „Sie haben sich einen guten Platz ausgesucht“, bemerkte er. „Ein paar Kil im freien Gelände. Keiner kommt heran, ohne vorher bemerkt zu werden.“

Alec nickte und hob das Fernglas an die Augen, um die Mauer zu betrachten. Zumeist Schlackensteine, dazwischen frisch gebrannte Ziegel. Tore aus Holz. Das Material mußte aus den größeren Städten in der Umgebung geraubt worden sein.

Er sah zwischen Wald und Dorf ein paar Männer auf dem Maisfeld arbeiten. Frauen waren nicht zu sehen, mochten sich aber zwischen den Reihen zwei Meter hoher Pflanzen befinden.

„Sie sind fleißig“, sagte Alec leise. „Maisfelder von der Mauer bis hin zum Wald. Und auf der anderen Seite auch.“

Jameson grinste. „Gute Deckung.“

„Mehr noch“, meinte Alec. „An den äußeren Feldern führt eine offenbar oft benutzte Straße aus dem Tal hinaus. Sie treiben anscheinend mit anderen Orten Handel.“

„Vielleicht versorgen sie Douglas' Leute. Wenn er eine größere Armee hat, braucht er Nachschub aus solchen Dörfern.“

Alec nickte, während er das Gelände absuchte. Eine Staubwolke auf der Straße ganz hinten im Tal erregte seine Aufmerksamkeit. „Ein Lastwagen – nein –, ein Planwagen, von Pferden gezogen“, stellte er fest und gab Jameson den Feldstecher.

„Leer, unterwegs zum Dorf“, bemerkte dieser. „Fahrer und zwei Schützen als Begleitung.“

„War gestern nicht auch einer unterwegs?“ fragte Alec.

„Richtig, Gianelli hat ihn bemerkt.“

„Dann werden noch mehr kommen. Gut. Wir können ein Trojanisches Pferd einsetzen.“

„Ein was?“

Alec lächelte. „Sie werden schon sehen.“

DEN GANZEN Sommer hindurch hatte Alec seine kleine Mannschaft nach Norden getrieben, dahin, wo Douglas sein Hauptquartier hatte. Nicht, daß er gewußt hätte, wo es sich befand. Für ihn hatte nur festgestanden, daß es im Norden lag, in der Nähe der Seen.

Nach den ersten Tagen versagten die Laserfahrzeuge den Dienst. Alec mußte sie verbrennen, um sie nicht in die Hände der Gegner fallen zu lassen. Mit den Fahrzeugen verloren sie auch ihre einzige Verbindung zur Heimat, die Funkgeräte, die den Satelliten und über ihn den Mond erreichen konnten. Alec ließ die Sender und Empfänger ausbauen und mitnehmen.

„Wenn wir Strom finden, können wir wieder Verbindung aufnehmen", meinte er.

Gianelli beklagte sich über die zusätzliche Last: pro Gerät acht Kilogramm. Jameson verteilte die Bauteile auf vier Mann. Gianelli murrte immer noch, bis die anderen ihm klarmachten, daß sie die Verbindung nach Hause aufrechterhalten wollten, so dünn sie zur Zeit auch sein mochte. Der letzte Faden durfte nicht abreißen. Gianelli veranlaßte schließlich, daß man sich ablöste.

In unregelmäßigen Abständen, wenn sie ein Dorf oder einen bewaffneten Außenposten überraschen konnten, wo es elektrischen Strom gab, sprachen sie mit Kobol, Lisa und den anderen Ratsmitgliedern. Lisa hatte für sie Nachschub absetzen lassen, leider aber ohne jeden Erfolg. Die Nachschubkapseln waren, unbemannt und praktisch ungesteuert, vom Mond zur Satellitenstation katapultiert und durch die Satellitenbesatzung in eine Eintrittsflugbahn gebracht worden. Sie rasten flammend wie große Meteore zur Erde hinunter und verfehlten entweder die Gegend, wo Alecs Leute sich aufhielten, oder wurden zuerst von Barbaren aufgefunden, die Nahrungsmittel, Munition und andere Vorräte raubten, bevor Alecs Leute sie finden konnten.

So ernährten sie sich von dem, was ihre Umgebung bot. Sie überfielen Dörfer und nahmen sich, was sie brauchten. Alec zog es vor, das ohne Gewaltanwendung zu tun, wenn es ging; aber im Grunde war es einfach nicht möglich, Leuten, die Nahrung für ihren eigenen Verbrauch vorgesehen hatten, alles wegzunehmen, ihnen nichts als gute Wünsche zu hinterlassen und das Ganze auch noch friedlich abzuwickeln.

Bei solchen Überfällen hatten sie drei Männer verloren. Einmal war sogar der scheinbar unverwüstliche Jameson von einem Pfeil am Schenkel getroffen worden. Die Wunde hatte sich entzündet, und er hinkte immer noch.

Zweimal gerieten sie mit Banden aneinander und ergriffen die Flucht. Die anderen Haufen waren größer und kannten sich im Land besser aus. Sie hatten offenbar gewisse Gebiete für sich abgesteckt und vertrieben jeden unerwünschten Eindringling. Feudalismus, dachte Alec. Sie beschützen die Dörfer und lassen sich dafür mit Nahrungsmitteln versorgen. Immerhin, ein Schritt über die Barbarei hinaus.

Den vierten Mann verloren sie beim Eindringen in eine große Stadt.

Ihre sporadischen Kontakte mit dem Satelliten hatten sie wenigstens mit Mitteilungen über den Strahlungspegel in den Großstädten versorgt. Die meisten Städte waren von Bomben oder radioaktivem Niederschlag verschont geblieben, obwohl es Gebiete wie Washington oder New York gab, wo so viele Bomben gefallen waren, daß die gesamte Küste auf fünfzig Kil landeinwärts immer noch höchst gefährlich strahlte.

Der Satellit vermochte sie jedoch nicht vor den Seuchen zu warnen, die in den von Ratten wimmelnden Großstädten lauerten, ebensowenig vor den halbirren, gespenstischen Menschen, die in den toten, leeren Gebäuden hier und dort ihr Dasein fristeten.

Sie hatten den Ohio erreicht. Seit dem Ausfall ihrer Fahrzeuge waren sie fast nur noch zu Fuß unterwegs, und die Sommerhitze lastete auf ihnen, obwohl sie sich an den Sonnenschein gewöhnt und eine schützende Körperbräune erworben hatten. Gelegentlich fuhren sie mit Lastwagen oder Autos, wenn sie der Fahrzeuge habhaft werden konnten, und ließen sie einfach stehen, sobald der Treibstoff ausging. Ab und zu fanden sie Pferde. Die Tiere wurden von den Bauern in den Dörfern allerdings meist verzweifelter bewacht als Nahrungsmittel oder Frauen. Alec fand es, nachdem sie das erstemal ein paar Pferde hatten stehlen können, sehr eigenartig und schwierig, auf Transportmitteln zu sitzen, die einen eigenen Willen besaßen. Es ging nicht nur um das Lenken; man mußte den Tieren auch seinen Willen aufzwingen.

Cincinnati lag im Westen, noch immer gefährlich radioaktiv verseucht, wie die Satellitensensoren zeigten. Das rührte von der Bombardierung des großen Luftwaffenstützpunkts im nahen Dayton her. Die Städte am Ohio selbst waren zumeist verlassen, weil die Menschen sich dort nicht zu ernähren vermochten. Die Seuchen, die hier ausbrachen, waren die ärgsten. Aber ob verlassen oder nicht, die Großstädte waren wahre Schatzkammern, gefüllt mit Büchsennahrung, Munition, Kleidung, Landkarten, Kompassen, Fahrzeugen und sogar Treibstofflagern. Selbst nach fünfzig Jahren mieden die Überlebenden voll abergläubischer Furcht die Städte.

Pittsburgh war eine andere Sache. Alecs Truppe bestand aus dreiundzwanzig Personen, als sie Pittsburgh erreichte. Die neu hinzugekommenen Leute waren zumeist noch blutjung, manche unter zwanzig, die kaum Flaum am Kinn hatten. Sie hatten sich Alecs Gruppe in den Dörfern angeschlossen, aus Abenteuerlust, aus dem Drang, Beute oder Frauen zu finden, oder welche Gründe es sonst dafür geben mochte, daß junge Männer in die Welt hinauszogen.

Als sie sich aus Pittsburgh zurückzogen, waren sie noch zu neunt. Die Stadt wimmelte von Ratten und anderen seuchentragenden Nagetieren – und von wilden, halbverhungerten, zerlumpten und kreischenden Wesen, die man kaum als menschlich zu erkennen vermochte. Sie kämpften wie die Wahnsinnigen, stürzten sich zu Hunderten auf Alecs Leute, ohne das mörderische Abwehrfeuer zu beachten, bis die Toten sich in den schuttübersäten, zerfallenen Straßen häuften.

Es dauerte zwei Tage, sich von der Stadt zu lösen. Dabei waren sie nie bis ins Innerste vorgedrungen. Unaufhörliche Gefechte, Tag und Nacht, bis die Männer erschöpft waren und die gesamte Munition verschossen hatten. Jameson kam schließlich auf den Gedanken, die Gebäude ringsum mit dem kostbaren Benzin anzuzünden, das sie in einem Tanklastwagen mitgeführt hatten. Alecs Leute errichteten also eine Flammenwand zwischen sich und den Stadtbarbaren, dann zogen sie sich im Schutz von Feuer und Rauch langsam aus der Stadt zurück.

Sie verließen Pittsburgh zu Fuß, fast unbewaffnet, völlig ausgelaugt. Von den fünfzehn Mann, die Alec nach Oak Ridge geführt hatte, lebten nur noch sechs. Die drei anderen Mitglieder seiner Gruppe waren Bauernjungen.

Sie zogen weiter nach Norden. Sie stahlen oder tauschten ihren armseligen Besitz gegen Nahrung und Munition ein. Als sie sich stärker fühlten und ein paar neue Leute gefunden hatten, überfielen sie Dörfer, meistens in der Nacht.

Von einer Frau in einem kleinen Ort erfuhr Alec, daß die in der Umgebung ansässige Bande die Absicht hatte, sie zu verfolgen und aufzureiben. Er zog sich eilig zurück und hinterließ eine deutliche Spur. Die Verfolger gerieten in den aufgebauten Hinterhalt. Alecs vierzehn Mann töteten mit ihren Waffen – von Automatikgewehren bis zu Pfeil und Bogen – dreißig Gegner und erbeuteten die von den Fliehenden zurückgelassenen Waffen.

Alec war jetzt mit einem Sturmgewehr in der Ellenbeuge unterwegs. Er pflegte es mit Hingabe und schlief damit, als hätte er eine Frau neben sich.

Inzwischen war der Herbst gekommen. Sie befanden sich im Seengebiet, dort, wo Douglas sein Hauptquartier aufgeschlagen hatte.

ALEC lag auf dem Laub, das Gewehr neben sich. Er war überzeugt davon, daß das Dorf unten Douglas mit Mais versorgte.

„Wir schlagen morgen zu“, sagte er zu Jameson. „Wir nehmen das Dorf ein und halten es besetzt, bis wir unsere Vorräte aufgefrischt, neue Pferde besorgt und die Bewohner nach Douglas' Hauptquartier befragt haben.“

„Vielleicht haben sie Lastwagen oder Autos“, meinte Jameson beinahe sehnsüchtig. Alec begriff, daß der andere so ungern auf Pferden ritt wie er selbst.

„Vielleicht“, sagte er und unterdrückte ein Lächeln.

„Nachts wird es leicht gehen“, vermutete Jameson. „Warum bis morgen warten?“

Alec drehte sich ein wenig herum. „Nachts verbarrikadieren sie sich hinter der Mauer. Wahrscheinlich laufen Hunde zwischen den Häusern herum, die sofort Krach machen, wenn sie uns bemerken. Möchten Sie über die Mauer, während die Einwohner losballern?"

„Nur wenn wir Sprengstoff hätten", räumte Jameson ein.

„Haben wir aber nicht."

„Wir können ihn besorgen . . ., keine zwei Tagesmärsche von hier sind Städte. Da gibt es sicher noch manches Brauchbare."

„Sprengstoff ist längst keiner mehr da", gab Alec zurück. „Nein, wir greifen morgen an, wenn die Tore offen und die Männer auf den Feldern sind. Vielleicht können wir das Dorf nehmen, ohne einen einzigen Schuß abzugeben."

„Vielleicht", sagte Jameson skeptisch.

Sie machten in dieser Nacht kein Feuer im Wald. Fünfzehn Mann, im Alter von knapp über sechzehn bis zu Jamesons fünfunddreißig Jahren. Sie versammelten sich um Alec. Das einzige Licht kam von einer abgedunkelten Taschenlampe, die sie in einer Stadt mitgenommen hatten. Die Batterien waren schon schwach, der Lichtschein trüb.

Alec betrachtete seine „Armee". Alle trugen das auf dem Rücken, was sie an Besitz hatten: Gewehre, Bogen, Decken, Rucksäcke mit Essensvorräten. Sie waren harte, wilde Burschen, die Krankheit, Hunger und Kampf überlebt hatten. Selbst seine Freunde vom Mond unterschieden sich in nichts mehr von den Erdbewohnern. Sie waren keine überlegenen Mondsiedler mehr, sondern kampferprobte Soldaten, verdreckt, wachsam, zerlumpt. Aber die Waffen waren allesamt sauber, geölt und einsatzbereit.

Alec scharrte Laub vom Boden und ritzte mit einem Ast eine Skizze in die Erde. „Ron, Sie und die beiden besten Bogenschützen müssen um das Dorf herumschleichen und hier Aufstellung nehmen", sagte er. „An dieser Stelle." Er zeigte es. „Wenn der nachmittägliche Wagen auf der Straße daherkommt, nehmen Sie ihn ein. Unauffällig."

Jameson knurrte bestätigend.

„Gianelli." Alec hob den Kopf und sah, daß Gianelli sich mit einem gefährlich aussehenden Messer, das er irgendwo erbeutet hatte, lässig die Fingernägel reinigte. „Sie nehmen sechs Mann und warten weiter unten, hier an der Straße –"

„Mensch, muß ich denn um das ganze Dorf herum?"

„Ja, aber dafür können Sie behaglich ins Dorf hineinfahren", erwiderte Alec. „Ron bringt den Wagen, und Sie und Ihre Männer steigen auf. Falls es nicht Ron ist, der den Wagen lenkt, müßt ihr das Fahrzeug selbst in eure Gewalt bringen."

Gianelli nickte mürrisch.

„Ich habe weiter zu laufen als Sie", sagte Jameson.

„Schon – aber auch weiter zu fahren", gab Gianelli zurück.

„Achtet bloß darauf, wer das Fahrzeug lenkt, wenn es bei euch ankommt", meinte Jameson. „Wenn man von den eigenen Leuten niedergeschossen wird, macht das noch weniger Spaß als alles andere."

„A-ach, geschenkt", knurrte Gianelli. „Gleich fängt er wieder an zu zittern und bricht in Tränen aus."

Alle lachten. Jamesons Unerschütterlichkeit war so unbezweifelbar, daß man unbedenklich Witze darüber machen durfte.

Alec räusperte sich. „Gut. Wir anderen" – fünf Mann, ob das wohl genug sein wird? dachte er – „arbeiten uns durch das Maisfeld vor und dringen auf dieser Seite durch das Tor in den Ort ein."

Sie besprachen die Lage eine ganze Stunde, verglichen die Zeit nach ihren Armbanduhren, wurden Mann für Mann eingeteilt.

„In Ordnung", sagte Alec schließlich. „Wenn alles gutgeht, können wir das Dorf praktisch ohne Widerstand nehmen. Wir werden drin sein, die Männer, die kämpfen können, draußen. Macht alles richtig, dann trinken wir morgen abend Wein."

Aber als der Morgen kam, war das Wetter umgeschlagen. Kalter Regen, gepeitscht von scharfem Wind, prasselte herunter. „Wenn es so gießt, gehen sie nicht auf die Felder", erklärte Jameson.

Alec saß unter einer grünen Plastikzeltplane; an seinen Stiefeln klebte nasses Laub. Die anderen trieben sich hier und dort herum und versuchten, möglichst trocken zu bleiben, jedoch ohne Erfolg.

„Los", sagte Alec plötzlich, „sehen wir uns das an." Er hielt das untätige Herumsitzen nicht mehr aus. Nachdem er sich die grüne Plane umgewickelt hatte, setzte er den Helm auf und wartete, bis Jameson die Kapuze seines irgendwo erbeuteten Regenmantels über den Kopf zog.

Sie schlichen sich durch den nassen Wald, bis sie seinen Rand erreichten und das Dorf sehen konnten.

Jameson schaute zum Himmel hinauf. „Die Wolken ziehen sehr schnell von West nach Ost. Es hellt sicher bald auf."

Alec schwieg. Das Dorf wirkte in sich selbst zurückgezogen. Aus den meisten Kaminen drang Rauch, den der Wind verwehte. Die Tore in der Mauer waren verschlossen.

„Im Westen wird es schon heller", ergänzte Jameson.

Über den niedrigen Hügeln am westlichen Talende verzogen sich in der Tat die Wolken. Vielleicht würde das Wetter doch noch besser werden . . .

Sie stapften zu ihrem triefenden Lager zurück und vereinbarten ein Signal für die Eroberung des Wagens: ein senkrecht in die Luft geschossener Pfeil, genau zur vollen oder halben Stunde. Alec sollte vom Maisfeld aus mit dem Fernglas danach Ausschau halten. Selbst wenn ein Dorfbewohner ihn bemerken sollte, würde dieser deshalb kaum Alarm schlagen.

Im Lauf des Vormittags ließ der Regen nach, und die Wolken am westlichen Himmel begannen sich zu verziehen. Alec schickte Jameson und seine beiden Bogenschützen los. Eine Stunde später machte sich Gianelli mit seinen Leuten auf den Weg. Wie immer murmelte er. „Scheißregen – da können wir doch überhaupt nichts machen. Reine Zeitverschwendung." Aber er marschierte los.

Kurz nach Mittag hörte der Regen auf, und die Sonne kam heraus. Die vier Männer, die zu Alec gehörten – allesamt blutjung –, lachten und rissen Witze. Sie wußten, daß es bald losgehen würde, und versuchten ihre Anspannung zu verbergen.

Alec lächelte zur Sonne hinauf und ließ sich das Gesicht wärmen. Am Waldrand blieb er stehen und spürte, wie der Sonnenschein Kälte, Nässe und Angst vertrieb. Der Himmel wurde klar und blau. Alec blickte mit zusammengekniffenen Augen zur Sonne hinauf und spürte ihr Licht durch die geschlossenen Lider glühen.

Wie konntest du das tun? fragte er die Sonne. Wie konntest du uns tausend Jahre zurückwerfen und uns zwingen, in Furcht und Haß zu leben? Die Sonne sagte nichts darauf. Sie strahlte auf die Kinder der Erde herab, als wäre in ihrem Reich nie etwas Böses geschehen.

Ein Insekt surrte an Alecs Ohr vorbei und schreckte ihn aus seinen Gedanken auf. Wenn sie nun nicht auf die Felder gehen? fragte er sich. Vielleicht ist es heute schon zu spät, um noch an die Feldarbeit zu denken.

Kurz danach ging das Tor langsam auf, und eine Gruppe von Männern stapfte heraus. Jeder trug etwas über der Schulter. Waffen? Alec richtete das Fernglas auf sie. Nein, Harken, Schaufeln, Spaten. Nur zwei Gewehre waren darunter, die uralt zu sein schienen. Keine Munitionsgurte.

Er richtete das Glas auf die Hügel im Westen. Es hatte keinen Sinn, sich ins Maisfeld zu begeben, bevor der Wagen auftauchte. Dann wurde ihm plötzlich klar, daß er nicht mit einer Staubwolke rechnen konnte, die ihm die Position des Wagens angezeigt hätte. Der Regen hatte die Straße gewiß verschlammt. Und der Wagen würde länger brauchen als sonst.

Er suchte fast eine Stunde lang ab, was er von der Straße sehen konnte. Das meiste davon war durch die Felder verdeckt, aber bei den Hügeln war sie im Gras deutlich zu erkennen.

Endlich kam der Wagen in Sicht. Alec atmete auf. Das Fahrzeug rollte langsam und war nicht mehr als ein Fleck, der vor sich hin kroch, selbst durch das Fernglas. Aber es war da. Alec berechnete sorgfältig die Geschwindigkeit, bevor er zum Lager zurückkehrte und zusammen mit den vier Jungen kaltes Büchsenfleisch aß.

„Also, machen wir uns auf den Weg“, sagte er schließlich.

Sie überprüften Waffen und Munition und wickelten die Gewehre in Plastik oder Stoff, damit nichts klirrte. Dann schnallten sie Munitionsgurte um und gingen zum Waldrand. Alec wog das Sturmgewehr in der Hand, bevor er es schußbereit in seinen Arm legte. Die Helme hatten sie mit Erde beschmiert, um jedes Funkeln in der Sonne auszuschalten. Am Waldrand krochen sie den Hang hinunter, der zum Maisfeld führte.

Es ging langsam, sehr langsam voran. Sie hielten so große Abstände voneinander ein, daß sie unbemerkt an den männlichen Dorfbewohnern vorbeischleichen konnten, blieben aber doch nahe genug beieinander, um sich gegenseitig im Notfall Deckung geben zu können.

Es war zwei Uhr. Die Sonne brannte auf den reifen Mais herab. Träg summten Insekten. Alec wünschte sich zum tausendstenmal neue Batterien für den Helmfunk, während er zwischen den hohen Maispflanzen niederkauerte und das Fernglas an die Augen hob. Er suchte den Himmel nach einem Pfeil ab. Nichts. Sie schlichen eine halbe Stunde lang tiefer in das Feld hinein. Zweimal kamen sie so nah an die Dorfbewohner heran, daß sie ihre Unterhaltung hören konnten. Um halb drei Uhr suchte Alec erneut nach dem Signal. Wieder war nichts zu sehen.

Das Maisfeld war verschlammt und feucht, aber die Sonne brannte unbarmherzig hernieder, und Alec lief der Schweiß in Strömen die Achselhöhlen und den Nacken hinunter. Die Stiefel schmatzten im Schlamm. An den Pflanzen hingen Wassertropfen.

Um 15 Uhr sah er etwas Farbiges in den Himmel aufsteigen. Ein Vogel? Der senkrecht nach oben flog? Wie eigens zu seiner Verwirrung bestellt, flatterten zwei schwarze Vögel krächzend aus dem Feld in die Luft.

„Was hat denn die aufgeschreckt?" rief eine Stimme.

„War wohl ein Maulwurf", kam die Antwort.

Das mußte Jamesons Signal gewesen sein, entschied Alec. Kein Zweifel.

Er starrte zwischen den Pflanzen hindurch, konnte den

Jungen auf seiner linken Seite kaum erkennen. Er raschelte mit der Pflanze, um seine Aufmerksamkeit zu erregen. Der Junge wirkte leichenblaß und verängstigt. Dann erkannte er Alec und grinste verlegen. Den Karabiner hielt er im Anschlag. Alec winkte ihn vorwärts zur Mauer um das Dorf. Der Junge nickte. Er gab das Signal an den Jungen auf der rechten Seite weiter.

Sie erreichten das Ende des Maisfeldes. Vom Tor waren sie jetzt keine fünfzig Meter mehr entfernt. Ein alter Mann saß am Boden, lehnte mit dem Rücken an der Mauer und schnarchte leise. Auf seinem Schoß lag ein altes Gewehr.

Alec wartete, bis seine vier Begleiter herangekommen waren. Dann trat er hinaus, huschte geduckt auf den Alten zu und riß ihm das Gewehr aus den Händen.

„Hö . . . wa –"

Alec gab das Gewehr an einen der jungen Männer weiter. „Keinen Ton, Großvater. Wir wollen niemandem etwas tun."

Sie zogen ihn hoch und trieben ihn durch das Tor.

„Schließen!" befahl Alec. Der alte Mann gehorchte. Alec ließ einen seiner Begleiter zur Bewachung zurück und ging mit den anderen drei und dem Alten zur Dorfmitte.

Er konnte den Pferdewagen rattern und knarren hören, konnte aber wegen des schmalen, gewundenen Weges, der zwischen den Hütten hindurchführte, nicht weit sehen. Dann knurrte eine tiefe Männerstimme: „He, was ist denn hier los?"

Alec beeilte sich und erreichte den freien Platz in der Dorfmitte. Jameson stand auf dem Wagen, ein Sturmgewehr im Anschlag. Gianelli und seine Leute schwärmten soeben auf dem Platz aus. Die beiden jungen Bogenschützen schlossen das große Tor.

Auf dem Platz befanden sich an die drei Dutzend Dorfbewohner, die meisten davon Frauen. Ein paar kleine Kinder klammerten sich an die Röcke ihrer Mütter.

Zwei ältere Männer wichen langsam vor dem Wagen zurück. Alec und seine Leute kamen hinter ihnen heran.

„Bleibt lieber alle ruhig stehen", sagte Alec.

Sie erstarrten.

„Wir wollen niemandem etwas tun", erklärte Alec mit lauter

Stimme. „Keiner hat etwas zu befürchten.“ Er trat, gedeckt durch Jamesons Waffe, mitten auf den Platz. „Gianelli, Sie durchsuchen mit Ihren Leuten jede Hütte. Alle sollen rauskommen. Wenn es Ärger gibt, werden die drei da sofort erschossen.“ Er wies auf die drei alten Männer, die böse blickend vor seinen drei Begleitern standen. „Anschließend die anderen.“ Alec warf einen Blick auf die Frauen.

„Es gibt keinen Ärger, wenn ihr keinen macht“, fauchte ihn eine der Frauen an. Sie war groß und mager.

„Gut.“

Sie bekamen den Ort rasch in ihre Gewalt. Gianelli und seine Leute holten noch ein halbes Dutzend ältere Männer, einige Frauen und Kinder aus den Häusern. Außerdem brachten sie eine ganze Anzahl von Schußwaffen mit, darunter einige Karabiner und eine Maschinenpistole sowie mehrere Kisten voll Munition. Sie stammt erst aus dem vergangenen Jahr, dachte Alec.

Er wies die Männer an, die Tore wieder zu öffnen und sich hinter der Mauer zu verstecken, um die Rückkehr der Feldarbeiter abzuwarten. Die Dorfbewohner mußten in ihre Hütten zurückkehren und wurden ermahnt, sich ruhig zu verhalten.

Jameson sprang vom Wagen. „Nicht übel“, meinte er. „Vierzig Minuten, um alles in die Gewalt zu bekommen.“

Alec grinste kurz.

„Ich habe eine Überraschung für Sie“, fuhr Jameson fort. Er ging um den Wagen nach hinten. Alec folgte ihm.

„Hat es Schwierigkeiten gegeben?“ fragte Alec.

„Nein. Ein Fahrer, zwei Schützen, wie immer während der letzten Tage. Sie wollten Mais und Heu holen. Widerstand gab es keinen, als sie sahen, daß wir sie in der Hand hatten. Den Fahrer und einen Schützen haben wir zurückgelassen . . .“ Er schlug eine schmutzige Decke zurück.

„Angela!“

„Sie war der zweite Schütze. Wollte mich auch glatt niederschießen, bevor der Fahrer ihr klarmachte, daß sie das alle das Leben kosten würde.“

Sie lag auf dem Fahrzeugboden, die Handgelenke auf dem Rücken ebenso gefesselt wie die Fußknöchel. Im Mund trug sie einen Knebel. Ihre Augen funkelten grimmig.

„Ich dachte, Sie wollen vielleicht mit ihr reden", sagte Jameson.

Alec sprang auf den Wagen und nahm Angela den Knebel aus dem Mund.

„Ich hätte Sie erschießen sollen!" fauchte sie Jameson an. „Wenn ich gewußt hätte, was Sie mit mir machen –"

„Ruhe!" befahl Alec. „Ron wollte nur verhindern, daß Sie Alarm schlagen." Er begann ihre Handfesseln zu lösen.

„Das hätte ich auch getan!" Sie riß die Hände aus den Fesseln, setzte sich auf und streckte die Hände nach den Fußgelenken aus.

„Was treiben Sie denn hier?" fragte Alec verwundert.

„Warum soll eine Frau nicht als Begleitschutz fahren?" fuhr sie ihn an. „Ich war die einzige, die sich auf einen Kampf eingelassen hätte."

„Das wäre eine sinnlose Schießerei geworden", gab Alec zurück. „Es hätte viele Tote gegeben. Wir wollen diesen Leuten nichts tun."

„Ha!" Sie schob ihn weg und stand auf. „Ihr wollt nur ihre Nahrungsmittel und ihre Waffen. Sie müssen hungern und können sich nicht verteidigen."

„Nein", sagte Alec entschieden. „Ich will nur eines: das spaltbare Material. Wir haben uns den ganzen Sommer hindurch vorwärtsgekämpft, um hierherzukommen. Ich weiß, daß er nicht weit von hier ist, und das spaltbare Material ist auch hier." Er griff nach ihrem Arm. „Wo ist er?"

Sie sah ihn an. An ihrer Wange klebte ein Strohhalm. Sie wischte ihn weg. „Nicht weit von hier. Und wenn er erfährt, was Sie getan haben, sucht er *Sie.*"

„Fein", sagte Alec. „So oder so, das spielt keine Rolle. Aber ich will trotzdem wissen, wo er ist und wo das spaltbare Material aufbewahrt wird."

Angela schüttelte den Kopf. „Es würde nichts nützen, selbst wenn ich es Ihnen sagen würde. Sie kommen nur um. Mit einem Dutzend Leuten können Sie den Stützpunkt nicht stürmen."

„Ich kann mehr Leute bekommen."

Sie wandte sich ab.

„Na gut", sagte Alec. Er sprang hinunter und drehte sich um, um ihr herabzuhelfen. Sie beachtete seine ausgestreckten Hände nicht. Er sah Jameson stirnrunzelnd an. „Suchen Sie eine leere Hütte, und sperren Sie sie ein!"

13

Die Sonne sank herab und berührte die Hügel im Westen. In kleinen Gruppen kamen die Männer von den Feldern zurück und wurden von Alecs Leuten entwaffnet. Bis zum Einbruch der Nacht war das ganze Dorf in der Gewalt der Angreifer.

„He!" schrie Gianelli im flackernden Licht des Feuers, das sie auf dem Dorfplatz entzündet hatten. „Wir haben den Wein gefunden!" Er schwenkte eine Korbflasche über dem Kopf, dann setzte er sie an die Lippen.

Alec saß mit Jameson am Feuer und aß. „Achten Sie darauf, daß nicht mehr als zwei Krüge getrunken werden", sagte er zu ihm. „Die anderen lassen Sie bewachen oder zerstören. Und die Dorfbewohner sollen in ihren Hütten bleiben. Ich will nicht, daß einer unserer Männer sich an den Frauen vergreift. Ich möchte mit den Leuten hier ein möglichst gutes Verhältnis."

Jameson nickte, stellte seinen leer gegessenen Teller weg und ging davon in die Dunkelheit.

Alec befragte die Männer im Dorf zwei Stunden lang ohne Erfolg. Keiner wollte zugeben, daß er wisse, wo Douglas' Hauptquartier sich befand, außer daß es westlich von ihrem Tal liege. Seit Jahren lieferten sie als Gegenleistung für den Schutz durch Douglas' Leute Getreide über die Straße nach Westen.

Sie sprachen ernsthaft und höflich mit Alec. Man trank Wein miteinander. Doch sie gaben nichts preis.

Von seinem Vater sprachen sie immer nur auf eine Art: Sie nannten ihn „der Douglas", ganz so wie „der Herr".

„Ihr seht, daß er sich nicht an die Abmachung hält“, sagte Alec und trank einen Schluck Wein. „Wo ist sein Schutz?“

„Der kommt“, erwiderte einer der Männer dumpf.

„Schutz hat nur als Schutz Sinn, nicht als Rache“, erwiderte Alec. „Meine Leute hätten euer Dorf brandschatzen, eure Frauen vergewaltigen, euch alle umbringen können.“

„Aah . . .“, sagte der alte Mann, der am Tor eingeschlafen war. „Der Douglas hat gewußt, daß ihr keine gewöhnliche Räuberbande seid.“

„Was?“

„Er hat uns schon vor Wochen gesagt, sein Sohn könnte hier vorbeikommen –“

„Halt dein Maul, du alter Narr!“ fuhr ihn ein jüngerer Mann an.

Alec winkte ab. „Douglas war hier und hat euch gewarnt, daß sein Sohn euer Dorf überfallen könnte?“

Der alte Mann wirkte nun bedrückt und unsicher. „Äh . . ., so ungefähr . . ., vielleicht hab ich mich auch geirrt . . ., ich vergesse so viel . . .“

Er erwartet uns also, dachte Alec.

Sie wechselten das Thema oder versuchten es jedenfalls. Alec kam immer wieder auf Douglas' Hauptquartier zurück. Jameson setzte sich mit ans Feuer. Die Dorfbewohner wollten nicht mit der Sprache heraus. Schließlich verabschiedete sich Alec von ihnen. Die Dorfbewohner standen auf und gingen in ihre Hütten.

Jameson sah ihnen nach. „Man könnte sie leichter bewachen, wenn wir sie alle in ein oder zwei Hütten treiben würden.“

„Die sollen ruhig in ihren eigenen Betten schlafen“, meinte Alec. „Wir haben alle ihre Waffen, und sie wollen keinen Ärger.“

Jameson zog die Schultern hoch. „Viel haben sie nicht gesagt, nicht?“

„Genug. Hatten die Leute im Wagen Essen dabei?“

„Nein. Ich habe nichts gesehen.“

„Dann kann Douglas nicht weiter entfernt sein als eine Tagereise. Auf der Straße, die nach Westen führt.“

Jameson nickte. „Was tun wir jetzt?" fragte er. „Das Mädchen hat recht, wir können nicht einfach zu Douglas gehen und erwarten, daß er uns das spaltbare Material gibt."

„Nein – aber wir können vom Mond Verstärkung anfordern. Aus der Gegend hier schließen sich uns bestimmt auch ein paar Leute an. So treu werden sie Douglas kaum sein. Wenn sie einen Anteil von der Beute bekommen, machen sie bei uns mit . . ., erst recht, wenn sie sehen, was wir für eine Armee aufstellen."

„Sie glauben wirklich, daß Kobol für Sie eine Armee aufstellt?"

„Nicht für mich", antwortete Alec. „Aber sie müssen es wegen des spaltbaren Materials tun." Selbst wenn Kobol den Rat jetzt völlig beherrscht, dachte Alec, müssen sie kommen und das Material holen.

Jameson wirkte immer noch zweifelnd. Das Feuer brannte langsam nieder.

„Was geht in Ihrem Kopf vor?" fragte Alec.

Der Mann mit dem markanten Gesicht schob die Unterlippe vor. „Tja . . ., ein paar von den Männern glauben nicht mehr, daß wir je auf den Mond zurückkommen. Sie glauben, daß man uns abgeschrieben hat."

„Das ist nicht wahr."

„Sie glauben es aber", sagte Jameson. „Und vielleicht . . ., na ja, sie sind gar nicht so unglücklich darüber. Die Welt hier ist groß. Wir könnten uns, wenn wir wollten, eine große Scheibe davon abschneiden. Der eine oder andere hat sogar schon gefragt, warum wir uns Douglas nicht anschließen . . ."

Alec ballte die Fäuste und beugte sich vor. „Wir sollen uns mit dem Verräter zusammentun? Wir sollen die Siedlung sterben lassen?"

„Uns läßt man auch im Stich."

„Man wird die Hilfe schicken, die wir brauchen, sobald wir sie brauchen."

„Das sollte lieber bald geschehen, wenn Sie wollen, daß alle Männer bei uns bleiben."

Alec sprang auf. „Es wird bald geschehen." Er war so wütend, daß er wortlos davonging.

„Warten Sie!“ rief Jameson. Er öffnete seinen Pistolengürtel und ging Alec nach. „Wenn Sie in der Dunkelheit herumlaufen, sollten Sie wenigstens eine Waffe mitnehmen. Trauen Sie keinem.“

Alecs Zorn legte sich. „Gut“, sagte er. „Vielen Dank.“ Er schnallte die Pistole um und ging zwischen zwei Reihen von Hütten hindurch. Die Sterne standen am Himmel. Alec konnte über dem südlichen Horizont den Orion erkennen. Es wird bald Winter, dachte er. Wir müssen fertig sein, bevor der Schnee kommt.

Er ging langsam weiter, dachte nach und plante. Wir müssen eine Energiequelle für die Funkgeräte finden, ermahnte er sich. Douglas muß hier und dort ein paar versteckt haben, so nah an seinem Hauptquartier. Wir müssen eine finden, sie überfallen und eine Nachricht zum Satelliten schicken. Dann kam ihm ein neuer Gedanke: Die Satellitensensoren müßten Douglas' Hauptquartier orten können, seit wir wissen, daß es in diesem Gebiet liegen muß. Etwas so Großes läßt sich nicht verstecken.

Ein Geräusch ließ ihn aufhorchen. Ein Ächzen, schweres Atmen. Er preßte sich an die kühle Wand einer der Hütten und zog die Pistole aus dem Taschenhalfter.

Noch einmal. Ein gedämpfter Laut, fast ein Stöhnen.

Vorsichtig schob Alec sich an der Wand entlang. Aus einem Eingang weiter unten in der Reihe fiel schwaches Licht. Er huschte auf Zehenspitzen dorthin. Wieder ein Stöhnen, ein Scharren, dann geflüsterte Worte: „Komm schon, Kleine . . ., zier dich nicht . . ., du machst dir bloß alles schwerer . . .“

Alec trat in die Hütte, die Pistole erhoben.

Im flackernden Licht einer Kerze sah er einen der jungen Männer, die mit ihm durch das Maisfeld gegangen waren. Mit einem kräftigen Arm hielt er Angelas Arme auf ihrem Rücken fest, die andere Hand preßte sich auf ihren Mund. Gianelli stand vor ihr, sein langes, schmales Messer in der Hand. Man hatte ihr das Hemd heruntergerissen. An einer Brust reichten drei rote Kratzspuren bis zu ihrer Brustwarze. Ihre Augen waren vor Entsetzen weit aufgerissen.

„Gianelli!“

Der andere fuhr herum. Die Messerspitze war rot. „Wenn Sie erfahren wollen, wo Ihr Vater ist, das bekomme ich von ihr heraus", sagte Gianelli schwer atmend. „Ich bekomme noch viel mehr von ihr."

„Loslassen!" sagte Alec.

Der Junge nahm die Hand von Angelas Mund, hielt aber trotzdem ihre Arme fest.

„Hören Sie", sagte Gianelli. „Ich habe die Schnauze voll von Ihren Befehlen. Ich hole erst aus ihr heraus, was Sie wissen müssen, danach bekomme ich, was ich will."

Der Schuß peitschte durch den kleinen Raum. Gianelli wurde an die Wand geschleudert. Er hatte den Mund weit aufgerissen, aber es drang kein Laut heraus. Alec drückte noch einmal ab. Gianelli ließ das Messer fallen und stürzte zu Boden.

Der Junge trat von Angela zurück. „Ich – er hat mir gesagt –"

Alec feuerte noch einmal. Der Junge brach zusammen.

Angela kreischte. Alec packte sie, zog sie aus der Hütte in die klare Nachtluft hinaus, ließ den Geruch nach Blut und Pulverdampf zurück.

„Sie – sie –", stammelte sie.

„Sie sind tot", sagte Alec. Er hatte die Waffe immer noch in der Hand. Seine Hand zitterte so stark, daß er die Pistole erst beim dritten Versuch in das Halfter stecken konnte.

Jameson war als erster zur Stelle, einen Karabiner in den Händen. Ein halbes Dutzend ihrer Männer stürmte hinter ihm heran. „Was ist passiert?"

„Ich habe zwei Leute erschossen, die mir den Befehl verweigert haben. Schleppt sie auf den Dorfplatz hinaus und laßt sie dort liegen."

Stumm und bedrückt verließen sie am nächsten Morgen das Dorf. Die Bewohner standen dumpf vor den beiden Leichen auf dem Platz, als Alec seine Leute zusammenrief und mit ihnen durch das Tor marschierte, in Richtung Westen.

Angela ging neben ihm. Sie wirkte immer noch wie betäubt. „Sie wollen sie einfach – liegenlassen?"

Alec hatte die ganze Nacht kein Auge zugetan. Sein Schädel

dröhnte. „Die Dorfbewohner sollen sie draußen begraben. Dann erfüllen sie wenigstens noch einen Zweck."

„Warum . . .?" fragte sie. „Sie hätten sie nicht zu töten brauchen."

Er drehte den Kopf und starrte sie an. Sie sah so elend aus, wie er sich fühlte. „Hätte ich Sie mit den beiden allein lassen sollen?"

„Ich –" Angela fuhr mit den Fingern durch ihre blonden Haare. „Ich habe beinahe das Gefühl, daß es meine Schuld ist – jedenfalls zum Teil."

„Ich habe sie erschossen. Sie hatten es nicht anders verdient. Wenn ich noch einmal in derselben Lage wäre, würde ich genauso handeln."

Sie fröstelte. „Weil ich es war."

„Weil sie sich benommen haben wie Abschaum!"

„Bei mir. Wenn es eine der Frauen aus dem Dorf gewesen wäre –"

„Hätte ich dasselbe getan", sagte Alec kalt. „Bilden Sie sich nichts ein."

Sie marschierten fast den ganzen Vormittag stumm dahin in Richtung auf die Hügel an der Westseite des Tales, unter einem Himmel voller rasch dahinziehender Kumuluswolken, die ein Schachbrettmuster von warmem Sonnenlicht und plötzlichen kühlen Schatten auf die Landschaft warfen. Angela hielt mit den Männern Schritt.

„Jameson hat gestern nacht gehört, daß es hinter der ersten Hügelkette eine Station für Pferdewechsel gibt", sagte Alec zu ihr. „Ist das wahr?"

Sie zögerte kurz, dann nickte sie. „Ja. Eine kleine Festung."

„Ich möchte Pferde für uns besorgen. Können Sie die Leute dort dazu bewegen, sie friedlich herauszugeben, oder müssen wir angreifen?"

„Sie werden gewarnt sein. Der Fahrer und sein Begleiter von gestern –"

„Ich weiß. Aber können Sie versuchen, das friedlich zu regeln? Vielleicht könnten wir im Tausch dafür Munition oder Decken geben."

Sie sah ihn trotzig an. „Darauf lassen sie sich nicht ein. Warum sollte ich Ihnen überhaupt helfen?"

„Sie haben ein verdammt kurzes Gedächtnis."

„Nein, ein sehr langes."

„Na gut, bleiben Sie stur. Wir bekommen die Pferde trotzdem."

So kam es auch. Sie drohten damit, Angela zu erschießen, wenn die Männer in der Station nicht alle Pferde herausgeben würden, die in einem Pferch standen. Alec hielt Angela auf einem Hügel vor der Station fest, wo man sie deutlich sehen konnte. Die Verhandlungen führte Jameson.

Angela war außer sich vor Zorn. „Sie benutzen mich als Werkzeug!"

„Richtig", bestätigte Alec. „Aber das ist immer noch viel besser, als Menschen umzubringen, nicht?"

Sie war so wütend, daß sie keine Antwort gab.

Als die Sonne unterging, ritten sie nebeneinander hinter den Männern her.

„Immer noch wütend auf mich?"

„Ja." Aber sie schien eher bedrückt zu sein.

„Haben Sie Schmerzen?"

„Nein, ich konnte als Kind eher reiten als laufen."

„Das meine ich nicht. Ich dachte an Ihre, äh, Brust."

„Sie blutet nicht mehr. Der Verband ist nicht verrutscht. Wollen Sie selbst sehen?"

„Herrgott noch mal!" schrie er. „Das war doch nicht ich!"

„Sie haben sie umgebracht. Sie haben den Jungen erschossen."

„Sie sollten froh darüber sein."

„Sie sind ein Mörder und erwarten von mir, daß ich Sie dafür liebe?"

„Wäre es Ihnen lieber gewesen, ich hätte Sie mit ihnen allein gelassen, damit man Sie langsam zerstückelt hätte?"

„Das ist also meine Schuld!"

Er wußte, daß sein Gesicht hochrot war. Seine Wangen brannten. Die anderen Männer schauten sich nicht um.

Alec senkte die Stimme. „Jawohl, es war Ihre Schuld. Sie

hatten heute früh recht. Wenn Sie es nicht gewesen wären, hätte ich sie nicht erschossen. Ich habe die Beherrschung verloren, ich konnte es nicht ertragen, sie am Leben zu lassen, ich –"

„Schon gut", sagte Angela leise. „Ist ja gut. Ich habe mich gemein benommen. Es tut mir leid."

Sie ritten schweigend nebeneinanderher, bis es so dunkel war, daß man den Weg nicht mehr sehen konnte.

14

ALEC schlief in dieser Nacht mit ihr. Wortlos entfernten sie sich vom Lagerfeuer und nahmen ihre Decken von den Pferden. Stumm gingen sie miteinander in die Dunkelheit hinein.

Er liebte Angela sanft und zärtlich, bemüht, ihr nicht weh zu tun. Sie umklammerte ihn, küßte ihn, bewegte sich in seinem Rhythmus, bis sie beide ihre Verletzung vergaßen.

Am nächsten Morgen badeten sie gemeinsam in einem eiskalten See, der mehrere Kilometer breit war. Alec fühlte sich immer noch nicht wohl dabei, so unbekümmert mit Wasser umzugehen. Diese Welt ist so reich! dachte er.

Als sie sich angezogen hatten und zum Lager zurückgingen, sagte Angela: „Du mußt wieder auf den Mond zurück, nicht wahr?"

Er konnte den Blick nicht von ihrem schönen, sorgenvollen, von goldenem Haar umgebenen Gesicht abwenden.

„Nicht ohne dich", sagte er.

Sie nickte. „Ich weiß. Ich muß ihn verlassen . . ."

„Wen?"

„Vater."

„Du meinst *meinen* Vater?"

Sie lächelte schwach. „Gibt es eigentlich Stief-Blutschande?"

„Du gehst mit mir?" fragte Alec.

Sie zögerte keinen Augenblick. „Ja." Aber es klang so leise, daß er es kaum verstehen konnte.

Sie hatten das Lager an der Straße erreicht. Die Männer

waren dabei, die Pferde zu striegeln, die Waffen zu reinigen, über dem Feuer Eier aus dem Dorf zu braten.

„Gut", sagte Alec zu ihr. „Ich brauche ein Funkgerät – oder vielmehr eine Stromquelle für unsere Geräte. Nicht sehr lange, nur ein bis zwei Stunden."

Angela dachte nach. „Ohne Kampf wirst du keine bekommen. Die nächste Stromquelle, von der ich weiß, befindet sich in einem vorgeschobenen Stützpunkt ungefähr zwanzig Kil von hier . . ., oben in den Bergen, abseits der Straße."

Alec zuckte mit den Schultern. „Wenn ich beim Satelliten nicht eine Fähre anfordern kann, ist eine Rückkehr auf den Mond unmöglich."

Hinter ihnen wieherte ein Pferd. Die Sonne war aufgegangen und überflutete das Tal mit Wärme und Helligkeit. Der Talbogen prangte in üppigem Grün, abgesehen von den abgeernteten kleinen Feldern. Die Hügelhänge strahlten in unvorstellbarer Farbenpracht: Rot, Gold, Orange, Braun, hier und dort unterbrochen vom dunklen Grün der Fichten und Tannen.

„Gehst du zum Mond zurück, wenn ich dir helfe, für ein paar Stunden an ein Funkgerät zu kommen?" fragte Angela.

„Mit dir."

„Gibst du es auf, das spaltbare Material an dich bringen zu wollen, und gehst du zurück?"

„Ja", sagte Alec wider besseres Wissen. Sie will ihn nur schützen, sagte er sich und achtete nicht auf eine innere Stimme, die ihn warnte! Sie will *dich* schützen!

„Also gut, ich zeige dir, wo der vorgeschobene Stützpunkt ist", sagte Angela widerstrebend. „Dort gibt es ein Funkgerät, das die Funkanlage im Hauptquartier erreichen kann. Es liegt ungefähr fünfzig Kil entfernt."

„Das sollte für unsere Funkgeräte reichen", sagte Alec. Er mußte sich zwingen, mit ruhiger Stimme zu sprechen.

„DAS GEFÄLLT mir überhaupt nicht", sagte Jameson. Er starrte auf das Tal hinunter.

Er und Alec standen am Rand einer sanft ansteigenden

Wiese vor dem Wald. Die Straße, die sie entlanggekommen waren, lag weiter unten am Hang. Die Sonne stand hoch am Himmel, aber der Wind war so kalt, daß Jameson die Hände tief in die Taschen seiner abgewetzten, zerfetzten Hose schob.

„Wir sind tief in ihrem Gebiet. Sie wissen, daß wir hier sind, durch den Wagenlenker und seinen Begleitschutz. Jeder, der einen Funken Verstand hat, kann sich ausrechnen, daß wir dieses eine Dorf überfallen würden. Jetzt wagen wir uns noch tiefer hinein."

„Sie sehen das falsch", sagte Alec. „Das ist ihr Gebiet, richtig. Aber bedenken Sie, wie groß es ist. Sie haben nicht genug Leute, um jeden Hektar zu überwachen. Wir können im Wald unterwegs sein, bis wir uns mit der Verstärkung vereinigen."

Jameson ließ den Blick über die Landschaft gleiten. „Und Sie glauben, er läßt im Umkreis von fünfzig Kil um ihren Hauptstützpunkt ein paar Fähren landen? Ohne Gegenwehr?"

„Bis es soweit ist, haben wir so viel Land besetzt, daß die Fähren ungefährdet landen und wieder starten können. Bevor sie ihren Gegenangriff organisieren können, sind wir schon in ihrem Hauptquartier und haben das spaltbare Material gefunden."

„Vielleicht", sagte Jameson. „Wenn wir Glück haben."

„Wir brauchen kein Glück, nur genug Leute und einen guten Plan."

„Hm." Jameson sah Alec an und hielt ihm die Hand hin. „Trotzdem viel Glück. Sie begeben sich geradewegs in die Höhle des Löwen."

Alec drückte Jamesons Hand. „Ich bin morgen wieder zurück, und in ein bis zwei Wochen sind wir alle zu Hause."

„Ja." Jamesons Stimme klang tonlos, ganz so, als hätte der Begriff „zu Hause" eine völlig andere Bedeutung angenommen.

Alec dachte darüber nach, als er und Angela an diesem Nachmittag aus dem Wald ritten und die Hänge hinaufkletterten, die zu dem vorgeschobenen Stützpunkt führten. Wir sind auf dem Mond zu Hause, dachte er. Da ist es sicher und sauber. Da ist Mutter. Aber dort ist es auch eng und klein. Das

Leben wird streng bestimmt durch die verfügbaren Mengen an Luft und Wasser. An Farben gibt es nur Weiß und Grau und zartes Pastell. Man spricht mit höflicher Zurückhaltung und hat sich in der Hierarchie langsam hochzuarbeiten.

Alec drehte sich im Sattel herum, blickte auf das prachtvolle Herbstkleid von Mutter Erde und auf den noch grandioseren Sonnenuntergang. Er konnte begreifen, warum manche der Männer erwogen hierzubleiben.

In V-Formation flog am Himmel ein Vogelzug vorbei. Alecs Herz weitete sich bei ihrem Anblick. Der Schrei der Wildgänse verklang über der Landschaft.

„Der Winter kommt", sagte Angela.

Alec nickte. Die Vögel waren unterwegs nach Süden. Er sah ihnen nach, als sie im fernen Purpurrot des verblassenden Tages verschwanden. Dann zwang er sich, wieder an die Siedlung auf dem Mond zu denken. Kein Winter dort. Keine Jahreszeiten. Wie wird es Mutter ergehen? Wird sie mit Kobol fertig? Hält der Rat noch zu ihr?

Während er sich diese Fragen stellte, ertappte sich Alec jedoch dabei, daß er immer wieder auf Angela blickte, die sanft im Sattel schwankte und ihrem Pferd gut zuredete, als es den Wiesenhang hinaufstapfte.

Sie erreichten die Kuppe des höchsten Hügels und den Vorposten. Alec sah, daß er klein war; kaum mehr als zwanzig Mann konnten hier Platz finden. Umgeben war die kleine Festung von einem Holzzaun, bewehrt mit Eisendornen. Das Tor stand offen, wurde aber von zwei aufmerksamen Jungen bewacht.

Selbst im Dämmerlicht erkannten sie Angela sofort. „Angie! Wir dachten schon, sie hätten dich im Dorf unten gefangengenommen. Da treibt sich eine Räuberbande herum . . ."

„Mir ist nichts passiert", sagte sie lächelnd, als sie abstieg. „Die Kerle sind fort. Das ist Alec . . ., er ist aus dem Dorf. Er hat mich begleitet, damit mir nichts passiert."

Die beiden drückten Alec die Hand. Sie waren kaum fünfzehn Jahre alt. Mit ihren Waffen schienen sie jedoch gut umgehen zu können, und trotz Angelas Lüge ließen sie Alec nicht aus den Augen.

Hinter der Mauer standen zwei alte Geschütze auf hölzernen Rädern und reckten die Mündungen himmelwärts. Alec hatte solche Waffen in historischen Bildbändern gesehen. Sie feuerten träge Projektile ab, die Explosivstoffe enthielten. Neben den Geschützen lagen tatsächlich solche Geschosse. Man braucht gewiß zwei Mann, um ein einziges Ding zu heben, dachte er. Er sah, daß für jedes Geschütz nur sechs Granaten bereitlagen. Dafür gab es viele andere kleinere Waffen: Maschinengewehre, auf der Mauer montiert, kleine Raketenwerfer, Kanister, auf denen LEICHT BRENNBAR stand, mit Schläuchen daran, die mit Düsen ausgestattet waren.

Sie sattelten ihre Pferde ab und legten sich die Packsäcke über die Schulter. Alecs Sack enthielt das Funkgerät. Einer der Jungen führte die Pferde zu einem überdachten Platz, wo Heu lag. Der andere Junge führte sie schmale Erdstufen hinunter in das Bunkersystem unter dem kleinen Stützpunkt.

Der Kommandant war ein älterer Mann mit grauen Schläfen. „Ihr Vater stellt Dutzende von Suchtrupps auf, um Sie zu finden", sagte er streng, als sei sie ein kleines Mädchen, das sich im Wald verirrt hatte.

„Ich weiß", erwiderte Angela ruhig. „Deshalb möchte ich ihm über Funk sagen, daß alles in Ordnung ist."

Der Kommandant nickte kurz und führte sie in den Funkraum. Die Anlagen erschienen Alec uralt und unfaßbar massiv. Er blieb am Eingang stehen, während der Kommandant die Brauen zusammenzog, und sah sich den Stromgenerator mit den Anschlüssen an. Angela bat den Funker, eine Verbindung mit der Zentrale herzustellen.

Schließlich nahm sie den Kopfhörer ab und sah zu Alec und dem Kommandanten auf. „Er ist mit Will Russo unterwegs. Man schickt einen Reiter hin, um ihm mitzuteilen, daß mir nichts passiert ist."

„Gut", sagte der Kommandant. „Sie werden hier wohl die Nacht verbringen?" Es klang wie eine Mischung aus Herausforderung und Beschwerde.

„Ja. Ich möchte im Dunkeln lieber nicht unterwegs sein."

Der Kommandant überließ Angela seine eigene Koje in einer

durch Vorhänge abgeteilten Nische. Er zeigte Alec ein Feldbett neben einem Dutzend anderer in einem Nebenraum, der durch einen langen, engen Tunnel mit dem Hauptraum verbunden war.

Im Hauptraum aßen sie zusammen mit dem Kommandanten und sechs Männern. Dann ging jeder seiner Wege. Alec streckte sich auf seinem Feldbett aus und schlief sofort ein.

Als er wach wurde, hörte er Schnarchen. Der Raum lag im Dunkeln. Langsam gewöhnten sich seine Augen an die Dunkelheit und nahmen einen schwachen Lichtschein wahr, der aus dem Tunneleingang drang. Auf den meisten Betten lagen Männer und schliefen. Neben sich glaubte Alec den Kommandanten zu erkennen.

Vorsichtig und lautlos stand Alec auf, griff unter das Bett in den Sack und zog das Funkgerät heraus. Er huschte in den Tunnel. Der große Raum war leer. Eine einzige Lampe brannte. Der Generator summte. Alec lächelte unwillkürlich. Er zog eine zerknüllte, verwitterte Zeittabelle aus der Hemdtasche und überflog sie. Noch eine halbe Stunde, bis der Satellit über dem Horizont auftauchte.

Nach kurzem Zögern schlich Alec die Stufen hinauf und schob den Kopf durch die Öffnung. Vier Männer standen an der Mauer, die Schultern vor der Kälte hochgezogen, und starrten hinaus. Zwei andere saßen an einem Feuer und unterhielten sich leise miteinander.

Alec zog den Kopf ein und ging wieder hinunter. Angela schlief hinter dem Vorhang. Er nickte. Alles so, wie es sein sollte.

Er ging zum Funkraum und schloß die schlecht passende Holztür, indem er sich mit dem ganzen Körper dagegenstemmte. Absperren konnte man sie nicht.

Er stellte das Funkgerät auf den Tisch und brachte die nächsten zwanzig Minuten damit zu, es anzuschließen. Dann setzte er sich, setzte den Kopfhörer auf und zog das winzige Mikro an den Mund heran. Er wartete eine Ewigkeit, bis das Funkfeuer des Satelliten durch das unaufhörliche Zischen und Rauschen der atmosphärischen Störungen drang.

Die „Ewigkeit“ war nach elf Minuten zu Ende. „Hallo, hallo“, sagte er halblaut. „Satellitenstation, melden. Melden Sie sich.“

Wieder eine Ewigkeit, diesmal nur sekundenlang, dann eine Stimme. „Alec . . . Alec! Sind Sie das?“

„Ja. Können Sie mich verstehen?“

„Schwach, aber klar. Sprechen Sie.“

Alec nannte seine ungefähre Position, ehe er fortfuhr: „Der Rat soll so rasch wie möglich alles herunterschicken, was er an Leuten entbehren kann. Es darf höchstens eine Woche dauern. Wir können das spaltbare Material finden und an uns bringen, wenn wir rasch zupacken. Sagt meiner Mutter, daß ein entscheidender Schlag alles retten kann. Werft Generatoren, Waffen und Munition ab. Wenn ihr das in einem Umkreis von zehn Kilometern um die Position, die ich durchgegeben habe, tun könnt, finde ich die Sachen.“

„Gut, aber –“

„Kein Aber! Ich brauche eine starke Einsatztruppe, sobald der Rat sie bereitstellen kann. Männer, Waffen, Fahrzeuge . . .“

„Das versuche ich Ihnen gerade zu erklären“, sagte die Stimme vom Satelliten. „Kobol ist mit hundert Mann schon gelandet – vor fast zwei Wochen. Mit Fahrzeugen, Lasern, Raketen . . . allem. Fünf Fähreneinsätze hat er gebraucht, um das alles hinunterzubringen.“

„Kobol! Vor zwei Wochen? Wo – wo ist er gelandet?“

„Weit südlich von Ihnen.“

„Oak Ridge?“

„Nein, weiter südlich. Florida heißt das, glaube ich.“

Alec saß wie betäubt am Tisch.

„He, Alec, sind Sie noch da?“

Er nickte, bevor ihm einfiel, daß man ihn nicht sehen konnte. „Ja. Passen Sie auf. Verständigen Sie sofort meine Mutter. Sagen Sie ihr, wir sind nicht weit von Douglas’ Hauptquartier und dem spaltbaren Material. Sie soll Kobols Truppe sofort hierherschaffen lassen. Auf der Stelle! Erinnert ihn daran, daß ich nach wie vor dieses Unternehmen befehlige, auf Anweisung des Rates.“

„Jawohl, Sir."

„Gut. Und verschafft mir sofort einen Generator. Reißt ihn bei euch oben heraus, wenn es sein muß. Ich brauche innerhalb von vierundzwanzig Stunden eine Nachrichtenverbindung und komme ohne den Generator nicht aus."

„Gemacht!"

Alec meldete sich ab. Er blieb lange sitzen und zerbrach sich den Kopf über Kobols Absichten. Sein Denkvermögen schien jedoch wie gelähmt zu sein. Er löste langsam die Anschlüsse seines Geräts, öffnete vorsichtig die Tür und trat in den Hauptbunker hinaus.

Am Tisch in der Mitte des Raumes saß Douglas. Angela stand neben ihm und starrte ihn wütend an.

„Ich sehe, du hast den Sommer überstanden", sagte Douglas. Er lächelte zwar, aber seine Stimme klang eisig.

15

ALEC war wie vor den Kopf geschlagen.

Douglas schien seine Fassungslosigkeit zu genießen. „Hast du wirklich geglaubt, ich hätte dich seit deiner Landung auf der Erde auch nur einen Moment aus den Augen gelassen?" Er breitete die Hände aus. „Von der Sekunde an, als du bei Oak Ridge gelandet bist, hat man dich beobachtet. Ich bin beeindruckt. Du lernst rasch. Es gab nur drei oder vier Gelegenheiten, bei denen ich dir beinahe geholfen hätte."

„Du hast keinen Finger gerührt!" fuhr ihn Alec an. „Wir haben uns aus eigener Kraft bis hierher durchgeschlagen."

„Stimmt", gab Douglas zu. „Diesen Sommer hast du das Überleben gelernt. Das Experiment war ein Erfolg. Es gibt dich noch. Du hast uns sogar geholfen, ein paar von diesen Räuberbanden in Schach zu halten." Er lachte. „Großer Gott, wenn sie von deinem Haufen erfuhren, lief ihnen das Wasser im Mund zusammen. Will rückte an und machte sie nieder. Ideal."

„Freut mich, daß wir behilflich sein konnten."

Douglas grinste. „Ich habe Hilfe noch nie zurückgewiesen. Ich bin nicht zu stolz, um deine Unterstützung anzunehmen."

„Solange du durchsetzen kannst, was du willst."

„Das versteht sich."

Alec stand noch immer an der Tür zum Funkraum. „Und was ist mit meinem armseligen Haufen?" fragte er. „Was willst du mit ihm machen?"

„Will redet morgen mit den Leuten. Er bietet ihnen an, zu uns zu kommen. Die meisten werden es wohl tun. Die anderen werden höflich aus meinem Gebiet hinausgeleitet, höflich, aber bestimmt. Vielleicht können sie sich wieder nach Süden durchkämpfen und zu Kobol stoßen." Achselzuckend fügte er hinzu: „Über den Monitor meines Jeeps haben wir dein Funkgespräch mitgehört."

„Wir –" Alec sah Angela an. Sie mied seinen Blick. Zum erstenmal stieg Wut in ihm auf und verdrängte das Erstaunen.

„Also, schlaf noch ein bißchen", sagte Douglas und stand auf. „Wir fahren bei Sonnenaufgang." Er ging zu den Stufen und stieg hinauf. Angela folgte ihm. Sie blickte über die Schulter kurz auf Alec, sagte aber nichts.

Miststück! dachte er wutentbrannt.

Trotzdem schlief er den Rest der Nacht tief und fest. Traumlos. Er fühlte sich ein wenig schuldbewußt, als er aufwachte.

Douglas' Jeep stand auf halber Höhe am Hang. Alec wurde von einem bewaffneten Mann hinbegleitet. Kein Frühstück, keine Formalitäten. In der kleinen Festung sagte keiner ein Wort zu ihm.

Der Morgen war kalt und rauh. Schwere graue Wolken verdeckten den Himmel. Die Hügellandschaft wirkte jetzt trist und grau. Sogar die Herbstfarben der Bäume erschienen matt.

Douglas stand schon am Jeep. Über der einfachen Kleidung trug er einen dunkelblauen Mantel. Angela sprach ernsthaft mit ihm. Sie hatte sich eine Decke um die Schultern gewickelt.

Der Bewacher stieß Alec auf den Rücksitz. Angela ging um den Jeep herum und wollte sich neben ihn setzen. Der Bewaffnete sah Douglas fragend an.

„Schon in Ordnung", sagte Douglas, der sich ans Steuer

setzte. „Soll sie ruhig bei ihm sitzen. Sie fahren vorne mit. Er wird keinen Fluchtversuch unternehmen. Er wollte schon den ganzen Sommer lang unseren Stützpunkt sehen, nicht wahr, mein Sohn?"

Alec schwieg.

Achselzuckend fügte Douglas hinzu: „Wenn du Glück hast, darfst du sogar sehen, wo das spaltbare Material aufbewahrt wird."

Angela stieg hinten ein, und der Bewaffnete ließ sich auf dem Beifahrersitz nieder und legte seine große schwarze Pistole auf den Schoß. Douglas schickte einen Blick zum düsteren Himmel hinauf, dann ließ er den Motor an.

Es war nicht derselbe Jeep wie beim erstenmal. Dieser hier hatte einen Elektromotor. Er surrte, statt aufzuheulen. Zunächst langsam, dann schneller fuhr Douglas den Berg hinunter und bog auf einen schmalen Weg ein, der sich zwischen den Hügeln dahinschlängelte.

Der Wind war kalt und schnitt durch Alecs dünnes Hemd.

„Da", sagte Angela über dem Rauschen des Windes, „trink etwas." Sie zog einen Metallzylinder unter dem Sitz hervor und schraubte den Deckel ab. Dampf drang heraus.

Alec griff wortlos danach und trank einen Schluck heiße Brühe. Er gab den Behälter zurück. „Danke."

Sie nickte und zog die Decke enger um ihre Schultern.

Sie fuhren lange Zeit stumm dahin. Schließlich schüttelte Angela den Kopf, als hätte sie mit sich selbst diskutiert, öffnete die Decke und bot Alec einen Teil davon an. „Bevor du erfrierst", sagte sie knapp.

Er zögerte kurz, dann zog er den warmen Stoff über seine Schultern. Automatisch rückten sie näher zusammen, um sich zu wärmen.

„Du hast Douglas gesagt, er soll kommen und mich holen", raunte Alec.

Sie hatte die Brauen zusammengezogen. „Du hast mich auch benutzt, oder? Du wolltest kein Schiff rufen, das uns abholen sollte. Glaubst du, ich lasse mich von deinen Lügen täuschen?"

Er schüttelte den Kopf. „Ich bin wohl von Anfang an hereingelegt worden."

„Du hast dich selbst hereingelegt."

„Wir werden sehen."

„Warum hast du mich angelogen?" fragte sie verletzt. „Nur, um mit mir schlafen zu können, oder weil du an die Funkanlage heranwolltest? Oder war es beides?"

„Ich habe nicht gelogen", sagte er. Bevor sie antworten konnte, fuhr er fort: „Ich habe dir nicht die ganze Wahrheit gesagt, aber ich habe nicht gelogen, als ich sagte, ich wollte dich mit auf den Mond nehmen."

Angelas Miene wurde ein wenig weicher, doch ihr Blick blieb argwöhnisch und forschend. „Nachdem du das Uran geholt hast, meinst du?"

Er nickte.

„Du weißt, daß ich das nicht gemeint habe, als ich anbot, dich zu einem Funksender zu bringen."

„Ja, das wußte ich."

„Dann hast du gelogen."

„Du auch", gab er zurück, „als du deine Hilfe angeboten hast. Du wolltest Douglas verständigen und mich in eine Falle locken."

„Ich weiß nur, daß du ihn töten mußt, bevor du das Uran bekommst."

„Und du stellst dich vor ihn."

„Ich versuche mich vor euch beide zu stellen", sagte sie ernsthaft.

„Deshalb hast du mich angelogen."

Sie lächelte beinahe. „Also gut, ich habe auch gelogen. Ist dir jetzt wohler?"

Alec sah ein, daß die Situation etwas Komisches an sich hatte. „Wir sind umeinander herumgeschlichen."

„Er braucht dich, Alec. Was er vorhat –"

Er erstarrte. „Douglas? Er braucht niemanden. Er ist von sich so eingenommen, daß es für eine ganze Welt reicht."

„Du bist blind!" fauchte sie.

DOUGLAS' Stützpunkt war für Alec ein Schock. Sie fuhren zu einem sorgfältig instand gehaltenen Drahtzaun, der sich quer durch die ganze Landschaft zu ziehen schien, hinweg über Ebene und Hügel bis zum Horizont. Wo die Straße hineinführte, stand ein Wachtturm aus Holzbalken, durch Sonne und Regen seit vielen Jahren verwittert. Zwei Männer, die unten am Turm lehnten, richteten sich auf, brachten ihre Waffen in Anschlag und öffneten das Tor einen Spalt, um hinauszutreten. Douglas brachte den Jeep zum Stehen und sprach kurz mit ihnen.

Das Tor wurde weit geöffnet. Alec sah, daß oben auf dem Turm mindestens zwei weitere Männer standen. Die Mündung eines schweren Maschinengewehres ragte unter dem Geländer hervor.

Nachdem sie noch einmal eine Viertelstunde lang gefahren waren, erreichten sie die ersten Gebäude.

„Das war früher ein Stützpunkt für die Luftwaffe der Vereinigten Staaten", sagte Douglas über die Schulter. „Das ideale Hauptquartier für uns – alles schon vorhanden."

Sie fuhren an Reihen von Holzgebäuden vorbei, die alle frisch gestrichen zu sein schienen. Baracken, Werkstätten, Lagerhäuser, Kantinen, sogar ein Gebäude mit der verblaßten Aufschrift KINO. Der Flugplatz selbst war riesengroß, ein Gewirr von Rollbahnen und Rampen, Hangars, Wartungshallen und Bürotürmen in Massivbauweise. Alles in hervorragendem Zustand. Aber nirgends war ein Flugzeug zu sehen. Wir könnten mit den Fähren unmittelbar hier landen, dachte Alec selbstquälerisch.

Und überall Menschen. Scharenweise, mehr, als Alec je gesehen hatte. Zu Fuß unterwegs, an der Arbeit, gesprächig, lachend; viele winkten Douglas zu, als er an ihnen vorbeifuhr, kaum einer war bewaffnet. Wie auf den historischen Aufzeichnungen von den alten Städten.

Sie fuhren durch das Flughafengelände hinaus zu einem abgelegeneren Sektor kleiner Anhöhen, die mit Bäumen bewachsen waren. Hier standen keine Gebäude, sah man von einem Betonbunker auf einem baumlosen, grasbewachsenen Hügel ab.

Dorthin fuhr Douglas.

„Da ist das spaltbare Material", sagte er und drehte sich auf dem kleinen Sitz nach Alec um. „Willst du es sehen?"

Alec nickte. „Ja."

„Okay." Douglas stieg aus dem Jeep und ging zur Metalltür des Bunkers. Sein bewaffneter Begleiter trat zur Seite und sah Alec an. Er hatte die Pistole eingesteckt, aber die Hand lag am Gürtel.

Alec kletterte hinaus und wollte Angela heraushelfen, aber sie war auf der anderen Seite schon hinausgesprungen.

Douglas hatte die Stahltür geöffnet. Alec ärgerte sich darüber, daß er nicht genau aufgepaßt hatte. Spielt keine Rolle, sagte er sich. Notfalls sprengen wir sie auf.

Der Bunker war im Inneren feucht und muffig, ein kleiner Raum, völlig leer und dunkel. Nur durch Schießscharten in den dicken Wänden drang ein wenig Licht herein.

„Würdest du mal?" bat Douglas und zeigte auf eine Falltür im Betonboden. „Ich kann mich nicht so gut bücken wie du."

Alec griff hin und packte den Metallgriff, zog an, ruckte mit aller Macht. Nichts.

„Man muß ihn schieben", sagte Douglas.

Immerhin nett, daß du mir das sagst, bevor ich mir einen Bruch hebe, dachte Alec. Die Tür ließ sich mühelos zur Seite schieben, war also frisch geschmiert.

Sie polterten eine lange Stahltreppe hinunter, in völlige Dunkelheit hinein, tasteten sich an Wand und Geländer entlang, bis Douglas sagte: „Augenblick . . ., der Generatorschalter muß . . . hier sein –"

Ein Klicken, dann setzte irgendwo unter ihnen das Rattern eines Dieselgenerators ein. Lampen flammten auf.

Alec konnte sehen, daß die Treppe noch weitere zwanzig Meter hinabführte in einen riesigen Lagerraum. Auf dem Boden standen schwere mattgraue Metallzylinder, alle mit dem blutroten dreieckigen Gefahrensymbol und den Worten RADIOAKTIVES MATERIAL versehen. Es waren mehr als fünfzig Zylinder, alle weit auseinander stehend.

Genug, um unsere Reaktoren ein Jahrhundert lang zu betreiben, dachte Alec.

„Hier ist ausreichend spaltbares Material, um zwischen den Großen Seen und dem Hudson alles in die Luft zu jagen", erklärte Douglas.

Alec drehte sich nach seinem Vater um, der zwei Stufen über ihm stand. „Wir brauchen das – wenigstens einen Teil davon. Wir brauchen es zum Leben."

Aber Douglas schüttelte den Kopf. „Nein. Wenn ich zulasse, daß du davon etwas mit zum Mond nimmst, bringen wir die Leute alle um. Man kann die Menschen auch durch Gutsein töten. Durch die falsche Art."

Alec spürte, wie seine Gesichtshaut sich spannte. „In zwei Jahren haben wir keine Energie mehr, um die Düngemittel und die Medikamente zu erzeugen, die wir brauchen. Du kannst nicht –"

„Sag mir nicht, was ich tun kann!" rief Douglas mit dröhnender Stimme. „Die Leute dort oben können nicht aus eigener Kraft überleben. Sie dürfen nicht in ihrem Rattennest bleiben. Sie müssen die Verbindung zur Erde wiederherstellen. Nicht nur alle zehn Jahre ein Streifzug, sondern eine echte Verbindung – eine genetisch bedeutsame Verbindung!"

„Damit du über sie herrschen kannst!" fuhr ihn Alec an.

Douglas öffnete den Mund. Einen Augenblick lang blieb es still, dann brach er in Gelächter aus. Es hallte von den Wänden wider, aber lustig klang es nicht.

MAN BRACHTE Alec in einem eigenen Zimmer unter, dort, wo früher die unverheirateten Offiziere des Stützpunkts gewohnt hatten. Das zweistöckige Backsteingebäude enthielt viele Räume. Sie waren groß, verglichen mit dem, was Alec kannte. Sein eigenes Zimmer lag im Oberstock in einer Ecke, so daß ihm zwei Fenster zur Verfügung standen. Es gab ein richtiges Bett, einen Schreibtisch und eine Kommode. Alec mußte lächeln, als er die Möbel sah. Er hatte nichts, was er in die Schubladen, nichts, was er in den Schrank hätte hängen können.

Aber es gab eine Dusche, die wirklich funktionierte! Eine Stunde lang genoß Alec das unfaßbare, behagliche Gefühl,

Wasser über den nackten Körper rinnen zu lassen. Neben der Dusche hingen zwei große Stoffstücke, mit denen er sich trockenrieb.

Jemand klopfte an seine Tür. Er wickelte sich ein Tuch um die Hüften und rief: „Herein!"

Er trat aus dem Bad und sah Angela mit einem Bündel Kleidung hereinkommen.

„Oh . . ." Sie sagten es gemeinsam.

Sie stand da und starrte ihn an. Alec packte das Tuch und hielt es fest. Er kam sich albern vor, fürchtete aber trotzdem, es könnte heruntergleiten.

„Ich habe mich saubergemacht", sagte er lahm.

Sie grinste ihn an. Er wurde rot.

„Das sehe ich", sagte sie. Sie trug ein hellblaues Kleid, das gut zu ihren Augen und den goldenen Haaren paßte. Der Rock war so kurz, daß man ihre schönen, wohlgeformten Beine sehen konnte.

„Du siehst sehr gut aus", sagte er.

„Du auch." Wieder feixte sie.

Er war so verlegen, daß er nicht antworten konnte.

„Ich habe dir frische Sachen aus der Kleiderkammer gebracht", sagte Angela. „Hoffentlich passen sie. Wenn nicht, kann ich sie umnähen."

„Danke."

Sie legte die Sachen auf den Schreibtisch und schaute sich im Zimmer um. „Alles in Ordnung?" erkundigte sie sich. „Soll ich dir Rasierzeug bringen?"

„Nein. Ich brauche erst wieder in einem halben Jahr neue Barthemmer."

„Okay."

„Kann man hier irgendwo essen? Hast du schon zu Abend gegessen?"

„Die Kantine öffnet in einer Stunde", erwiderte sie. „Wenn du Hunger hast, kann ich dir bei mir etwas machen. Es ist nicht weit –"

„Äh, nein, schon gut. Ich ziehe mich jetzt wohl besser an."

„Gut." Sie ging zur Tür.

„Nein, warte." Das ist doch blöd, dachte er. Wir haben miteinander geschlafen. „Geh nicht . . . Essen wir zusammen."

Sie nickte nur.

Alec kam sich albern vor, als er die Sachen mit ins Bad nahm und sie anprobierte. Ein Rollkragenhemd, dunkelblau. Eine graue lange Hose, am Bund zu weit und so lang, daß er die Aufschläge hochkrempeln mußte. Feste Stiefel, die paßten. Ein Gürtel, damit die Hose saß.

„Wie sehe ich aus?" fragte er, als er herauskam.

Sie lächelte und runzelte gleichzeitig die Stirn. „Die Größe stimmt nicht ganz, wie?"

„Nur bei der Hose. Alles andere ist in Ordnung."

Sie saßen in der lauten, überfüllten, von Klappern und Scharren erfüllten Kantine. Man saß auf Bänken an langen Holztischen, eingehüllt von Dampf, starken Gerüchen und dem Geschnatter vieler Menschen. Sie saßen nebeneinander, sprachen aber kaum etwas. Das Essen war heiß und reichhaltig, nichts Besonderes, aber mehr, als Alec seit dem Verlassen des Mondes jemals bekommen hatte.

Als sie das Gebäude verließen, war es schon dunkel geworden. Ihr Atemhauch hing in Wolken vor ihren Mündern. In allen Gebäuden brannte Licht. Warum auch nicht? dachte Alec. Er hat vermutlich unterirdische Atomgeneratoren und verwendet das Uran, das wir brauchen.

Sie gingen unter den kalt funkelnden Sternen zu Angelas Unterkunft. Es war ein kleines, ein wenig abseits stehendes Haus am Ende einer Reihe kleiner weißer Häuser.

„Ich habe noch ein bißchen Wein", sagte sie. „Von den Leuten im Dorf."

Im Haus war es warm und behaglich, wenngleich die Einrichtung eher karg wirkte. Das Wohnzimmer war völlig leer, bis auf einen alten Holzstuhl mit gerader Lehne und einen kleinen Teppich, der zusammengerollt in einer Ecke stand. Ein offener Kamin schien seit langer Zeit nicht mehr benutzt worden zu sein. Angela führte Alec in die Küche, in der es einen Tisch und drei Stühle gab, außerdem einen Kühlschrank nebst Herd und Spüle, alles an einer Wand. Durch eine andere Tür konnte Alec in ein Schlafzimmer blicken. Ein Bett konnte er nicht entdecken. Statt dessen lag auf dem Boden eine Matratze, darauf ein halb entrollter Schlafsack.

„Das gehört dir hier ganz allein?"

„Ja", sagte sie. Sie griff in ein Schränkchen unter der Spüle und zog eine verstaubte grüne Flasche heraus. „Pa – äh, Douglas hat das Haus am anderen Ende der Reihe. Will und die meisten anderen von der Führungsschicht wohnen hier – oder vielmehr ihre Familien. Die Männer sind die meiste Zeit irgendwo unterwegs in der Wildnis."

„Will ist verheiratet?"

Sie stellte die Flasche auf den Tisch und nahm zwei Gläser aus dem Schrank. „Er und ein Mädchen aus einem der Dörfer südlich von hier wollten heiraten. Eine der Banden hat sie mitgenommen. Seitdem hat keiner sie mehr gesehen."

Alec war tief betroffen.

Angela setzte sich an den Tisch. „Das ist Jahre her – er hat es überwunden."

„Wirklich?"

Sie zuckte die Achseln. „Er kommt zurecht. Manchmal singt er sogar."

Alec schüttelte den Kopf. „Eine schreckliche Welt."

„Die einzige, die wir haben. Schenkst du ein, oder soll ich es tun?"

Alec griff nach der Flasche und zog den Stöpsel heraus, ein seltsames, federnd-weiches Ding. Kork? fragte er sich. Irgendwo hatte er davon gehört. Während er ganz bedächtig beide Gläser zur Hälfte mit rotem Wein füllte, wurde ihm zum erstenmal seit Monaten die sechsfache Schwere auf der Erde bewußt.

Der Wein schmeckte wunderbar, mild und stark zugleich.

„Du hast unrecht", sagte er, als er das Glas auf den Tisch zurückstellte. „Das hier ist nicht die einzige Welt, die wir haben. Es gibt eine völlig andere, in der dieser Wahnsinn von Töten und Rauben nicht herrscht."

„Die Siedlung auf dem Mond", sagte sie.

„Genau. Die Zivilisation. Eine Welt, wo man nicht die ganze

Zeit bewaffnet herumlaufen und Angst haben muß, die Nacht nicht zu überstehen."

„Das haben wir hier auch", sagte Angela und sah ihn an. „Das hat Douglas für uns aufgebaut."

„Ja – mit Gewalt, mit Krieg, indem er die Menschen zugrunde richtet, die ihm vertraut haben."

Sie wechselte rasch das Thema. „Erzähl mir vom Mond. Wie ist es da oben?"

Alec unterdrückte seinen Zorn. „Es ist friedlich. Es geht höflich zu. Die Leute können menschliche Wesen sein, keine wilden Tiere. Man braucht nicht die ganze Zeit gegen diese schreckliche Schwere anzukämpfen. Man kann im Flugsaal herumturnen und alle Ballette tanzen, die je geschrieben worden sind."

„Ballette?" fragte sie verständnislos.

Sie hat nie etwas davon gehört, dachte er. „Oben auf der Oberfläche sieht man echte Schönheit", fuhr er fort. „Ich meine, hier auf der Erde ist es auch schön, wild und unberechenbar und alles . . ., aber auf dem Mond dauert der Sonnenaufgang einen ganzen Tag. Und die Sterne – und die Erde selbst, wie sie im Weltraum schwebt, blau und prachtvoll. Du kannst tausend Kil weit gehen, ohne einem Menschen zu begegnen, ganz allein mit dir und dem Universum, das da oben hängt und dich beobachtet . . ."

„Klingt trostlos."

„Nein, es ist herrlich. Wenn man sieht, wie die Eisschächte sich nach den Perigäumsbeben entgasen . . . Es gibt nichts Vergleichbares. Im Gestein ist so viel Schwefeloxyd, daß der Dampf sich rosig färbt – er pafft hinaus und davon wie ein Geist, der aus einem Grab entweicht."

Angela fröstelte. „Das klingt aber nicht sehr schön."

„Warte nur, bis du es siehst."

„Ich werde es nie sehen", sagte sie traurig.

„Doch. Ich nehme dich mit. Hast du das schon vergessen?"

„Nein . . ."

Er beugte sich vor. „Du bist so schön. Gehen wir ins Bett."

Sie zeigte keine Überraschung. „Es geht um mehr."

„Um was?"

„Wenn Douglas dahinterkommt . . ."

Alec ballte die Fäuste. „Er ist dir wichtiger als ich."

Sie griff nach seiner Hand. „Alec . . ., ich bedeute dir gar nichts. Du schläfst mit mir und versuchst mich im nächsten Augenblick hereinzulegen."

„Du hast es genauso gemacht!"

„Weil ich wußte, daß du es tust! Du hast mir nichts vormachen können, keine Sekunde lang."

„Warum hast du dann mit mir geschlafen?"

„Weil du mir das Leben gerettet hast. Weil ich Angst hatte und weil du gut warst", fügte sie hinzu. Ihre Stimme wurde lauter. „Nein, das stimmt nicht, du hast ja die beiden umgebracht . . . Ich weiß es nicht. Ich habe es getan, weil ich es tun wollte."

„Und jetzt willst du nicht."

„Doch, ich will."

Alec brauchte einen Augenblick, um aufzunehmen, was sie gesagt hatte. Er ließ sich zurücksinken. „Warum streiten wir denn dann?" fragte er verwundert.

Angela schüttelte den Kopf. „Du verstehst überhaupt nichts, wie? Nicht das geringste." Aber sie stand auf, nahm ihn bei der Hand und führte ihn ins Schlafzimmer.

ES WURDE schon hell, als er erwachte. Er blieb liegen, Angelas weiche Wärme neben sich, ihren Kopf auf seinem Arm, und sah, wie der Tag langsam heraufkam. Der Schlafsack war über sie gebreitet.

„Wirst du bleiben?" fragte Angela leise.

„Hm? Ich dachte, du schläfst."

Sie lächelte ihn an. „Ich bin schon seit Stunden wach und überlege."

„Wirklich?"

„Wirst du hierbleiben – auf dem Stützpunkt, meine ich?"

„Ich habe gar keine Wahl. Ich bin Gefangener."

Sie schob sich ein wenig zurück. „Ach, das", meinte sie. „Du brauchst dir keine Sorgen zu machen. Douglas wollte nur, daß du ohne Aufsehen herkommst. Er würde dich nicht zurückhalten. Er liebt dich, weißt du."

„Daß ich nicht lache!"

„Sei nicht dumm, Alec. Natürlich liebt er dich."

Warum hat er uns dann verlassen? dachte er. Was soll das für eine Liebe sein?

„Also?" sagte sie.

„Was?"

„Wirst du hierbleiben?"

„Würdest du mitgehen, wenn ich fortginge?" gab er zurück.

„Nein."

„Weil *er* dich mehr braucht als ich."

Sie lachte leise. „Douglas braucht mich nicht. Er braucht nur einen Menschen."

„Wen meinst du?"

„Dich."

Er starrte sie an. „Mach keine Witze."

Angela setzte sich auf und zog die Knie bis zum Kinn an. Der Schlafsack rutschte bis zu ihren Füßen herunter, und Alec lief ein Schauer über den Rücken, nicht weil ihm kalt gewesen wäre, sondern weil er ihren nackten, schönen Körper sah.

„Schau mal", sagte sie. „Was du nicht –"

„Ich schaue ja", sagte er leise.

Sie wehrte seine Hand ab. „Nicht jetzt. Du mußt etwas begreifen. Douglas ist ein alter Mann –"

„Fünfundfünfzig. Das ist nicht alt."

„Doch, wenn man so gelebt hat wie er", widersprach Angela ernst. „Er braucht Hilfe. *Deine* Hilfe. Deshalb hat er dich hergebracht. Er war vor Freude außer sich, weil du es von Oak Ridge hierher geschafft hast. Er hat geprahlt damit, wie du den Sommer überstanden hast."

„Kann ich mir denken."

„Er möchte, daß du dich ihm anschließt, daß du hilfst, die Mondsiedlung und sein Gebiet hier zusammenzuführen. Wenn ihr zwei zusammenarbeitet, könnt ihr eine echte Zivilisation auf der Erde aufbauen. Aber wenn ihr gegeneinander kämpft –"

„Jetzt paß mal auf!" fauchte Alec. „Er hat uns im Stich gelassen. Nicht nur meine Mutter und mich, sondern Hunderte von Männern, Frauen und Kindern. Er hat das spaltbare Material gestohlen, das wir brauchen. Ohne das Uran müssen wir sterben. Aber er gibt es uns nicht."

„Doch, er gibt es euch", sagte Angela. „Wenn du bereit bist, ihm zu helfen."

„Damit er ein zweiter Dschingis Khan wird? Da kann er lange warten."

„Du begreifst einfach nicht, wie?"

„Ich verstehe viel mehr als du. Viel mehr."

Sie schüttelte den Kopf. „Nein, Alec, du täuschst dich. Du täuschst dich bei so vielen Dingen."

Statt zu antworten, setzte er sich auf.

„Wo willst du hin?"

„Zurück in mein Zimmer."

„Geh noch nicht." Sie schlang die Arme um seinen Hals und zog ihn auf die Matratze herunter. „Du mußt nicht gehen. Und schmoll nicht. Was zwischen dir und deinem Vater vorgeht, hat nichts mit uns beiden zu tun."

Tatsächlich? fragte er sich. Tust du das jetzt nicht, damit ich hierbleibe, damit ich mit ihm zusammengehe?

Aber er sprach nicht aus, was er dachte, als sie sich wieder zu lieben begannen.

16

ES WAR leicht, sich an den ruhigen Ablauf des Lebens auf dem Stützpunkt zu gewöhnen.

Das Laub fiel von den Bäumen, das Gras wurde spröde und braun. Der Wind kam immer aus Norden oder Westen, kalt genug, um selbst durch den dicksten Mantel zu dringen. Der Himmel wurde grau, die Tage immer kürzer. Die Sonne stieg nicht mehr sehr weit über den Horizont, und der Mond schien vom wolkigen Nachthimmel verschwunden zu sein. Ein ungeheures Gewitter fetzte die letzten Blätter von den Ästen, deckte

Dächer ab und riß junge Bäume um. Alecs Zimmer blieb trocken, auch wenn für einige Stunden Strom und Heizung ausfielen. Angelas Keller wurde überschwemmt.

Dann wurde es trocken und schön. Die Tage waren kalt und belebend. Die Nächte wurden eisig. Alec schlief immer öfter bei Angela. Falls Douglas davon wußte, sprach er jedenfalls nicht davon, obwohl sie zusammen mit Will Russo und anderen Mitarbeitern oft in seinem Haus aßen.

Es war eine friedliche Zeit. Die Kämpfe des Sommers waren vorüber, alle bereiteten sich auf den langen Winter vor.

Jeden Tag kamen von fernen Dörfern Lastautos und Pferdewagen und brachten landwirtschaftliche Erzeugnisse. Dafür halfen Douglas' Leute bei der Ernte, gaben den Bauern Werkzeuge, Waffen und Munition, gute Dinge, die man in den Werkstätten auf dem Stützpunkt hergestellt hatte.

Aus der weiteren Umgebung kehrten Soldaten zurück zu Freunden und Familien, die sie den ganzen Sommer nicht gesehen hatten. Es gab gesellige Zusammenkünfte, Festlichkeiten, sogar Darbietungen von Schauspielern und Sängern im großen Auditorium.

Alec fand ihre Vorführungen amateurhaft, nahm aber an jeder Vorstellung teil. Angela saß immer neben ihm. Sie hatten stets Plätze in der ersten Reihe, und Alec gewann den Eindruck, daß alle in erster Linie für ihn spielten. Er schien an jeder Vorführung großen Gefallen zu finden, brüllte vor Lachen über die Witze und beklatschte alles.

Will hatte irgendwo Whiskey aufgetrieben, vermutlich stammte er aus irgendeiner Großstadt, durch die seine Leute gezogen waren. Will rationierte die Zuteilungen streng, bis auf einen Abend, als er ein großes Fest gab und sie alle – Alec eingeschlossen – bis in den Morgen hinein sangen und tranken, alle bis auf Douglas, der schon früh verschwand, nachdem er nur ein paar Gläser getrunken hatte.

Als sie zum viertenmal dasselbe ordinäre Lied sangen, ging auch Angela.

„Ich wollte mich um Douglas kümmern", erklärte sie am nächsten Morgen. „Er sah nicht gut aus, als er uns verließ."

Alec hielt sich den schmerzenden Kopf. „Du mußt ihn also pflegen?" fragte er.

„Ihr habt euch ja auch so amüsiert", sagte sie lächelnd.

Du sicher auch, dachte er, sagte aber nichts. Innerlich tobte er, konnte sich jedoch nicht dazu überwinden, sie offen zu beschuldigen. Was würde ich tun, wenn sie es zugäbe? fuhr es ihm durch den Kopf.

Da wurde ihm zum erstenmal klar, daß er sie liebte.

Ein paar Abende danach gingen sie Arm in Arm von der Kantine zu ihrem Haus. Sie waren dick vermummt mit Mänteln, Wollmützen und Handschuhen. Auf dem See in der Nähe war schon eine dünne Eisschicht zu sehen, und von den Vögeln waren nur die braunen Spatzen dageblieben, die ihr Gefieder aufplusterten und auf der Suche nach Samenkörnern oder Brosamen durch das abgestorbene Gras hüpften.

Zum erstenmal seit Wochen achtete Alec auf den Mond. Er war nur eine dünne Sichel und schwebte zwischen den dahinfegenden Wolken. „Möchte wissen, ob Kobol wieder auf dem Mond ist", überlegte er laut.

„Er überwintert in Florida, da ist es warm", meinte Angela.

Alec starrte zum Mond hinauf und murmelte: „Was er wohl vorhat?"

„Niemand scheint es zu wissen."

„Im Frühling wird er kommen", sagte Alec. „Ich weiß noch nicht, wie er das machen wird, aber im Frühling wird er hier auftauchen."

„Es wird einen Kampf geben."

„Ja."

Sie hatten Angelas Haus erreicht.

„Und auf welcher Seite wirst du stehen, Alec?"

Er dachte nach. „Ich weiß es nicht", sagte er offen. „Ich weiß es einfach nicht."

DER ERSTE Schnee kam früh und überraschte alle, ganz besonders Alec.

Er ging hinaus in den heulenden Wind, drehte sich schwindlig immer wieder um die eigene Achse und sah zu, wie die fremdartigen weißen Flocken die Welt unter ihrer sauberen, kalten Decke begruben. Sie wehten ihm ins Gesicht. An den Häusern türmten sich Verwehungen auf.

Er stapfte zu Angelas Haus und zog sie hinaus in den Schnee. Sie zeigte ihm, wie man einen Schneeball macht, und sie bewarfen einander, bis sie vor Erschöpfung nicht mehr lachen konnten. Dann verbrachten sie den Rest des Tages vor ihrem Kamin und dachten nur an sich, brauchten nicht einmal etwas zu essen.

Es war Will Russo, der Alec für ein paar Tage fortholte. Nach einer Woche ständig wiederkehrender Andeutungen fragte Will schließlich offen, ob Alec mit auf die Jagd in den Wald gehen wolle. Die Art, wie er die Frage stellte, verriet, daß es um mehr ging als um das Jagen. Alec war einverstanden.

Sie machten sich morgens in aller Frühe auf den Weg und gingen über den zugefrorenen See, während am östlichen Himmel eben die Sonne aufging. Alec war sehr unsicher, als sie über das Eis liefen. Er mußte dauernd an das tiefe Wasser unter seinen Füßen denken. Will hingegen unterhielt sich angeregt mit ihm oder summte vor sich hin, und Alec rückte sich die Schultergurte des schweren Rucksacks zurecht und vergaß, was geschehen würde, wenn das Eis brach.

Sie verbrachten den ganzen Tag in den Bergen, auf einem Weg, den nur Will kannte. Der Schnee im Wald war weniger tief, so daß sie gut vorwärts kamen.

„Will, was jagen wir eigentlich?" fragte Alec schließlich.

„Drei Männer", erwiderte Will.

„Was? Männer? Damit?" Alec zeigte auf das altmodische Gewehr, das Will ihm gegeben hatte.

„Möglicherweise brauchen wir die Gewehre nicht. Sie kommen vielleicht auch friedlich mit."

„Ich dachte, wir wollten Fleisch besorgen . . . zum Essen."

Will schüttelte den Kopf. „Nein, Wild bekommen wir von den Fallenstellern genug. Na ja, vielleicht schießen wir auf dem Rückweg einen Hirsch oder dergleichen. Aber erst, wenn wir uns mit den Dieben befaßt haben."

„Diebe?"

Will war mit langen Schritten weitermarschiert und blieb auch jetzt nicht stehen. „Sie haben sich im Spätsommer einem unserer Spähtrupps angeschlossen. Ich dachte, sie wollten nur einen warmen, sicheren Ort, um die kalten Monate zu überstehen. Aber vor zwei Wochen sind sie mit einer Wagenladung Nahrungsmittel, Waffen und Munition verschwunden."

„Vor zwei Wochen? Dann können sie schon weiß Gott wo sein!"

„Nein, können sie nicht. Sie mußten sich den Weg bei der Torwache freischießen, und einer von ihnen wurde verwundet. Zwei von unseren Posten sind übrigens tot. Ein anderer verfolgte sie eine Weile, und wir haben sie aus der Ferne beobachten lassen, damit nicht jemand unnötig gefährdet wird."

Alec nickte. Das ergab Sinn. „Und jetzt schnappen wir sie?" fragte er.

„Richtig. Sie haben sich in einer Höhle verschanzt und nichts mehr zu essen. Einer wird von seinen Verwundungen her noch in schlechter Verfassung sein. Die anderen zwei sind hoffentlich vernünftig."

„Und wenn nicht?"

Will rieb sich die Nase. „Dafür haben wir die Gewehre dabei."

Sie übernachteten im Wald, machten ein kleines Feuer und aßen, was sie mitgenommen hatten. Sie schliefen in Decken gewickelt. Alec war am nächsten Morgen durchgefroren.

Am späten Vormittag hatten sie einen kleinen Berg erreicht und zur Hälfte erklommen. An einzelnen Stellen hatte der Wind den Boden unter der Schneedecke freigeblasen, und sie stellten fest, daß hier alles verkohlt zu sein schien. Auch Bäume wuchsen hier nicht, nur ein paar verkümmerte, knorrige Büsche reckten Zweige aus dem Schnee.

„Da ist die Höhle", sagte Will und zeigte mit seinem Gewehrlauf nach oben. Zwischen zwei großen Felsblöcken war im Gestein eine schwarze Spalte erkennbar.

Hinter ihnen rollten Steine herab. Alec fuhr herum, das Gewehr im Anschlag.

Der Mann war alt, völlig abgemagert, mit einem vor Kälte bleichen Gesicht, das nur aus Knochen und Augen zu bestehen schien. Sein Mund war zahnlos und eingefallen, und die dicke Pelzmütze hatte er so weit herabgezogen, daß sie den hochgestellten Kragen seines groben Mantels berührte.

„Sie sind noch da", berichtete er. „Seit drei Tagen gibt es kein Anzeichen mehr von Rauch oder Feuer."

„Brennholz findet man hier auch nicht viel", meinte Will.

„Stimmt", gab der Späher zu.

„Also gut." Will nahm den Rucksack ab, öffnete ihn und holte zwei runde Metallgegenstände heraus.

Handgranaten, dachte Alec.

Will schob die Granaten in die Taschen seines Mantels. „Ihr zwei bleibt hier und gebt mir Deckung", erklärte er. „Will mal sehen, ob man mit ihnen reden kann." Er griff nach seinem Gewehr und kletterte den Berg hinauf.

Alec kniete im Schnee nieder und zielte mit dem Gewehr auf den Höhleneingang.

„Ganz üble Kerle", murmelte der alte Mann. „Vorige Woche haben sie Johnny Fuller erwischt und ihn durch beide Knie geschossen. Ein Glück, daß ich ihn gefunden hab, sonst wär er im Schnee verblutet."

Alec warf einen Blick auf den alten Mann, bevor er wieder zu Will hinaufstarrte, der den Höhleneingang fast erreicht hatte.

„Hallo, ihr da in der Höhle!" rief Will.

Keine Antwort.

„Ich weiß, daß ihr da drin seid. Ihr friert und habt Hunger, und euer Freund braucht ärztliche Hilfe, falls er überhaupt noch lebt. Kommt raus, dann bringen wir euch zum Stützpunkt zurück. Ich bin selber Arzt, ich kann dem Mann helfen."

„Und dann knüpft ihr uns auf!" schrie eine Stimme. Sie klang schrill und jung.

„Das hängt von den Geschworenen ab. Ihr bekommt euren Prozeß."

„Wir gehen hier nicht raus!" rief die Stimme trotzig und angstvoll.

Will redete eine halbe Stunde geduldig auf die Männer ein. Er schilderte ihnen die Hoffnungslosigkeit ihrer Lage und drängte sie, friedlich herauszukommen.

Schließlich sagte die Stimme: „Also gut . . ., okay . . .“

Will grinste zu Alec hinunter und stand auf. „Fein“, sagte er in Richtung Höhleneingang. „Ich hab ja gewußt –“

Der Schuß knallte, und das Echo wurde von den Felswänden zurückgeworfen. Will kippte um und stürzte den Hang hinunter. Eine Gestalt mit hellen Haaren hetzte aus der Höhle und lief nach rechts davon.

Alec hatte das Gewehr auf die Knie gelegt, riß es nun aber an die Schulter und drückte ab. Vor dem Fliehenden spritzten Steinsplitter auf. Er kam rutschend zum Stehen und drehte sich nach Alec herum. Alec schoß ein zweites Mal. Der Mann wurde an den Felsen geschleudert. Ein dritter Schuß, und die Gestalt brach zusammen.

Alec richtete die Mündung wieder auf den Höhleneingang. Erneut fiel ein Schuß. Zentimeter vor Will, der regungslos am Boden lag, flog der Schnee hoch.

Alec schoß sein ganzes Magazin leer. Das Abwehrfeuer hörte auf.

Er hetzte zu Will, sah, wie der Blutfleck in seinem Mantel immer größer wurde. Die Augen standen offen, wirkten trüb.

„Nicht . . ., nicht . . .“, murmelte Will. Der alte Mann feuerte mit einer Pistole auf den Höhleneingang.

„Gebt ihnen eine Chance . . ., sie haben Angst . . .“, sagte Will schwach.

„Ich gebe ihnen eine Chance“, sagte Alec. Er wechselte das Magazin seines Gewehres und zog die beiden Handgranaten aus Wills Manteltaschen. Eine davon war glitschig von Blut. Alec schob einen Finger durch die Metallringe, packte mit der freien Hand Wills Gewehr und lief geduckt zum Höhleneingang.

Es wurde nicht mehr geschossen. Er preßte sich an den Felsen neben dem Eingang und schrie: „Ihr habt fünf Sekunden! Kommt mit erhobenen Händen raus, oder ich sprenge euch in die Luft!“

Die schrille, sich überschlagende Stimme von vorher kreischte: „Wartet! . . . Gebt mir eine Chance . . ., er ist bewußtlos . . ., ich kann ihn nicht schleppen . . .“

Aber Alec hörte nicht zu, sondern zählte. Er kam bis fünf und warf dann einen Blick zu Will hinunter, der auf dem Rücken im Schnee lag. Dann zog er den Ring aus der ersten Granate und warf sie rasch in die Höhle.

„He . . ., wa-was . . ., nein . . . *halt!*“

Die Explosion klang seltsam gedämpft. Rauch quoll aus dem Eingang, und Alec glaubte einen langgezogenen, heulenden Schrei zu hören. Er zündete die zweite Granate und schleuderte sie hinterher. Der Knall übertönte alles andere, und bis der Rauch aus der Höhle verweht war, herrschte Stille.

Alec schob sich vorsichtig in die Höhle, das Gewehr im Anschlag. Er brauchte einige Zeit, bis seine Augen sich an die Dunkelheit gewöhnt hatten. Von den beiden Leichen war nur noch so viel übriggeblieben, daß man sie als menschlich erkennen konnte. Gerade noch.

Er ging hinaus zu der Stelle, an der der blonde Junge lag, den er erschossen hatte. Der Tote konnte nicht älter gewesen sein als siebzehn. Er hatte keine Waffe bei sich.

Der Wind fauchte. Alec hob den Kopf. Der Späher war bei Will und zog ihm vorsichtig den blutdurchtränkten Mantel aus.

„Sieht nicht gut aus“, sagte der alte Mann, als Alec herunterkam. „Könnte eine Rippe sein. Wenn sie einen Lungenflügel durchbohrt –“

„Können wir ihn bewegen?“

„Wir müssen. Hier können wir ihn nicht liegenlassen.“

Alec riß sein Hemd in Streifen, und sie verbanden Wills Brustkorb so fest, wie sie sich trauten. Dann schickte Alec den alten Mann voraus, schob sich auf der unverletzten Seite unter Wills Arm und stemmte ihn hoch.

„Was ist mit . . . den Jungen?“ Will sackte zusammen und riß Alec beinahe um.

„Nur keine Sorge.“

Es war nicht ganz so schlimm, wie Alec befürchtet hatte. Sie bewältigten vor Sonnenuntergang zwar kaum zwei Kil, wobei

Alec Will mehr schleppte als stützte, aber kurz bevor es ganz dunkel wurde, stießen sie auf drei Kundschafter, die eine Trage bei sich hatten. Zu viert brachten sie Will in ein Nachtlager, das der alte Mann aufgebaut hatte. Sie schliefen an einem großen warmen Feuer.

Am nächsten Morgen kam ein Wagen und beförderte Alec und Will zurück zum Stützpunkt. Douglas, Angela und die halbe Einwohnerschaft empfingen sie am Haupttor.

ZWEI Abende später klopfte es heftig an Angelas Tür.

Sie und Alec hatten in der Kantine zu Abend gegessen und waren zwischen den Schneemauern zu ihrem Haus zurückgegangen. Nun saßen sie vor dem Feuer und zeichneten mit Kohle auf Stoff, den Angela später bemalen und an die Wand hängen wollte.

Angela stand auf, um zu öffnen. Douglas stapfte herein. Das Zimmer wirkte plötzlich eng.

„Na, wenigstens seid ihr angezogen", sagte Douglas.

Alec richtete sich auf.

„Natürlich sind wir angezogen", erwiderte Angela kühl. „Mach die Tür zu, sonst wird es hier eiskalt."

Douglas stieß die Tür zu. „Ich möchte, daß ihr sofort zu Will hinüberkommt."

„Was ist passiert?" fragte Alec.

„Keine Zeit für Erklärungen. Kommt mit." Douglas drehte sich um und riß die Tür wieder auf.

Alec griff nach Angelas Hand. Zu dritt hasteten sie durch die eiskalte Dunkelheit zu Wills Haus. Alecs Gehirn arbeitete fieberhaft. Eine Infektion. Mit Will ist etwas passiert. Vielleicht ist die Verwundung schlimmer, als man gedacht hatte . . .

Sie stürzten in Wills Haus. Und da saß der Hüne auf dem Sofa im Wohnraum, ein halbes Dutzend Männer und Frauen am Boden um sich. Im Kamin loderte ein Feuer, alle lachten und schwenkten Gläser.

„Hal-lo!" rief Will dröhnend, als die drei hereinkamen. „Da sind sie ja! Gebt ihnen Gläser, dann trinken wir auf meinen Waffenbruder und Retter."

Irgendwer drückte Alec ein Glas in die Hand, jemand anders füllte es bis zum Rand mit Whiskey. Alle standen auf und wandten sich Alec zu, während Will mit großer Feierlichkeit rief: „Auf Alec, der mich lebend zurückgebracht hat!"

„Auf Alec!" schrien sie im Chor.

Der Whiskey schmeckte herrlich, schwerelos wie der freie Fall und wärmer als Sonnenlicht.

„Was hat denn das alles zu bedeuten?" fragte Alec verwundert. Angela stand verblüfft, aber glücklich neben ihm.

Will war angezogen, aber unter seinem Hemd konnte man noch die Verbände erkennen. „Meine Kollegen haben mir endlich zugestanden, daß ich außer Lebensgefahr bin und herumlaufen darf . . .", begann Will.

„In ein paar Tagen", schränkte ein älterer Mann ein, bemüht, streng zu wirken. „In ein paar Tagen."

„Gut, in ein paar Tagen", sagte Will. „Und da dachte ich mir, wenn ich in ein paar Tagen herumlaufen darf, kann ich nach Utica gehen und neuen Whiskey besorgen. Warum feiern wir also nicht meine wundersame Genesung mit den Flaschen, die noch da sind?"

„Eine glänzende Idee!" rief Douglas mit seiner tiefen Stimme. Und die Feier nahm ihren Fortgang.

Sie dauerte die ganze Nacht. Gegen Morgengrauen verschwanden einige Frauen, um Frühstück zu machen. Douglas saß neben Will auf dem Sofa. Die anderen hatten sich in kleinen Gruppen zusammengefunden. Douglas klopfte mit der flachen Hand auf den Platz neben sich und sagte zu Alec: „Komm her, mein Sohn, setz dich!" Es war ein Befehl.

Sie waren allesamt so betrunken, daß viele Hemmungen fielen. Alec, der wußte, daß er so schief ging, wie er grinste, schob sich an vier Leuten vorbei, die auf dem Boden saßen, und ließ sich neben seinem Vater auf das Sofa fallen.

„Also", sagte Douglas ruhig, „du bist jetzt fast drei Monate bei uns. Hältst du mich immer noch für ein Ungeheuer?"

Alec konnte sehen, daß Will ihn beobachtete und breit grinste, so, als hätte er eine Versöhnung zwischen David und Absalom herbeigeführt.

„Nein", gab Alec zu. „Du bist wohl kein Ungeheuer. Ich bin immer noch nicht deiner Meinung, aber ich glaube, ich kann erkennen, warum du dich so entschieden hast."

„Gut!" Douglas hob wie ein siegreicher Gladiator beide Hände. Er ließ sie wieder sinken und füllte sein Glas. „Ein paar Dinge sind noch zu regeln. Erstens halte ich es für richtig, daß du das Mädchen heiratest. Sie steht mir nah wie eine Tochter, und ich muß zugeben, daß ich ernste Bedenken hatte –"

„Augenblick mal", unterbrach ihn Alec. „Ich Angela heiraten?"

„Versteht sich."

„Das betrifft nur sie und mich. Du hast da gar nichts zu sagen."

„Daß ich nicht lache! Sie ist praktisch meine Tochter. Du *bist* mein Sohn. Wenn du glaubst, du kannst mit ihr schlafen und ihr ein Kind machen, ohne sie zu heiraten, täuschst du dich."

Die anderen Gespräche verstummten, aber niemand drehte sich nach ihnen um. Nach einer Pause sprach man mit leiserer Stimme weiter.

„Jetzt hör mal –"

„Nein, *du* hörst zu", sagte Douglas. „Du wirst sie heiraten und dann eine Abordnung anführen, die mit Kobol zusammentrifft. Ich möchte ihm einiges klarmachen."

„Ich weiß aber nicht, ob ich das will!"

„Du weißt es nicht? Was heißt das? Du kannst dir nicht das Fell waschen und gleichzeitig trocken bleiben. Entweder bist du für uns oder gegen uns. Neutralität gibt es hier nicht. Du hast eben erklärt, daß du zu uns stehst."

„Das habe ich nicht gesagt!"

„Dann bist du gegen uns!" schrie Douglas.

Will legte die Hand auf seine Schulter. „Langsam, Doug, du . . ."

Douglas schüttelte die Hand ab und erhob sich langsam. Alec, der ihm kaum bis zur Schulter reichte, stand ebenfalls auf.

„Hör mir jetzt genau zu", sagte Douglas leise und drohend. „Ich habe es zugelassen, daß du drei Monate lang hier herumgesessen hast, habe dafür gesorgt, daß du zu essen und es warm hattest. Hinter meinem Rücken hast du dich mit meiner Angela eingelassen. Und was habe ich dafür von dir verlangt? Nichts! Überhaupt nichts. Nur Loyalität. Und du weigerst dich?"

Alec zitterte vor Wut. „Richtig, ich weigere mich", sagte er gepreßt.

„Dann hau ab!" brüllte Douglas und zeigte zur Tür. „Nimm, was dir gehört, und verschwinde!"

„Genau das werde ich tun." Alec ging zur Tür. Alle Anwesenden starrten ihn an. Will war leichenblaß.

„Augenblick noch!" fauchte Douglas, als Alec an der Tür war. „Du kannst mitnehmen, was du brauchst. Aber Angela läßt du in Ruhe. Du bist nicht gut genug für sie, auch wenn du sie geschickt eingewickelt hast."

„Ich nehme, was ich will", sagte Alec.

„Versuch sie mitzunehmen, und ich lasse dich hetzen und abknallen wie ein Tier. Verlaß dich drauf!"

Drittes Buch

17

ALEC stürmte blindlings in die eisige Nacht hinaus. Er kam an Angelas Haus vorbei, sah die Lichter, erkannte hinter den Fenstern Frauen, die hin und her eilten. Sie bereiteten wahrscheinlich das Frühstück zu, lachten miteinander und vertrauten sich an, was sie an Neuigkeiten gehört hatten.

Er ging weiter. Bis er seine Habseligkeiten zusammengesucht, ein Pferd gefunden und gesattelt hatte, wurde es am östlichen Himmel hell, aber es war ein grauer, bewölkter Tag, in den er hineinritt, vorbei an den Posten, fort von Douglas' Stützpunkt.

Er ritt fast den ganzen Tag und übernachtete in den Bergen unter Tannen. Er machte ein Feuer, doch die Tannenzweige verbrannten rasch und schwelten weiter, ohne Wärme zu spenden. Am Morgen zitterte er vor Kälte. Er hatte Hunger.

Als einzige Waffe hatte er das Sturmgewehr mitgenommen, mit dem er angekommen war. Es war für Kleinwild zu schwer, auch wenn er es auf Einzelfeuer einstellte. Alec mußte außerdem einsehen, daß er als Schütze nicht gut genug war, um einen Hasen oder eines der anderen kleinen Nagetiere zu treffen, die gelegentlich über den gefrorenen, schneebedeckten Boden huschten. Er stand vor einem Dilemma: Gab er einen Feuerstoß auf einen Hasen ab, so traf er das Tier wohl und behielt davon möglicherweise noch so viel übrig, daß er ein paar Bissen essen konnte, aber auf diese Weise würde ihm dann nach ein, zwei Tagen die Munition ausgehen.

Am dritten Tag heulte ein schwerer Schneesturm durch den Wald und hüllte alles ein mit Ausnahme der Bäume in nächster Nähe. Alec hatte das Glück, eine Höhle und so viel Hartholz zu finden, daß er die ganze Nacht hindurch ein Feuer brennen lassen konnte. Vor allem das Pferd brauchte die Wärme, dringender noch als er selbst. Es gab praktisch nichts zu fressen für das Tier, das rasch an Kraft verlor.

Er verbrachte zwei Tage in der Höhle, eingesperrt vom Schneesturm. Kein Brennholz, nichts zu essen, nur der Gestank des Pferdes und das Heulen des Windes. Als der Sturm aufhörte und der Himmel wieder blau wurde, lag die ganze Welt unter einer dicken weißen Decke. Die Bäume glitzerten in der Sonne. Am Eingang zu Alecs Höhle türmten sich die Schneewehen.

Er betrachtete eine Weile die stille, schöne Landschaft, bevor ihn Hunger und Angst vor dem Kältetod hinaustrieben.

Das Pferd ging an diesem Tag ein. Es brach mit einem Seufzer unter ihm zusammen und zuckte mit den Beinen im Schnee. Alec konnte spüren, wie die Wärme aus dem Körper wich. Nun war er ganz allein. Weit und breit war nichts Lebendiges zu sehen. Es gab keine Spuren, keine Hinweise auf die Richtung, die er einschlagen mußte, keine Hoffnung.

Er stand bis zu den Hüften im Schnee, durchnäßt, durchfroren, hin- und hergerissen zwischen Verzweiflung und Todesangst. Schlaf brauche ich, dachte er. Ruhe und Schlaf.

Der Wind seufzte, die Bäume sangen ein Wiegenlied. Schlafen, ja, schlafen . . .

Aber dann tauchten aus seiner Erinnerung Worte eines Dichters auf, an die er lange nicht mehr gedacht hatte. Er raffte sich auf, murmelte vor sich hin, schrie es dann den Bäumen und dem Wind zu: „Schlafen! Vielleicht auch träumen! – Ja, da liegt's: Was in dem Schlaf für Träume kommen mögen . . ."

Der Schlaf des Todes, dachte er. Mit letzten Kräften kämpfte er sich vorwärts durch den Schnee. Es war ein bitterer, qualvoller Kampf, mehr gegen sich selbst als gegen die Elemente. Steif, hungrig, todmüde quälte er sich weiter.

Es muß hier Dörfer geben, sagte er sich immer wieder. Achte auf Rauch oder auf eine Straße.

Schließlich fand er tatsächlich eine Straße. Sie war kaum erkennbar, es gab nur eine einzige Schlittenspur. Aber in dieser Spur fiel das Gehen ein wenig leichter. Dankbar stapfte Alec weiter, bergab, fort vom Stützpunkt, hinab in das Tal, wo die Felder lagen. Und die Dörfer.

Es war fast völlig dunkel, als er in das Dorf wankte. Es war entweder dasselbe, das er vor Monaten überfallen hatte, oder ein ganz ähnliches. Dann sah Alec den alten Mann. Es war der Alte, der am Tor eingeschlafen war.

Sie sagten nichts zueinander. Alec stand schwankend am verschneiten Tor, umklammerte sein Gewehr und keuchte vor Erschöpfung. Der alte Mann starrte ihn an, die Flinte in den Händen. Schließlich zog er die Schultern hoch, winkte Alec und ging voran ins Dorf. Alec folgte ihm taumelnd durch verschneite, enge Straßen.

Der alte Mann führte ihn zu einer Hütte. „Hier rein", sagte er mit brüchiger Stimme.

Alec stieß die Tür auf und torkelte in den Raum. Als erstes spürte er die Wärmeflut eines Feuers. Dann sah er an einem Tisch zwei Männer, die halb aufgestanden waren. Auf dem Tisch stand eine Schüssel, aus der Dampf aufstieg.

Es waren zwei von Alecs Männern.

Mehr bekam Alec nicht mit. Er stürzte vornüber zu Boden und verlor das Bewußtsein.

ZWEI Tage lang pflegte und fütterte man ihn. Es war ein Wunder, daß er kein Fieber bekam. Ein paar kleine Erfrierungen, völlige Erschöpfung, das war alles.

Die Männer – sie hießen Zimmerman und Peters – hatten beschlossen, im Dorf zu bleiben. Als die Nachricht eingetroffen war, daß Alec von Douglas gefangengehalten wurde, hatten sich die meisten Leute Will Russo angeschlossen. Nur Zimmerman und Peters waren im Dorf geblieben. Alec kam bald dahinter, daß sie als Paar zusammenlebten. Er war zunächst verwundert, obwohl in der Mondsiedlung Homosexualität durchaus nicht selten vorkam. Aber er sagte nichts.

„Und Jameson?" fragte er schließlich am dritten Tag nach seiner Ankunft. „Ist er auch zu Russo gegangen?"

Peters schüttelte den Kopf. Er hatte sich einen Vollbart wachsen lassen. „Nein", erwiderte er. „Der nicht. Er hat keinen von uns gehindert, das zu tun, was er wollte, aber er sagte, er wolle nach Süden zu Kobol."

„Russo hat euch darüber informiert, daß Kobol gelandet war?"

„Ja. Und wir konnten selbst entscheiden, was wir machen wollten. George und ich hatten genug vom Soldatenspielen. Wir halfen den Leuten hier bei der Ernte und durften bleiben. Die Menschen im Dorf sind sehr freundlich und verständnisvoll gewesen."

„Ist jemand mit Jameson gegangen?" fragte Alec.

„Vier oder fünf Mann."

Alec sank auf seinen Strohsack zurück. Es ist keiner mehr da, der zu dir hält, sagte er sich. Jetzt stehst du ganz allein.

Nach einer Woche kamen die Dorfältesten zu Alec. Sie waren höflich und sogar zuvorkommend, aber auch unerbittlich. Sie wollten nicht in die Streitigkeiten zwischen Douglas und seinem Sohn hineingezogen werden. Sie baten Alec, den Ort zu verlassen, sobald er wieder zu Kräften gekommen sei. Er werde ausreichend zu essen erhalten, auch Munition und sogar ein gutes Pferd. Aber bleiben dürfe er nicht.

Man gab ihm eine große braune Stute, zusammengerolltes Bettzeug, Nahrungsmittel und Munition. Von Peters bekam

Alec ein altes, einschüssiges Gewehr für die Jagd. Zimmerman schenkte ihm seine Pistole samt Halfter und Munitionsgurt.

Die Dorfältesten sahen wortlos zu, als Alec sich von seinen früheren Kameraden verabschiedete und das Pferd bestieg. Er nickte den älteren Männern zu, trieb den Gaul an und trabte durch das Tor hinaus.

Wohin? fragte er sich. Nach Süden, zu Kobol? Instinktiv schüttelte er den Kopf. Es war Mittag, als er aus dem Dorf ritt, und bis die Sonne knapp über den Hügeln im Westen stand, hatte Alec eine kleine Höhle gefunden.

Im Frühling wird Kobol hierherkommen, dachte er, während er den Sattel abnahm. Er soll zu mir kommen. Aber eine Stimme in ihm sagte ironisch: Zuerst mußt du einmal den Winter überstehen.

Er sammelte Holz und zündete in der Höhle ein kleines Feuer an. Das Pferd band er am Höhleneingang fest. Der Rauch vom Feuer zog ab.

Er überlegte kurz, ob er mit Peters' Gewehr auf die Jagd gehen sollte, aber es wurde schon dunkel. Er beschloß, das zu essen, was man ihm mitgegeben hatte: Trockenfleisch und Mais.

Das Pferd stand regungslos da. Das Feuer brannte nieder. Alec hatte sich zugedeckt und versuchte zu schlafen. Er gab sich große Mühe, nicht an Angela zu denken. Das war das Schlimmste: daß es nie eine Ablenkung gab. Die Nacht draußen war dunkel und still. Ab und zu fuhr klagend der Wind durch die schneebedeckten Bäume.

Ob sie mitgekommen wäre? fragte er sich. Nur gut, daß sie es nicht getan hat. Ich bin selbst nur knapp davongekommen. Ich möchte nicht . . .

Ein Knirschen. Alec riß die Augen auf, aber in der Dunkelheit war nichts zu erkennen. Die Höhle war finster, der Eingang nur wenig heller. Das Geräusch war ganz leise gewesen – aber da kam es wieder!

Schritte auf dem Schnee. Alec griff nach seiner Pistole.

Die Dorfbewohner kommen, um ihre Geschenke zurückzuholen, fuhr es ihm durch den Kopf. Wenn der Sohn von Douglas zufällig in irgendeiner Höhle stirbt, ist das nicht ihre Schuld. Und warum sollten sie auf ein wertvolles Pferd verzichten?

Alec lauschte aufmerksam und glaubte zu hören, daß zwei Pferde durch den Schnee heraufkamen.

„Mr. Morgan?" rief eine junge Stimme.

Er antwortete nicht.

„Mr. Morgan?" Am Höhleneingang tauchte eine Silhouette auf, dann eine zweite. „Wir möchten uns Ihnen anschließen, wenn Sie uns nehmen."

Sie waren jung, beide noch unter zwanzig. Und das Leben im Dorf langweilte sie. Sie sahen bei Alec eine Chance, Abenteuer zu erleben, mehr von der Welt kennenzulernen. Alec versuchte ihnen ihr Vorhaben auszureden und erklärte, er habe nichts zu bieten als Gefahren und einen frühen Tod. Sie grinsten und behaupteten, keine Angst zu haben. Sie wollten hingehen, wohin er sie führe.

Also führte er sie.

Zuerst in die fast verlassenen Städte, in denen es immer noch Vorräte gab. In den näher gelegenen Städten trieben sich nur wenige Banden herum, aber drei wachsame, vorsichtige Männer konnten immer wieder Dosennahrung und sogar Kleidung oder Wolldecken finden, ohne sich auf Gefechte einlassen zu müssen. Um sich mehr Waffen und Munition zu beschaffen, mußten sie allerdings eine Gruppe von sechs oder sieben Barbaren in einen Hinterhalt locken. Alec plante sorgfältig, ließ sich kurz von den Räubern sehen und in den Keller eines leeren Gebäudes verfolgen. Ein paar Feuerstöße, dann konnten seine beiden Begleiter sich mit Sturmgewehren und mehr Munition ausrüsten, als sie zu tragen vermochten.

Sie tauschten einen Teil der Munition und Peters' Gewehr gegen frische Nahrungsmittel und ein weiteres Pferd in einem Dorf am Ostrand von Douglas' Gebiet ein. Sie verließen den Ort mit einem neuen Kameraden, einem älteren Mann, der seine Familie durch Krankheit verloren hatte und nicht mehr an sie denken wollte.

Alec hatte einen Plan. Bis zum Frühling sollte Kobol hierherkommen. Inzwischen würde Alec Douglas' Verteidigungsring genau erkundet haben. Er wollte auf Kobol warten und erneut das Kommando übernehmen. Aber er brauchte ein Funkgerät. Und er wußte auch schon, wo er es sich beschaffen konnte.

Alec wartete. Er hatte Geduld gelernt. Die Schneestürme überstanden sie in Höhlen und im tiefen Wald. Alec warb neue Leute aus den Dörfern an – zumeist blutjunge Männer. Niemals überfiel er ein Dorf. Er betrieb Tauschhandel, lockte die jungen Söhne zu sich, deutete an, die Dorfältesten täten gut daran, vernünftig zu sein, weil die Tage von Douglas' Herrschaft gezählt seien.

Er lernte die Gegend kennen, legte Karten von den Tälern und Hügeln, den Wäldern und Bächen, den Straßen, den Städten und Dörfern an. Und er erkundete den Abwehrring von Douglas' Territorium. Er sah, daß man einen neuen Außenzaun errichtete; Trupps von Männern schaufelten im Schnee, um am äußersten Rand des von Douglas beherrschten Bereichs einen Zaun hochzuziehen. In Abständen von ungefähr einem Kil errichtete man hölzerne Wachttürme – alles, obwohl es bitter kalt war. Douglas wartete nicht den Frühling ab.

Alec fand die Vorposten auf Hügelkuppen innerhalb des neuen Zaunes. Er sah Spähtrupps und Streifen, die durch das Land ritten, hielt aber stets Distanz. Er wollte keine ernsthaften Kämpfe. Noch nicht. Einmal glaubte er Will Russo an der Spitze einer Abteilung auf Schneeschuhen zu erkennen. Alec zog sich sofort zurück.

Die Tage wurden merklich länger, als er einen der Vorposten angriff. Er mußte mit seinen Leuten einen Umweg machen, durch eine Lücke in dem noch nicht fertiggestellten Zaun mit seinen Wachttürmen. Es war noch immer sehr kalt, und der Himmel wirkte bleigrau, als Alec mit seinen zwei Dutzend Leuten zum Vorposten marschierte. Gegen Abend kam jedoch die Sonne durch, und Alec sah an einem Berghang eine blaue Blume den Kopf durch den Schnee stecken. Er lächelte, nicht über die Schönheit der Blume oder des Sonnenuntergangs, sondern weil er den Zeitpunkt für den Angriff so gut ausgewählt hatte.

Sie warteten bis nach Mitternacht und stiegen dann den

Hang zum Vorposten zu Fuß hinauf. Lautlos erkletterten sie die Erdwälle und benutzten nur Messer und Armbrüste im Kampf gegen die Verteidiger. Alec war am Funkgerät, bevor der Kommandant es einschalten konnte, und schoß ihn nieder, während er verzweifelt an den Knöpfen drehte. Erst als der Kommandant am Boden lag und verblutete, sah Alec, daß er mit einer Hand seine Hose festhielt und nackte Füße hatte.

Sie machten keine Gefangenen, bauten das Funkgerät samt Generator ab und verstauten beides auf dem Lastwagen, der zum Vorposten gehörte. Mit dem Sprengstoff, den sie fanden, jagten sie die Unterstände und die Geschütze in die Luft.

Er wird vermuten, daß wir das Funkgerät mitgenommen haben, dachte Alec. Aber wir halten so großen Abstand zu seinen anderen Funkanlagen, daß er nicht mithören kann.

Der Lastwagen kämpfte sich ächzend durch die Nacht. Unbehelligt verließen sie Douglas' Gebiet.

Trotzdem trieb Alec sie den ganzen Tag lang weiter, bevor er versuchte, die Satellitenstation zu rufen. Als die Verbindung endlich hergestellt war, klang die Stimme, die an seinem Ohr krächzte, ungläubig. „Wir dachten, Sie wären tot oder –"

„Oder zu Douglas übergelaufen?"

„Tja . . ."

„Schon gut", sagte Alec. „Gebt Kobol Bescheid, daß ich ihn oder seinen Vertreter sehen will, sobald er jemanden hierherschicken kann. Wir müssen planen. Ich melde mich mindestens jeden zweiten Tag bei Ihnen und gebe durch, wo Sie mich erreichen können."

„Ja, Sir. Äh . . ., ich nehme an, Sie möchten eine Verbindung zum Mond, damit Sie mit Ihrer Mutter sprechen können."

„Nein", erklärte Alec ohne Zögern. „Ich kann es mir nicht leisten, so lange zu sprechen, weil man uns sonst ortet. Teilen Sie ihr mit, daß es mir gutgeht und wir unsere Aufgabe bald erfüllt haben werden."

„Das ist alles?"

„Das ist alles."

18

KOBOL schickte Jameson, der zwei Wochen nach Alecs erstem Funkruf eintraf.

„Wie sind Sie so schnell hergekommen?" fragte Alec verwundert.

Jameson lächelte. „Mit einem Boot. In Florida gibt es viele Boote. Und den Treibstoff dazu. Man stellt ihn aus Meerwasser her – der Wasserstoff wird durch Elektrolyse gewonnen und dann kälteverflüssigt."

Alec nickte. In Florida war man technisch weiter fortgeschritten als hier, soviel stand fest. Aber dann fiel ihm ein, daß sich dort unten der alte Raumflughafen befand. Er schien noch intakt zu sein.

„Wir sind den Delaware River heraufgefahren, so schnell wir konnten", fuhr Jameson fort. „An Philadelphia sind wir mit Höchstgeschwindigkeit vorbeigesaust. Dort ist es immer noch etwas radioaktiv. Als wir auf dem Fluß nicht mehr weiterkonnten, gingen wir zu Fuß weiter."

Jameson und Alec standen auf einer kleinen Anhöhe unter Birken. Die Äste waren nackt, und es lag noch Schnee. Aber die Sonne stand hoch an einem klaren blauen Himmel. Die Wärme kam zurück. Wenn man genau hinhörte, konnte man das Schmelzwasser rieseln hören. Bald würden die Flüsse anschwellen.

„Was macht Kobol da unten?" fragte Alec.

„Er stellt eine Armee zusammen, eine richtige Armee", entgegnete Jameson mit Nachdruck. „Ein paar tausend Mann . . ., er wirbt sie überall an. Sie haben vier Fähren, die jetzt fast jeden Tag Nachschub und Waffen absetzen: Lastwagen, Laser, schwere Ausrüstung."

„Mehrere tausend Mann? Und das mit vier Fährraketen?"

„Richtig. Der Rat hat entschieden, daß das spaltbare Material nur beschafft werden kann, wenn man Douglas ein für allemal ausschaltet. Kobol erhält also alles, was er haben will – in

Florida müssen mehr einsatzfähige Männer sein als auf dem Mond."

Alec fuhr herum. „Alles, was *er* will? *Ich* führe das Kommando!"

Jameson zog die Schultern hoch. „Das durchzusetzen könnte ein bißchen schwerfallen. Offiziell heißt es, daß Sie getötet oder gefangengenommen worden sind. Gerüchteweise hieß es sogar, Sie hätten sich Douglas angeschlossen."

„Alles falsch. Ich habe das Kommando über die Mission erhalten und es nie abgegeben, gleichgültig, was Kobol behauptet."

„Das wird ihm nicht gefallen", wandte Jameson ein.

Alec starrte ihn an. „Na gut, es hat keinen Zweck, jetzt darüber zu streiten. Wir müssen das klären, wenn er hier ist."

Jameson nickte. Er schien aber nicht sonderlich überzeugt zu sein, wirkte sogar ein wenig belustigt.

„Ich nehme an, Kobol hat einen Plan, wie er seine Truppen hierherbringen will."

„Allerdings", bestätigte Jameson und nickte. „Er hat sich mit den irdischen Wetterverhältnissen befaßt und ist zu der klugen Beobachtung gelangt, daß es in den südlichen Gebieten, wo er sich aufhält, wärmer ist als hier im eisigen Norden."

„Und?"

„Er will also erst im Frühling heraufkommen. Er bringt seine Leute bereits ein Stück weit nach Norden, fort aus Florida, in Marschland, das bei den Eingeborenen Georgia heißt. Mit dem Vordringen des warmen Wetters wird Kobol seine Leute weiter nach Norden hinaufführen und unterwegs zusätzlich Leute aufnehmen."

„Noch mehr Leute?"

„Ja." Jameson nickte knapp. „Er sagt, je mehr, desto besser."

„Na, ich weiß nicht."

„Auf jeden Fall behauptet er, je zahlreicher wir seien, desto mehr Leute würden sich uns noch anschließen. Um so leichter werde es fallen, Douglas eine entscheidende Niederlage beizubringen."

Alec scharrte mit der Stiefelspitze im Schnee. „Es wird aber nicht leicht sein, eine solche Armee zusammenzuhalten. Weshalb sollten die Leute auf einem so weiten Weg Disziplin halten?"

„Ein Teil wird es tun, vielleicht sogar der größte. Kobol hat ihnen Beute und Frauen versprochen, sobald Douglas besiegt ist."

„Aha." Alec begriff. Und dachte an Angela.

Sie liefen den halben Tag auf dem Hügel herum, während Jamesons drei Begleiter bei Alecs Leuten blieben.

„Wir können also damit rechnen, daß Kobols Armee eintrifft, wenn der Frühlingsschlamm trocken ist und man ohne Mühe vorankommt", faßte Alec zusammen.

„Das hat er vor."

„Es wird auf eine genaue zeitliche Berechnung ankommen. Er muß hier sein, wenn es eben wieder möglich wird, sich frei zu bewegen. Wir haben bisher überleben können, weil es Douglas mehr Mühe gemacht hätte, uns zu jagen, als wir wert sind. Aber wenn man gut vorwärts kommt, dürften wir uns nicht allzulange halten können. Wartet Kobol auch nur eine Woche zu lang, dann sind wir alle erledigt, bis er hier eintrifft."

„Ich weiß."

„Er auch", sagte Alec.

Jameson starrte vor sich hin. „Er wird rechtzeitig hier sein", sagte er nach einer Pause. „Er will Ihre Mutter heiraten und über sie den Rat unter seinen Einfluß bringen. Er wird nicht zulassen, daß Sie umkommen. Jedenfalls nicht auf diese Weise."

Alec war nicht erstaunt. Jameson hat mir nichts gesagt, was ich nicht schon gewußt hätte, dachte er. „Gut", meinte er halblaut. „Es ist wichtig, daß Kobol und ich persönlich zusammentreffen, bevor seine Truppen hier sind. Ich bin über Douglas' Abwehrring genau informiert. Kobol braucht diese Informationen, selbst wenn er mit einer Riesenarmee anrückt."

„Ja, er braucht die Informationen", sagte Jameson ein wenig steif. „Und er hat mich hergeschickt, um sie von Ihnen zu beschaffen."

Alec schüttelte den Kopf. „Nein. Ich rede mit Kobol und mit keinem anderen."

Jameson schwieg.

„Es geht um mehr als um diese Erkenntnisse", fuhr Alec fort. „Die ganze Strategie hängt davon ab . . ., auf welche Weise wir Douglas angreifen wollen. Wenn Sie meine Erkenntnisse mitbringen, wird Kobol seinen Angriffsplan fertig haben, bevor er hier eintrifft. Das könnte von großem Nachteil sein."

„Soll ich ihm das sagen?"

Alec grinste. „Sagen Sie ihm, was Sie wollen. Ich will ihn auf jeden Fall sprechen, bevor seine Armee so weit nach Norden vordringt. Ich überlasse es Ihnen, Zeit und Ort festzulegen."

Jameson blickte auf die untergehende Sonne und den dunkelroten Streifen am Horizont. „Er wird nicht versuchen, Sie umzubringen", sagte er leise, wie zu sich selbst. „Aber vielleicht will er Sie im Auge behalten . . ., etwa als Gefangenen."

„Sie meinen, ich könnte in eine Falle tappen, wenn ich mit ihm zusammentreffe?"

„Möglich."

„Kann ich mich darauf verlassen, daß Sie das verhindern werden?"

Jameson drehte den Kopf und sah Alec an. „Ich bin nur einer. Er wird in zahlreicher Begleitung sein."

„Das ist mir klar", sagte Alec. „Aber stehen Sie zu mir, falls es Ärger geben sollte?"

Jameson schwieg lange. „Ich habe unter Ihnen wie unter ihm gedient", sagte er dann. „Wenn es zur Entscheidung kommt, stehe ich auf – Ihrer Seite."

Alec streckte ihm die Hand hin. Jameson drückte sie und lächelte.

„Wir sind beide wahnsinnig, wissen Sie", sagte er.

„Das weiß ich", erwiderte Alec. „Das weiß ich nur zu genau."

DAS ZUSAMMENTREFFEN wurde vereinbart.

Nach mehreren Gesprächen über Funk – vermittelt durch den Satelliten – einigte man sich darauf, auf einem Boot am oberen Delaware River zusammenzutreffen, an einer Stelle, die „Wasserkluft" hieß. Der Name sagte Alec nichts, bis er den Ort sah.

Der Schnee schmolz unter der Vorfrühlingssonne rasch dahin. Der Boden war weich und schlammig. Alec und vier seiner Männer ritten langsam nach Süden und richteten sich nach den Karten, die Jameson zurückgelassen hatte. Sie brauchten eine ganze Woche bis zum Treffpunkt.

Als sie den Fluß erreichten, hätten sie die Wasserkluft ohne jeden weiteren Hinweis gefunden. Der Delaware durchschnitt zwei hohe Felsen, deren Schichten durch jahrmillionenlange Erosion freigelegt waren. Oben führte eine Straße entlang, zerfallen und überwachsen, aber die Pferde fanden den Weg mühelos. Nach den schlammigen Pfaden, die sie hinter sich gebracht hatten, kamen sie hier gut vorwärts. Alec und seine Leute behielten die Hänge zu beiden Seiten im Auge. Bäume und Gebüsch waren noch nicht belaubt und boten daher kaum Deckung.

An der engsten Stelle der Schlucht wartete eine Überraschung auf sie: Eine hohe, weitgespannte Brücke aus Stahl und Beton war stehengeblieben und überspannte den Fluß. An einem der Brückenpfeiler hatte ein kleines Motorboot festgemacht.

An Bord haben nicht mehr als fünf oder sechs Leute Platz, dachte Alec, als sie mit ihren Pferden langsam hinunterritten. Wir werden nicht arg in der Minderzahl sein – es sei denn, Kobol hat flußabwärts noch ein paar Boote liegen.

Das Boot schob sich ans Ufer heran, damit Alec und zwei seiner Leute zur Bordleiter waten konnten. Die beiden anderen Männer gesellten sich zu zwei Mann von Kobols Leuten und blieben mit ihnen und den Pferden am Ufer.

„Freut mich, Sie zu sehen", sagte Kobol mit breitem Lächeln, als Alec heraufstieg. Er wirkte magerer als bei ihrer letzten Begegnung, drahtig und gertenschlank, sein Gesicht war faltiger. Seine Hand, die er Alex zur Begrüßung entgegenstreckte, fühlte sich ledern an. In seinen Augen konnte Alec nichts lesen.

„Das Leben in der freien Natur scheint Ihnen zu bekommen“, bemerkte Kobol, als der Elektromotor des Bootes ansprang. „Sie haben den Kinderspeck verloren und sehen gut aus.“

Alec knurrte etwas. Er stellte fest, daß Vordeck und Kabinendach mit Solarzellen bedeckt waren. Waffen konnte er nirgends erkennen. Am Heck hatte man Segeltuch über einen Aufbau gespannt. Ein Lasergeschütz?

Sie gingen in die Kabine. Sie war eng; es gab Kojen und einen großen Tisch mit Bänken. Auf dem Tisch war eine Luftbildkarte von Douglas' Stützpunkt befestigt.

„Wir haben das aus Satellitenfotos zusammengesetzt“, erläuterte Kobol. „Die Karte dürfte stimmen.“

Alec ließ sich auf einer Bank nieder, studierte die Karte und nickte. Die Auflösung der Fotos war sehr hoch; er konnte sogar Angelas Haus erkennen. Was haben wir wohl gemacht, als diese Aufnahmen geschossen wurden? dachte er.

Kobol setzte sich auf die andere Tischseite und murmelte einem seiner Männer etwas zu. Man brachte belegte Brote und eine bräunliche Flüssigkeit, die Kobol „Bier“ nannte.

„Schmeckt sehr gut“, sagte er zu Alec. „Enthält Alkohol, wenn auch nicht viel. Eine Brauerei war mit das erste, was die Eingeborenen in Florida wieder in Gang gebracht haben. Sie pflanzen die Gerste gleich am Ort und verbrennen halbe Wälder, um die Brauerei mit Energie zu versorgen.“

Alec trank einen Schluck. Das Zeug schmeckte säuerlich. Er schien die Brauen zusammengezogen zu haben, denn Kobol erklärte etwas hochmütig: „Man muß sich erst daran gewöhnen.“

„Lieber nicht.“

„Wir haben auch Milch“, bemerkte eine andere Stimme.

Alec hob den Kopf und sah Jameson am Niedergang stehen. Alec nickte und unterdrückte ein Lächeln. „Gut, ich nehme Milch“, erwiderte er.

Sie befaßten sich eingehend mit der Karte. Alec teilte Kobol mit, was er über Douglas' Abwehranlagen wußte, und sie trugen mit Tinte sämtliche noch nicht vermerkten Einzelheiten ein.

Kobol war beeindruckt. „Wir müssen alles auf einen großen Vorstoß konzentrieren – und zwar diese Hauptstraße hinauf." Er zeigte auf die Karte.

„Genau das erwartet Douglas", gab Alec kopfschüttelnd zurück. „Er wird Sie an dieser Stelle stoppen oder auch hier, wo Sie wegen der Flüsse und Seen in enger Formation marschieren müssen."

Kobol zupfte an seinem Schnurrbart. „Er hat nicht die Kraft, uns aufzuhalten. Bis wir hier eintreffen, haben wir fast fünftausend Mann zur Verfügung."

„Der Verteidiger ist immer im Vorteil", erklärte Alec. „Douglas versteht seine Sache. Sie werden die Leute brauchen. Vergessen Sie nicht, daß er sich seit Jahren verschanzt hat. Warum wollen Sie eine ganze Armee opfern?"

„Was schlägt das militärische Genie dann vor?" sagte Kobol gereizt.

Alec hob den Kopf. „Sie sind zahlenmäßig überlegen. Greifen Sie auf breiter Front an, damit Douglas seine Leute auseinanderziehen muß. Umgehen Sie die Vorposten und Bunker –"

„Damit sie uns womöglich von allen Seiten unter Beschuß nehmen?"

„Das können sie nicht. Ich habe gesehen, über welche Mittel sie verfügen. Auch für die größten Geschütze haben sie nicht genug Munition. Sie werden feuern, bis ihnen die Granaten ausgehen. Dann müssen sie entweder vorstoßen und uns in kleine Gefechte verwickeln oder auf ihren Hügeln sitzenbleiben und warten, bis wir kommen."

Kobol wiegte den Kopf zweifelnd hin und her.

„Die Vorposten können kleinere oder lokal begrenzte Angriffe abwehren", fuhr Alec fort. „Ein Angriff auf breitester Front, der rasch vorgetragen wird, mindert den Wert der Befestigungsanlagen ganz beträchtlich."

„Ergibt Sinn", murmelte einer von Kobols Leuten.

„Falls er recht hat, daß die großen Geschütze nicht über genug Munition verfügen."

„Ich habe recht", knurrte Alec. „Wenn ihr es für besser haltet, können wir in der Nacht vor dem großen Angriff ein paar Vorposten ausschalten. Aber die anderen, die erst später kommen, sollten wir umgehen."

Kobol schüttelte heftiger den Kopf. „Ich habe den Feind nicht gern im Rücken, auch wenn es nur kleine Vorposten sind. Der Schaden, den sie anrichten können –"

Alec hieb mit der Faust auf den Tisch. „Was ist unser Ziel, verdammt noch mal? Wollen wir Hügelbunker erobern oder das Hauptquartier von Douglas? *Da* müssen wir hin!" Er zeigte auf die Karte. „Wenn wir einen Vorposten nach dem anderen ausräuchern wollen, brauchen wir dazu den ganzen Sommer. Bis zum Herbst sind wir umzingelt und haben keinen Proviant mehr. Wir müssen schnell zuschlagen, mit unserer ganzen Kraft."

„Und die Männer in den Vorposten und Bunkern sehen einfach zu, wie wir vorrücken?"

„Ja. Es sind jeweils nur an die zehn Mann, höchstens einmal zwanzig. Allerdings schwer bewaffnet. Wenn wir sie einzeln angreifen, können sie uns aufhalten, bis Douglas seine Reserven heranführt. Aber was ist gegen uns auszurichten, wenn wir schnell vorstoßen? Die Vorposten werden überrascht und vom Nachschub abgeschnitten sein. Wenn die Männer herunterkommen, um uns anzugreifen, ist ihr Schicksal besiegelt."

„Aber sie haben Artillerie."

„Nach einer halben Stunde geht ihr die Munition aus."

„Schaden kann sie trotzdem anrichten."

„Nicht, wenn wir schnell vorstoßen und dabei weit auseinandergezogen sind."

„Ich weiß nicht –", sagte Kobol zögernd.

„Aber ich", sagte Alec ruhig. „Wir machen es so. Wir können rasch und mit nur geringen Verlusten den Sieg davontragen." Und ich kann vor allen anderen bei Angela sein, sagte eine Stimme in ihm.

Kobol starrte ihn an. Seine Augen funkelten. „Das ist nicht Ihre Entscheidung!"

„Doch."

Kobol stützte sich mit den Händen auf den Tisch. „Sie können doch wohl nicht glauben, daß Sie nach wie vor –"

„Ich habe das Kommando", stellte Alec fest. „Niemand hat mich davon entbunden. Sie nehmen Befehle von mir entgegen!"

Kobol lachte gepreßt. Seine Mundwinkel zuckten. Er blickte auf die Männer neben sich.

Alec sah ihn an. Sie saßen einander schweigend gegenüber.

„Ich glaube, Alecs Plan wird aufgehen", sagte Jameson. Er lehnte immer noch am Niedergang. Die Pistole an seinem Gürtel war riesengroß. Er hatte den Blick auf Kobol gerichtet.

„Die Männer, die ich zusammengeführt habe, kennen Sie nicht", meinte Kobol schließlich. „Sie werden keine Befehle von Ihnen entgegennehmen."

„Aber mich kennen sie", sagte Jameson. „Sie folgen mir dahin, wohin ich sie führe."

Kobol sah Jameson mit unterdrückter Wut an. „So läuft das also", sagte er scharf.

„So läuft das", gab Jameson gelassen zurück.

„Also gut", sagte Alec. „Damit es keine Mißverständnisse gibt, Martin: Ich bin dafür, daß Sie bei mir bleiben, bis die Armee hier eintrifft. Ron, Sie fahren mit seinem Boot zurück und übernehmen das Kommando über die Truppen."

Ein Lächeln huschte über Jamesons Gesicht. „Truppen sind das eigentlich nicht, eher ein großer Räuberhaufen. Disziplin wird kleingeschrieben. Die Leute wollen Beute machen, und sie werden so kämpfen, wie sie es für richtig halten. In einer direkten Auseinandersetzung wären sie wertlos."

„Wir müssen's trotzdem riskieren", sagte Alec. „Fahren Sie zurück, und bringen Sie die Armee mit. Sobald der Boden trocken ist, greifen wir an."

„Und ich lasse Sie hinrichten, wenn wir wieder auf dem Mond sind!" zischte Kobol. „Ihre eigene Mutter wird das Todesurteil unterschreiben!"

Alec lächelte ihn an. „Immer vorausgesetzt, daß Sie den Mond noch einmal wiedersehen, Martin."

19

Der Regen prasselte pausenlos herab, gepeitscht von eisigkaltem Wind. Der Boden unter den Hufen des Pferdes war schlammig. Bei jedem Schritt hörte man ein saugendes Schmatzen.

Das Tier ist zwar groß und kräftig, wird aber ohne Ruhepause nicht mehr lange durchhalten können, dachte Alec. Trotzdem trieb er den Gaul weiter.

Alec trug einen Ledermantel mit Kapuze, doch die Nässe rann an ihm herab wie Eiswasser. Er starrte mit zusammengekniffenen Augen in Regen und Nebel und sah, daß der kleine Fluß, den sie soeben erreichten, ein tobendes Gewässer geworden war. Da kommt der Gaul nicht durch, dachte er.

„Hallo!" rief eine vertraute Stimme. „Da sind Sie ja!"

Alec drehte sich im glitschigen Sattel ein wenig herum und sah Will Russo aus dem Nebel kommen und ein Pferd führen.

„Wie sind Sie durch den Fluß gekommen?" stieß Alec hervor.

„Ach, weiter oben. Da ist es nicht so schlimm."

Alec stieg ab und ging auf den anderen zu. „Sind Sie wieder ganz gesund?" fragte er.

Will nickte. „Schon seit Monaten. Ich war in Utica und habe den Whiskey tatsächlich gefunden. Und Sie?"

„Alles in Ordnung."

Will grinste ihn an. „Weiter oben gibt es eine kleine Höhle. Kommen Sie."

Sie führten ihre Pferde ein paar Minuten durch Schlamm und Regen, bis sie die Höhle fanden. Sie glich eher einem künstlich erbauten Unterstand. Die Innenwände waren glatt.

„Ich war froh, Nachricht über Ihre und unsere Späher zu bekommen", sagte Will, als sie die Pferde hinter sich hereingezogen hatten. „Ich habe mir ernste Sorgen um Sie gemacht."

Alec knöpfte seinen Mantel auf. „Feuer kann man hier keines machen", murmelte er.

„Schadet nichts." Will kramte in den Taschen seines unförmigen Mantels. „Ich hab was mitgebracht . . . Ah, da ist es!" Er zog eine braune Flasche hervor. „Hab ihn eigens für Sie aufgehoben, den Whiskey."

Sie tranken aus der Flasche. Alec spürte, wie der Alkohol ihn wärmte.

„Also", sagte Will gelassen, „worüber wollten Sie mit mir sprechen? Nicht über das Wetter, nehme ich an."

Alec lachte. „Bestimmt nicht." Er wurde wieder ernst. „Sie wissen, was geschehen wird, wenn der Boden trocknet, nicht?"

Will sah ihn an. „Ja. Kobol will uns angreifen. Das hat man schon öfter versucht."

„Ich verstehe nicht, wie Sie da so fröhlich bleiben können!" fuhr Alec auf.

„Soll ich mich etwa verstecken? Hören Sie, wir haben das alles schon mehr als einmal durchgemacht. Im ersten Winter sind Douglas und ich –"

„Eine so große Armee haben Sie noch nicht gesehen", unterbrach ihn Alec. „Und sie ist besser bewaffnet als jeder Räuberhaufen, mit dem Sie es bisher zu tun hatten."

„Hm. Na ja. War das der Grund, warum Sie mit mir reden wollten?"

„Ja. Ich möchte, daß Sie fortgehen. Nehmen Sie Angela mit. Ich will nicht, daß euch beiden etwas zustößt."

„Douglas verlassen? Das tut sie nie. Und ich denke auch nicht daran."

„Aber ihr müßt!" sagte Alec drängend. „Ihr könnt ihm nicht mehr helfen. Er ist der Anlaß für diesen Krieg, um ihn allein geht es. Wenn wir ihn kriegen können, ohne euer Leben in Gefahr zu bringen . . ."

Will schüttelte den Kopf. „Sie verstehen nicht, Alec. Ich kann Douglas nicht im Stich lassen. Lieber würde ich mir den Arm abhacken. Wir sind Freunde. Wir könnten beinahe Brüder sein."

Alec schwieg.

„Im Grunde machen Sie sich um Angela Sorgen, nicht?"

„Ja."

„Sie hat auch Angst um Sie. Sie war vor Zorn außer sich, als Sie fortgingen, ohne auch nur ein Wort zu ihr zu sagen. Ich glaube, sie wäre mitgegangen. Im Ernst."

Alec schüttelte nur den Kopf.

„Das ist aber alles vorbei", fuhr Will fort. „Jetzt geht sie nirgends mehr hin. Sie verläßt Douglas niemals, schon gar nicht in dieser Zeit . . ." Er überlegte kurz. „Es sei denn –"

„Es sei denn, was?"

Will grinste schief. „Wenn Sie im Stützpunkt wären und uns helfen würden, Kobols Pöbelhaufen abzuwehren, könnten Sie Angela fortschaffen und in Sicherheit bringen, falls es wirklich gefährlich werden sollte."

Alec starrte ihn an. Er macht mir nichts vor, dachte er. Er glaubt wirklich, was er eben gesagt hat.

„Will", sagte Alec leise, „können Sie nicht begreifen, daß ich nicht auf Douglas' Seite kämpfen kann?"

„Ach, ich weiß nicht. Es gibt da sehr vieles, was Sie nicht verstehen. Douglas hat viele Jahre hindurch versucht, die Leute auf dem Mond zur Vernunft zu bringen. Er ist nicht einfach weggegangen, um sich hier ein Reich zu schaffen. Er ist dazu gedrängt worden, von Kobol und den anderen."

„Von welchen anderen?"

„Von anderen Ratsmitgliedern. Douglas ist von Leuten, denen er vertraute, von der Macht verdrängt worden. Und von denen, die er geliebt hat."

„Sie meinen meine Mutter."

Will nickte ernst. „Alec, Sie werden mir wohl nicht glauben und mich sogar dafür hassen, wenn ich es offen ausspreche, aber – Herrgott noch mal, Ihre Mutter hat dazu beigetragen, Douglas zu zwingen, das zu tun, was er getan hat. Sie wußte, daß er keine andere Wahl hatte. Sie ließ ihm keine Chance für eine Rückkehr. Das wußten sie beide, als er zur Erde flog. Sie wollte ihn nicht wiederhaben."

Alec spürte, wie es ihm eiskalt den Rücken herunterlief. „Sie haben ganz recht", sagte er tonlos. „Ich glaube Ihnen nicht."

„Es ist aber die Wahrheit." Will hob hilflos die Hände und ließ sie wieder sinken.

„Mag sein, vielleicht aus *seiner* Sicht. Aber ich werde es niemals glauben. Niemals!"

„Das ist sehr – bedauerlich."

„Ich muß Ihnen noch etwas sagen", fuhr Alec fort. „Ich schließe mich Kobols Leuten nicht einfach an. Ich führe sie. Ich habe das Kommando."

„Das hatte ich befürchtet."

„Warum?"

„Weil wir dann versuchen müssen, einander umzubringen, obwohl wir Freunde sind", sagte Will.

„Deshalb will ich ja, daß ihr fortgeht. Nehmen Sie sie mit."

„Nein, das kann ich nicht tun. Er ist auch mein Freund. Und Ihr Vater."

„Ich gehe gegen ihn vor. Stehen Sie uns nicht im Weg. Versuchen Sie nicht, ihn zu schützen."

„Zwingen Sie mich nicht, zwischen ihm und Ihnen zu wählen, Alec", sagte Will leise. „Sie werden der Verlierer sein."

„Unsere Wahl haben wir längst getroffen", erwiderte Alec. „Das liegt bereits zehn Jahre zurück."

20

OBWOHL man sich beeilte, dauerte es doch über eine Woche, bis alle Einheiten von Kobols Armee sich in einem Tal vor Douglas' Gebiet versammelt hatten.

Alec hatte noch nie so viele Menschen gesehen. Er stand auf dem höchsten Hügel der Gegend unter einem Ahornbaum, der eben zu knospen begann, und blickte hinunter auf das Gewirr von Lastwagen, Jeeps, Pferden, Waffen und Männern.

Ron Jameson stand neben ihm. „Das sollte eigentlich ausreichen, um die ganze Welt zu erobern", sagte er.

„Ich finde es nicht gut, daß sie alle an einem Ort versammelt sind", erklärte Alec. „Falls Douglas' Leute sie entdecken und er noch Atomwaffen oder Flugzeuge versteckt hat –"

„Wir haben alle seine Späher abgefangen", sagte Jameson

ruhig. „Und ich bezweifle, daß es auf der Erde noch Atombomben oder Flugzeuge gibt."

„Eine einzige würde genügen."

Jameson zuckte kurz die Achseln. „In zwei Tagen können wir abrücken. Ich glaube, so lange läßt sich verhindern, daß Douglas uns findet."

„In zwei Tagen?"

„Richtig." Jameson nickte. „Die Männer haben Gewaltmärsche hinter sich. Sie brauchen eine Rast, sie müssen ihre Waffen überholen und Ihre Befehle in Empfang nehmen."

Dann bleiben mir zwei Tage, um mit Kobol fertig zu werden, dachte Alec.

„Wenn wir länger warten als zwei Tage, kommt es zwischen den einzelnen Gruppen hier zu Auseinandersetzungen", fuhr Jameson trocken fort. „Man kann nämlich nicht gerade von einem Übermaß an Freundschaft oder gegenseitigem Vertrauen da unten sprechen."

Alec nickte. „Also gut, machen wir uns an die Arbeit."

Es wurde Abend, ehe Alec sich mit Kobol befassen konnte. Martin wurde in einer der Höhlen praktisch gefangengehalten. Sein „Zimmer" war eine kleine Höhle, von deren Decke zahllose Stalaktiten hingen. Zugang hatte man nur über einen einzigen schmalen Tunnel, durch den man sich seitwärts hineinzwängen mußte. Vor dem Eingang hatte Alec eine Wache aufgestellt.

Kobol saß auf einem alten, knarrenden Feldbett. Er hielt den Kopf gesenkt und bekritzelte einen Block, der auf seinen Knien lag. Alec sah, daß das ganze Bett mit beschriebenen Blättern übersät war.

„Guten Abend", sagte er.

Kobol sah kaum auf. Er zog nur kurz eine Braue hoch und schrieb weiter.

„Ich muß Ihnen noch etwas sagen", fuhr Alec fort.

„So?" Kobol hob nicht einmal den Kopf.

„Ich weiß, wo das spaltbare Material gelagert wird."

Die Schreibhand erstarrte.

„Ich möchte, daß Sie eine Sondereinheit anführen und das Material an sich bringen, bevor Douglas Gelegenheit hat, es zu vernichten."

Kobol richtete sich kerzengerade auf. Er schob den Block weg und streckte die Beine aus. „Sie glauben, er würde das tun?"

„Die Möglichkeit besteht. Es könnte sogar sein, daß er eine Sprengung vorbereitet hat und alles in die Luft fliegen läßt."

Kobol runzelte die Stirn und fuhr mit dem Finger über seinen Schnauzbart.

Alec zog den einzigen Stuhl heran und setzte sich rittlings darauf. „Sie verstehen von dem spaltbaren Material mehr als jeder andere von uns", sagte er. „Der Auftrag ist gefährlich, aber er muß ausgeführt werden. Wollen Sie das übernehmen?"

Kobol lächelte schwach. „Wenn ich es mache, führe ich einen kleinen Selbstmördertrupp, während Sie die große Armee leiten. Wenn ich Erfolg habe, dann unter Ihrem Kommando. Wenn ich falle oder scheitere, haben Sie einen Feind weniger."

„Wenn Sie scheitern, sind wir beide am Ende", gab Alec zurück. „Und alle anderen auch."

„Und die Mondsiedlung stirbt, weil sie kein spaltbares Material mehr hat."

„Genau."

„Wenn ich wieder auf dem Mond bin, klage ich Sie trotzdem des Verrats an."

Alec lächelte ebenfalls. „Wird das nicht ein bißchen schwerfallen, wenn wir das spaltbare Material haben?"

„Ich werde es beweisen."

„Gut, versuchen Sie es."

Kobol blickte auf. „Wenn ich den Auftrag übernehme und das spaltbare Material in unsere Gewalt bringe, versprechen Sie mir dann sicheres Geleit zurück zum Mond?"

„Sie meinen, ich lasse Sie erschießen, wenn wir den Kampf gewonnen haben?"

„So kann man es auch ausdrücken."

„Sie haben nichts zu befürchten. Wir können unsere Meinungsverschiedenheiten auf dem Mond austragen."

„Meine persönliche Sicherheit gegen das spaltbare Material", sagte Kobol nachdenklich. „Abgemacht!"

Alec nickte. Sie tauschten keinen Händedruck. Alec stand auf und ging zum Ausgang, drehte sich aber noch einmal um. „Ich habe keine vergleichbare Garantie von Ihnen verlangt – daß *Sie* nicht versuchen werden, mich umzubringen, bevor wir wieder auf dem Mond sind." Kobol wollte antworten, aber Alec sprach weiter: „Ich brauche Ihre Versprechungen nicht. Ich würde ihnen ohnehin nicht trauen. Sie sollen sich nur eines einprägen: Wenn Sie versuchen sollten, mich aus dem Weg zu räumen, töte ich Sie. Selbst wenn Sie Erfolg haben sollten, gibt es mindestens ein Dutzend Männer, die Sie hinterher niedermachen. Darauf dürfen Sie sich verlassen."

Mit diesen Worten ließ er Kobol allein.

Am Morgen des dritten Tages begann der Angriff. Die vorangegangenen beiden Tage waren hektisch gewesen. Man hatte Truppen und Ausrüstungen in Bereitschaft gebracht und sich bemüht, Douglas' Stoßtrupps fernzuhalten. Dazwischen waren längere Gespräche mit dem Satelliten notwendig gewesen, um über die Wetteraussichten informiert zu sein.

In der Nacht vor dem Einsatz regnete es. Die Truppen zogen aus dem Tal ab und nahmen ihre Stellungen in einem weiten Halbkreis um Douglas' Abwehrring ein. Trotz des Regens ging alles schnell. Die meisten Leute waren beritten, und die Vorhut zog mit Lastwagen und Jeeps los. Alle Einheiten waren mobil; Fußsoldaten gab es keine. Auf den gepanzerten Fahrzeugen waren Laserkanonen montiert, auf den Jeeps Maschinengewehre und Granatwerfer. Die Kavallerie war mit allen möglichen Waffen ausgerüstet, von Sturmgewehren bis zu Armbrüsten.

Der Regen hat hoffentlich die Streifen von Douglas aufgehalten und uns geschützt, dachte Alec. Er stand am Lasergeschütz eines gepanzerten Fahrzeugs. Im Osten tauchte eben die Sonne hinter den Hügeln auf und verwandelte den bewölkten Himmel in ein rosiges Farbenmeer. Der Regen hatte, wie von den Beobachtern in der Satellitenstation vorhergesagt, eine halbe Stunde zuvor aufgehört; der Boden war feucht, aber nicht sonderlich weich.

Alec trug einen Helm und konnte durch Umschalten auf die verschiedenen Frequenzen die Funkgespräche zwischen den Führern der einzelnen Einheiten verfolgen. Man hatte sorgsam Frequenzen ausgewählt, die von Douglas' Anlagen nicht abgehört werden konnten. Alle Abteilungskommandeure meldeten sich der Reihe nach.

„Ron, wie sieht es bei Ihnen aus?" fragte Alec schließlich.

Jamesons Stimme tönte in gewohnter Gelassenheit aus dem Kopfhörer. „Hier alles klar. Sämtliche Einheiten kampfbereit und einsatzwillig."

Alec blickte auf die Uhr. 5.50 Uhr. Der Angriff sollte um sechs beginnen, wenn Douglas' Leute beim Frühstück saßen und auf ihre Lagerfeuer statt auf mögliche Attacken achteten.

Während Alec wartete, daß die Zeiger vorankrochen, sah er noch einmal alles vor sich, was er erlebt hatte: Stürme, Kälte, Schlamm; die Nächte mit Angela, die Wärme des Kaminfeuers, die Glut ihrer Leidenschaft. Und er dachte an den hünenhaften grauhaarigen Mann, der ihn fortgetrieben hatte.

Er schüttelte kurz den Kopf und kehrte in die Gegenwart zurück. Der Himmel klarte rasch auf, die Wolkendecke riß auf und wurde von einer frischen Brise fortgefegt. Die Sonne leuchtete hell, und ihre Wärme war auf Schultern und Hals schon zu spüren.

„Noch zehn Sekunden", murmelte Alec.

Er stellte die Hauptfrequenz ein. „Achtung, an alle . . ., Angriff vortragen. JETZT!"

Das Fahrzeug, auf dem er stand, ruckte an, wurde schneller und rollte den Hang hinauf, gefolgt von drei weiteren Transportern und zwei Jeeps. Die kleineren Fahrzeuge fegten an Alecs Lastwagen vorbei.

Sie erreichten die Kuppe und fuhren hangabwärts. Alec hob das Fernglas an die Augen und sah den Zaun vor sich, der die Landschaft zerteilte, nur wenige Kil entfernt. Er entdeckte zwei Wachttürme; am Horizont erhob sich ein Hügel mit Bunkern.

Jetzt bemerken sie uns, dachte er. Sind sie überrascht?

Oder haben sie uns erwartet? Haben sie so viel Angst wie ich?

Alec spürte, daß sein Herz hämmerte, er hörte den Schlag in der Kehle, in den Ohren, verstärkt durch die kleinen Lautsprecher des Kopfhörers.

Sie rasten auf den Zaun zu. Weitab rechts sah Alec Kavallerie dahinjagen. Die Jeeps fuhren voraus. Auf den Wachttürmen blitzte Mündungsfeuer auf, aber Alec konnte nichts hören als den brausenden Fahrtwind.

Der führende Jeep feuerte eine Rakete auf einen Wachtturm ab. Alecs Blick folgte der Rauchspur, die wenige Meter am Turm vorbeizog, bevor das Geschoß auf den Boden prallte und explodierte.

„Wir sind in Reichweite", rief der Kanonier neben Alec.

Alec wandte den Kopf. „Feuer!"

Der Lasergenerator summte, dann wurden die Vibrationen vom Heulen des Lasers übertönt. Der Strahl war unsichtbar, aber wo er den Zaun erfaßte, flammte das Drahtgeflecht auf und verglühte.

Die Jeeps rollten auf die Öffnung zu. Der Laserkanonier zielte auf die Wachttürme. Vom nächstgelegenen wurde noch gefeuert, bis der Energiestrahl ihn mit seinem tödlichen Finger berührte. Da loderte der Turm in Flammen auf.

Dann waren sie auch schon durch den Zaun gefegt und holperten wild dahin. Der Wind peitschte Alecs Gesicht. Die beiden Jeeps waren unbeschädigt und vergrößerten ständig ihren Vorsprung vor den anderen. Alec blickte nach hinten und sah die Reiter durch die Lücke im Zaun sprengen. Inzwischen standen beide Wachttürme in Flammen.

Er sah auf dem Hügel einen Blitz, einen Augenblick später spritzte weit rechts von ihm die Erde hoch. Der dumpfe, schwere Knall erreichte seine Ohren, während schwarzer Rauch aufquoll.

Vorbei an den Sperrbunkern und die mobile Reserve von Douglas angreifen, so sah es der Plan vor. Die Vorposten umgehen und weiter vorstoßen. Die gegnerischen Streitkräfte zerschlagen, bevor sie sich formieren können.

Zwei Granaten explodierten vor ihnen. Der Fahrer riß den

Lastwagen nach links, während Erde über sie hinwegspritzte. Alec sah zwei tiefe Krater von den Einschlägen.

Wieder dumpfe Schläge, diesmal aber weiter weg. Und plötzlich einer so nah, daß er einen der Jeeps umwarf. Der Wagen überschlug sich mehrmals, Männer und Waffen flogen durch die Luft. Das Fahrzeug stand in Flammen.

Keine Zeit, dachte Alec nur, als sie vorbeirasten.

Vor ihnen stieg das Gelände an. Alec kannte sich genau aus. Wenn es Schwierigkeiten geben würde, dann an diesem Kamm. Douglas hatte hier Erdwälle errichten lassen, zwanzig Kil vor dem inneren Zaun. Zwischen dem Hügelkamm und den Zäunen erstreckte sich offenes Gelände.

Sie fegten die Steigung hinauf. Alec klammerte sich am Geländer um das Lasergeschütz fest, wartete auf Landminen, Artilleriefeuer, Abwehrtruppen, die sich eingegraben hatten.

Nichts. Auf dem Hügelkamm gab es keine Verteidiger. Das flache Land erstreckte sich vor ihnen, und Alec konnte ganze Schwärme von Lastwagen, Jeeps und Berittenen auf beiden Seiten vorrücken sehen.

Das ist alles zu leicht, dachte er. So leicht konnte es mit Douglas einfach nicht abgehen.

Aber sie rasten weiter, mit halsbrecherischer Geschwindigkeit den Hang hinab, hinaus auf die Ebene. Vereinzelte Einschläge erinnerten daran, daß die Vorposten noch in Aktion waren, aber das Artilleriefeuer kam nur sporadisch und hielt sie nicht auf. Hunderte von Fahrern versuchten das Letzte aus ihren Wagen herauszuholen.

Verkrampft durch eine Mischung aus Angst und Hochstimmung schaltete Alec auf Jamesons Frequenz.

„Ron, wo sind Sie jetzt?“ fragte er.

Eine kurze Pause.

„Wir sind eben über eine künstliche Erdaufschüttung hinweggefahren, ungefähr zwanzig Kil vom Stützpunkt entfernt. Kaum Gegenwehr. Wir haben einen Laster verloren, der in einen Krater stürzte; ein Kavallerietrupp wurde von einem Volltreffer vernichtet. Alles ist mit höchster Geschwindigkeit unterwegs. Bisher kein nennenswerter Widerstand.“

„Gut. Rückt weiter vor, und seid auf alles gefaßt." Er wählte die Hauptfrequenz. „Achtung, an alle, sofort jede Verzögerung oder größeren Widerstand durchgeben."

Keine Antwort. Der Kopfhörer übermittelte nur ein Rauschen.

„Achtung, an alle, sofort melden!" sagte Alec.

„Sektor eins. Keine Verzögerung, kein Widerstand", erwiderte Jameson.

„Sektor zwei. Keine Probleme."

„Sektor drei. Wir fahren wie der Teufel. Niemand hält uns auf."

„Sektor vier . . ."

Alecs Aufmerksamkeit wurde abgelenkt, als er ein Zupfen am Ärmel spürte. Der Kanonier hatte sich weit vorgebeugt und zeigte nach hinten.

Auf dem Hügelkamm tauchten drei gedrungene, massige Kolosse auf. Alec hob das Fernglas an die Augen.

Es waren häßlich aussehende Fahrzeuge mit Ketten, dunkelgrün und braun bemalt. Aus Türmen ragten lange Zylinder hervor. Panzer! Alec erinnerte sich, sie in alten Filmen gesehen zu haben. Die Zylinder waren Kanonen. Sie mochten sogar Laser besitzen.

„He, hier Sektor drei. Wir haben eben Fahrzeuge entdeckt, die uns folgen."

„An alle!" schrie Alec. „Zahl und Position der feindlichen Panzer melden! Das sind rollende Festungen, stark gepanzert, mit Kanonen!"

In diesem Augenblick spie einer der drei Panzer hinter Alec Flammen. Eine Granate explodierte in solcher Nähe, daß der Lasertransporter durchgeschüttelt wurde.

Das ist Douglas' Plan, fuhr es Alec durch den Kopf. Er hat die Panzer schon vorige Woche in Stellung gebracht. Jetzt sitzen wir zwischen den Panzern und seiner Reserve in der Falle.

„Alles aufpassen!" brüllte er. „Die Panzer aus größtmöglicher Entfernung mit den Lasern beschießen! Versucht, mit Jeeps und Kavallerie von hinten anzugreifen und sie auszuschalten! Zielt auf die Ketten!"

Aus dem Kopfhörer tönten wirre Meldungen über Gefechte und Verluste. Alec schaltete ab, als eine Druckwelle den Lastwagen kurz in die Luft hob und ihn an das Geländer schleuderte. Erde regnete auf ihn herab. Er schmeckte Blut im Mund.

Er beugte sich zur Fahrerkabine hinunter. „Zickzack, Mensch!" schrie er. Als er sich aufrichtete, fuhr er den Kanonier an: „Auf die Ketten zielen, auf die Ketten! Die Panzerung ist zu dick!"

Da erst entdeckte er, daß der Kanonier schlaff in den Sitzgurten hing. Sein Kopf war auf die Brust gesunken, die offenen Augen starrten ins Leere.

Alec öffnete den Gurtverschluß. Der Kanonier rutschte vom Sitz, kippte über den Rand der Plattform und stürzte auf den Boden. Wieder schwankte der Lastwagen, als eine Granate in der Nähe einschlug.

Alec drehte die Zielspiegel und richtete sie auf den vordersten Panzer. Er schaltete auf Kurzpuls und feuerte eine Salve von Mikrostößen ab. Der Boden vor dem Panzer rauchte und brodelte, aber das Fahrzeug schien unbeschädigt zu sein. Alec versuchte es von neuem, doch sein Wagen wurde heftig zur Seite gerissen.

Wo waren die anderen?

Alec feuerte weiter, hörte, wie es an den Seitenwänden des Transporters prasselte, sah einen zweiten Lastwagen, an dem sie vorbeifegten. Er war ein Wrack.

Einer der Panzer schien sich im Kreis zu drehen. Die linke Kette ist zerstört! triumphierte Alec. Ein halbes Dutzend Berittene erreichte den Panzer und griff zu Handgranaten.

Er richtete den Blick auf den zweiten Panzer und sah, daß der dritte dahinter von Männern wimmelte, die aufgesprungen waren.

Wenn wir die Panzer ausschalten können, bevor Douglas' Reserve eintrifft . . . Alec schaltete auf die Frequenz für den zweiten Lastwagen seiner Einheit und schrie ins Mikrofon: „Auf die linke Seite des Panzers, der noch aktiv ist! Ich fahre nach rechts! Feuer!"

Sie nahmen den Panzer in die Zange. Der Turm drehte sich

auf Alecs Seite. Alec stellte den Laser auf breiteste Fächerung und feuerte. Die Kerle müssen blind werden, wütete er innerlich, in der Hoffnung, die Infrarotenergie werde wenigstens die Periskope beschädigen. Dann explodierte der Panzer. Der Laser des zweiten Fahrzeugs hatte die Motorschächte erfaßt, und der Panzer platzte auseinander wie eine überreife Melone. Treibstoff und Munition im Inneren flogen in die Luft, der Turmdeckel wurde hochgeschleudert. Der Panzer starb wie ein Drache, verzehrt von seinen eigenen Säften, zischend und fauchend, von Rauch eingehüllt.

Das alles schien nur Minuten zu dauern, aber tatsächlich dauerte es zwei Stunden, bis der Panzerangriff abgeschlagen war. Alecs Einheiten unterstützten einander, wo sie nur konnten, aber die meisten blieben auf sich allein gestellt, zwei oder drei Panzer gegen eine Handvoll Lastwagen und Jeeps. Die Kavallerie gab den Ausschlag. Die Reiter stoben zunächst auseinander, als die Panzer anrückten, sammelten sich hinter ihnen aber wieder und griffen mit Handgranaten und Kleinraketen an. Sie sprangen von ihren Pferden auf die Panzer und stießen Handgranaten in Schlitze, zerschossen die Periskope und Weitenmesser. Blind oder unbeweglich, waren die Panzer Todesfallen.

Douglas' Reserven rückten vor, ehe die letzten Panzer zerstört waren, aber es handelte sich in der Hauptsache um leicht gepanzerte Lastwagen oder Berittene. Sie waren weit auseinandergezogen. Der auf breitestem Raum vorgetragene Angriff von Alecs Truppen hatte Douglas' Abwehrpläne zunichte gemacht, auch wenn das während der heftigen Kämpfe für beide Seiten nicht sofort erkennbar gewesen war.

Als die Gefechte in seinem Sektor abflauten, kommandierte Alec sein Fahrzeug zurück auf den Hügelkamm. Von der Höhe aus hatte er einen Überblick über das Schlachtfeld und konnte seine Kommandeure dirigieren. Der Einsatz der Panzer war eine gute Idee gewesen, das sah er ein. Wenn seine Truppen in Keilform vorgestoßen wären, hätte die Sache wohl anders ausgesehen, so aber gab es keine Truppenmassierungen.

Alec beobachtete den Fortgang der Kämpfe und gab mit

ruhiger Stimme über Funk seine Anweisungen. Douglas' Truppen begannen sich zurückzuziehen. An manchen Stellen schien Panik zu herrschen, vor allem dort, wo Laserkanonen in Aktion traten.

Es war ein trauriger Anblick. Alec wußte, daß ihre eigenen Verluste auch immer größer wurden. Der Gestank des Todes stieg zu ihm hinauf – verbranntes Fleisch und der ätzende Dampf von Sprengstoffen und brennendem Öl. Der Lärm war ungeheuerlich. Nicht einmal der Kopfhörer vermochte ihn sonderlich zu dämpfen. Explosionen, dumpfe Schläge, ratternde Salven, Krachen, Brausen, Stöhnen, Schreie.

Alec verließ den Sitz an der Laserkanone und richtete sich auf. Seine Knie zitterten ein wenig, der Blick verschwamm.

Dafür bist du hergekommen, sagte er sich, während er zusah, wie Tausende von Männern einander zu töten versuchten. Darauf läuft dein ganzes Leben hinaus.

Er griff nach dem Feldstecher und wollte ihn an die Augen führen, zögerte aber. Wenn ich nun Wills Leiche sehe? dachte er.

Jamesons tonlose, sachliche Stimme im Kopfhörer holte ihn wieder in die Wirklichkeit zurück. „Auf dieser Seite weichen sie zurück. Keine Gegenwehr mehr."

„Gut", hörte Alec sich sagen. „Laßt die Fliehenden laufen. Stoßt zum Stützpunkt vor und versucht ihn zu nehmen, bevor man sich dort verschanzen kann. Ich komme von der anderen Seite."

„Gut. Was ist mit Kobol und seiner Sondereinheit?"

„Er wird mir folgen."

„In Ordnung. Ich nehme an, Sie geben die notwendigen Anweisungen." Jameson hatte Alecs Bedrückung gespürt.

Alec grinste unwillkürlich. „Ja, ja. In fünf Minuten geht es los."

„Verstanden."

Alec verständigte sich kurz mit seinen anderen Kommandeuren. Die Schlacht zerfiel in eine Vielzahl kleiner Gefechte. Douglas' Truppen kämpften jetzt um ihr Leben, bemüht, die Flucht zu ergreifen, einfach zu überleben. Alec erteilte den

Befehl, den Fliehenden nicht nachzusetzen und Eingeschlossene zur Kapitulation aufzufordern. Die Hälfte jeder Einheit erhielt Anweisung, auf den Stützpunkt vorzustoßen.

Als sein eigenes Fahrzeug den Hang hinunterholperte, um die Führung einer Kolonne zu übernehmen, gab Alec seine Anweisungen an Kobol durch, der hinter ihnen gewartet hatte.

„Jetzt?" sagte Kobol betroffen. „Sie fahren jetzt zum Stützpunkt?"

„Richtig", erwiderte Alec, während der Lastwagen an anderen Fahrzeugen vorbeirumpelte. „Wir haben Douglas' Hauptstreitmacht geschlagen. Jetzt muß nur noch aufgeräumt werden." Falls Douglas nicht noch etwas in der Hinterhand hat, dachte er.

Kobol murmelte etwas, das nach einem Glückwunsch klang, und versprach, sich sofort auf den Weg zu machen.

„Meiden Sie die Sperrbunker", meinte Alec. „Sie sind noch nicht erobert. Die Besatzungen kommen vielleicht auf die Idee, den Rest ihrer Munition an Sie zu vergeuden."

Bevor Kobol antworten konnte, schaltete Alec ab und grinste kurz vor sich hin. So leicht kann es nicht sein, meldete sich eine warnende innere Stimme noch einmal. Aber was kann er noch in Reserve haben? fragte er sich dann sofort. Er hat mehr Leute eingesetzt, als ich je auf dem Stützpunkt gesehen habe. Wo soll er noch neue Truppen hernehmen?

Als sie über das Schlachtfeld rasten, vorbei an ausgebrannten Panzern und Lastwagen, an verkrümmten Leibern und stöhnenden, schwerverwundeten Männern, an klaffenden Einschlagkratern und von Blut glitschigem Gras, begann Alec zu begreifen, daß von „leicht" keine Rede sein konnte. Es war schnell gegangen, aber leicht war es nicht gewesen.

Er führte seine Kolonne zu einer Straße aus gestampftem Lehm, die sich um die letzten Hügel herumwand, unter Ahorn- und Birkenbäumen hindurchführte und dann den Blick auf die ersten Gebäude freigab. Die Fahrzeuge schwärmten aus, als sie näher herankamen. Die Laserkanonen sengten den Zaun nieder. Die Wachttürme hier schienen unbesetzt zu sein. Alec suchte den Stützpunkt mit dem Fernglas ab, während sie an den rauchenden Überresten des Innenzauns vorbeifuhren. Auf den Straßen liefen ein paar Menschen zu ihren Häusern, um Schutz zu suchen.

„Wir sind keinen Kil mehr vom Westrand des Stützpunkts entfernt“, meldete Jameson. „Kein Widerstand. Kaum Anzeichen von Leben.“

„Langsamer fahren!“ befahl Alec. „Vorsichtig vorrücken!“ Er zog eine handgezeichnete Karte des Stützpunkts aus der Tasche und erklärte Jameson, welche Gebäude seine Truppen besetzen sollten. „Holt die Leute aus den Häusern und treibt sie auf die Rollbahnen des alten Flugfeldes.“

„Verstanden“, sagte Jameson.

Alec erteilte ähnliche Anweisungen für seine anderen Kommandeure, dann fuhr er mit seinem eigenen Lastwagen unmittelbar zu der Häuserreihe, wo Angela, Will und Douglas gewohnt hatten. Als der Lastwagen durch die Straßen zwischen den zwei- und dreistöckigen Häusern rollte, fiel Alec plötzlich ein, welch gute Zielscheibe er für Heckenschützen abgab, hochaufgerichtet auf dem Fahrzeug neben dem Lasergeschütz. Dann schießt doch, dachte er. Eine bessere Gelegenheit bekommt ihr nicht mehr.

Aber nirgends wurde geschossen. In diesem Teil des Stützpunkts rührte sich nichts. Die Häuser wirkten kalt und verlassen. Sie sind fort, sagte sich Alec und schalt sich einen Narren, daß er die Möglichkeit erwogen hatte, sie könnten noch hier sein.

Er ließ vor Angelas Haus halten, sprang hinunter und dachte an die Nacht, in der er fortgegangen war. Er hatte sich seine Rückkehr eigentlich nicht so vorgestellt, nicht als Sieger, der in das verlassene feindliche Lager geht.

Das Haus war leer, der Kamin kalt. Alles wirkte staubig und verlassen, so als hätte seit Monaten hier niemand mehr gewohnt.

Grimmig marschierte Alec die Straße hinunter zu Douglas' Haus. Er wußte, daß es unsinnig war, aber . . .

Er blickte über die Schulter zurück auf seinen Fahrer in der Kabine. Der Mann hatte die vordere Panzerplatte heruntergeklappt, um frische Luft zu bekommen. Er trug seinen Helm, die Hände lagen am Steuer.

Fünfzehn Schritte vor Douglas' Haus erstarrte Alec.

Ein mechanisches Surren, schwach, aber unverkennbar, hatte ihn zum Stehen gebracht. Es klang wie das Drehgeräusch einer Geschützplattform. Er verließ den Gehsteig und schlich an das schon grünende Gebüsch vor dem Haus heran. Die Hand hatte er an die Pistole gelegt und suchte sorgsam die Straße ab.

Nichts.

Dann ertönte das Geräusch wieder, diesmal hinter ihm. Er fuhr herum, duckte sich und riß die Pistole aus dem Halfter. Nichts zu sehen. Aber da war etwas. Aus den Augenwinkeln nahm er etwas Glänzendes wahr. Eine Metallstange am Haus, die eine Antenne trug. Ein Kabel führte von der Antenne zu einem Fenster im ersten Stock. Die Antenne drehte sich langsam, angetrieben von einem kleinen Elektromotor.

Alec packte die Pistole fester und befahl sich, mit dem Zittern aufzuhören. Er winkte dem Fahrer und tippte an den Kopfhörer. Es dauerte einige Sekunden, bis der Mann begriff und sich über Funk meldete. „Sagen Sie Jameson, er soll einen Trupp hierherschicken", flüsterte Alec. „Sofort!"

„Verstanden."

Langsam und lautlos schlich Alec am Haus entlang, um die Ecke herum zum Hintereingang. Die Tür war nicht abgesperrt. Er drückte sie vorsichtig auf und lächelte schwach. Die Tür knarrte nicht.

Im Inneren hörte er eine gedämpfte Stimme von oben! Douglas? Weshalb sollte er hier sein und nicht draußen bei seinen Truppen?

Alec huschte geduckt weiter, schlich die Treppe hinauf und trat an die Tür des Zimmers, aus dem Douglas' Stimme drang. Dann riß er die Tür auf und sprang hinein. Die Tür krachte an die Wand, und Alec stand mitten im Raum, die Waffe im Anschlag.

Die Hälfte des Zimmers war ausgefüllt mit Funkgeräten, grauen und schwarzen Kästen mit Leuchtskalen und Knöpfen.

Ein Gewirr von Kabeln wand sich zum Fenster hinaus, das zugeklemmt worden war.

Douglas saß auf dem Bett und hielt in seiner großen Faust ein altmodisches Mikrofon. Sein linkes Bein war eingegipst bis zum Knie. Das Hosenbein war abgeschnitten. Sein Gesicht wirkte eingefallen, Haare und Bart schienen grauer geworden zu sein. Kleidung und Bettzeug waren zerknittert und verschwitzt. Neben ihm lag ein Karabiner, auf dem Tisch hatte er Munitionskästen gestapelt.

Alec blieb sekundenlang regungslos stehen.

Dann sagte Douglas: „Na, wird auch Zeit, daß du kommst. Wo warst du so lange?"

21

ALEC starrte seinen Vater an. „Was ist mit deinem Bein?"

Douglas zog die Brauen zusammen. „Bin vom Pferd gefallen. Kannst du dir das vorstellen? Vor vier Tagen. Mußte während der ganzen Kämpfe hier hocken und versuchen, alles über Funk zu steuern." Er warf das Mikrofon aufs Bett.

„Du kannst viele Menschenleben retten, wenn du nur befiehlst –"

„Ich habe meine Leute schon angewiesen, den Kampf einzustellen", knurrte Douglas. „Das habe ich getan, während du versucht hast, die Treppe heraufzuschleichen." Er winkte ab. „Das Ding da kannst du wegstecken, ich versuche nicht, dich abzuknallen. Das Gewehr ist nicht einmal geladen."

Alec trat ans Bett und griff nach dem Karabiner. Er lehnte ihn an den Türrahmen und steckte die Pistole ein.

„Du hast deine Sache gut gemacht", sagte Douglas widerwillig. „Ich hatte nicht damit gerechnet, daß du in so breiter Front anrückst."

Alec zog den einzigen Stuhl im Zimmer zu sich heran und hörte sich antworten: „Ich hatte nicht erwartet, daß du Panzer hast."

„Dachtest du, ich zeige dir alles?" meinte Douglas.

„Wo ist sie?"

„Angela? Ich habe sie vor einer Woche in ein Dorf geschickt, wo sie bleiben sollte, bis der Kampf vorbei ist. Sie wird wiederkommen."

„Und Will?"

Douglas schüttelte den Kopf. „Das letzte, was ich hörte, war, daß man ihm das Pferd unter dem Leib weggeschossen hat. Mach dir keine Sorgen. Den bringt so leicht nichts um."

Plötzlich gab es nichts mehr zu sagen. Sie konnten weiter reden, aber zu sagen hatten sie nichts mehr.

Douglas brach schließlich das Schweigen. „Du hast also gewonnen."

„Ja."

„Was hast du vor?"

Alec schaute zum Fenster hinaus und richtete den Blick wieder auf das hagere Gesicht seines Vaters. „Ich bringe das spaltbare Material zum Mond."

„Du weißt, wo es gelagert ist?"

„Du hast es mir gezeigt, weißt du noch?"

„Ach ja, richtig."

„Kobol hat eine besonders geschulte Einheit und kümmert sich darum."

„Kobol. Hm."

„Sie werden dich hinrichten wollen", stieß Alec hervor. „Für sie bist du ein Verräter."

„Das weiß ich schon lange", erwiderte Douglas gelassen. „Wenn das verdammte Bein nicht wäre, hättet ihr mich nicht so leicht erwischt."

„Er wird meine Mutter heiraten."

„Kobol? Sehr gut. Geschieht ihm recht. Innerhalb eines Jahres macht sie mit ihm, was sie will. Sie verdienen einander."

Alec spürte, wie sich in ihm alles verkrampfte.

„Tu nicht so, Alec", sagte Douglas. „Kobol ist seit Jahren hinter ihr her. Und sie hat es gern gesehen. Sogar schon vor meinem Abflug. Das ist übrigens einer der Gründe für meinen Weggang gewesen. Man merkte es schon damals nur allzu deutlich."

„Du erwartest, daß ich dir das glaube?"

Douglas grinste spöttisch. „Was du glaubst, ist mir egal. Ich habe erreicht, was ich mir vorgenommen hatte. Mein Werk ist praktisch abgeschlossen. Das deine fängt erst an."

„Was? Wie meinst du das?"

Bevor Douglas antworten konnte, hielten drei Lastwagen vor dem Haus. Man hörte Männerstimmen. Türen wurden aufgerissen, Stiefel polterten über Treppen.

Jameson trat ins Zimmer. „Alles in Ordnung mit Ihnen?" fragte er Alec.

Alec nickte und stand auf. „Das ist Douglas Morgan", sagte er. „Bewacht das Haus. Niemand darf hinein oder heraus ohne meine ausdrückliche Genehmigung. Ich richte mich im ersten Haus in dieser Straße ein, dort, wo mein Fahrzeug steht."

„Jawohl", sagte Jameson.

„Ich nehme an, der Verurteilte bekommt irgendwann heute abend eine Mahlzeit", sagte Douglas.

Alec konnte ihm nicht mehr ins Gesicht sehen. „Sorgen Sie dafür", sagte er zu Jameson. Dann ging er, während sein Vater auf dem Bett saß, umgeben von bewaffneten Feinden.

ALEC aß allein in Angelas Haus die erste warme Mahlzeit seit vielen Tagen. Er war fast fertig, als Kobol hereinstürmte.

„Wir haben es!" rief er, als er sich an den Türwachen vorbeizwängte.

Alec hob den Kopf. „Haben was?"

„Das spaltbare Material", sagte Kobol triumphierend. „Es reicht für mindestens fünfzig Jahre."

„Und was dann?"

Kobol erstarrte. Er stand unsicher vor dem Holztisch, an dem Alec gegessen hatte. Sein Lächeln verschwand. „Was meinen Sie damit?"

Alec hatte plötzlich begriffen, worum es Douglas ging. „Was dann? Was wird nach fünfzig Jahren aus der Siedlung auf dem Mond?"

Kobol schüttelte den Kopf, einmal hin, einmal her, wie ein Pferd, das eine Fliege verjagt. „Man wird mehr finden, versteht sich. Fünfzig Jahre sind eine lange Zeit. Wir sind dann nicht mehr am Leben, also brauchen wir uns keine Gedanken zu machen."

„Nein", sagte Alec, „das wohl nicht."

„Ich lasse morgen in aller Frühe zwei Fähren das spaltbare Material aufnehmen."

„Gut."

„Und Douglas kommt mit an Bord. Man wird ihn auf dem Mond erwarten."

Alec schob den Teller weg und stand auf. „Nein."

„Wie? Was soll das heißen?"

„Ich habe nein gesagt. Sie nehmen Douglas nicht mit auf den Mond. Wir erledigen das hier. Ich übernehme das selbst."

„Kommt nicht in Frage!" fuhr ihn Kobol an. „Sie haben sich allerhand herausgenommen, aber langsam sollten Sie begreifen, daß ich Ratsmitglied bin und die letzte Entscheidung bei –"

Alec zog die Pistole. „Martin, Sie können morgen mit dem spaltbaren Material zurückfliegen. Ich komme bald nach. Aber Douglas bleibt hier. Er hat es vorgezogen, auf der Erde zu leben, also soll er auch hier begraben sein. Wenn Sie das auch wünschen, wenn Sie ebenfalls hier Ihr Grab finden wollen, brauchen Sie es nur zu sagen." Alecs Stimme klang sehr leise.

Kobol öffnete den Mund, brachte aber kein Wort heraus. Er preßte die Lippen zusammen.

„Gut", sagte Alec. „Verschwinden Sie, und gehen Sie an Ihre Arbeit. Überlassen Sie Douglas mir. Und Hände weg von meiner Mutter, bis ich wieder auf dem Mond bin. Sie können da oben genauso leicht sterben wie hier, vergessen Sie das nicht."

Kobols Gesicht lief rot an. Er drehte sich um und stapfte hinaus.

Alec schob die Pistole in den Gürtel und setzte sich wieder an den Tisch. Er verspürte keinen Hunger mehr. Er fühlte sich plötzlich alt, älter als sein Vater, müde, elend und einsam.

Der Posten vor der Tür steckte den Kopf herein. „Sir?"

„Was gibt es?"

„Wir haben hier einen Gefangenen, jemand, den Sie sehen wollen."

„Will Russo?"

„Der behauptet er zu sein, ja."

„Schicken Sie ihn rein." Alec stand auf und ging um den Tisch herum.

Will war völlig verdreckt und zerlumpt. Als er hereinkam und Alec sah, grinste er trotzdem. „Das mit der großen Armee war nicht gelogen, wie?"

Alec schüttelte ihm die Hand. „Alles in Ordnung?" fragte er. „Haben Sie gegessen? Sind Sie verletzt?"

„Ich bin halb verhungert, aber sonst in Ordnung. Ihre Leute haben uns stundenlang festgenagelt. So viele Maschinengewehre und Laser habe ich noch nie gesehen."

Alec machte ihm am Tisch Platz und befahl dem Posten, Essen zu bringen. Er schaute zu, als Will alles hinunterschlang und einen Liter Milch dazu trank.

„In welches Dorf ist Angela gegangen?" fragte Alec, während Will aß.

„Weiß nicht", sagte Will mit vollem Mund. „Aber sie wird wiederkommen. Sie wird zu Douglas wollen, um ihn zu pflegen."

Ihn pflegen, dachte Alec eifersüchtig.

„Habt ihr viele Verluste gehabt?" fragte er, um das Thema zu wechseln.

Will nickte. „Leider ja. Ihr seid zu viele gewesen."

„Ich bin froh, daß Ihnen nichts passiert ist."

Will grinste. „Ich auch." Er wurde plötzlich ernst. „Aber heute sind viele gute Männer umgekommen. Viele."

Alec nickte. „Jetzt ist es wenigstens vorbei."

„Vorbei? O nein. Es fängt erst richtig an."

„Fängt erst an? Was meinen Sie?"

„Fragen Sie Douglas", erwiderte Will. „Es wundert mich, daß er noch nichts zu Ihnen gesagt hat."

„Was gesagt?"

Aber Will wiederholte nur: „Fragen Sie Douglas."

„Verdammt noch mal!" zischte Alec. „Sie wissen, daß er verhaftet ist. Kobol will ihn mit auf den Mond nehmen und einen Schauprozeß gegen ihn führen."

„Sie lassen das nicht zu?"

„Nein. Aber am Leben kann ich ihn auch nicht lassen."

Will zog die Schultern hoch.

„Theoretisch sind Sie so schuldig wie er", fuhr Alec fort. „Aber bestrafen wollen sie nur Douglas. Sie brauchen nicht –"

„Nein", sagte Will hart.

Alec starrte ihn an.

„Ich gehöre zu Douglas. Was mit ihm geschieht, gilt auch für mich. Ich bin so schuldig wie er. Wir hatten alles gemeinsam geplant. Wenn Sie ihn töten, müssen Sie auch mich umbringen. Oder –"

„Oder was?"

„Oder ich setze mich auf Ihre Spur und bringe Sie um."

„Himmel Herrgott, Will! Sie reden wie ein Barbar!"

„Vielleicht bin ich das. Vielleicht sind wir das alle. Ich hab Sie so gern wie meinen eigenen Sohn, Alec, aber wenn Sie diesen Mann töten, gebe ich keine Ruhe, bis ich ihn gerächt habe."

„Um Gottes willen!"

„Amen", sagte Will Russo.

Es war spät, als Alec durch die dunkle Straße zu Douglas' Haus ging. Spät und stockfinster. Die Frühlingsnacht war kalt geworden; die Sterne funkelten eisig. Die Straße war verlassen bis auf die beiden Posten am Lastwagen, der in der Sackgasse parkte. Alle Bewohner des Stützpunktes waren entwaffnet und in den Baracken untergebracht worden. Man hatte keine einzige Frau gefunden. Morgen würden sie aus den umliegenden Dörfern zurückkommen. Ebenso die Besatzungen der Bunker.

Die Wachen richteten sich auf, als sie Alec erkannten. Er sah, daß sie ein kleines Heizgerät am Generator angeschlossen hatten und sich wärmten.

„Kalte Nacht", meinte Alec.

„Kann man wohl sagen."

Er nickte den beiden zu und betrat das Haus. Im Wohnzimmer dösten zwei Soldaten. Sie fuhren hoch, als Alec die Tür zufallen ließ. „Alles ruhig hier?" fragte er.

„Jawohl, Sir." Sie wirkten verlegen, sogar ein wenig angstvoll.

Wortlos stieg Alec die Treppe hinauf und drückte die Tür zu Douglas' Zimmer auf. Sein Vater saß auf dem Bett und schien sich seit Alecs letztem Besuch kaum gerührt zu haben. Er trug jetzt aber eine Brille und las in einem Buch. Alec versuchte den Titel zu erkennen, doch es gelang ihm nicht.

„Komm nur rein", sagte Douglas und hob kurz den Kopf. „Ich habe schon auf dich gewartet."

Alec betrat das Zimmer und setzte sich auf den Stuhl. Aus irgendeinem unklaren Grund fühlte er sich nervös und unsicher. Es fiel ihm auf, daß Douglas' Stimme nicht mehr voll und dröhnend klang. Sie wirkte stiller, gedämpfter. Die Niederlage? dachte Alec.

Douglas zeigte auf das Buch. „Hab das vor Jahren in einer Stadtbücherei gefunden. Hemingway. DIE FÜNFTE KOLONNE UND DIE ERSTEN NEUNUNDVIERZIG GESCHICHTEN. Großartig."

Alec zuckte mit den Schultern.

„Also." Douglas legte das Buch weg. Die Funkanlagen waren entfernt worden. Am Fenster hing noch ein abgetrenntes Kabel. „Du bist gekommen, um festzustellen, ob ich mich wohl fühle oder ob mir das Essen geschmeckt hat, nicht wahr?"

„Nein."

„Vielleicht um mein Todesurteil zu verlesen?" fragte Douglas belustigt.

„Auch das nicht", erwiderte Alec. „Ich will wissen, was du gemeint hast, als du sagtest, deine Arbeit sei fast abgeschlossen und die meine fange erst an. Will hat vor zwei Stunden etwas ganz Ähnliches gesagt –"

„Du hast Will gesehen?" fragte Douglas interessiert. „Alles in Ordnung mit ihm?"

„Es geht ihm gut. Hungrig wie ein Bär –"

„Und durstig, wette ich."

Alec lächelte unwillkürlich. „Ja, das wohl auch."

„Aber du kommst endlich doch dahinter, daß es im Leben mehr gibt, als seinen Vater zu besiegen, wie?"

Alec beugte sich vor. „Ich will wissen, was diese geheimnisvollen Andeutungen zu besagen haben."

„Das ist gar nicht so kompliziert", erklärte Douglas. „Alles ist ziemlich genau so gekommen, wie ich es vorgesehen hatte. Ich gebe zwar zu, daß ich eigentlich damit gerechnet hatte, auch heute den Sieg davonzutragen, aber für den Plan ist das ohne Belang."

„Für welchen Plan?" fragte Alec gereizt.

Douglas lächelte ihn väterlich an. „Für den Plan, die Menschheit wieder zu vereinen, die Zivilisation neu aufzubauen."

„Das meinst du!"

„Ja, das. Dieses Vorhaben war der Grund für alles, was ich in den vergangenen zehn Jahren und länger getan habe. Jetzt hängt es von dir ab, den Plan in die Tat umzusetzen."

Alec schüttelte den Kopf.

„Hör mir zu", knurrte Douglas mit einem Anflug der alten Heftigkeit und richtete einen seiner dicken Finger auf Alec. „Endlich ist es geschehen. Begreifst du das nicht? Schau dich um. Was siehst du? Ich meine nicht dieses Zimmer. Was ist da draußen heute geschehen?"

„Wir haben dich geschlagen."

„Wer hat mich geschlagen?"

„Wir – die Armee, die Kobol aufstellte und die ich anführte."

„Und aus wem besteht diese Armee?"

„Aus wem sie besteht?" erwiderte Alec verwirrt. „Aus Leuten von überall, bis hinunter nach Florida oder aus Dörfern nicht weit von hier."

„Und aus wem noch?" Douglas' Augen funkelten.

Alec überlegte kurz. „Aus uns", sagte er schließlich. „Aus Männern vom Mond."

Douglas lehnte sich zufrieden zurück. „Ausgezeichnet. Du hast die richtige Antwort rasch gefunden. Du könntest noch ein guter Führer werden. Eine Armee aus Banden, die einander fünfzig Jahre lang bekämpft haben – Räuber und Bauern, Stadtbarbaren und Fischer aus dem warmen Süden –, dazu ihr vom Mond mit eurer hochentwickelten Technik. Zum erstenmal, seitdem der Himmel brannte, sind Menschen von der Erde und dem Mond vereint, Menschen, die zusammenarbeiten."

Alec blinzelte. „Was ist daran so großartig?"

„Das will ich dir sagen." Douglas' Stimme war kräftiger geworden. „Als der Himmel brannte, hörte die Zivilisation auf der Erde auf. Aber auf dem Mond waren wir ungefährdet – zunächst. Dann kamen die führenden Leute dort auf die Idee, daß sie den Überlebenden auf der Erde nicht mehr helfen konnten."

„Sie hatten recht", gab Alec zurück. „In den ersten Jahren konnte man selbst auf dem Mond kaum am Leben bleiben."

„*Damals* hatte man recht", korrigierte ihn Douglas. „Aber das heißt nicht, daß die Entscheidung für alle Zeiten richtig war. Nach diesem ersten Entschluß war es nur ein kleiner Schritt für die nächste Generation, sich klarzumachen, daß die Siedlung auf dem Mond allein überleben konnte. Von der Erde brauchte man nur gelegentlich Dinge, die es auf dem Mond nicht gab."

„Das spaltbare Material."

„Und Medikamente, Pflanzen und andere Dinge. Während die Leute auf dem Mond hochnäsig auf die sogenannten Barbaren hier unten herabsahen, waren es in Wahrheit die Menschen auf dem Mond, die sich wie Barbaren benahmen. Sie überfielen die Erde und holten sich, was sie brauchten, aber selbst nicht herstellen konnten. Das ist Barbarei!"

„Warte mal –"

„In Wahrheit kann die Siedlung auf dem Mond nicht allein überleben. Sie konnte es nie", fuhr Douglas unbeirrt fort. „Genetisch ist das eine Sackgasse. Krebsleiden und Geburtsfehler werden immer häufiger."

Alec schüttelte den Kopf. „Das haben wir alles schon besprochen."

„Allerdings. Aber jetzt haben wir die Gelegenheit, die Situation zu klären. Du führst eine gemeinsame Armee von Mond und Erde. Du hast das spaltbare Material, das auf dem Mond gebraucht wird. Du kannst sie *zwingen,* mit den Leuten hier auf der Erde zusammenzuarbeiten und ernsthaft eine neue Zivilisation aufzubauen. Ich habe den Boden dafür vorbereitet. Du kannst dafür sorgen, daß dieser Traum Wirklichkeit wird."

Alec spürte, wie ihn die Kraft verließ. Sein Unterkiefer klappte herunter. Als er das merkte, richtete er sich auf. „Ich? Du willst, daß ich –" Er konnte nicht weitersprechen.

„Ja, du", sagte Douglas leise. „Ich warte seit zehn Jahren auf dich, Alec."

„Aber du hast versucht, mich umzubringen."

„Nein, das habe ich nicht getan. Ich wollte wissen, was in dir steckt. Ich habe Bedingungen geschaffen, um dich zu erproben, damit wir *beide* herausfinden konnten, wieviel du wert bist. Du hast dich sehr gut gehalten. Du hast überlebt. Mehr noch, du hast viel gelernt. Du verstehst jetzt genau, was ich sage, und stimmst mit jedem Wort überein. Das sehe ich."

„Nein . . ."

„Doch!" Douglas strahlte ihn an. „*Du* führst dieses brüchige Bündnis an. *Du* bist der einzige, der die Macht hat, die Treibhausfiguren auf dem Mond zu zwingen, daß sie sich mit ihren Brüdern hier auf der Erde wieder vereinen. Allein gelassen, getrennt von Wissen und Technik auf dem Mond, wird die Zivilisation der Erde niemals neu entstehen. Keiner weiß das besser als ich. Ich habe zehn Jahre damit zugebracht, eine winzige Zahl von Menschen aus der Barbarei hinauszuführen und sie auf den Weg zur Zivilisation zu bringen." Er ballte die Fäuste. „Aber die Mondsiedlung wird zugrunde gehen, wenn sie allein bleibt, von der Erde abgetrennt ist, vom Lebensblut der menschlichen Rasse, dem Genpool. Sie wird sterben. Es gibt kein anderes Wort dafür. In zwei Generationen werden alle tot sein. Bestenfalls dauert es drei Generationen."

Alec hörte Kobols Stimme, seine Antwort auf Alecs Frage, was geschehen werde, wenn das spaltbare Material verbraucht sei.

„Du machst dir Gedanken um meine Kinder", sagte Alec zu seinem Vater.

„Um deine Enkelkinder."

„Aber warum hast du diesen Kampf erzwungen? Warum hätten wir das nicht auf friedlichem Weg erreichen können?"

Douglas lächelte spöttisch. „Hättest du mir geglaubt? Ich habe doch versucht, es dir klarzumachen. Und glaubst du, diese Barbaren da draußen wären freundlicherweise bereit gewesen, brüderlich zusammenzuarbeiten, um ein Ideal zu fördern, das sie gar nicht zu erkennen vermögen? Sie haben keine Vorstellung davon, was Zivilisation bedeutet. Gar keine. Gewiß, sie werden sich einem Mann anschließen, dem sie vertrauen, der sie zum Sieg führt und ihnen Beute zusichert. Aber in Wahrheit verstehen sie nur etwas vom Überleben, also vom Kampf." Er schwieg kurz. „Was hat sie alle hergeführt? Die Sehnsucht nach der Kultur oder die Aussicht, Beute zu machen?"

„Sie wollen Beute machen", sagte Alec.

„Richtig. Und du mußt auch dafür sorgen, daß sie halbwegs zufrieden sind, bis du sie einigermaßen zivilisiert hast. Sie müssen lernen, zusammenzuhalten, füreinander einzustehen. Mit solchen Männern kannst du eine Zivilisation aufbauen, auch wenn sie selbst noch Barbaren sind."

Alec sah ihn verwirrt an. „Und du – was soll ich mit dir machen?"

Douglas schnaubte durch die Nase. „Mich töten, versteht sich! Ich bin jetzt überflüssig. Ich bin ein Problem für dich. Meine Männer werden treu zu mir stehen, solange ich lebe, und die Menschen auf dem Mond werden dir nicht trauen, wenn du mich am Leben läßt."

„Aber deine Männer schließen sich mir doch nicht an, wenn ich dich exekutieren lasse." Das ist Wahnsinn, was wir hier reden! dachte er. Man sitzt nicht vor seinem Vater und sagt zu ihm, daß man ihn töten wird!

„Sie werden Will folgen, und Will weiß über den Plan genau Bescheid. Deshalb war es so wichtig, daß ihr beide am Leben geblieben seid."

„Das ist doch Irrsinn", flüsterte Alec.

„Durchaus nicht", gab Douglas zurück. „Das ist Politik. Ein bißchen härter als die höflichen Debattenorgien auf deinem Mond, aber im Grund das gleiche. Damit du zum Führer der neuen Allianz werden kannst, mußt du mich loswerden."

„Ich bin zur Erde gekommen, um dich zu töten."

„Ganz richtig", sagte Douglas mit dröhnender Stimme. „Dann sind wir uns einig."

Alec sprang auf und warf dabei den Stuhl um. „Nein! Das kann ich nicht tun! Ich kann es nicht!"

„Stell dich nicht so an!" fauchte Douglas. „Du mußt!"

Alec stürzte aus dem Zimmer, lief die Treppe hinunter und stürmte aus dem Haus.

22

IN DIESER Nacht konnte er nicht schlafen, selbst wenn er gewollt hätte. Seine Truppen begannen den Stützpunkt zu plündern.

Als erstes entdeckten sie, daß es keine Frauen gab. Dann kamen sie dahinter, daß Alec Jameson befohlen hatte, alle Waffen wegzusperren, alle Munition, alle Fahrzeuge. Sie und die Gefangenen – Douglas' Leute – wurden von Soldaten, die vom Mond stammten, bewacht. Die Scharen stürzten sich schließlich auf die Lagerhäuser am Flugplatz und plünderten sie. Sie fanden genug zu essen und zu trinken. Ein paar Gebäude wurden in Brand gesteckt.

Jameson wartete auf Alec, als dieser nach dem Besuch bei seinem Vater zurückkam. Alec hatte auf dem Weg nach Hause die Lagerhäuser brennen sehen.

„Vielleicht ganz gut, ihnen heute nacht einmal die Zügel schießen zu lassen", meinte Jameson.

„Sie haben sich schon genug gehenlassen", erwiderte Alec. „Nehmen Sie fünfzig Mann und vier Lasertransporter. Will Russo soll sich uns anschließen und ein Dutzend seiner besten Leute mitbringen."

Jameson sah ihn skeptisch an.

„Wenn wir sie nicht aufhalten, bringen sie einander um, bevor es hell wird", sagte Alec.

„Das ist auch wieder wahr", gab Jameson nachdenklich zu.

Nach einer knappen Stunde trafen sie sich in einer alten Großgarage. Ihre Stimmen hallten von den Metallwänden wider. Alec ließ keine Diskussion zu, sondern erklärte die Situation und seinen Plan. „Sie wüten in den Lagerhäusern und zünden an, was sie nicht wegschleppen können. Wir stoßen aus drei verschiedenen Richtungen auf die Depots vor." Er zeigte es auf einer Karte. „Dann schaffen wir Ordnung und stellen die Ruhe wieder her."

Jameson wirkte immer noch zweifelnd. „Wenn sie sich gegen uns zusammentun –"

„Dazu wird es nicht kommen, wenn wir es richtig anpacken", sagte Alec.

Will Russo nickte zustimmend.

Drei schwerbewaffnete Kolonnen umstellten die brennenden Lagerhäuser und die tobenden, betrunkenen Männer. Im flackernden Feuerschein erkannten die Plünderer rasch, daß sie umzingelt waren.

Alec stand auf einem Fahrzeug, ein Megaphon in der Hand. „Hört alle zu!" sprach er in den Verstärker. Seine Stimme hallte über das Gelände. „Hört mir zu. Wer das nicht tut, wird tot sein, bevor die Sonne aufgeht."

Sie standen mit hängenden Köpfen da, mürrisch, vom Alkohol gezeichnet, beladen mit Wolldecken, Mehlsäcken, Weinflaschen, Stiefeln und anderem Beutegut. Sie hörten ihm zu, während die Flammen knisterten.

„Jetzt ist Schluß mit dem Vergnügen", fuhr Alec fort. „Von jetzt an gibt es keine Plünderungen mehr. Ihr gehört einer Armee an, einer hervorragenden, siegreichen Armee, und ihr habt ein Recht, auf euren Sieg stolz zu sein. Aber ihr habt meinen Befehlen zu gehorchen und Disziplin zu wahren. Jeder, der sich nicht fügen will, kann gehen. Auf der Stelle. Geht dahin, wo ihr hergekommen seid oder wohin ihr wollt. Aber ihr könnt nur bei mir bleiben, wenn ihr auf meine Befehle hört. Diejenigen von euch, die bleiben, werden reich werden. Nicht durch Beutezüge, sondern weil sie teilhaben können an allen Schätzen, die diese Welt bietet. Wenn ihr euch lieber als Räuber und Plünderer betätigt, nur zu. Dann verlaßt den Stützpunkt sofort. Niemand wird euch jetzt etwas tun. Aber diejenigen, die bleiben, werden nie mehr Sorge haben müssen, woher ihr Essen oder ihr Bett kommen soll. Ihr werdet länger und besser leben als irgend jemand zuvor. Und wir – wir alle, gemeinsam – werden das ganze Land beherrschen. Also, wer will gehen?"

Vor ihm standen mehr als tausend Männer. Die Menge wogte hin und her. Kein einziger verließ den Platz.

„Wenn ihr bei Sonnenaufgang noch hier seid, gehört ihr zu meiner Armee. Ihr werdet nicht plündern und stehlen, weil ihr das nicht mehr nötig habt. Ihr bekommt, was ihr wollt, und mehr, als ihr euch je erträumt habt."

„Und die Frauen?" schrie jemand.

„Vor Räubern und Plünderern flieht jede Frau", gab Alec zurück. „Wenn ihr zu der Armee gehört, die diese Erde beherrscht, dann werden die Frauen euch nachlaufen."

Alle lachten. Alec spürte, wie die Verkrampfung nachließ.

„Also gut", tönte seine Stimme über den Platz. „Wer noch hier ist, wenn es hell wird, ist Angehöriger der Armee, die über die Welt herrschen wird. Ihr müßt euch an die Befehle halten. Wenn ihr gehen wollt, schleicht euch davon, solange es noch dunkel ist. Morgen wird die Welt etwas sehen, das sie seit dem Tag, als der Himmel brannte, nicht mehr erlebt hat: eine neue Macht, die alles überwindet, was sich ihr entgegenstellt."

Sie jubelten. Sie schrien vor Begeisterung. Werden sie immer so leicht zu beherrschen sein? dachte Alec. Er war sich klar darüber, daß er ein wildes, ungebärdiges Tier ritt. Es wird immer einen Kampf kosten, oben zu bleiben, sagte er sich grimmig.

Den Rest der Nacht fuhr er durch das Gelände. Er blieb auf dem Fahrzeug stehen, während er die Straßen abfuhr. Überall herrschte Ruhe. Die Männer waren erschöpft vom Kampf, die meisten hatten sich betrunken. Mit der Zeit schliefen sie ein.

Mit dem Sonnenaufgang kam Angela.

Sie erschien in einem von Pferden gezogenen Wagen, beschützt von sechs jungen Männern mit alten Gewehren. Die Posten hielten sie an. Sie verlangte Douglas zu sehen. Die Posten verständigten Jameson über Funk. Er unterrichtete Alec, der sie zu seiner Unterkunft bringen ließ, zu dem Haus, in dem sie gemeinsam gewohnt hatten.

Er erwartete sie im Haus, als der Wagen hielt. Sie sprang herunter und ging zur Eingangstür. Ohne Zögern trat sie ein. Sie wirkte angespannt, sorgenvoll, magerer – und war so schön wie zuvor. „Wo ist Douglas? Warum kann ich ihn nicht sehen?"

Alec mußte ein Schwanken seiner Stimme unterdrücken. „Du kannst ihn sehen. Es geht ihm gut –"

„Das stimmt nicht. Du begreifst wieder einmal nichts." Sie wirkte angstvoll. Ihre Augen waren weit aufgerissen.

„Keine Sorge", sagte Alec, als er auf sie zuging. „Niemand wird ihm etwas tun. Hab keine Angst."

Sie standen vor der Asche im Kamin. Angela zitterte, als er sie in die Arme nahm.

„Alec, bitte, du mußt mich zu ihm lassen. Ich weiß nicht, was er dir gesagt hat . . ." Sie riß sich plötzlich los von ihm. „Verdammt, ich weiß nicht einmal, ob ich glauben kann, was du sagst. Du willst, daß er stirbt, nicht?"

„Nein – das ist vorbei."

„Aber es wäre günstig, wenn er das Zeitliche segnen würde, nicht wahr?"

„Das hat er gestern abend selbst gesagt."

„Du begreifst immer noch nicht, was er tun will, wie er seine Pläne durchsetzt."

„Doch . . ." Aber Alec begriff plötzlich, daß er immer noch zu lernen hatte.

„Alec, bring mich zu ihm", drängte Angela. „Bitte, sofort, bevor es zu spät ist."

Er zögerte nur einen Augenblick. „Gut. Komm mit. Er ist noch in seinem Schlafzimmer. Wir haben ihn nicht weggebracht, weil sein Bein –"

„Was ist mit seinem Bein?"

„Er hat es sich vor einigen Tagen bei einem Unfall gebrochen . . . ist vom Pferd gestürzt –"

„Nein!" schrie sie auf. „Er hat das Zimmer den ganzen Monat nicht verlassen! Er ist krank – todkrank!" Sie stürzte zur Tür.

Alec lief ihr nach. Sie hetzten durch die Straße, vorbei an den verblüfften Leuten, rasten auf Douglas' Haus zu. Alec sah die Posten schläfrig vor der Tür lungern. Hörte die Schüsse. Sah die Posten hochfahren und ins Haus stürmen.

„Nein!" kreischte Angela. „Nein . . ., nicht . . ., er darf nicht . . ."

Wieder Schüsse. Alec hörte nur seinen keuchenden Atem und den in den Ohren hämmernden Puls. Er überholte Angela und erreichte das Haus, stieß die Tür auf, kam zum Stillstand.

Douglas lag unten an der Treppe, die Beine auf der untersten Stufe. Er hatte eine Maschinenpistole in der Hand, deren Metallkolben verbogen war. Brust und Bauch waren blutverschmiert. Es roch nach Pulverdampf. Die beiden Wachen standen da wie Statuen, die Maschinenpistolen in den Händen. Oben kniete der dritte Posten am Treppengeländer und lallte: „Er kam auf mich zu, er griff mich an. Er schoß. Er hat geschossen –"

Keiner der Soldaten hatte einen Kratzer abbekommen. Douglas trug keinen Beingips mehr.

Seine Augen standen weit offen, sein Brustkorb hob und senkte sich rasch.

Angela stürzte ins Haus und brach in Schluchzen aus. Sie stieß Alec zur Seite und sank auf die Knie. „Nei-iiin", klagte sie. „Nei-iiin . . ."

„Schon gut", sagte Douglas mit heiserer, krächzender Stimme. „Besser so –"

„Er hat geschossen", sagte der Soldat. „Man sieht die Einschüsse überall an den Wänden. Er wollte fliehen."

Die Einschüsse befanden sich alle an der Decke, weit über Kopfhöhe. Alec trat zu Angela und blickte auf seinen Vater hinunter.

„Warum?" flüsterte er. „Ich hätte dich gerettet. Ich hätte nicht zugelassen, daß sie dir etwas tun."

Douglas zwang sich den Schatten eines Lächelns ab. „Was glaubst du" – er ächzte auf –, „was glaubst du . . ., wie ich dahintergekommen bin, daß es bei euch . . . so viel Krebs gibt?"

Alec sank auf die Knie.

„Hatte nur . . . noch ein paar Monate zu leben", stieß Douglas hervor. „Tut mir leid, daß ich deine Jungs . . .

erschreckt habe . . ., wollte ihnen nichts tun . . ." Er schloß die Augen.

Angela brach über dem Toten zusammen. Tränen helfen ihm nicht, dachte Alec. Dann kam ihm der Gedanke, daß Tränen immer für die Lebenden waren, nicht für die Toten. Also gut, dachte er. Weine für uns beide. Er selbst konnte nicht weinen. Nicht jetzt. Vielleicht würde er nie weinen können. Aber ganz sicher nicht jetzt. Es gab zuviel zu tun. Zuviel, was erledigt werden mußte.

Er richtete sich auf und sah die Soldaten an. Sie hatten sich nicht gerührt und starrten Alec an.

„Schon gut", sagte er. „Ihr habt uns viele Schwierigkeiten erspart."

Sie zuckte mit keiner Wimper, aber darauf kam es ohnehin nicht an.

„Einer holt Will Russo und Ron Jameson", sagte er. „Es gibt viel zu tun." Er blickte hinunter auf Angela, die hemmungslos schluchzte. „Die anderen gehen hinaus und lassen niemanden herein, bis ich es sage", fuhr er tonlos fort.

Sie hasteten hinaus. Der Soldat, der oben an der Treppe gekniet hatte, stieg vorsichtig über Douglas' Leiche hinweg, rannte zur Tür und verließ das Haus.

Alec kniete neben Angela nieder und nahm ihr tränenüberströmtes Gesicht zwischen beide Hände.

„Es ist Zeit", sagte er leise.

Sie sah ihn forschend an. „Zeit wofür?"

„Um anzufangen."

Ben Bova

Für den 1932 in Philadelphia geborenen Ben Bova war eines der einschneidendsten Kindheitserlebnisse ein Klassenausflug zum Planetarium. „Wir saßen in einem kuppelförmigen Raum mit einer seltsamen Apparatur in der Mitte, die an eine Riesenameise erinnerte. Dann ging das Licht aus. Und plötzlich leuchtete über uns ein strahlender Sternenhimmel auf. Viele Jahre lang bin ich immer wieder dorthin gegangen, nur um das begeisterte Aufseufzen der Zuschauer zu hören, wenn die Sterne erschienen."

Der Junge verschlang fortan Astronomiebücher und SF-Romane. Über seine Mitarbeit an einer Schülerzeitung entdeckte er sein Talent zu schreiben, studierte nach der Schule Journalistik und arbeitete bei mehreren technisch-wissenschaftlich orientierten Zeitungen. 1971 trat er als Chefredakteur der SF-Zeitschrift *Analog* die Nachfolge des konservativen John Campbell an und führte das Magazin in eine neue, sehr erfolgreiche Phase, indem er modernere Themen und junge, zum Teil kritischere Autoren zuließ. Im Jahr 1979 trat er dann der populärwissenschaftlich-literarischen Zeitschrift *Omnium* bei und übernahm deren Leitung.

Bereits 1959 erschien Bovas erster SF-Roman, dem zahlreiche Publikationen – Aufsätze, Romane und Sachbücher – folgten. Sein Erfolg als Science-fiction-Autor beruht vor allem auf den Romanen „Der Mehrfach-Mensch" (1976), „Jahrtausendwende" (1976) und „Die Kolonie" (1978). „Meine Bücher haben mir den Ruf eingebracht, ‚harte', wissenschaftsorientierte Science-fiction zu schreiben", erklärt der Autor. „Aber wer genau liest, wird feststellen, daß der Schwerpunkt auf den Themen Politik und Gesellschaft liegt."

Ben Bova, der auch der „National Space Society" vorsteht, ist außerdem ein gefragter Experte für Zukunftstechnologien. Eine seiner originellsten Veröffentlichungen ist wohl „Willkommen auf dem Mond" – ein Handbuch für künftige Mondbewohner.

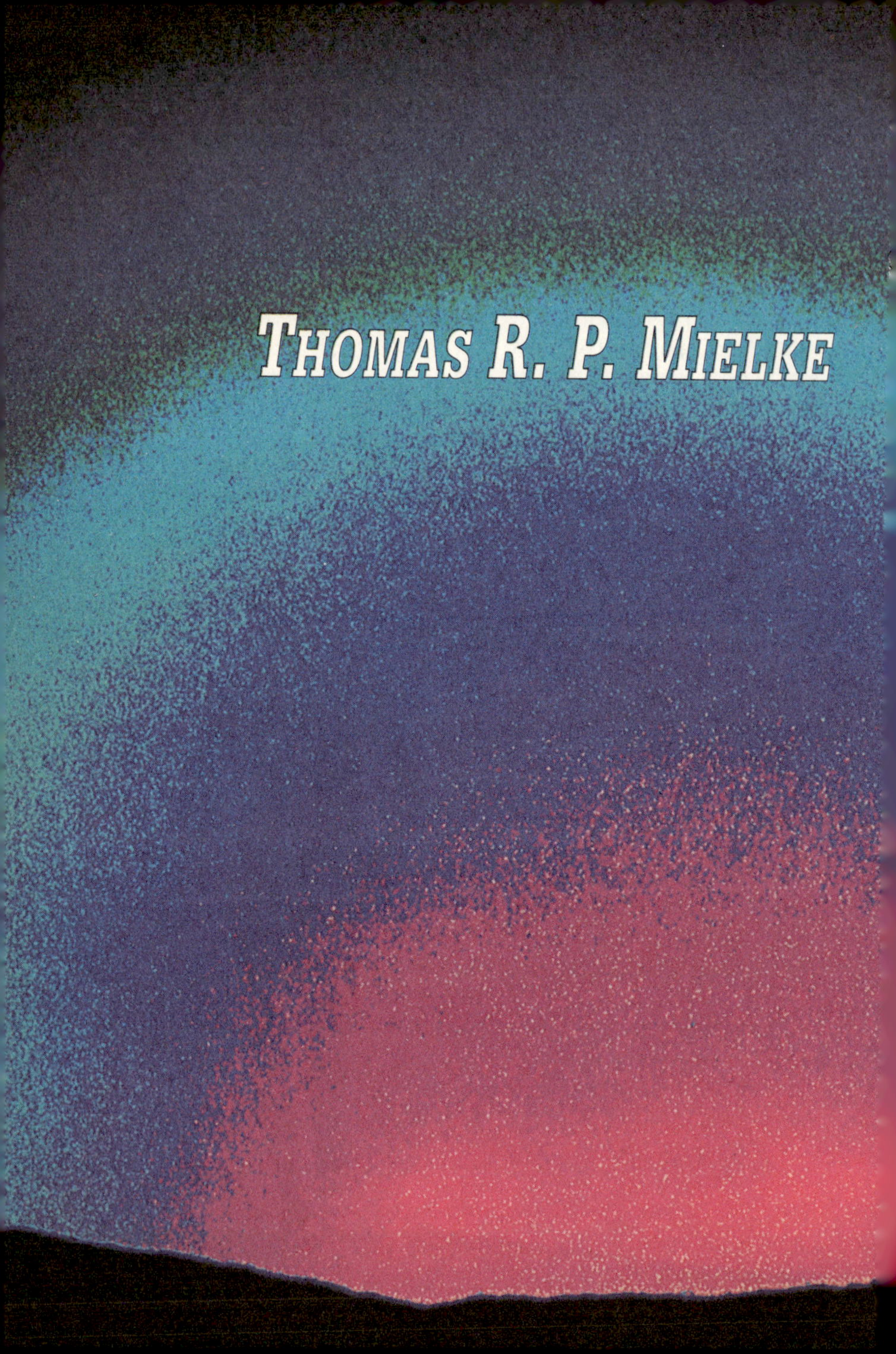
THOMAS R. P. MIELKE

VON
MENSCHEN
GEJAGT

DIE LAUERNDEN Blicke trafen Schirra wie vergiftete Geschosse. Sie rissen ihn abrupt aus seinen Gedanken. Mißtrauen, Haß und abfällige Verachtung kennzeichneten das Verhalten der drei Nichtstuer. Sie stießen sich fast gleichzeitig vom Schutzgitter ab. Lässig, mit hängenden Armen und angewidert aussehenden Gesichtern kamen sie auf ihn zu. Sie bewegten sich wie im Zeitlupentempo. Dennoch war alles an ihnen herausfordernd und voller verhaltener Drohung. Robert Schirra konnte nicht ausweichen. Der Verbindungssteg hoch über dem Fließweg der 86. Straße war zu schmal. Zurück konnte er ebenfalls nicht. Bis zum Central Park waren es mindestens neunzig Meter.

Er zwang sich, Schritt für Schritt weiterzugehen. Die drei Männer waren rund fünfzehn Jahre älter als er. Schirra schätzte sie auf Mitte Vierzig. Genau konnte man das bei der verwegenen Kleidung, den kunstvoll gelegten Perückentürmen und den grell geschminkten Gesichtern nie sagen.

„Lackaffen!" knurrte er zwischen den Zähnen hindurch, ohne die Lippen zu bewegen. Trotzdem vergaß er keine Sekunde, in welcher Gefahr er sich befand. Vor zwanzig Minuten hatte er die blaurote Uniform der Europadiplomaten angelegt. Er benutzte ständig neue Tarnungen, wenn er seine Identität wechselte. Nur so war es ihm möglich, tagelang zu den geschminkten RELAX zu gehören und dann wieder für unterschiedliche Zeiträume ARBITER zu sein.

Er hatte zwei Tranquilizer genommen. Sie begannen zu wirken, als er dicht vor den drei RELAX stand. Er verachtete sie, obwohl er zu ihnen gehörte.

Sie sahen, daß er kein ARBITER war. Aber sie sahen auch, daß irgend etwas mit ihm nicht stimmte. Er war zu schnell gegangen, zu zielbewußt . . .

„Bleib mal stehen", sagte einer der drei Nichtstuer. Er trug einen weiten, seidenen Kimono mit großen violetten Blumen.

„Warum?" fragte Schirra. Er hob die Brauen. Die Tablettenphase war schon immer gefährlich gewesen. Er wußte, daß er sich verdächtig gemacht hatte. Um sicher in seine Zweitwohnung zu kommen, nahm er bei jedem Übergang den Weg über den verlassenen Verbindungssteg. Hier gab es normalerweise keine Nichtstuer. Die Gegend war zu langweilig und zu einsam. Nichtstuer brauchten Gesellschaft, um sich richtig produzieren zu können.

Diesmal hatte er Pech gehabt. Er fühlte plötzlich, daß sie auf ihn gewartet hatten!

„Wo wohnst du denn?" flötete einer der Burschen. Seine Stimme klang künstlich reguliert.

„Ringturm Coney Island, Aquarium Lane, Apartment zwonull-zwo, Akademikerrente", schnurrte Schirra vollkommen automatisch.

„Kategorie?" wollte der Kimono wissen.

„Histosoziologie im dritten RELAX-Jahr."

„Und das da?"

Der Nichtstuer mit der unnatürlichen Stimme zupfte an Schirras Uniform. Er drehte in aller Ruhe einen der goldenen Knöpfe ab und warf ihn über das Schutzgitter. Schirra blickte dem Knopf nach. Er fiel fünfzig Meter tief bis auf den Fließweg.

„Ein Maskenball", sagte Schirra und räusperte sich. „Drüben in der Habitat an der Jamaica Bay in Brooklyn. Hier ist meine Einladungskarte . . ."

Er zog einen geriffelten Plastikstreifen aus dem Ärmelaufschlag seiner Uniform.

Der RELAX mit dem Kimono betrachtete die Karte.

„Er lügt", sagte plötzlich der Mann, der sich bisher zurückgehalten hatte. Er kam einen Schritt vor. Mit den Fußspitzen trat er auf Schirras Schuhe. Er hatte abgefeilte Nägel an den Spitzen.

Robert Schirra biß die Zähne zusammen. Tränen traten in seine Augen. Er ärgerte sich, daß er die Tranquilizer genommen hatte. Sie machten weich und sentimental.

„Niemand von uns geht quer durch Brooklyn zu einem Maskenball. Kein RELAX würde auch nur im Traum daran denken. Und warum nicht?"

„Weil er dafür durch Queens muß", grinste der Kimono. „Durch das verdammte ARBITER-Queens."

Er hatte recht. Schirra wußte es. Das war der Fehler, mit dem er immer gerechnet hatte. Ein winziger, fast banaler Fehler. Aber er hatte ihn machen müssen, weil es logisch war. So logisch und doch wieder falsch wie seine ganze Tarnung, die er sich als ARBITER hergestellt hatte. Weil er in dieser Zeit auch wie ein ARBITER dachte und nicht wie ein RELAX . . .

Sie würden ihn umbringen.

Robert Schirra schluckte. Die Tranquilizer vervielfachten seine Angst. Er wollte fliehen. Sekundenlang fehlte ihm der Mut. Er wußte, daß er keine Chance hatte. Und doch versuchte er es.

Mit verzerrtem Gesicht beugte er sich vor. Ein verzweifeltes Aufschluchzen kam aus seiner Brust. Mit beiden Fäusten stieß er gegen die Brust des Kimonomannes.

Sechs Hände griffen nach ihm. Manikürte Fingernägel gruben sich durch den Uniformstoff in seine Arme. Er ließ sich fallen, drückte beide Beine gleichzeitig gegen das Schutzgitter und schnellte über den Steg. Sein Kopf schlug gegen die Hartplastik. Mit einer kurzen Drehung kam er wieder hoch. Er stolperte. Ein dumpfer Schlag zwischen seine Schulterblätter nahm ihm den Atem. Er hustete.

An der Upper Bay stieg jaulend eine Postrakete in den azurblauen Himmel. Es war, als würde ganz New York erzittern.

Mit kurzen, schnellen Schritten rannte Schirra über den schwingenden Verbindungssteg. Er hörte die drei RELAX hinter sich, drehte sich aber nicht um. Jaulend feuerten Ultravakuumimpulse hinter ihm her. Die kurzen Sogwellen zerfetzten den Rücken seiner Uniform. Sie töteten nicht, aber sie konnten aus ungeschützter Haut jederzeit ganze Lappen herausreißen.

Schirra hastete auf die Desinfektionszone zu. Taumelnd sprang er durch den Nebel aus gelben Chemikalien. Die winzigen Partikel füllten seinen Mund, drangen in seine Lungen ein und ließen ihn keuchen. Er spürte, wie das Blut in seinen Schläfen hämmerte. Die RELAX waren noch immer hinter ihm. Ihre grellbunten Kleidungsstücke hoben sich wie leuchtende Blumenmuster vor dem Hintergrund gigantischer hellgrauer Wolkenkratzer ab. Die RELAX holten auf.

Schirra warf sich nach vorn. Wenn er die grauen Schluchten des Broadway Parks erreichen konnte, hatte er eine gewisse Chance. Sie war so gering, daß er kaum daran zu denken wagte. Aber sie würden ihn ohnehin anzeigen. Schon deshalb mußte er weiter. Im gleichen Augenblick sah er das Mädchen. Sie trat aus dem Schatten des Magnetschachtes zum Fließweg der 86. Straße. Nur noch eine Fahrplatte war oben. Er mußte sie erreichen. Noch fünf Meter, doch das Mädchen war näher am Schacht . . .

„Nein!" keuchte er, dann stießen sie zusammen.

Er klammerte sich an ihren Hüften fest. Das Gewicht der beiden Körper löste die Sperre aus. Fast gleichzeitig gab es einen Kurzschluß.

„Aus!" stöhnte Schirra.

Erst jetzt stieß das Mädchen einen spitzen Schrei aus.

DIE GRELLROTE Lampe flackerte in unregelmäßigen Abständen auf. Ein häßliches, unangenehmes Schnarren quäkte durch den gekachelten Raum. Sofort begannen Computerbänder ruckweise mit kurzen Rotationsbewegungen.

„Achtung, Unfall 86. Straße. Magnetschacht vier durch Überbelastung ausgefallen! Achtung, Unfall 86. Straße . . ."

In monotonen Wiederholungen dröhnte die Meldung durch den Raum. Während auf bunten Stadtplänen von riesigen Ausmaßen vollkommen automatisch Umleitungen geschaffen wurden, sprang an der Stirnwand des Raumes eine kreisrunde Platte auf. Über eine selbsttätig ausgefahrene Rutsche polterten zwei Männer in den Kontrollraum für Manhattan. Sie gehörten zur Uniguard, der kombinierten Schutztruppe New Yorks. Sie waren gleichzeitig Feuerwehr, Verkehrspolizei und ausgebildete Mechaniker. Sie besaßen mindestens zwei Doktortitel und gehörten zur verachteten Klasse der ARBITER. Irgendwann hatten sie sich entschieden, ihr Leben nicht absolut untätig zu verbringen. Das war ihr Fehler gewesen.

Die beiden Männer stiegen in ein plumpes Torpedo. Die kreisrunde Luke schloß sich. Ringförmige Elektromagneteten beschleunigten die Kapsel wie ein Geschoß. Der Andruck preßte die beiden ARBITER tief in die pneumatischen Liegen. Gleichzeitig senkten sich Hebelarme mit blinkenden Spitzen an den Enden auf die Oberschenkel der beiden Männer.

Ein Gemisch aus Adrenalin, Benzedrin und anderen Weckaminen wurde mit Druckluft in die Körper der ARBITER gepreßt. Sie atmeten tief durch.

„Alles klar, Mandy?" fragte der Pilot der Kapsel.

„Danke, es geht", antwortete der zweite Mann des Teams. Sie arbeiteten von Anfang an zusammen. Mindestens einmal pro Woche bekamen sie einen Alarm. Nicht viel, aber genug, um nicht ganz zu degenerieren.

Mandy la Roccia arbeitete bereits dreißig Jahre bei der Uniguard. Man sah es ihm nicht an. Er hatte ein hartes, dunkles Gesicht mit straffer Haut. Regelmäßige Frischkuren ließen ihn vergessen, daß er fast fünfundsechzig Jahre alt war.

Der Pilot berührte einen weißen Knopf auf dem Armaturenbrett. Die Hebelarme mit den Torpedos glitten zurück. Der Pilot war knapp vierzig. Er gehörte zur jüngeren Generation der ARBITER. Vor zwei Jahren hatte ihn die Generalversammlung zum stellvertretenden ARBITER-Boß gewählt. Er hatte die Wahl gewonnen, weil er ein klares Konzept gegen den Verfall der RELAX-Kultur aufweisen konnte.

„Arbeit ist eine Auszeichnung", hatte Guy Hammond erklärt. „Arbeit gegen die RELAX ist mehr. Sie ist das Privileg der zweiten Schöpfung."

Der Torpedo verlangsamte seine Fahrt. Mit vibrierenden Außenlamellen kam er zum Stillstand.

„Nimm die Waffen mit, ich trage das Werkzeug", sagte Hammond.

La Roccia öffnete einen quadratischen Verschluß an der Außenseite des Torpedos. Er wuchtete einen Schocklaser mit einem Dreibein und Rollen auf den schmalen Wartungssteg.

Mit flinken Handbewegungen lud er sich die Taschen seiner gelben Kombination mit Ultravakuumkugeln voll. Sicherheitshalber steckte er auch noch eine altmodische Armalitepistole ein. Die Taumelprojektile konnten mehr als töten. Sie zerfetzten jedes Material in mikroskopisch kleine Teilchen.

„Fertig!" sagte la Roccia endlich.

„Okay, gib mir Feuerschutz. Ich versuche, den Magnetschacht von oben zu erreichen."

„Keine Sorge", lachte der Alte. „Vielleicht kann ich diesmal diesen verdammten Faulpelzen anständig das Fell verbrennen!"

Sie hatten sich an den schweigenden Krieg gewöhnt. Sie kannten die Sabotageversuche und die Methoden der RELAX aus eigener Erfahrung.

Vorsichtig verließen sie den schmalen Wartungssteg. Hammond öffnete mit einem Elektronenschlüssel die Panzertür. Geduckt schob er sich vor. Er half la Roccia, das Lasergestell nach draußen zu ziehen.

„Dort vorn!" sagte er. La Roccia blinzelte ins Licht, dann nickte er. Er brachte seine Schockkanone in Stellung. Der Ausgang des Wartungsstegs lag fast zwanzig Meter über dem Fließweg in der 86. Straße. Er bestand aus einer halbrunden Plattform mit einer gepanzerten Brustwehr. An einer Seite befand sich eine senkrechte Röhre aus einseitig durchsichtigem, molekularverdichtetem Plastikmaterial. Die Steigröhre lief bis zur Spitze des einhundertneunzig Meter hohen Wolkenkratzers. In unregelmäßigen Abständen klebten die gepanzerten Plattformen wie zu Eis erstarrte Seifenblasen an der Röhre.

„Feuer frei, sobald ich oben auf der Plattform bin", sagte Guy Hammond. La Roccia nickte ruhig. Es war nicht ihr erster Einsatz.

Der Jüngere schlüpfte in die Röhre. Er schaltete die Elektromagneten an seinem Gürtel ein. Von einer unsichtbaren Kraft gezogen, stieg er in der Röhre nach oben. Er preßte den nierenförmigen Werkzeugkasten vor seine Brust. Er konnte genau sehen, was am Magnetschacht vier in der 86. Straße passiert war. Drei RELAX bearbeiteten tanzend einen Europadiplomaten. Vollkommen fassungslos lehnte ein ausgesprochen attraktives Mädchen an der Brüstung des Verbindungsstegs. Sie rührte sich nicht. Ihre enganliegende Kombination brachte die noch jungen Formen ihres Körpers überdeutlich zur Geltung. Eine Statue aus Rosa und Blond . . .

Hammond erreichte die Siebzigmeterplattform. Er sprang aus dem Schacht, nachdem er die Feldstärke der Gürtelmagneten verringert hatte. Mit dem Werkzeugkasten schlug er kurz gegen die Röhre. Es gab einen für New York typischen Ton, Alarmzeichen und Angriffssignal zugleich.

Die RELAX hörten es.

Sekundenbruchteile später gleißte der blauviolette Laserstrahl von der Zwanzigmeterplattform über die Gruppe hinweg. Er bildete einen künstlichen, schnurgeraden Regenbogen, der sich irgendwo im Blau des Himmels verlor.

Knisternd entstand eine weißliche Wolke aus Wasserdampf, die schräg über der 86. Straße stand. Hammond wartete einen Augenblick, aber oben tat sich nichts.

Erst als la Roccia eine der Ultravakuumkugeln zum Verbindungssteg hinaufschoß, reagierten die drei übermütigen RELAX. Sie johlten und kreischten, während sie wütend auf den schwerbewaffneten ARBITER blickten. Doch dann entdeckte der Mann mit dem Kimono den zweiten ARBITER. Hammond ließ keinen Zweifel an seiner Absicht. Er richtete die kleine Seilschleuder auf die Aufbauten über Magnetschacht vier. Das Seil spulte mit leisem Schwirren ab. Der chemische Anker am Ende des Seils verband sich mit dem Klettgewebe des Schachtaufbaus.

Hammond zog das Seil straff, klinkte den regulierbaren Schäkel ein und schwang sich über die gepanzerte Brüstung. Mit einem schrill pfeifenden Geräusch jagte er über den Abgrund. Erst zehn Meter vor dem Schacht zog er die Bremse an. Er landete direkt neben dem Mädchen. Die RELAX ergriffen die Flucht. Aber sie gaben nicht kampflos auf. Hammond sah ihre Waffen. Blitzartig löste er den Schäkel. Er stieß das Mädchen zur Seite. Wie gelähmt fiel sie zu Boden.

Hammond stürzte nach vorn. Er warf sich hinter den Schachtaufbauten in Deckung. Über A-Funk gab er dem zweiten Mann des eingespielten Teams das oft erprobte Zeichen.

La Roccia drosselte die Energie des Lasers. Langsam schwenkte er den pulsierenden Strahl nach unten. Er fand eine Lücke zwischen zwei grauen Wolkenkratzern als feuerfreie Zone. Der Strahl versperrte den RELAX den Weg.

Inzwischen hatte Hammond erkannt, wie die Transportplatte im Magnetschacht beschädigt worden war. Er steckte einen konischen Schlüssel in eine Öffnung und schaltete die Sicherungen wieder ab. Die Platte schwankte leicht, dann sackte sie nach unten ab. Erst als sie bereits fünfzehn Meter gefallen war, erinnerte sich Hammond an den Europadiplomaten. Er beugte sich zur Seite und sah, daß dieser liegend auf der Platte nach unten schwebte. Im gleichen Augenblick hörte Hammond einen gedämpften Schrei. Der Laserstrahl verlöschte schlagartig.

Wütend warf sich Hammond herum. Das Mädchen hatte sich aufgerichtet und ging schwankend an ihm vorbei. Hammond streifte mit seinen Blicken ihr blondes Haar. Es war schmutzig geworden. Gleichzeitig erkannte er, in welcher Gefahr er sich befand. La Roccia war ausgefallen. Der Laser schwieg. Die RELAX hatten einen Spiegler eingesetzt. Das winzige Gerät war in der Lage, Laserstrahlen absolut parallel zur Quelle zurückzuwerfen. Und genau das war geschehen . . .

Hammond mußte zurück. Er kümmerte sich nicht um das Mädchen. Sie holte sich eine neue Transportplatte von unten. Es war ihm egal. Sollte sie machen, was sie wollte, er jedenfalls mußte la Roccia helfen. Nur ein einziges Mal war ihm dasselbe passiert. Es war grauenhaft gewesen. Er verstand immer noch nicht, warum er damals die verheerende Wirkung des Spiegels überstanden hatte.

Und diesmal hatte es la Roccia erwischt.

JONNY LIME zog an seinen gepflegten Fingern, bis es in den Gelenken knackte. Er hatte es satt, immer nur herumzusitzen und nichts zu tun. Zwanzig Jahre hatte er gelernt, was es zu lernen gab. Komplizierte Maschinen waren Tag und Nacht darum bemüht gewesen, ihn mit Wissen vollzustopfen. Jetzt, mit fünfundzwanzig, war er so gut wie fertig. Er war ausgebildeter Chemieingenieur, kannte von Darwin bis Drechsling alle Forschungsergebnisse auf dem Gebiet der Biologie und hatte das Staatsexamen der philosophischen Fakultät in der Tasche. Sie hatten ihn zu einer Art Universalgenie herangebildet. Und jetzt hatte er nichts weiter zu tun, als sich uralte, schlecht aufbereitete Westernklassiker auf der Bildwand seines Apartments anzusehen.

Mißgelaunt wechselte er mit dem kleinen Finger die Programme. Er starrte auf die vier Quadratmeter große Wand mit dem dreidimensionalen, farbigen Holographieschirm.

Vier Programme mit alten Filmen, drei Musicals, neun Lehrprogramme und zwei aktuelle Robotsendungen standen ihm zur Auswahl. Für einige Sekunden beobachtete er die Satellitenaufnahme von den künstlichen Marsfarmen. Sie waren schlecht und immer wieder von Störungen überlagert. Die Sendung vom computergesteuerten Stierkampf mit falschen Toreros und elektronischen Stieren besaß nicht den geringsten Funken Spannung. Auch die Tatsache, daß diese Sendung aus einer Wohnkuppel auf dem Mond übertragen wurde, machte die Sache nicht besser. Er schaltete ab und nahm den Mediahelm ab. Für eine halbe Minute fühlte er sich benommen. Er mußte sich erst wieder an den Geruch und die Töne in seinem Apartment gewöhnen.

Er reckte sich und stand auf. Gelangweilt ging er zu seinem Bücherbord. Er sammelte alte Originalbücher, die er aus hygienischen Gründen auf Mikrofilm aufgenommen hatte. Leise tickte der Zeitungsgeber in einer Ecke vor sich hin. Jonny Lime zog den Cromoluxbogen aus dem Schlitz. Er überflog die druckfeuchten Nachrichten. Das Papier war noch warm.

Auf dem Mars war die Einteilung in RELAX und ARBITER durch eine Volksbefragung abgelehnt worden. Die Kontinentalregierungen wollten Gesetze einführen, nach denen auch die Reparaturarbeiten in den Städten durch Robotanlagen ausgeführt werden sollten.

Jonny Lime lachte leise. Durch dieses Gesetz verringerte sich die Zahl der arbeitenden Menschen auf knapp fünfundzwanzig Prozent. Fünfundfünfzig Prozent – mehr als die Hälfte der Menschheit – waren arbeitslos. Sie hätten auch dann nicht arbeiten können, wenn sie es gewollt hätten. Es gab einfach keine Arbeit mehr für sie. Und der Rest, das waren die lange Zeit unterentwickelten Länder, die sich jetzt bereits einem postindustriellen Stadium näherten.

In zwanzig, dreißig Jahren würden auch diese Länder nicht mehr wissen, wie sie ihre gutausgebildeten Millionen beschäftigen sollten.

Es war alles ganz langsam gegangen. In den letzten Jahrzehnten des 20. Jahrhunderts hatten Maschinen in immer größerem Maße die Facharbeiter ersetzt. Dann war das mittlere Management allmählich überflüssig geworden. Genauso überflüssig wie Angestellte und Farmer, Minister und Fabrikarbeiter. Über Nacht war Arbeit zu einem seltenen Privileg geworden. Und dennoch hatten die Menschen genauso reagiert wie in ähnlichen Situationen vorher. Voller Verachtung blickten sie auf die letzten Ärzte, auf Künstler und Feuerwehrmänner, Pädagogen, Kindergärtnerinnen und Friseure herab.

Als er ins College kam, hatte Jonny Lime noch einen Gärtner gekannt. Er erinnerte sich an den dicken Eisverkäufer in der Eingangsecke am Jacob Riis Park und an den freundlichen Taxifahrer, der ihn immer umsonst zur Schule mitgenommen hatte. Das alles war lange vorbei. Aus und vergessen. Einfach überflüssig in einer Welt, die auch ohne menschliche Hilfe produzieren und organisieren konnte.

Jonny Lime gähnte. Er hatte vierzehn Stunden geschlafen und fühlte sich dennoch müde. Er ging zum Auskunftscomputer hinüber. Ein Sonnenstrahl fiel durch die leicht getönten Fensterscheiben seines Apartments. Lime ließ das täglich neu zusammengestellte Programm mit rund sechshundert albernen Vorschlägen zur Freizeitgestaltung über den Bildschirm laufen. Er konnte diese künstliche Fröhlichkeit nicht mehr ausstehen.

Er faßte sich an den Hals und hatte das Gefühl, keine Luft

mehr zu bekommen. Wütend schlug er auf den Abschaltknopf. Er hatte die Nase restlos voll. Ihm grauste, als er daran dachte, daß er diesen Zirkus noch fünfundsiebzig Jahre ertragen sollte . . .

Er stand eine Weile unschlüssig herum. Alles, was er tun konnte, langweilte ihn. Er konnte essen, was er wollte, konnte spielen, Sport treiben, baden oder sich betrinken. Die Computer regelten seine Wünsche. Selbst wenn er ein nettes Mädchen kennenlernen wollte, brauchte er nur die zentrale Vermittlungsbank zu informieren.

Er würde ein paar Vorschläge bekommen, Vorschläge von Mädchen, die ebenso wie er nicht wußten, was sie mit sich anfangen sollten. Aber auch das war letzten Endes sinnlos. Es gab keine Familien mehr, nur noch den Gutschein für ein Kind, das er nie sehen würde und mit dem er nie Frösche fangen durfte.

Er lachte bitter, als er daran dachte. Er wußte nicht, wie er auf die verrückte Idee kam, mit einem eigenen Sohn irgendwo Frösche zu fangen. Oder gab es in dieser verdammt sterilen Welt überhaupt keine Frösche mehr?

Er ließ sich in den Sessel fallen.

„Irgend etwas tun", murmelte er und schlug mit der geballten Rechten immer wieder auf die geöffnete linke Hand. Auf dem Mars vielleicht? Oder draußen auf den Asteroiden? Er wußte, daß er nie eine Chance haben würde, etwas Sinnvolles zu tun. Noch nie war ihm das Elend dieser perfekt organisierten Freizeitwelt so klar zu Bewußtsein gekommen wie in diesem Augenblick.

Langsam, unendlich langsam keimte der Widerstand in seinem Unterbewußtsein. Und dann ertappte er sich bei dem Gedanken, alles hinzuwerfen und ARBITER zu werden. Erschrocken richtete er sich auf. Er wußte, daß diese Überlegungen gefährlich waren. Sekundenlang fragte er sich, ob auch andere RELAX so dachten wie er. Vielleicht . . .

Irgendwie kam er plötzlich auf Robert Schirra. Schirra wohnte ebenfalls im Ringturm Coney Island, nur drei Apartments weiter. Jonny tippte auf den Schalter der Rufanlage neben seinem Sessel. Der automatische Antworter erklärte, daß Schirra für zwei Wochen verreist sei.

Verreist!

Lime spürte, daß seine Handflächen feucht wurden. Er strich sich über sein strohblondes Haar. Erst jetzt fiel ihm wieder ein, daß Schirra eigentlich ziemlich oft verreiste. Und das, obwohl ihm wie allen anderen RELAX nur sechs Wochen Reisezeit pro Jahr zustanden.

Jonny Lime beschloß, seinen Vater zu fragen. Big Leonhard Lime hatte eine Sonderstellung. Er gehörte zum Aufsichtsrat der RELAX. Vielleicht wußte er, aus welchen Gründen Robert Schirra so oft reisen durfte. Das Problem Schirra machte Jonny vergnügt. Endlich hatte er eine Aufgabe, mit der er sich beschäftigen konnte. Er hoffte nur, daß die häufige Abwesenheit von Schirra sich nicht als vollkommen harmlos und berechtigt herausstellte. Jonny Lime sprang auf. Er würde es herausfinden!

„RINGTURM CONEY ISLAND, Aquarium Lane, Apartment zwonull-zwo, Akademikerrente", murmelte Schirra benommen. Er sagte es hastig und ohne zu denken. Noch während er die geschwollenen Lippen bewegte, spürte er das Blut in seinem Mund. Er schluckte. Sein Hals schmerzte.

„Kommen Sie", sagte die weit entfernte Stimme. Sie klang leise und ungeheuer weiblich. Schirra bemühte sich vergebens, seine verquollenen Augen zu öffnen.

Stöhnend drehte er sich zur Seite. Er bekam den linken Arm frei und hob ihn unter Schmerzen bis zum Gesicht. Die Haut über den Fingerknöcheln war aufgeplatzt. Er strich sich über die Augen. Bei der geringsten Berührung der Augäpfel zuckten stechende Schmerzwellen durch sein Hirn. Langsam kam in kleinen Portionen die Erinnerung an den Zwischenfall zurück.

Jemand richtete ihn halb auf. Er spürte weiche Handschuhe auf seinem nackten Rücken.

„Wollen Sie auf die Uniguard warten?"

Vorsichtig schüttelte Schirra den Kopf. Durch die verklebten Augenlider sah er eine verschwommene Gestalt in Rosa.

„Soll ich Sie mitnehmen?"

Diesmal nickte er.

„Können Sie gehen?"

„Versuchen – ich will es versuchen!" lallte Schirra. Er riß sich zusammen. Er drehte sich noch mehr zur Seite, stemmte sich mit den Händen hoch und blieb keuchend auf Armen und Knien, bis die Fremde mit den weichen Handschuhen ihm weiterhalf.

Irgendwie schaffte sie es, ihn aufzurichten. Er drehte den Kopf mit einem gequälten Lächeln zur Seite. Dicht vor ihm war das bronzefarbene Gesicht eines Mädchens. Es hatte naturblonde lange Haare und trug eine enganliegende rosafarbene Kombination aus leichtem Kräuselplast.

„Geht's?"

Er versuchte ein Lächeln. Humpelnd und auf ihren Arm gestützt, schleppte er sich zur Adaptationszone des Fließwegs. Er ließ sich von ihr führen. Sie wartete, bis sie eine Lücke im fast endlosen Passantenstrom entdeckt hatte. Mit einem sanften Stoß drückte sie ihn auf das langsam fließende Randband. Er schwankte. Sofort war sie neben ihm. Der nächste Übergang ging leichter. Aus halbgeschlossenen Augen sah er, wie die riesigen grauen Wolkenkratzer an ihnen vorbeiglitten. Jetzt war er froh, daß er die beiden Psychotabletten geschluckt hatte. Die Tranquilizer dämpften den Schmerz. Er sah alles wie durch einen schlierigen Nebel: die unendlich hohen Wolkenkratzer, die riesige Plastikkuppel über der Stadt, die eigentlich nur ein grobmaschiges, elektrostatisch aufgeladenes Gitternetz war, und die müden Gesichter der Menschen neben sich.

Sie standen wie Wachsfiguren auf dem Fließweg, ohne Lächeln, durch ein totales System paralysiert. Schweigend glitten sie auf den Central Park zu. Die Bäume sahen wie starre Kopien aus Kunststoff aus. Kein Vogel erhob sich, kein einziges Kind war auf den teppichartigen Rasenflächen zu sehen. Eine tote Stadt mit neunzehn Millionen Einwohnern.

„Eine Pille!" flüsterte Schirra heiser. „Die braune Schachtel in der linken Tasche der zerfetzten Diplomatenuniform."

Sie ließ ihn los, öffnete die Tasche und holte die Pillen

heraus. Ihre Fingerkuppen berührten seine Lippen. Er würgte, dann konnte er die Pille schlucken. Sie hatte die Handschuhe ausgezogen. Diese Tatsache machte ihn stutzig. Kein RELAX würde das mitten in der Stadt tun!

„Hinter dem Park müssen wir runter!" schnitt sie seine Überlegungen ab. „Ich glaube, Sie brauchen eine Kapsel!" Er spürte die erste Wirkung der Pille. Er sah ihr feines Lächeln nicht. Er konnte nicht ahnen, daß diese Andeutung nur ein Test gewesen war.

„Also gut, dann nehme ich Sie mit nach Haus."

„Wer sind Sie?" fragte Robert Schirra. Er fühlte sich etwas besser. Sie hatten den Central Park hinter sich gelassen und glitten in Richtung East River weiter.

„Roslyn Pascal", sagte sie. „Kommen Sie, wir müssen hier runter."

Er wollte mehr über sie wissen. Doch das hatte Zeit. Sie zog ihn vom Fließweg. Die Kreuzung zur Park Avenue machte den Eindruck eines aufgeschreckten Ameisenhaufens. Überall wechselten Passanten die verschiedenen Fließwege. Robotkapseln schossen in durchsichtigen Röhren über die Köpfe hinweg. Lange Kapselschlangen mit Frachtgütern trennten sich vollautomatisch auf der Drehscheibe über der Kreuzung, kuppelten sich an andere Schlangen an und rasten in neuen Richtungen weiter. Dazwischen pulsierte ohne Pause die Verteilerstelle mit den Anschlüssen für die unterirdischen Verkehrsnetze.

Er ließ sich von ihr führen. Mechanisch registrierte er die einzelnen Fließwege. 2nd Avenue, 72. Straße, dann der Anschlußverteiler zur Queensboro Bridge.

„Wo bringen Sie mich hin?" fragte Schirra, als er das braungelbe Wasser des East Rivers sehen konnte. Auf der anderen Seite lag Queens.

„Keine Angst, nicht ins ARBITER-Viertel." Sie lachte; ihre weißen Zähne bildeten einen exotischen Kontrast zum hellen Kupferglanz ihrer Haut. Zum erstenmal betrachtete Schirra seine Begleiterin richtig. Es war schwer zu sagen, aber er schätzte sie auf knapp dreißig Jahre. Sie war ebenso groß wie er, fast hundertneunzig Zentimeter. Nichts Besonderes in seinen Augen. Die Menschen waren in den letzten hundert Jahren ein ganzes Stück gewachsen.

Plötzlich sah er die drei RELAX wieder. Sie kamen von der Seite, aus der Gegend des Rockefeller Centers. Er erkannte sie sofort unter tausend anderen RELAX an der Verteilerstelle.

„Dort sind sie!" keuchte er. „Sie haben uns gesehen!"

Das Mädchen lachte. Schirra beobachtete ihr Gesicht. Es wurde um einen Ton dunkler.

„Dort hinauf – verschwinden Sie! Ich halte sie auf!"

Sie deutete auf den schrägen Fließweg zum Fluß. Ein Luftkissenboot kam von der Roosevelt-Welfare-Anlegestelle. Schirra konnte es erreichen, wenn er sich beeilte. Für eine Sekunde zögerte er.

„Sie kennen meinen Namen", sagte er schnell.

Sie nickte. „Los, Mann! Verschwinden Sie!"

„Aber ich kann Sie doch nicht . . ."

„Sie hätten nicht die geringste Chance. In deren Augen sind Sie ein Überläufer. Denken Sie daran, daß Sie ein verdammt windiges Alibi vorgebracht haben, vorhin."

„Ich bin doch nicht verpflichtet . . ."

„Begreifen Sie doch endlich, Schirra! Die drei gehören zur Sicherheitsstaffel von Big LL!"

„Aber sie sind RELAX!"

„Verschwinden Sie, wenn Sie den Abend noch erleben wollen! Und merken Sie sich für die Zukunft, daß es eine ganze Menge Dinge gibt, von denen Sie keine Ahnung haben." Sie sprang zur Seite. Ein winziger Armalitelauf blinkte an ihren Händen. Sie hatte die Handschuhe wieder angezogen. Noch ehe Schirra protestieren konnte, griff sie an. Er wurde auf dem Verteiler weitergetragen. Er verlor sie und die drei RELAX aus den Augen. Und dann waren schon über hundert Passanten zwischen ihm und dem Mädchen.

Er stellte sich auf die schmerzenden Zehenspitzen. Umsonst. Aus den Augenwinkeln sah er, wie das Luftkissenboot anlegte. Er hatte keine andere Wahl. In seinem Zustand konnte er ohnehin nicht viel ausrichten. Verwirrt und ärgerlich humpelte er zur Anlegestelle. Das Rätselhafte an den Ereignissen der letzten Stunde beunruhigte ihn.

Er erreichte das Boot gerade noch rechtzeitig. An der Kontrolle nahm er eine Karte nach Coney Island. Der Zwischenfall hatte seine Pläne völlig durcheinandergebracht. Erschöpft ließ er sich in einen Sessel fallen. Er konnte sich nicht anlehnen. Die gerötete Haut seines Rückens brannte wie Feuer. Das Luftkissenboot legte mit einer aufsprühenden Wasserwolke ab. Schirra blickte zurück. Ein blaßvioletter Laserstrahl stand schräg über dem Verteiler zur Queensboro Bridge. Er zitterte, dann verlosch er. New York, 20. März 2039.

MANDY LA ROCCIA sah furchtbar aus. Sein linker Arm war fast völlig verbrannt. Hier konnten auch die besten Regenerationstechniker nicht mehr helfen.

Guy Hammond schob die Unterlippe vor. Er hatte Mandy sofort mit der Kapsel nach Queens gebracht. Noch vor Antritt der wahnsinnigen Fahrt hatte er seinen Kollegen mit Spritzen und Tabletten vollgepumpt, hatte ihm Salben und Kühlbandagen angelegt. Vierzehn Minuten nach der Panne mit dem Spiegler der RELAX lag Mandy la Roccia auf dem Operationstisch. Ein Arzt und ein erfahrener Biochemiker behandelten ihn.

„Totalrente", sagte der Arzt mit herabgezogenen Mundwinkeln. Er war als Zyniker bekannt. „Arm weg, linke Gesichtshälfte Vollplastik, Hautübertragung an der Brust, vier Stahlrippen und zwei neue Herzklappen."

„Wieso das?" fragte Guy Hammond.

„Gewebebrand. Kann von Glück sagen, daß er überhaupt noch einen Funken Leben in sich hat. Bei den RELAX hätten sie ihn ganz sicher aufgegeben."

„Ich weiß", nickte Guy Hammond. Er kannte die brutalen RELAX-Vorschriften. Krüppel, Kranke und Häßliche hatten nur noch Anspruch auf Totalrente irgendwo draußen in geschlossenen Anstalten. In den Rocky Mountains, in Florida oder in Moose Jaw, Kanada.

„Der Einsatzcomputer will wissen, wie das passieren

konnte", sagte der Arzt. „Gehen Sie lieber gleich nach oben, sonst bekommen Sie wieder drei Wochen Arbeitssperre!"

Hammond zuckte zusammen. Ein Anflug von Rot huschte über sein Gesicht. Natürlich wußte hier jeder, daß er bereits zweimal mit einer Sperre bestraft worden war. Das war das Schlimmste, was einem ARBITER passieren konnte. Er warf noch einen Blick auf seinen flach atmenden Kollegen, dann wischte er sich die Hände an seinem gelben Overall ab und ging nach oben. Unterwegs überlegte er, wie er sich verteidigen sollte. Er entschloß sich, bei der Wahrheit zu bleiben. Wahrscheinlich wußte der Einsatzcomputer ohnehin, was geschehen war. Durch hunderttausend elektronische Augen überwachte er die Stadt. Das gehörte zum Sicherheitssystem von New York. Millionen von Relais, Wärmespürern, Selenzellen und elektronischen Meßgeräten reagierten auf jede noch so winzige Unregelmäßigkeit wie die Nervenzellen eines lebenden Körpers.

Guy erreichte eine Reihe von schmalen Türen. Sie führten in hellerleuchtete, hermetisch abgesicherte Verhörzellen. Er legte seine Identifikationskarte in einen Behälter und wartete. Ein gelbes Licht flammte über der neunten Zelle auf. Hammond beeilte sich. Für ihn war der Einsatzcomputer eine Art lebendes Wesen mit verdammt unangenehmen Chefmanieren. Er schloß die dicke Tür hinter sich und nannte völlig überflüssigerweise seinen Namen. Der Computer kam sofort zur Sache.

„Zwei Ausfälle durch fehlerhafte Einsatzführung."

„Mir ist nichts passiert", gab Hammond zurück. Der Computer ließ sich nicht beirren. Hammond starrte auf die Milchglasscheibe direkt vor seinen Augen. Die Szene wurde für ihn wiederholt. Der Computer hatte den gesamten Einsatz gespeichert. Hammond sah sich den Film an, dann hob er die Schultern.

„Zwei Ausfälle!" wiederholte der Computer. „Mandy la Roccia und Robert Schirra . . ."

„Wer?" staunte Guy verdutzt.

„Robert Schirra, Histosoziologe im dritten RELAX-Jahr, auf individuelle Entscheidung vorübergehend . . ."

Die Stimme brach ab. Sie hörte mitten im Satz auf. Bunte

Lichtstreifen flackerten über die Milchglasscheibe. Ein, zwei Sekunden, dann war Schluß.

Guy Hammond starrte auf den Schirm. Er vergaß, den Mund zu schließen. Irgend etwas stimmte hier nicht. Er wußte nicht, was es war, aber das sah verdammt nach einem Auto-Breakdown aus! Der Computer hatte sich mitten in der Arbeit selbst korrigiert.

Guy wußte nicht, ob er weinen oder lachen sollte. So etwas war ihm noch nie passiert: ein Computer, der sich offensichtlich versprochen hatte!

„Er hat sich verplappert", stöhnte Hammond, und dann wurde sein Gesicht käseweiß. Ein kalter Schauer lief über seinen Rücken. Natürlich wußte er, daß im großen Elektronengehirn hinter der Trennwand nur ein Sperr-Relais eingesprungen war. Trotzdem wurde er das Gefühl nicht los, von einem großen Geheimnis den Schleier für einen winzigen Augenblick gelüftet zu haben.

Eine weiße Lampe an der Stirnwand der Kabine glühte matt und desinteressiert. Er konnte gehen. Der Fall war abgeschlossen. Kein Verhör, keine unangenehmen Fragen, keine Arbeitssperre!

Guy beeilte sich, so schnell wie möglich aus der Kabine zu kommen. Er schlug die Tür hinter sich zu. Dicke Schweißperlen glänzten auf seiner breiten Stirn. Das war noch einmal gutgegangen. Trotzdem hatte er plötzlich Angst. Er wußte nicht, was er eigentlich zu fürchten hatte. Der gerade noch verhinderte Fehler des Computers machte ihn mißtrauisch.

Guy Hammond war unsicher geworden. Leise ging er ein paar Schritte weiter. Er holte eine Vitaminzigarette aus seinem Overall. Seine Finger zitterten, als er sie anzündete.

DIE ROTE Sonne stand schräg hinter der aufglühenden Silhouette von New York. Der imposante Schattenriß der ungeheuren Häusermasse mit ihren filigranartigen Spitzen beeindruckte Robert Schirra immer wieder.

Er hockte auf einer gepolsterten Sitzbank an der luftdicht abgeschlossenen Veranda seines Apartments. Er hatte die Polarisationsfenster, die sich wie eine plattgedrückte Blase nach außen wölbten, auf klare Sicht geschaltet. Inzwischen fühlte er sich wieder einigermaßen fit. Fast zwei Stunden hatte er gebraucht, um die betäubende Wirkung der Pillen zu überwinden. Trotzdem wurde er seine Unruhe nicht mehr los. Er blickte auf das rote, bleischwere Wasser der Lower Bay. Die Ruine der Freiheitsstatue sah aus wie ein hohler Zahn.

Links von ihm waren die sechs anderen Türme. Sie waren in Form eines Dreiviertelkreises angelegt, jeder über zweihundert Meter hoch und konisch. Ein Ring aus stumpfen Zuckerhüten mit Spinnengeweben aus Versorgungsröhren dazwischen. Eine in sich abgeschlossene Stadt für sechzigtausend Menschen. Eine RELAX-Stadt, in der außer Roboteranlagen niemand arbeitete.

Robert Schirra blickte auf seine Armbanduhr. Es war ein Erbstück. Vor einer Stunde hätte er seinen Dienst antreten müssen. Er wußte kaum noch, seit wann er dieses Doppelleben führte. Bis zu diesem Tag hatte er geglaubt, die ideale Lösung gefunden zu haben. Er war ein anerkannter RELAX, der in regelmäßigen Abständen arbeitete. Ein Paradoxon, eine glatte Unmöglichkeit, doch Schirra hatte Wege gefunden, zwei Leben gleichzeitig zu führen. Er dachte an die vielen Tarnungen, die er benutzen mußte, wenn er wieder einmal die Identität wechselte. Der Übergang war schon immer die gefährlichste Phase gewesen. Solange er als RELAX galt, hatte er alle Annehmlichkeiten der Freizeitwelt zur Verfügung. Als ARBITER konnte er sich engagieren, arbeiten und so dem stumpfen Einerlei entfliehen.

Doch diesmal hatte es nicht geklappt!

Irgend etwas war dazwischengekommen. Er wußte noch nicht, was es war. Sosehr er sich auch anstrengte, er fand einfach keinen Fehler in seinem System aus Tarnungen und Vorsichtsmaßnahmen. Dabei hatte er alles so sorgfältig vorbereitet. In den Wochen, in denen er als ARBITER fühlte und handelte, hatte er sich Hilfsmittel und Werkzeuge hergestellt. Sollte das alles umsonst gewesen sein? Er konnte es nicht glauben.

Entschlossen ging er in sein Apartment zurück. Er zog sich

aus und stellte sich splitternackt in die Diagnosezelle neben dem Bad, schloß die Kontakte an und wartete. Eine automatische Schreibmaschine spuckte den zusammengefaßten Befund aus. Er war gesund und einsatzfähig.

Natürlich war das Risiko nach den Vorfällen dieses Tages erheblich gestiegen. Trotzdem ließ sich Schirra nicht von einem einmal gefaßten Beschluß abbringen. Er hatte vier Wochen Urlaub in der Welt der RELAX hinter sich. Er begann sich bereits zu langweilen. Für ihn bedeutete das, sich wieder mit nützlichen Dingen zu beschäftigen. Wenn es anders nicht ging, dann mußte er sich eben in seinem Apartment in einen ARBITER verwandeln. Er hatte sich bereits eine Möglichkeit ausgedacht, wie er ungesehen nach Queens kommen konnte. Normalerweise nahm er den einfacheren Weg über seine Zweitwohnung in Manhattan. Niemand kannte diese Zwischenstation. Es hatte lange gedauert, bis er sie erhielt. Doch heute war er gezwungen, die Identitätsmanipulation im Bereich der RELAX durchzuführen.

Er war bereit.

Sorgfältig füllte er eine Spritze mit bernsteinklarer Flüssigkeit. Er injizierte die Droge in die linke Armvene. Noch immer nackt setzte er sich in einen Sessel. Er hob den Mediahelm auf seinen Kopf und schirmte dadurch alle Einflüsse der Außenwelt ab. Nur die Augenschlitze blieben frei. Entschlossen rastete er das vorbereitete Kassettenprogramm auf dem letzten Kanal des Holographieschirms ein. Die Psychobeeinflussung veränderte seine Identität. Zusammen mit der Droge variierte sie seinen Charakter, gab seinem Persönlichkeitsmuster einen Drall. Langsam wich die Erinnerung an den anderen Robert Schirra ins Unterbewußtsein zurück.

Kaum meßbare Stromstöße in bestimmte Zonen von Schirras Gehirn stimulierten bisher ruhende Persönlichkeitsmerkmale. Während der Sturm der Empfindungen ihn überschwemmte, bäumte sich sein Körper auf.

Zu keiner Sekunde vergaß er, daß er Verbotenes tat. Auch als er vollkommen erschlafft in seinen Sessel zurückfiel, war ihm klar, in welcher Gefahr er sich befand. Er nahm den Mediahelm ab und legte ihn zur Seite. Vom Sessel aus beseitigte er die Spuren der verbotenen Manipulation. Mit halbgeschlossenen Augen betrachtete er sein Apartment. Es sah plötzlich kitschig und mit grellen Unsinnigkeiten überladen aus.

Er würde zehn Minuten brauchen, bis er sich die zweite Spritze geben konnte. Sie bewirkte, daß er den erreichten Identitätszustand für längere Zeit behielt. Er war müde, doch voller Energie raffte er sich auf und lief ins Schlafzimmer. Sein Kopf dröhnte noch. Angewidert schob er die bunten Kimonos, Umhänge und Mäntel zur Seite. Hinter seinen Perücken fand er den Schlüssel für den elektronisch abgeschirmten Tresor in der Wand. Selbst mit Sucherstrahlen konnte dieser Tresor nicht entdeckt werden. Ein winziger Generator sorgte für Interferenz.

Robert Schirra öffnete den Tresor. Er zog einen hellblauen Overall und einen Satz Unterwäsche hervor. Eine Minute später sah er aus wie ein ganz normaler ARBITER. Er kämmte sein ziemlich kurzes dunkelbraunes Haar zur Seite und verschloß den Tresor wieder. Den Schlüssel steckte er in eine Tasche seines Overalls. Dann bereitete er die letzte Spritze vor. Er hatte sie gerade angesetzt, als der Türrufer summte. Hastig warf er die Spritze in den Müllzerkleinerer und spülte nach. Er merkte nicht, daß sie noch halb voll gewesen war. Mit einem einzigen Satz war er am Speisenaufzug. Er zog sich an der Verkleidungsleiste hoch, stieß mit den Füßen die verchromte Klappe auf und ließ sich fallen. Sofort griff er nach den Magnetringen. Sie waren in Abständen von sechzig Zentimetern an der schmalen Röhre angebracht. Seine Handgriffe waren sicher und konzentriert. Er drückte die Klappe wieder zu und begann mit dem Abstieg. Wenn nicht gerade eine Platte mit Speisen geschossen kam, konnte er Glück haben. Er hatte rund hundert Meter Schacht unter sich.

Sein Fluchtweg war kompliziert, aber logisch. Da er jetzt wie ein ARBITER dachte, hatte er eine reelle Chance, den RELAX zu entkommen. RELAX konnten nicht wie ARBITER denken. Jedenfalls glaubte Schirra das . . .

Er hatte an alles gedacht und nur eine winzige Kleinigkeit vergessen: die Warnung des Mädchens!

ZEHN Meter hohe Glaswände schlossen den Dachgarten des Turms ein. Direkt davor blühten Geranien und Rotdornsträucher. In der Mitte des Dachgartens, von den Ausmaßen eines Fußballplatzes, befand sich ein runder Swimmingpool. Fast hundert Männer aller Altersstufen lagen in bequemen Liegen im Windschatten der Glaswände. In dieser Höhe gab es immer Wind.

Jonny Lime blickte zu den achteckig verknüpften Kuppelfäden hinauf. Vom Dachgarten aus waren sie gar nicht weit entfernt. Die untergehende Sonne strahlte das elektrostatisch aufgeladene Gitter blutrot an. Es sah aus wie ein grobmaschiges, gewölbtes Netz, das weit draußen im Atlantik das Meer berührte.

Das Klimanetz konnte so eingestellt werden, daß nur geringe Windmengen durch die großen Öffnungen kamen. Für Jonnys Geschmack war die Einstellung immer zu schwach. Er fröstelte und zog sich eine fast gewichtslose Decke über den Kopf. Seit Stunden wartete er auf seinen Vater. Er hatte einen festen Termin vereinbart, doch Big LL ließ sich nicht blicken.

Gelangweilt erhob sich Jonny Limes Nachbar. Er reckte sich, gähnte und schlenderte dann zum temperierten Schwimmbecken. Das Wasser war salzig und warm. Dennoch zuckte der junge Mann zurück. Er verzog das Gesicht und kam zurück.

„Kommst du heute abend mit ins Casino?" fragte er und blieb vor Jonny stehen.

„Wozu? Ohne richtige Einsätze macht es keinen Spaß."

„Wir könnten um Reisetage spielen."

„Du hast wohl gestern ein paar gewonnen, eh?"

„Kann sein", meinte Linn Ronning. Er hatte zusammen mit Jonny Lime studiert. Er blickte auf den Sohn des großen LL, dann lachte er leise. „Oder sollen wir uns zwei Mädchen zuweisen lassen, was meinst du?"

„Keine Lust. Gib dir keine Mühe, Linn. Alles, was mich heute abend interessiert, ist ein Gespräch mit meinem Vater."

Linn Ronning hob die Brauen. „Da wirst du lange warten

können, Jonny. Ich habe deinen Vater vorhin gesehen. Der vergnügt sich wahrscheinlich auf einer dieser stinklangweiligen Vorstandssitzungen."

„Wenigstens etwas", brummte Jonny Lime. „Vielleicht sollten wir auch einen Club gründen. Nur so – zur Beschäftigung."

„Club Nummer fünfzigtausend, was?" Linn Ronning schüttelte den Kopf.

Jonny wußte, daß er recht hatte.

„Was willst du denn von deinem Vater? Oder ist das eine Privatsache?"

„Robert Schirra von zwo-null-zwo ist dauernd unterwegs", antwortete der Sohn von Big LL.

„Sechs Wochen im Jahr", nickte Linn. „Vielleicht nimmt er seine Reisezeit in kleinen Portionen."

„Er nimmt mehr", behauptete Jonny. „Viel mehr, als ihm zusteht. Ich weiß es."

Linn Ronning dachte nach. Er trat von einem Fuß auf den anderen. Sie wohnten alle in der gleichen Etage, Sektion Aquarium Lane. Das war nach Nordosten hin. Linn kratzte sich am Kinn. Er biß auf seine Unterlippe, dann nickte er plötzlich.

„Stimmt", sagte er. „Ich habe eben mal nachgerechnet. Natürlich nur die Tage, von denen ich weiß, daß er nicht da war. Da kommt 'ne ganze Menge raus."

„Weißt du, was das heißt, Linn?"

„Schwer zu sagen. Vielleicht eine Ausnahmegenehmigung."

„Dann müßte mein Vater davon wissen."

„Ja, das müßte er", bestätigte Linn. Er setzte sich neben Jonny. Der Funke war übergesprungen. Seine Augen wirkten nicht mehr ganz so müde wie sonst.

„Wollen wir herausfinden, was dahintersteckt?" fragte er. Seine Stimme vibrierte.

„Bin schon dabei", meinte Jonny Lime grinsend. „Ist besser als Casino oder Mädchen, was?"

„Mann!" sagte Linn Ronning nur. Er rieb sich die Hände. „Los, komm! Das können wir uns nicht entgehen lassen."

Fast gleichzeitig sprangen sie auf.

DIE PLATTE kam wie ein Geschoß auf ihn zu. Robert Schirra hatte sie bereits gehört, als sie unten losfuhr. Er steckte noch immer im Schacht. Mit zusammengepreßten Lippen legte er eine Verbindungsleitung zwischen zwei Magnetklammern. Er wußte, daß er keinen zweiten Versuch hatte. Es mußte gleich klappen, sofort und auf Anhieb. Er spreizte die Beine und suchte mit den Füßen Halt auf einer der ringförmigen Magnetklammern. Blitzschnell schloß er den blanken Generator an die beiden blanken Enden des Drahtes an.

Die Speiseplatte kam immer näher. Orgelnd drückte sie die Luft an Schirra vorbei nach oben. Sein Overall flatterte. Er schloß den Kontakt. Der Draht verpuffte an beiden Anschlußstellen. Zwei gelbe Stichflammen blendeten Schirra. Gleichzeitig ging das Orgeln in ein flaches Säuseln über. Kaum zehn Meter unter ihm kam die Speiseplatte zum Stillstand. Plastikgläser klirrten, dann fiel die Platte zurück. Sie sauste ungebremst nach unten.

Schirra war nicht wohl bei dem Gedanken daran. So schnell wie möglich verstaute er den Generator in seinem Overall. Er stopfte den Draht hinterher und setzte den Abstieg fort. Zweimal rutschte er mit einem Fuß ab. Jedesmal brach ihm der kalte Schweiß aus allen Poren. Dann hörte er tief unter sich den Aufschlag. Es war nur ein leises, harmloses Klirren. Schirra schluckte. Allmählich entwickelte er ein brauchbares System für den Abstieg: linkes Bein runter, mit der rechten Hand festhalten, dann rechtes Bein noch eine Stufe tiefer und mit der linken Hand sichern. Eine gefährliche, aber schnelle Methode.

Immer wieder stieß er mit den Knien gegen die Magnetklammern. Er kümmerte sich nicht darum. Er wußte, daß in wenigen Minuten der Reparaturrobot von ganz oben kommen würde, um die beiden schadhaften Ringmagneten auszuwechseln. Sicherheitshalber würde die Reparaturmaschine den ganzen Schacht abfahren. Und er war unter ihr. Er konnte den gleichen Trick nicht zum zweitenmal anwenden, wenn er nicht zehn Zentner Metall auf den Kopf bekommen wollte.

Verbissen kletterte er weiter abwärts. Er hatte sich diesen Weg nicht derartig anstrengend vorgestellt. Hundert Meter mit

Stufen von sechzig Zentimeter Abstand! Er keuchte und schwitzte, doch dann sah er unter sich die Warnlampe vor dem Abfallschacht. Eine vollautomatische Pumpe drückte desinfiziertes Wasser durch einen Abfallzerkleinerer, der den doppelten Durchmesser des Schachtes hatte. Schirra atmete auf. Seine tastenden Füße erreichten den Trichterrand. Für einige Sekunden ruhte er sich aus. Seine Beine zittterten von der ungewohnten Anstrengung. Er nahm eine Handvoll Wasser und wischte sein Gesicht ab. Dann sah er sich um. Die Wartungstür hatte einen halbverrosteten, moosbedeckten Riegel. Hier begann die Welt der ARBITER, die er erreichen mußte. Er drückte mit dem Handballen gegen den Riegel, doch dieser bewegte sich nicht. In unregelmäßigen Abständen sprühte aus zwei Düsen eine Desinfektionslauge in den Schacht. Sie wirkte geruchsbindend und keimtötend. Die Düsen waren gelb von Chemikalien.

Im Halbdunkel versuchte Robert Schirra, den Riegel aufzustoßen. Er saß absolut fest. Besorgt holte er seinen Generator hervor. Er überprüfte die Spannung der Batterie. Für zehn Sekunden würde es reichen. Sorgfältig steckte er einen Schweißstift auf die Anschlußklemme des Generators. Er nahm den Draht und verband die zweite Klemme mit dem Riegel. Er setzte millimetergenau an den Halterungen des Riegels an und gab Strom. Ein gleißender Lichtbogen fraß sich durch das Metall. Schnell versuchte Schirra, auch die untere Befestigung zu zertrennen. Er schaffte es nicht ganz. Doch sofort nach dem Verlöschen der Flamme stieß er mit dem Schuh gegen den Riegel. Langsam und Stück für Stück bogen die Stöße das glühende Metall zur Seite.

Schirra stemmte sich mit der Schulter gegen die Wartungstür. Sein Gesicht wurde rot, dann gab das Schott nach. Um ein Haar wäre er abgerutscht. Seine Beine hingen im desinfizierten Wasser über der Pumpe, als er mit den Fingern Halt fand. Schirra stieß die Luft aus seinen angespannten Lungen. Er kroch durch die Tür und ließ sich fallen. Sein Gesicht lag im Schlamm. Er war dreißig Meter unter der Wasseroberfläche der Lower Bay in einem Wartungstunnel, der höchstens einmal im

Jahr benutzt wurde. Der Tunnel stand zehn Zentimeter unter Wasser. An der Oberseite der einen Meter hohen Röhre waren in Abständen von fünfzig Metern winzige Lichtpunkte angebracht. Schirra wußte, daß es keine Lampen waren, sondern Enden eines kilometerlangen Glasfaserstrangs, der irgendwo in Brooklyn an den gebündelten, glattgeschliffenen Enden mit einem starken Scheinwerfer bestrahlt wurde. Das war billiger als Hunderttausende von Einzellampen.

Er drückte die Wartungstür so weit wie möglich wieder zurück und begann zu kriechen. Dieser Teil seines Fluchtweges war noch unangenehmer als der Speiseschacht. Trotzdem hatte er keine andere Wahl. Er wollte leben und nicht als Märtyrer eines extremen Systems enden. Doch dann ging es plötzlich nicht weiter. Der Tunnel verbreiterte sich zu einem quadratischen Raum von vier Meter Seitenlänge. Von drei Seiten kamen insgesamt neun Tunnel in die Kammer. Die vierte Seite war durch eine stählerne Schleuse verschlossen.

Neun Möglichkeiten für Schirra, doch alle führten in die Welt der RELAX zurück. Erschöpft ließ er sich an einem eisernen Gitter auf einen Mauervorsprung hinab. Er setzte sich hin und starrte die Schleusenwand an.

Mit dieser Falle hatte er nicht gerechnet.

„SIE SIND zwar mein Stellvertreter, aber ich habe es bisher vermieden, Sie in alle Schwierigkeiten Ihrer Aufgabe einzuweihen", sagte der Boß der ARBITER ernst.

Guy Hammond lehnte sich zurück. Er hatte auf diesem Gespräch bestanden. Er glaubte, ein Recht auf die ganze Wahrheit zu haben.

„Die Sache mit dem Einsatzcomputer war natürlich eine dumme Panne", sagte der Boß. „Ich habe dafür gesorgt, daß derartige Dinge nicht wieder vorkommen."

„Aber warum konnte es passieren?" bohrte Hammond. „Warum hat mir der Computer die Antwort verweigert? Und was ist mit diesem Schirra? Ich muß Sie dringend um eine befriedigende Auskunft bitten, sonst . . ."

„Sonst, Guy?" fragte der Boß ruhig. Er sah ebenso klug wie

abgebrüht aus. Sein spartanisch eingerichtetes Büro im Zentrum von Queens täuschte. In Wirklichkeit war das Gebäude eine gepanzerte Festung. Niemand wußte das so gut wie Guy Hammond. Aber er wußte auch, daß Lester Steinberg auf verlorenem Posten kämpfte.

„Sonst werde ich bei der nächsten Generalversammlung für Ihre Absetzung stimmen. Zwei Millionen ARBITER stehen allein in Queens hinter mir, und ich . . ."

Der Boß lachte leise. Er blickte auf seine Fingernägel. „Sie sind neunundreißig, nicht wahr?"

„Was hat das damit zu tun?" fauchte Hammond.

„Nun, ich wollte Sie nur daran erinnern, daß Sie 1980 geboren sind. Damals war ich bereits zweiter Sekretär der UTU, der United Trade Union, wenn Ihnen das etwas sagt."

„Okay . . . Sie haben vielleicht vierzig Jahre Erfahrung mehr. Aber was heißt das schon? Vierzigmal die Erfahrung eines Jahres, ständig wiederholt. Erfahrung ist nichts, Sir. Der Mut zu –"

„Ich weiß!" unterbrach ihn der Boß. „Wegen dieser Einstellung habe ich Sie zu meinem Stellvertreter gewählt."

„Sie? Die Generalversammlung hat mich gewählt!"

„Sicher, aber der Computer untersteht meiner Kontrolle."

Sekundenlang sahen sich die beiden unterschiedlichen Männer an. Schließlich begriff Guy Hammond. „Soll das heißen, Sie haben die Wahl beeinflußt, Sir?"

„Natürlich! Und jetzt ist der Zeitpunkt gekommen, Ihnen meine Gründe zu erläutern, Guy."

Hammond starrte auf den Fußboden. Der Boß stand auf und ging zum Fenster. Er atmete mehrmals tief ein. Dann drehte er sich abrupt um.

„In spätestens fünfzig Jahren ist die Menschheit am Ende, Guy", sagte er. Seine Stimme klang brüchig.

Guy Hammond lächelte ungläubig. „Was heißt das – am Ende?" fragte er.

„Degeneriert, alberne Waschlappen, lächerliche Figuren ohne Daseinsberechtigung. Nur noch fähig, sich die gebratenen Tauben in den Mund fliegen zu lassen. Und warum, Guy? Denken Sie nach! Ich hoffe, Sie können es noch!"

Der Boß der ARBITER ging mit schleppenden Schritten zu seinem Schreibtisch. Er beugte sich über die staubig aussehende Kommunikationsanlage. Er drückte ein paar Tasten, legte Schalter und Hebel um, nickte und sprach halblaut Anweisungen in ein Mikrofon. Langsam drehte er sich wieder um und sah Guy Hammond an.

„Nur fünfundzwanzig von hundert Menschen arbeiten noch. In zehn Jahren werden es siebzehn Prozent sein, und in fünfzig Jahren wird niemand mehr einen Finger rühren . . ."

„Das heißt doch nur, daß in den nächsten Jahren die Arbeit noch mehr zum Privileg wird als bisher."

„Falsch, Guy. Absolut falsch! Ich hatte gedacht, Sie könnten die Anzeichen bereits richtig deuten. Noch ist die Arbeit ein Privileg, aber schon jetzt müssen wir uns gegen Dummheit, Engstirnigkeit und Sabotage aus Langeweile wehren. Denken Sie an Mandy la Roccia. Wir sagen, daß die RELAX wirtschaftlich nutzlos und deshalb eigentlich überflüssig sind."

„Parasiten!" Hammond nickte überzeugt.

„Mag sein, Guy. Aber wie sehen die RELAX uns? Haben Sie darüber schon einmal nachgedacht?"

„Ich weiß nicht recht. Einerseits sind sie neidisch auf unsere Arbeitsplätze. Andererseits behandeln sie uns wie Sklaven und stinkende Arbeitstiere."

„In einigen Jahren wird es zum offenen Krieg kommen", sagte der Boß der ARBITER. „Niemand kann diesen Krieg verhindern. Die ARBITER werden nach wie vor alles tun, um diese Welt zu erhalten. Doch die RELAX müssen eines Tages an ihrer Untätigkeit zerbrechen. Ein großer Teil wird dann bereits so degeneriert sein, daß er nur noch stumpf dahinvegetiert. Auch die besten Unterhaltungsprogramme können diese Entwicklung nicht verhindern."

„Und der andere Teil? Wie wollen diese RELAX etwas gegen das System unternehmen?"

„Ich weiß es nicht, Guy. Vielleicht entsteht eine neue Sportart: ARBITER-Jagd! Wir werden ihnen die Mittel liefern, mit denen sie uns bekämpfen. Eigentlich tun wir das heute schon."

Der alte Mann verharrte. Er dachte an jene Jahre zurück, in denen er so alt war wie sein Stellvertreter heute. „Sie haben die große Revolution nicht bewußt miterlebt, Guy. Das war schlimmer als Krieg. Damals fing es bei den Akademikern an. In der chemischen Industrie. Und bei den Computeringenieuren. Sie haben sich selbst arbeitslos gemacht. Durch ihre eigene Arbeit! Es klingt verrückt, aber es war so, Guy. Und dann begann der Guerillakampf um die verbleibenden Arbeitsplätze. Tag und Nacht, jeder gegen jeden. In allen hochindustrialisierten Ländern der Erde."

„Die Leute hätten andere Berufe ergreifen können!"

„Diplomchemiker als Friseure? Mathematiker als Taxifahrer? Manager als Feuerwehrmänner? Nein, Guy! Damals setzten die Konzerne Millionen an die Luft – Frührentner!"

„Wenn für den Lebensunterhalt gesorgt war – warum regten sich diese Leute dann auf?"

„Eben – wir hatten eine kurze Frist. Damals dachten wir, daß wir vielleicht zehn Jahre hätten. Aber es ging schneller. Schon nach fünf Jahren wollten die Milliarden Arbeitslosen wieder etwas tun. Irgend etwas. Die Konzerne stifteten riesige Freizeitprogramme. Sie taten es, um nicht unterzugehen. Sie gaben Geld aus. Mehr, als vorher an Löhnen und Gehältern gezahlt wurde. Damit erkauften sie sich die Ruhe."

„Na also", sagte Guy Hammond. „Damit war die Sache also geregelt."

„Im Gegenteil. Diese verdammte Regelung ist eine Zeitbombe. In dreihundert Jahren hätte es vielleicht geklappt. In dieser Zeit hätte sich die Menschheit auf ein Dasein ohne Arbeit einrichten können. Wir tun, was wir können, Guy. Wenn es sein muß, werde ich auch einen Krieg führen."

„Gegen die RELAX?"

„Gegen ein System, das seine eigene Krankheit nicht erkennt."

„Also gegen den Fortschritt der Menschheit."

„Fortschritt der Menschheit, Guy? Die Menschheit liegt faul in der Sonne und wirft höchstens mal Sand in das Getriebe, das sie versorgt. Noch sind es kleine Ausfälle. Wir können sie verkraften. Die RELAX wissen nicht, warum sie uns hassen, warum sie uns immer wieder bis aufs Messer bekämpfen."

„Sie verachten uns", sagte Hammond. „Für die RELAX sind wir eine Art lästiges, schmutziges Ungeziefer, weil wir arbeiten und die Dreckgeschäfte machen, für die diese Herren zu fein sind."

„Sie haben mich nicht verstanden, Guy. Vor einiger Zeit kam ein Mann zu mir, der etwas weiter dachte als seine Freunde."

„Robert Schirra?"

Der Boß ging nicht darauf ein. „Dieser Mann hatte zwei Möglichkeiten. Er wollte unbedingt etwas tun, dabei aber seinen RELAX-Status nicht aufgeben. Ich habe ihn rausgeworfen und dann beobachten lassen."

„Und?"

„Er hat es geschafft. Er blieb bei RELAX und hat seine überschüssige Energie in der Raumschiffwerft abreagiert."

„Aber, Sir, wenn Sie das wußten, warum haben Sie nicht eingegriffen? Ein RELAX hat keinen Anspruch auf einen Arbeitsplatz."

„Ich habe ihm einen geschaffen, weil ich sehen wollte, ob eine kleine Dosis Arbeit ausreicht, das System zu retten."

„Sie spielen ein gefährliches Spiel!" sagte Guy Hammond drohend. „Ich bin nicht sicher, ob ich Ihr in mich gesetztes Vertrauen rechtfertigen kann . . ."

„Das war nett gesagt, Guy! Aber Sie haben keine andere Chance. Tut mir leid, aber ich bin nun mal ein eiskalter Diktator. Sie können mich nicht verraten. Ich werde Ihnen auch sagen, warum Sie es nicht können!"

Guy Hammond starrte den Boß feindselig an. Er haßte ihn für seine Überlegenheit. Er hatte nicht gewußt, wie mächtig Lester Steinberg war. Jetzt sah er, daß der Boß der ARBITER sogar seinen eigenen Leuten die Arbeitsplätze wegnahm. In seinen Augen war das ein Verbrechen.

„Schon damals haben wir immer miteinander gesprochen", erinnerte sich Steinberg. „Die Konzerne konnten nicht an uns vorbei. Das ist heute nicht anders. Vor einer Stunde war Big LL bei mir . . ."

Guy Hammond wurde blaß. Das war unmöglich, vollkommen absurd. Das Wort Verrat schrie in Guy Hammond auf. Er ballte die Fäuste, wollte sich auf den Alten stürzen. Er starrte in die kleinen grauen Augen von Steinberg. Der Alte war vollkommen ruhig. Er stand auf und kam langsam um seinen Schreibtisch herum.

Jetzt stand er direkt vor Hammond.

„Sie werden mein Stellvertreter, Guy. Sie werden meine Arbeit fortführen, wenn . . ." Er lächelte, holte tief Luft, dann sagte er: „Wir haben uns geeinigt, Big LL und ich. Wir werden bei Schirra gemeinsame Sache machen. Natürlich werden weder die RELAX noch die ARBITER diese Entscheidung verstehen. Vielleicht halten auch Sie dieses Handeln für das größte Verbrechen an der Menschheit. Aber Sie sind mein Stellvertreter, Guy, und mein . . ."

Der Schlag traf den Alten an der Schläfe. Er schleuderte ihn bis zur Wand zurück. Lester Steinberg sackte in sich zusammen. In blinder Wut stürzte sich Hammond auf ihn. Er schüttelte den schwachen Körper des Alten. Der Boß öffnete die Augen, Blut schoß aus seiner Nase. Trotzdem lächelte er zufrieden.

„. . . und – mein Nachfolger!" krächzte er. Ein winziger Blutstropfen bildete sich in einem Augenwinkel. Wie eine rote Träne lief er über die schlaffen, faltigen Wangen.

Lester Steinberg war tot. Der neue Boß der ARBITER hieß Guy Hammond. Er hatte soeben seinen ersten Mord begangen.

ROSLYN PASCAL war sich ihrer Sonderstellung immer bewußt gewesen. Als zwölftes auf dem Mars geborenes Kind betrachtete sie die Vorgänge auf der Erde stets als etwas anderes als jene sieben Milliarden, die sich Terraner nannten. Von Kindheit an war das Mädchen an die entbehrungsreiche, kämpferische Lebensweise ihres wahren Heimatplaneten gewöhnt worden. Mit sechs Jahren hatte sie den Mars verlassen. Die Rückkehr zur Erde war für die Marskinder ein Geschenk, das die Terraner ihnen zur Jahreswende gemacht hatten. Seitdem hatte Roslyn Pascal den Mars nur als roten

Punkt am Abendhimmel gesehen. Sie war in die besten Schulen gegangen. Von Anfang an wurde sie als RELAX erzogen. Doch sie wehrte sich dagegen.

Ihre Seele hing noch immer am Mars, an den ersten Pionieren, an jenen Kolonisten, die zum Zeitpunkt ihrer Geburt erst vier Jahre unter der dicken gelbgrauen Plastikkuppel gelebt hatten. Natürlich wußte sie, daß die Marsbevölkerung in den neunzehn Jahren nach ihrer Rückkehr zur Erde auf vierundzwanzigtausend Einwohner angewachsen war. Trotzdem konnte sie auch jetzt nicht zurück. Die lange Reise war zu teuer.

Roslyn Pascal versuchte, die Erinnerung an die beiden letzten Stunden aus ihrem Hirn zu verdrängen. Sie hatte die drei RELAX gehindert, Robert Schirra umzubringen. Sie nahm an, daß sie einen der Freizeitler getötet hatte. Wenn es so war, mußte sie für einige Zeit untertauchen. Das war schlimm. Der Boß würde unzufrieden sein. Nicht umsonst hatte er sie ausgesucht, um Schirra ständig zu überwachen. Niemand wäre für diese Aufgabe besser geeignet gewesen. Als Marsianerin hatte sie nach langen Kämpfen eine Arbeitsstelle als Elektronikkontrolleurin in der nordamerikanischen Raumschiffwerft gefunden. Die Werft war draußen in Long Island. Nur neunzig ARBITER hatten dort eine Arbeitsstelle. Den Rest erledigten Vollautomaten und mobile Computereinheiten.

Roslyn verbrannte sich die Finger an einem selbstgebauten Kaffeefilter. Sie goß eine Tasse voll, rührte einen Löffel Milchpulver hinein und ging mit der Tasse zu einem kleinen Koffer aus Edelstahl. Sie klappte den Deckel auf und stellte die Tasse vorsichtig darauf ab.

Die Peilanlage arbeitete korrekt. Sie stellte drei Messungen an und übertrug das Ergebnis auf einen Gitternetzplan von New York. Verdutzt nahm Roslyn die Kaffeetasse. Diesmal verbrannte sie sich die Lippen. Hastig stellte sie die Tasse wieder ab. Sie überprüfte die Messungen. Aber das Ergebnis blieb gleich.

Robert Schirra war draußen im Meer, genauer: in der Lower Bay!

Eine seltsame Unruhe ergriff das Mädchen. Sie hatte auf ihn aufpassen sollen. Der Boß hatte sie angesetzt, um das Experiment Schirra so sicher wie nur irgend möglich durchzuführen. Und jetzt passierte ihr das! Doch plötzlich begriff sie. Im gleichen Augenblick mußte sie anerkennend lächeln. Dieser Schirra wurde ihr immer sympathischer!

Sie nahm einen zweiten Plan vom Bücherbord. Alle unter der Erde liegenden Verbindungswege waren in verwirrender Vielfalt darauf eingezeichnet. Es dauerte eine ganze Weile, bis sie die entsprechenden Zugänge für das Wartungssystem gefunden hatte, das bis zum Ringturm auf Coney Island führte. Sie klappte den Koffer zu. Sie konnte sich denken, was mit Schirra geschehen war. Natürlich hatte er versucht, doch noch zu seiner Arbeitsstelle zu kommen. Dabei war er auf den Ausweg verfallen, das Wartungssystem zu benutzen. Wahrscheinlich suchten die RELAX ihn bereits.

Roslyn Pascal hatte die RELAX inzwischen kennengelernt. Besonders die Angehörigen der Sicherheitsstaffel von Big LL waren nicht zu verachten. Auf der ganzen Erde gab es kaum Menschen mit stärkerem Aggressionstrieb. Big LL hatte seine Leute ständig unter Drogen. Alles, was an Feindseligkeit in ihnen steckte, wußte er für seine Zwecke zu nutzen.

Roslyn Pascal zog sich um. Sie mußte Schirra aus dem Wartungssystem holen. Außerdem wurden sie beide an ihren Arbeitsplätzen gebraucht. Sie wußte noch nicht, wie sie ihm ihr erneutes Auftauchen erklären sollte. Noch wußte außer Steinberg niemand etwas von ihrer Sonderaufgabe. Das Experiment Schirra war noch nicht abgeschlossen. Lange konnte es nicht mehr dauern, bis Big LL die Wahrheit erfuhr. Er war schon verdammt dicht dran!

Hastig verließ sie ihr Apartment in Queens.

„SIE WERDEN erwartet", sagte die Robotschaltanlage. Eine breite Tür glitt zur Seite. Über dicke Teppiche trat Jonny in das riesige Büro von Leonhard Lime.

Big LL war ein riesiger Fleischklumpen. Er wog mehr als drei Zentner und war zweihundert Zentimeter groß. Für alles brauchte er Extraanfertigungen. Selbst das große Büro wirkte ganz normal für einen Mann wie ihn.

„Was willst du?" fragte Leonhard Lime sofort.

„Ich habe eine Frage, Vater."

„Also los. Beeil dich. Ich habe viel zu tun."

„Schirra?"

Big LL reagierte wie eine Lokomotive, die langsam unter Dampf gesetzt wird. Zuerst schnaubte er nur. Dann bewegte er seine mächtigen Arme, und zum Schluß verwandelte er sich in einen explodierenden Vulkan. „Bist du von allen guten Geistern verlassen? Wer, zum Teufel, hat dir diesen Namen genannt?"

Jonny ließ sich nicht beeindrucken. Er tippte mit dem Zeigefinger gegen seine Stirn. „Das hier", sagte er.

„Was soll das heißen?" polterte Leonhard Lime.

„Ich habe nachgedacht."

„Aha, nachgedacht."

„Ja, Vater. Du bist doch der Chef der New Yorker RELAX."

„Stimmt."

„Da müßtest du doch auch wissen, wenn einer dieser RELAX ständig mehr Reisezeit beansprucht, als ihm zusteht."

„So, hast du das also gemerkt. Er wohnt in deiner Nähe, was?"

„Das weißt du so gut wie ich!"

„Na schön! Schirra reist eben mehr als du. Na und?"

„Es ist verboten! Wer gibt ihm die Gutscheine? Wer regelt die Reiseziele?"

„Er selbst, vermute ich. Und Gutscheine sind nicht allzuschwer zu fälschen."

„Du findest das also ganz normal!"

„Was willst du eigentlich, Jonny? Warum hältst du mich mit deinen dummen und sogar frechen Fragen auf?"

„Weil ich nachgedacht habe."

„Dieses Wort kommt ein bißchen zu oft in deinem Wortschatz vor, mein Junge. Du sollst dich amüsieren und nicht nachdenken. Dafür haben wir Computer. Die denken schneller, besser und logischer."

„Und sie stellen keine lästigen Fragen, stimmt's?"

Leonhard Lime lehnte sich in seinem schweren Sessel zurück. Er schob die Unterlippe vor, dann wischte er sich mit der Hand über den Mund. Er fixierte seinen einzigen Sohn wie eine Natter. Doch Jonny hielt dem Blick stand.

„Ich behaupte, daß dieses System eine verdammte Lüge ist. Und du bist der Chef. Du tust alles, um uns irrezuführen. Schirra, zum Beispiel. Warum darf er arbeiten?"

„Woher . . ."

Jonny lächelte. Es war ein Versuchsballon gewesen. Ein Volltreffer! Langsam, unendlich langsam ahnte er die Wahrheit.

„Wenn du es weißt, dann weiß es auch dein früherer Todfeind. Und wenn Lester Steinberg Schirra Arbeit gegeben hat, ist einer von euch beiden ein Verräter des Systems. Vielleicht sogar beide . . ."

Das war zuviel. Noch ehe Jonny irgend etwas unternehmen konnte, waren die Wächter über ihm. Sie packten ihn und hoben ihn aus dem Stuhl.

„Ich werde es in alle Welt hinausschreien!" brüllte Jonny Lime. „Mein Vater ist ein Verräter des Systems. Er macht gemeinsame Sache mit den ARBITERN . . ."

Sie hielten ihm den Mund zu. Er wehrte sich. Er würgte und tobte, als sie ihn durch den Korridor schleiften. Noch ehe sie draußen waren, war er still. Sie würden ihn behandeln. Kurz, schmerzlos und wirksam. Sie ahnten nicht, daß es für die Szene einen heimlichen Zeugen gab. Linn Ronning hatte zwar nicht viel gehört. Aber es reichte aus, um sofort zu verschwinden. So lange jedenfalls, bis sie Jonny ins Apartment zurückbrachten. Linn konnte sich denken, was sie mit ihm vorhatten. Er beeilte sich, um sofort die entsprechenden Gegenmittel zu besorgen.

„Das ist besser als Casino", freute er sich.

ER HATTE alles versucht. Die neun Tunnel führten in jene Welt zurück, die für ihn tabu war. Auch an der Schleuse gab es keine Ausweichmöglichkeiten. Immer wieder war Robert Schirra durch die Kammer gekrochen. Er hatte alle seine Hilfsmittel ausprobiert. Umsonst. Erschöpft warf er einen schweren

Schraubenschlüssel ins Wasser. Bis auf ein paar metallisch glänzende Schrammen hatte er nichts an der Schleuse ausrichten können. Der Stahl war stärker als er. Er hockte sich auf die feuchte Stufe an der Seitenwand. Mit dem Rücken lehnte er sich gegen das Gitter. Es kühlte den Rücken. Für zehn Minuten ließ er seine Gedanken unkontrolliert an alle noch so kleinen Möglichkeiten denken. Er fühlte sich wie in einem bösen Traum. Das Wasser gluckerte leise. Gedämpft kamen kaum wahrnehmbare Töne aus den neun Röhren. Es war so still, daß Schirra plötzlich Platzangst bekam. Er war gewöhnt, ständig von irgendwelchen Unterhaltungsprogrammen abgelenkt zu werden. Das alles gab es hier unten nicht.

Die Stille machte ihn fast wahnsinnig. Sie schmerzte in seinen Ohren. Er lauschte auf das dumpfe Pochen seines Blutes.

Lebendig begraben!

Schirra schüttelte sich. Er starrte ins Wasser. Gurgelnde Blasen brodelten jetzt an der Unterkante der Schleuse auf. Gebannt beobachtete er, daß der Wasserspiegel höher stieg. Jetzt bildeten sich kleine Strudel. Die Schleuse hatte sich um knapp fünf Grad geneigt. Schirra begriff plötzlich. Ein scharfer Wasserstrahl schoß unter seinen Beinen hindurch. Sofort griff er nach dem Gitter. Er zog sich hoch. Die Schleuse bewegte sich. Und dann stürzten mit ohrenbetäubendem Donnern gischtige Wassermassen in die Kammer.

Mit einem verzweifelten Aufschrei flüchtete sich Schirra bis zu den Röhren. In Sekunden war er völlig durchnäßt. Das Wasser spritzte kalt und salzig zu ihm hoch. Schon stand es meterhoch in der Kammer. Und es stieg weiter, während die Schleuse in der Deckenmauer verschwand.

Guy Hammond brauchte sehr lange, bis er begriffen hatte, was geschehen war. Er hatte Lester Steinberg umgebracht – den großen Lester Steinberg. Er hatte nicht gewußt, wie einfach es war, einen Menschen zu töten.

Wie gelähmt starrte er auf den schlaffen, leblosen Körper. Ganz langsam dämmerte ihm, daß mit Steinberg eine ganze Epoche gestorben war. Er, Guy Hammond, gehörte zu einem neuen Menschentypus. Er war im System der ARBITER aufgewachsen. Für ihn war die Einteilung in ARBITER und RELAX bisher selbstverständlich gewesen. Weil er es nicht anders kannte. Aber Steinberg hatte miterlebt, wie es dazu gekommen war. Er war dabeigewesen, hatte gekämpft und zuletzt verloren. Vielleicht hatte er aufgegeben, als ihm klar wurde, daß er das Rad der Geschichte nicht aufhalten konnte. Vielleicht hatte er aus den gleichen Gründen seine Macht und die Last seines Erbes an den Jüngeren abtreten wollen.

Hammond ballte die Fäuste. Er betrachtete sie wie fremdartige Lebewesen. Mit diesen Fäusten hatte er ein Idol zerstört, eine kostbare Legende beseitigt. Er schüttelte sich.

Nacht senkte sich über New York. Hammond stand im Halbdunkel. Bei Steinberg gab es noch keine automatischen Zellen, die bei Einbruch der Dunkelheit künstliche Lichtquellen einschalteten. Es war, als würde der große alte Mann noch nach seinem Tode einen ganz bestimmten Einfluß ausüben wollen.

Langsam zog Hammond den toten Körper zur Seite. Die Hand Steinbergs öffnete sich. Ein silbern glänzender Schlüssel fiel auf den nackten Boden. Hammond hob ihn auf. Ein merkwürdiger Verdacht keimte in ihm auf. Wie, wenn Steinberg seinen Tod gewollt hatte . . .

Hammond ließ sich aufstöhnend in den unbequemen Sessel fallen. Er versuchte, sich an das letzte Gespräch zu erinnern. Es gab keinen Zweifel: Steinberg hatte ihn absichtlich und nach einem geschickten Plan herausgefordert. Er hatte ihn gereizt und bis zum Kurzschluß getrieben!

Warum?

Der Schlüssel in Hammonds Faust brannte. Er öffnete die Hand und schrak zurück. Mit einer kurzen Reflexbewegung schleuderte er den Schlüssel auf die Schreibtischplatte. Ein kaltes, flimmerndes Leuchten ging von dem Metall aus. Hammonds Augen quollen fast aus ihren Höhlen. Ruckartig stieß er den Sessel zurück. Er hob die Arme wie zur Verteidigung, stolperte zurück und blieb keuchend unter dem Fenster stehen. Das Blut hämmerte in seinen Schläfen. Sein Hals war trocken und rauh.

Hastig riß er das Strahlendosimeter aus der Brusttasche seines gelben Overalls. Er konnte es kaum halten. Die längliche Schatulle mit den drei Kontrollstreifen hatte an der Vorderseite drei feine, gläserne Punkte.

Hammond riß den ersten Streifen heraus. Er war schwarz. Der zweite Streifen hatte sich bis zur Mitte verfärbt. Damit war die tödliche Dosis überschritten.

Plötzlich lachte Hammond. Der alte Fuchs hatte ihn noch nach seinem Tode reingelegt. Er mußte gewußt haben, daß Hammond den Schlüssel aufnehmen würde. Jetzt war er gezwungen, in der Festung zu bleiben. Keine Kontrolle würde Hammond passieren lassen. Er war radioaktiv verseucht, und das in einer Weise, die sofortige Gegenmaßnahmen erforderlich machte.

Fast automatisch nickte Hammond. Er preßte die Zähne zusammen. Stück um Stück begriff er, was der Alte geplant hatte. Er, Guy Hammond, sollte sein Nachfolger werden. Wahrscheinlich hatte Steinberg gewußt, daß er Hammond dazu zwingen mußte. Er hatte ihn lahmgelegt, in der Zentrale gefangen.

Hammond merkte nicht, wie die Zeit verrann. Er spürte auch nicht, wie er sich innerlich veränderte. In diesen Minuten wurde er reifer und älter. Er hatte einen Menschen getötet und war jetzt selbst zum Tode verurteilt. Alles, was vorher gewesen war, verlor an Bedeutung. Unendlich langsam gewann Hammond einen gewissen Abstand zu seinem früheren Leben.

Immer wieder starrte er auf den Schlüssel. Die Dunkelheit und die Stille ließen ihn klarer denken. Zum erstenmal in seinem Leben zog er ganz bewußt Bilanz. Er spürte die Einsamkeit, die über diesem nüchternen Büro lag. Es war die Einsamkeit aller großen Menschen, die über Millionen entscheiden mußten. Die Kälte der Macht ließ Hammond erschauern. In diesen Minuten kam das Bewußtsein einer neuen Verantwortung über ihn. Jetzt, nachdem der Boß der ARBITER nicht mehr war, mußte er alles tun, um aus der Situation keine Krise entstehen zu lassen. Er fragte sich, wie die ARBITER auf die Nachricht vom Ableben ihres Bosses reagieren würden.

Er dachte lange nach. Vielleicht war es besser, den Tod Steinbergs überhaupt nicht nach draußen sickern zu lassen. Und die RELAX? Was würde Big LL unternehmen? Wieder fiel sein Blick auf den Schlüssel. Er stand auf und begann das Zimmer gründlich zu durchsuchen. Bereits nach fünf Minuten entdeckte er den Tresor. Er war hinter der Projektionswand verborgen. Nur eins gelang ihm nicht: Er konnte kein Licht machen. Nur der Widerschein von Millionen Lichtern der Stadt erhellte schwach das Büro.

Hammond zögerte noch. Dann sah er den Schlüsselkasten. Er lag in der halbaufgezogenen Schublade von Steinbergs Schreibtisch. Hammond hob ihn an. Der Kasten war aus Blei und hatte an der Vorderseite Magnetklammern. Er versuchte, den leuchtenden Schlüssel aufzunehmen. Es gelang ihm auf Anhieb. So also hatte Steinberg trotz der Radioaktivität des Schlüssels seinen Tresor geöffnet.

Hammond versuchte es. Eine fast achtzig Zentimeter dicke Tür schwang lautlos auf. Kaltes weißes Licht tauchte das kärgliche Büro in gleißende Helligkeit. Hammond hob die Hand vor die Augen.

Lange Reihen mit Mikrofilmspeichern standen in den untersten Fächern des Tresors. Im obersten, fast einen Kubikmeter großen Fach lagen nur zwei Gegenstände: ein abgeschabtes, in graues Leinen eingebundenes Heft und ein merkwürdiges Gerät mit winzigen Kontakten, gleißenden Kristallen und klobig wirkenden Metallklumpen.

Hammond hob die Brauen. Er starrte auf das Gerät. Irgendwie erinnerte es ihn an ein uraltes Fernsehgerät ohne Bildröhre. Er tippte mit den Fingern gegen einen der Metallklumpen. Das Gerät bewegte sich nicht. Hammond war ausgebildeter Techniker, doch er hatte nicht die geringste Ahnung, in welche Kategorie er dieses Gerät einordnen sollte. Er nahm das graue Heft und ließ den Tresor offen. Als er zum Schreibtisch ging, sah er wieder den Toten. Die Schatten zeichneten ein zufriedenes Lächeln auf das eingefallene Gesicht von Lester Steinberg.

Vorsichtig ging Hammond um den Körper herum. Es war, als

lebte Steinberg noch. Hammond öffnete das Heft. Es enthielt eine genaue Regieanweisung für den neuen Boß der ARBITER.

„Nun haben Sie mich also getötet, Guy", las Hammond mit halblauter Stimme. „Sie mußten es tun, damit Sie bei Ihrer zukünftigen Arbeit nicht durch Skrupel gehemmt werden. Vielleicht verstehen Sie mich schon jetzt. Wenn nicht, dann vergessen Sie nicht, daß Sie eine Woche Zeit haben, um sich an Ihre neue Aufgabe zu gewöhnen. So lange dauert es nämlich, bis Sie wissen, ob das Gegenmittel – es steht in meinem Schreibtisch – die radioaktive Verseuchung Ihres Körpers aufhalten kann. In dieser Zeit werden Sie alles erfahren, was Sie wissen müssen . . ."

Hammond ließ das Heft fallen. Er zog die Schreibtischschubladen nacheinander auf. In der untersten fand er die Spritze.

„Langsam in die linke Vene, Guy!" las er. Der verdammte Kerl hatte aber auch alles vorbereitet. Hammond wurde von einer seltsamen Ehrfurcht ergriffen. Fast bedauerte er, daß er dem Alten so exakt in seiner Planung gefolgt war.

Aber es war geschehen. Der neue Boß der ARBITER trat das Erbe an. Er legte die Spritze zurück und nahm das graue Heft wieder auf. Aus Versehen erwischte er die letzte Seite zuerst. Er starrte auf die zittrige Skizze des Gerätes.

„Licht minus ein Prozent", las er. Und dann wußte er plötzlich, welchen Verwendungszweck das Gerät im Tresor hatte. Seine Nackenhaare sträubten sich. Das hatte er nicht in seinen kühnsten Vorstellungen erwartet.

Und draußen flogen sie mit lahmen Flüssigkeitstriebwerken monatelang von Stern zu Stern . . .

ALS IHM das Wasser bis zum Hals stand, hörte der ständige Strom auf. Schirra versuchte zu schwimmen. Er stieß immer wieder mit dem Kopf gegen die tropfende Decke der Kammer. Längst war der Luftvorrat durch die neun Röhren entwichen. Er versuchte, den verbliebenen Vorrat zu errechnen. Ersticken oder ertrinken – diese Frage war jetzt wichtiger als alles andere.

Und dann sah er plötzlich den Kopf mit der Maske. Ihr blondes Haar schwamm an der Wasseroberfläche. Sie tauchte auf, zog die Maske zur Seite und lachte. „Hallo, Robby! Hat's lange gedauert?"

Er schluckte eine Menge Wasser vor Schreck. Roslyn Pascal reichte ihm eine Maske mit einem kleinen Sauerstofftank. Er legte sie an und sog den frischen Sauerstoff tief in seine Lungen. Es wurde ihm etwas schwindelig dabei. Dann hatte er sich gefangen. Sie winkte ihm. Er versuchte, dicht hinter ihr zu bleiben. Während sie durch den breiten Tunnel hinter der Schleuse schwammen, kam Schirra mehr und mehr zu der Überzeugung, daß dieses Mädchen eine Art Schutzengel für ihn war. Noch gab es zu viele offene Fragen. Auf jeden Fall stand sie ihm bei, ganz gleich, was ihre Motive auch sein mochten. Bisher hatte ihm niemand geholfen. Er war immer allein gewesen. Das Gefühl, einen Menschen zu haben, auf den er sich verlassen konnte, war eine ganz neue Entdeckung.

Nach zehn Minuten stieg der Tunnel leicht an. Schirra merkte es am fallenden Wasserspiegel. Nach weiteren fünf Minuten konnten sie bereits gehen.

Und dann erreichten sie den senkrechten Schacht. Sie nahmen die Masken ab. Roslyn Pascal schüttelte das nasse Haar zurück. Ihr gebräuntes Gesicht war unter dem Endstück eines breiten Glasfaserlichtpunktes deutlich zu erkennen.

„Danke!" sagte Robert.

Sie lächelte. „Danken Sie nicht mir, sondern Ihrem Gönner!"

Schirra wunderte sich. Sollte er noch einen zweiten Freund haben? Er dachte an die RELAX, die mit ihm in der gleichen Sektion wohnten. Dann verwarf er diesen Gedanken wieder. Er kam nicht darauf, wen sie meinen könnte.

„Wer sind Sie?" fragte er. Er erinnerte sich, daß er diese Frage schon einmal gestellt hatte. Damals hatte er nur ihren Namen erfahren.

„Ich arbeite in der Werft. Es ist nicht gerade ein Kompliment, wenn Sie mich dort noch nicht bemerkt haben. Schließlich sind wir nur neunzig . . ."

Er schüttelte den Kopf. Das Schwimmen hatte ihn angestrengt. Er blickte sie wieder an. Sie hatte relativ hohe

Wangenknochen. Ihr Gesicht war klein und sehr zart modelliert. Trotzdem kam es ihm fremd vor.

„Haben Sie noch nie von den Marsmädchen gehört?" fragte sie mit einem kleinen Lächeln.

Er nickte. „Doch – ich glaube, es gibt nur ein paar Marsmädchen auf der Erde. Vor vielen Jahren habe ich einmal Bilder gesehen."

„Ich bin ein Marsmädchen. In den ersten Jahren wurden nur Mädchen auf dem Mars geboren. Eine Art natürlicher Ausgleich. Wir kamen zur Erde, weil die Terraner der Marskolonie ein Geschenk machen wollten. Damals waren wir neunundzwanzig. Schon im ersten Jahr starben sechs. Und heute – ich bin das letzte der Marskinder von damals . . ."

Sie spielte mit der linken Hand im Wasser und blickte nach unten. Schirra schluckte. Eine grenzenlose Traurigkeit war in ihrer Stimme. Er hatte sich nie Gedanken um das Schicksal der Marskinder gemacht. Es war so lange her. Neunzehn Jahre. Er war zwölf gewesen, als die Mädchen mit großem Rummel auf der Erde herumgezeigt worden waren. Nach ein paar Monaten hatte sich die Begeisterung gelegt. Und jetzt saß er neben dem letzten Mädchen in einem stinkenden Schacht irgendwo unter den Wolkenkratzern von Manhattan.

„Warum helfen Sie mir?"

Es war eine einfache, aber wichtige Frage.

„Weil Sie vor den RELAX auf der Flucht sind", antwortete sie. Sie stand auf und begann, die steile Treppe hinaufzusteigen. Schirra folgte ihr. Sie schien sich auszukennen.

„Alle ARBITER müssen sich vor den RELAX in acht nehmen", sagte er zu ihrem Rücken.

Sie blieb nicht stehen, als sie antwortete. „Aber Sie sind ein RELAX und kein ARBITER. Das ist der entscheidende Unterschied."

„Ich werde nicht zurückkehren!"

Diesmal blieb sie stehen. Sie sah ihn von oben herab an. „Warten wir's ab!"

Schirra beschäftigte sich mit dieser unklaren Auskunft, während sie weitergingen. Sie erreichten eine neue Schleuse.

Roslyn konnte das Schott öffnen. Sie hatte einen Schlüssel. Die Gänge wurden sauberer und bequemer. Nach einigen Treppen, Stegen und kurzen Tunneln kamen sie in eine hellgekachelte Halle. Ein regulierter Fluß aus Schmutzwasser donnerte mit hoher Geschwindigkeit unter ihren Füßen entlang. Desinfektionsdüsen versprühten pausenlos milchige Nebel.

„Wo sind wir jetzt?" brüllte Schirra durch den Lärm. Sie deutete an seiner linken Schulter vorbei und beugte sich zu ihm.

„Zwanzig Meter unter dem Brooklyn Battery Tunnel. Wir steigen im unteren Manhattan aus, sobald . . ."

Sie griff nach seinem Arm.

„Schnell – weg hier! ARBITER!"

Schirra zuckte zusammen. Auf der anderen Seite der Halle stiegen drei Männer in schwarzen Overalls über eine glänzende Metallstiege nach unten. Schirra duckte sich. Er preßte sich gegen ein dröhnendes Fallrohr. Die Männer holten eine Art verglastes Unterseeboot aus einem Parkschacht. Sie stiegen ein und verriegelten die durchsichtige Kuppel. Zwei starke Scheinwerfer flammten auf. In Sekundenschnelle begann das acht Meter lange Boot zu sinken. Das diffuse Licht der Scheinwerfer flimmerte im Wasser des künstlichen Flusses.

„Chemische Kontrolle!" rief Roslyn. Der verwaschene Lichtkreis zog schnell an ihnen vorbei. Roslyn Pascal gab Schirra einen Stoß in den Rücken. Er rannte los. Der feuchte Overall klebte an seinem Körper. Seine Füße platschten über die blitzsauberen Kacheln und hinterließen schmutzigfeuchte Spuren.

Roslyn Pascal überholte ihn. Sie zeigte auf eine glänzende Schiene. Vier Kapseln standen säuberlich aufgereiht vor einem Prellbock. Selbst die unterirdische Stadt war perfekt ausgerüstet. So schnell wie möglich stiegen sie ein. Roslyn übernahm die Pilotenrolle. Sie klappten den Plastikdeckel zu. Das durchsichtige Ei dämpfte den Lärm in der Halle. Leise summten die Generatoren auf. Aufatmend lehnte sich Schirra zurück. Jetzt konnte eigentlich nicht mehr viel passieren. Trotzdem wollte er im Augenblick weder ARBITER noch RELAX sehen.

Die Kapsel ruckte an. Mit zitternden Kontrollnadeln jagte das plumpe Geschoß über die Führungsschiene. Weit voraus glaubte Schirra ein Licht zu sehen. Der enge Tunnel war kaum erleuchtet. Nur die hellen Ringe der Frontlampe erhellten ihn.

Mit hoher Geschwindigkeit näherten sie sich einer automatischen Weiche. Der Bremsvorgang setzte urplötzlich ein. Mit einem scharfen Ruck blieb die Kapsel stehen. Schirra flog nach vorn. Er hatte sich nicht angeschnallt. Mit dem Kopf stieß er gegen die Sitzverschalung des Pilotensessels. Bunte Sterne tanzten vor seinen Augen. Fluchend richtete er sich auf. Seine Finger tasteten vorsichtig über die Platzwunde an der Stirn.

„Gehen Sie in Deckung!" schrie ihn Roslyn an. Das Marsmädchen konnte ziemlich ungemütlich werden. Protestierend, aber mit einem leichten Grinsen duckte sich Schirra.

Im gleichen Augenblick sauste eine andere Kapsel an ihnen vorbei. Noch ehe Schirra begriffen hatte, setzte sich ihre eigene Kapsel wieder in Bewegung. Sie rumpelte über die Weiche und nahm wieder Fahrt auf.

„Wenn das Steinberg erfährt, schickt er mich in die Wüste", murmelte das Mädchen. „Zwei Fastbegegnungen sind einfach zuviel . . ."

Schirra starrte auf ihre blonden Nackenhaare. Ihr schmaler, sehniger Hals bewegte sich nicht. Jetzt wußte er, in wessen Auftrag sie arbeitete. Schlagartig erkannte er, welche Konsequenzen diese Entdeckung haben mußte. Offensichtlich hatte ihm Steinberg bereits zweimal einen Schutzengel geschickt. Hieß das, daß Steinberg damit einverstanden war? Einverstanden mit dem Verbrechen, RELAX und ARBITER gleichzeitig zu sein?

Schirra verkroch sich instinktiv in seinem Andrucksessel. Selbst das blonde Haar des Marsmädchens erschien ihm plötzlich als Bedrohung. Am liebsten wäre er weggelaufen. Weit weg von allen Systemen, die vorschrieben, was gut und was böse war. Er wollte sich nicht mehr diktieren lassen, was er zu denken und zu fühlen hatte.

DAS HILFLOSE Bündel Mensch konnte nur noch lallen. Wie eine Gummipuppe ohne eigenen Willen stießen sie Jonny Lime in sein Apartment. Eine kurze Behandlung hatte genügt!

Gehirnwäsche! Perfekt, herzlos, notwendig. Angeordnet von seinem eigenen Vater, Big Leonhard Lime. Jonny würde keine gefährlichen Fragen mehr stellen. Die Sache war repariert und erledigt. Schwamm drüber!

Bis Mitternacht lag Jonny Lime in todesähnlichem Schlaf. Selbst sein Unterbewußtsein arbeitete nicht. Sie hatten tief in seine Persönlichkeit eingegriffen und ein paar Schräubchen fester gedreht. Zwei Tage lang würde er Kopfschmerzen haben. Wenn die mikroskopisch kleinen Narben an den Neuronenenden in seinem Hirn verheilt waren, würde Jonny Lime sich an nichts mehr erinnern.

Die Methode war erprobt und zu neunundneunzig Prozent sicher. Ganz konnte sie nicht schematisiert werden. Die Landkarte des Unterbewußtseins war von Mensch zu Mensch unterschiedlich. Winzige Abweichungen, individuelle Verlagerungen und die fehlende letzte Sicherheit entschieden in jedem einzelnen Fall über das Ergebnis. Nur Eingeweihte wußten, wie viele RELAX auf diese Weise frühzeitig zu einer Totalrente gekommen waren. Endstation Wahnsinn!

Jonny Lime wachte früher auf, als vorgesehen war. Mit stumpfem, leblosem Blick starrte er auf das Gewebe des Teppichs. Fast anderthalb Stunden bewegte er sich nicht, obwohl er wach war. Er versuchte, seine Identität wiederzufinden. Aber die Grundlage fehlte ihm einfach. Er wußte nicht, wer er war. Er hatte es vergessen. Langsam kroch die Angst durch sein angeschlagenes Bewußtsein. Und mit ihr der Haß, dieser kalte, unbarmherzige Haß gegen sich selbst. Wenn es allein mit Gedanken möglich gewesen wäre – er hätte sich augenblicklich zerfleischt! Doch so suchte sein Haß ein Ventil. Er brauchte ein Ziel, einen Namen . . .

Jonny Lime bewegte die Lippen. Schaum stand in seinen Mundwinkeln, wurde gelb und trocken. Er war wie ein Tier. Sein Körper litt unter der verzweifelten Überbelastung seines gestörten Geistes. Und dann hatte er es geschafft. Vollkommen klar und deutlich stand der Name vor ihm. Er haßte ihn. Er würde alles tun, um den Träger dieses Namens zu vernichten. Niemand hatte dieses Resultat beabsichtigt.

Jonny Lime wußte, daß er vorsichtig sein mußte. Er durfte sich nicht verraten, wenn sein Haß das Ziel finden wollte. Sie hatten versucht, ihm eine stumpfe Zufriedenheit einzupflanzen. Das Gegenteil war eingetreten. Stärker, viel stärker als vorher bohrte in Jonny Lime der Verrat seines Vaters. Gleichzeitig wurde ihm klar, daß er gegen seinen Vater nicht ankam. Aber es gab einen Ausweg. Er konnte die Pläne seines Vaters durchkreuzen.

Vorsichtig leckte er sich über die aufgesprungenen Lippen. Wenn er sich an Leonhard Lime nicht rächen konnte, dann an diesem Schützling von Big LL. Er wußte, daß er Millionen von RELAX auf seiner Seite hatte. Was ihm vorher nie in den Sinn gekommen wäre – jetzt sah er es als seine Aufgabe an: Er würde Big LL stürzen, die Verräter vernichten und die RELAX in ein neues Zeitalter ohne ARBITER führen!

Mit einem Aufstöhnen schlief er ein. Seine Erschöpfung war zu groß. Doch er vergaß nichts von seinem neuen, großen Ziel.

MIT ETWA drei Stunden Verspätung erreichte Schirra seinen Arbeitsplatz. Er lag außerhalb der riesigen Plastikkuppel aus elektrostatisch aufgeladenen Gitternetzen. Die Kuppelfäden reichten am Rande des Testfeldes bis fast auf den Boden. Niemand wußte, warum die Kuppel damals nicht bis nach Long Island ausgedehnt worden war. Als sie gebaut wurde, gab es den Raumhafen noch nicht. Er war erst später entstanden – nach der großen Katastrophe in der Cocoa Beach. Zehn Jahre nach der Einführung von Laserstrahlen für die Weltraumkommunikation hatte ein zu Versuchszwecken gestartetes Ionentriebwerk seine nukleare Energie über Cape Kennedy entfesselt. Von diesem Zeitpunkt an war der Ruhm Floridas verblaßt. Auch weitere Versuche mit atomar angetriebenen Raumschiffen waren endgültig eingestellt worden.

Die neue Raumwerft auf Long Island war in aller Stille entstanden. Wenn auch nach und nach von hier aus immer neue Raumrekorde aufgestellt worden waren – sie konnten nicht mehr mit dem Interesse der Menschen rechnen. Die Eroberung des Weltalls war nie über den Asteroidengürtel hinausgekommen. Nur der Mars galt als kleiner, wenn auch belangloser Erfolg. Sie hatten ihn besiedelt und – vergessen!

Die ARBITER hielten den Kontakt. Frachtschiffe versorgten den Mars mit Blumensamen, Whisky und Maschinen. Die Marskolonie lieferte Rohdiamanten, dressierte Schildkröten für die Unterwasserfarmen der Erde und – Pläne für neue Raumantriebe . . .

Schirra hatte nie erfahren, daß es sogar eine Art Raumpolizei gab. Sie bestand ausschließlich aus Kolonisten des Mars. Natürlich hatten sowohl die RELAX als auch die ARBITER eine ganze Anzahl von einsatzbereiten Raumschiffen aller Größen. Viele RELAX nahmen ihre Reisezeit auf dem Mond, während die ARBITER kleine Raketen mit Flüssigkeitstriebwerken benutzten, um den Marsschiffen entgegenzufliegen. Tag und Nacht wurden in der Raumwerft Long Island Postraketen, Unterseefrachter und bullige Rangier-Raumer gebaut. Marsianer kamen zur Inspektion, und einflußreiche RELAX ließen die Luxusjachten der Aufsichtsratsmitglieder mit immer neuen Finessen versehen.

Robert Schirra hatte sich von Roslyn Pascal getrennt. Er wollte nicht, daß sie zusammen gesehen wurden. Er mußte sich erst an den Gedanken gewöhnen, daß Boß Steinberg alles über ihn wußte. Dadurch hatte sich seine Einstellung zu seinem Job stark verändert. Er hatte arbeiten wollen. Jetzt wußte er, daß er niemals für voll genommen worden war. Sie hatten ihm eine Arbeit zugeteilt, als wäre er ein echter ARBITER. Wahrscheinlich wußte nicht einmal der Einsatzcomputer, daß Steinberg für Schirra alle Schwierigkeiten aus dem Weg geräumt hatte. Es war deprimierend für ihn. Er hatte stets geglaubt, allein durch seine Findigkeit zu seinem Doppelleben gekommen zu sein.

Langsam schlenderte er unter den großen Flutlichtern über den weiten Platz. Zwei Kilometer weiter heulte ein Raketentriebwerk in einer Schallkammer auf. Gelbe Flammen loderten zum Nachthimmel. In New York war der Krach nicht mehr zu hören. Er wurde durch ein kompliziertes System von Schallfängern abgeschirmt.

Schirra hatte sich in seiner Kabine umgezogen. Er trug einen neuen hellblauen Overall und einen schmalen Kasten mit einer Lochplatte. Fünf Drähte mit blanken Stöpseln hingen an der Seite heraus. Seine Arbeit war einfach und dennoch nicht ohne Verantwortung. Wenn die automatischen Testgeräte die elektronischen Systeme von Raumschiffen überprüft hatten, mußte er durch Stichproben und willkürliche Überbelastungen das letzte Quentchen Sicherheit garantieren.

Als RELAX hatte er niemals ein Raumschiff von innen gesehen. Er war nicht daran interessiert gewesen. Inzwischen kannte er eine ganze Reihe von Modellen und Baumustern.

Diesmal war ein dickbauchiger, etwas veralteter Marsfrachter an der Reihe. Er war bereits voll beladen. Schirra ging über die Rampe. Er kümmerte sich nicht um das Dutzend Kontrolleure, die ähnliche Arbeiten verrichteten wie er. Wahrscheinlich machten sie sogar absolut gleiche Tests. Doppelt, dreifach, dutzendfach! Er strich über das kühle Metall an der Luftschleuse. Unwillkürlich blickte er nach oben. Er konnte die Sterne nicht sehen. Die hohen Masten mit den Flutlichtern überstrahlten sie. Langsam ging er weiter. Er hatte eine Menge Zeit versäumt. Er glaubte nicht mehr, daß es wichtig war. Wenn Steinberg ihn aus unerfindlichen Gründen schützte, konnte ihm nichts passieren.

Und plötzlich war das Gefühl der Sinnlosigkeit wieder in ihm. Er kannte es aus seiner RELAX-Zeit. Erschrocken blieb er stehen. Was er tat, hatte keinen Zweck. Es war absolut überflüssig! Aber er wollte keine Beschäftigungstherapie! Er wollte echte, sinnvolle Arbeit. Angewidert starrte er auf den Kasten mit der Lochplatte.

„Alles Unsinn!“ sagte er bitter. Er war kein ARBITER.

Im gleichen Augenblick fiel ihm ein, daß er sich die letzte Spritze nicht korrekt gegeben hatte. Die Droge für die Persönlichkeitsveränderung verlor ihre Wirkung. Sie war nicht von Dauer. Er stellte den Kasten auf den metallischen Boden neben der Luftschleuse. Entschlossen drehte er sich um. Er hatte genug.

Er betrat die Rampe und blieb wie versteinert stehen. In zwei

Reihen standen sie vor ihm. Sie trugen Schraubenschlüssel, Oszillographen und Kabelenden.

Zwei Reihen ARBITER. Und alle starrten ihn an. Kalt, feindselig und mit deutlich spürbarer Verachtung.

„Das ist der RELAX", sagte einer der Männer. „Der faule Lump aus dem Ringturm. Und hier stiehlt er uns die Arbeitsplätze . . ."

Schirra verzog sein Gesicht. Er schluckte und wollte etwas sagen. „Männer!" rief er beschwörend. „Ich bin doch kein . . ."

Ein Oszillograph zerschellte neben seinem Kopf. Die Splitter sprühten über seine Stiefel. Sie kamen einen Schritt näher. Robert Schirra biß sich auf die Lippe. Er kannte sie. Einige hatte er schon früher gesehen.

„Jagt ihn zum Teufel!"

Das war das Signal zum Angriff. Er warf sich zur Seite. Ungeschickt stolperte er über seine eigenen Füße. Im letzten Augenblick konnte er den Rand der Luftschleuse ergreifen. Er zog sich an der schrägen Rampe nach oben. Hinter sich hörte er das keuchende Atmen der Verfolger. Mit einem schnellen Spurt rannte er ins Innere des plumpen Raumschiffs. Er sah die gelbe Notleiter. Sie stand schwankend auf einer dicken Metallkugel.

Schirra rastete sie ein. Mit zwei, drei kurzen Sprüngen erklomm er die ersten Stufen. Ein ARBITER klammerte sich an seine Stiefel. Schirra strampelte. Er schlug mit der Brust gegen die Sprossen der Leiter, dann fiel der Mann mit Schirras Stiefeln im Arm zurück. Sie trampelten über seinen Körper.

Schirra mobilisierte seine Energiereserven. Wie ein Akrobat hangelte er sich an der gelben Leiter hoch. Da kam einer der ARBITER auf die Idee, die Einrastung zu lösen. Die nach allen Seiten bewegliche Leiter auf der Kugel neigte sich zur Seite. Sie war jetzt ein tödlich wirkendes Scharnier. Der lange Hebelarm mit Schirra an der freien Spitze schwankte.

„RELAX, RELAX!" brüllten die Männer voller Haß. Durch die Armbeuge erkannte Schirra die wütend nach oben blickenden Gesichter.

Seine Gedanken rasten. Er zog sich bis zur letzten Sprosse hinauf. Dicht unter dem Bogen der Außenhülle entdeckte er den Ring um die Notluke. Er griff nach dem Metallreif, verfehlte ihn, kippte weiter und schlug mit der Handfläche gegen die andere Seite des Rings. Seine Finger schlossen sich wie Zangen um den Reifen. Ein wütender Aufschrei vervielfachte seine Kräfte. Er griff mit der anderen Hand nach. Wie ein lebendes Pendel hing er jetzt am Ring.

Sekunden später krachte die Notleiter flach auf den Boden. Und wieder schrien einige der ARBITER auf. Diesmal waren es gellende Schmerzensrufe.

Die Leiter!

Schirra würgte. Er konnte nicht nach unten sehen. Sein Magen rebellierte. Er spürte, daß seine Finger erlahmten. Das Blut hämmerte in seinen Ohren. Angst, Hilflosigkeit und Verzweiflung lähmten seinen Verstand. Er war kein Held. Er hatte arbeiten wollen. Das war alles! Er wußte, daß er nicht die Kraft hatte, das dicht vor seinem Gesicht befindliche Verschlußrad der Luke zu öffnen. Dafür hätte er eine Hand frei machen müssen. Langsam wurden seine Finger steif. Der Schweiß in seinen Handflächen machte das glatte Metall rutschig.

Wenn er losließ, dann . . .

Mit einem Aufstöhnen schloß er die Augen.

DAS APARTMENT war dunkel. Linn Ronning drückte die Tür hinter sich zu. Bewegungslos lauschte er in die Finsternis. In den Apartments der Ringtürme wurde es nie ganz ruhig. Auch mitten in der Nacht war stets ein leises Wispern da. Ein Raunen in den Versorgungsleitungen, knackende Relais, summende Röhren und flüsternder Wind aus den Klimageräten.

Linn Ronning tastete nach der Selenplatte für die Beleuchtung des Apartments. Indirektes Licht flammte auf. Schnell nahm Ronning seine Hand wieder weg. Er brauchte keine Helligkeit. Etwas Licht reichte ihm schon. Er ging leise durch den Vorraum mit den technischen Sondereinrichtungen. Ein Schrank stand offen. Ronning entdeckte unordentlich eingeräumtes Tauchgerät, Tennisschläger, eine elektrische Autorennbahn mit allen Finessen und ein kleines Zimmerplanetarium.

Jonny Lime gehörte zu den wenigen RELAX, die sich aus spielerischem Interesse mit Astronomie und Himmelsmechanik befaßten. Linn wußte auch, daß Jonny vor einigen Jahren eine kleine Liaison mit einem dieser Marsmädchen gehabt hatte. Das Mädchen hatte eine Totalrente erhalten und war auf ziemlich mysteriöse Art ums Leben gekommen.

Linn Ronning hatte nie viel von Jonny Lime gehalten. Für ihn stand sein Freund zu sehr unter dem Einfluß seines allmächtigen Vaters. Um ehrlich zu sein: Linn hielt Jonny für einen total verweichlichten, langweiligen Versager. Und dann entdeckte er ihn. Jonny lag auf dem Bauch. Er trug nichts außer einem dünnen Netzgeflecht aus elektrisch leitenden Synthetikfasern. Arme und Beine waren nackt.

Vorsichtig beugte sich Linn über Jonny Lime. Er berührte ihn an der Schulter. „Jonny?" fragte er flüsternd.

Im gleichen Augenblick schoß Lime wie eine gespannte Feder nach oben. Er fiel mit einem wütenden Hagel aus Fausthieben über Linn her.

Ronning war derart verdutzt, daß er sich nicht wehrte.

„Verräter!" keuchte Jonny. „Verbrüderung mit den verdammten ARBITERN! Alles Lüge!" Taumelnd ließ er von Linn Ronning ab. Er wankte und mußte sich festhalten. Dann sackte er auf einem Stuhl zusammen. Er griff mit beiden Händen an seinen Kopf. Sein Gesicht verzerrte sich zu einer schmerzerfüllten Maske.

Ronning brauchte einige Zeit, bis er sich von seinem Schrecken erholt hatte. Dann suchte er einen kleinen Kunstlederbehälter aus den weiten Taschen seiner golden schimmernden Toga. Er füllte eine Spritze mit einer rostbraunen Flüssigkeit. Prüfend spritzte er einen Tropfen auf den Teppich. Er näherte sich Jonny Lime wie einem gefährlichen Tier. Dann packte er fest zu. Er stieß die Spritze in Jonnys Unterarm. Lime bäumte sich auf. Ein Schrei hallte durch das Apartment. Linn ließ die Spritze fallen. Er preßte beide Arme um Jonnys Oberkörper. Minute um Minute verging.

Langsam wurde Lime ruhiger. Er atmete schwer, während seine Augen rollten. Immer wieder zuckten plötzliche Nervenschocks durch seine Glieder. Dann begann die Droge zu wirken. Erschöpft ließ Linn Jonny Lime los. Er ging zur Couch und ließ sich fallen. Bedächtig zündete er zwei Vitaminzigaretten an.

„Du wirst es überstehen!" sagte er nach dem ersten Zug. Er hielt seinem Freund die zweite Zigarette hin. Es war mehr als eine freundliche Geste. Ein Test.

Jonny zögerte für einen Moment, dann kam er mit schwankenden Schritten zur Couch. Er nahm die Zigarette.

„Das haben sie nicht umsonst gemacht", murmelte er. „Aber es hat nicht geklappt. Keine Totalrente, Linn! Der Wahrscheinlichkeitsfaktor war auf meiner Seite. Operation gelungen, Patient noch gefährlicher als vorher! Ich werde mich tarnen müssen . . ."

Er verharrte, dann ging er zu seinem Stuhl zurück. Ein böses Lächeln huschte über sein Gesicht.

„Willst du mir helfen, Linn?" fragte er plötzlich.

„Was hast du vor?"

„Krieg! Krieg gegen die letzten ARBITER. Der erste Schlag gilt den Verrätern."

„Eine Revolte?"

Jonny Lime nickte. „Alle werden auf meiner Seite sein. Das System gibt mir recht. Apartheid ist das Gesetz unserer Existenz. Verbrüderung muß das Verbrechen Nummer eins bleiben. Dafür will ich kämpfen!"

„Aber wie?"

„Kommunikationsmittel gibt es genug: Schon heute nacht wird die Kampagne gegen diese Teufel beginnen. Bist du dabei, Linn?"

„Und dein Vater?" wandte Linn Ronning ein.

Jonny lachte kurz, dann machte er eine abwertende Handbewegung. „Arbeit ist Sklaverei, Linn! Dafür haben wir die Maschinen. Wer arbeitet, kann kein Mensch sein. Das werden wir noch heute nacht mit allen Mitteln verbreiten. Nur Primitive machen sich die Hände schmutzig, doch wir sind das neue Geschlecht. Wir sind die Generation von morgen. Die Zukunft gehört den RELAX!"

Jonny Lime merkte nicht, wie widersprüchlich seine neue

Entschlossenheit war. Er wollte mit aller Gewalt etwas tun. Nein, nicht arbeiten – nur etwas tun! Zum Wohle der RELAX. Doch dieser Drang war gleichzeitig der Beweis dafür, daß das System der ewigen Freizeit einfach nicht funktionierte!

Jonny Lime engagierte sich. Er hatte eine Menge Arbeit vor sich. Er mußte Reden verfassen, Aufpeitscher gewinnen und Kampfgruppen organisieren. Sein von Drogen umnebelter Geist erkannte nicht, wie paradox seine Denkweise war.

Er wollte alles tun, damit die Nichtstuer die Oberhand behielten . . .

„Komm!“ sagte er. Seine Stimme klang hysterisch.

ER WUSSTE nicht, wie lange es gedauert hatte, sich an dem Ring um die Notluke so weit hinaufzuziehen, bis er die Beine einhaken konnte. Mit dem Kopf nach unten hing er jetzt unter dem Stellrad. Der schmale Reif schnitt in seine Waden. Mit den Fußspitzen berührte er die Verkleidung der Raumschiffhülle.

Er drehte mit beiden Händen das Stellrad auf. Es besaß ein viel zu langes Schneckengewinde. Endlich hatte das Rad freies Spiel. Er schnaufte, klammerte sich mit der linken Hand am Ring fest und drückte die Luke nach oben. Sie hatte ein Gewicht von rund fünfzig Pfund. Ohne Servohilfe und nur mit einer Hand kostete es ihn alle Mühe, die Luke aufzudrücken.

Als er den ersten Spalt geschafft hatte, klemmte er sofort ein Bein dazwischen. In einem riskanten Schwung stieß er die Luke ganz auf. Der Außenrand war feucht. Noch während er sich durch die Luke arbeitete, knallte ein schweres Metallstück gegen seinen Rücken. Er biß die Zähne zusammen. Seine Ohren rauschten. Tief unter sich hörte er einen Sanitätswagen mit jaulenden Sirenen abfahren. Die restlichen ARBITER richteten die Leiter wieder auf. Sie stürmten hoch, als er sich mit dem Bauch über den Lukenrand zog.

Ein scharfer Draht zischte über sein rechtes Bein. Noch zwanzig Zentimeter.

Schirra hatte Tränen in den Augen, als er es endlich geschafft hatte. Sofort stieß er die Luke hinter sich zu. Er ließ sich auf das schmutzige, mit Brandflecken übersäte Außendeck fallen. Mit einer Zange riß er den linken Ärmel seiner Kombination ab. Er zog den leeren Ärmel durch das Stellrad an der Außenseite der Luke und band es straff um einen Haltegriff.

Jetzt konnten sie von innen drehen, soviel sie wollten! Erschöpft kroch er auf der schrägen Außenhaut des Marsraumschiffes bis zur Meteorantenne. Er klammerte sich an den runden Plastikdom, der wie ein häßlicher schwarzer Pickel aus der Hülle des Raumschiffs hervorbrach. Leiser Regen vermischte sich mit dem Schweiß auf seiner Stirn. Er schüttelte sich. Seine Glieder zitterten.

„Nein, nein, nein!" stöhnte er immer wieder. „Es ist verrückt! Sie können mich doch nicht umbringen!"

Sein Gesicht berührte den weichen Plastikdom. Er war an vielen Stellen durchlöchert und eingerissen. Unter dem feuerfesten Plastikmaterial lag die halbrunde Schale der Meteorantenne. Hunderttausend winzige Segmente waren mit Zählgeräten und Intensitätsprüfern verbunden. Die Meteorantenne war eine Art elektronischer Fühler unter der Hülle, die nach jedem Flug erneuert werden mußte.

Robert Schirra streifte mit den Fingern über das morsche Gewebe. Plötzlich hörte er, daß sie einen automatischen Leiterwagen heranfuhren. Sie hatten noch nicht aufgegeben. Die ganze Werft war inzwischen alarmiert. Überall bildeten sich kleine Gruppen. Und dann bewegten sich die Flutlichter. Die breiten Lichtbalken wanderten auf das Raumschiff zu. Mit einer verzweifelten Bewegung riß Robert Schirra die morsche Plastikkuppel auf. Der Dom hatte einen Durchmesser von knapp anderthalb Metern.

Er kroch unter die schützende Hülle und rollte sich zusammen. Ein greller Blitz zuckte durch den Nachthimmel. Fast sofort folgte ein grollender Donner. Er klang hart und gefährlich. Und dann kamen die Wassermassen. Sie verwischten die Kriechspuren auf der Außenhülle des Raumschiffs. Die schweren Tropfen prasselten auf schmutziges Metall, während dreißig Meter tiefer die Suche nach Schirra weiterging. Sie wußten, daß er nicht verschwunden sein konnte. Und sie wollten ihr Opfer haben!

Schirra konnte nur warten. Eine andere Chance hatte er nicht.

DAS MARSMÄDCHEN passierte die elektronischen Kontrollen der Zentrale. Sie kannte den langweiligen Häuserblock mit der altmodischen Verkleidung aus roten Ziegelsteinen, und sie wußte, daß sich hinter diesen Steinen meterdicke, molekularverdichtete Kunststoffmauern befanden. Der einzige Eingang führte an zwei Robotkontrollen vorbei. Sie zeigte ihre Sondergenehmigung. Hinter den Kontrollen öffnete sich ein drei Meter hoher Gang mit spiralförmigen Farbstreifen. Der Gang war kreisrund, und nur am Fußboden hatte er einen Steg aus Metallplatten. Rechts und links von den Platten waren Leuchtstreifen angebracht. Sie warfen lange, gekrümmte Schatten des Mädchens gegen die bunten Tunnelwände. Am Ende lag eine glatte, fugenlose Tür. Roslyn Pascal wartete, bis der Röntgenlaser die Leibesvisitation abgeschlossen hatte. Die Tür versank im Boden.

„Haben Sie eine Terminvereinbarung?" frage der Mann mit der automatischen Ultravakuumkanone.

„Nein", sagte Roslyn Pascal.

„Gehen Sie dort hinüber!" Er kannte sie. Trotzdem konnte sie keine Spur von Freundlichkeit in seiner Stimme entdecken. Sie setzte sich in einen gläsernen Käfig mit drei bequemen Sesseln. Der Käfig wurde von einem Gitternetz umschlossen. Ein sanftes Glühen hüllte sie ein.

Roslyn Pascal wußte, daß von nun an niemand den Käfig betreten oder verlassen konnte.

Sie schlug die Beine übereinander und steckte sich eine teure Tabakzigarette an. Blauer Rauch stieg bis zur gewölbten Decke des Käfigs empor.

Der Wächter mit der Ultravakuumkanone informierte die Verbindungsstelle. Automatisch wurde ganz oben angefragt, ob Lester Steinberg Roslyn Pascal empfangen wollte.

Doch Lester Steinberg meldete sich nicht. Sie wußten, daß

er da war. Die Kontrollen bestätigten es. Er sprach mit seinem Stellvertreter. Seit vielen Stunden schon . . .

Jedenfalls glaubten das die Wächter innerhalb der ARBITER-Zentrale. Roslyn wartete geschlagene dreißig Minuten, dann gab sie dem Wächter ein Zeichen. Die Sperre wurde abgeschaltet.

Roslyn Pascal verließ den Käfig und ging direkt auf die Laserkanone zu.

„Halt!" rief der Wächter halblaut.

„Erste Dringlichkeit", antwortete Roslyn. Sie hatte genügend Zeit gehabt, sich ihren nächsten Schritt zu überlegen. Vor einiger Zeit hatte sie mit Steinberg vereinbart, daß sie jederzeit zu ihm kommen konnte. Bisher war der Weg über die Dringlichkeitsermächtigung nie nötig gewesen. Aber jetzt . . .

Der Wächter wurde unsicher. Er berührte mit seinen Fingern einige Schalter. Es dauerte nicht lange, bis zwei Capos aus den hinteren Räumen kamen. Sie trugen weiße Overalls mit schwarzen Streifen an den Hosen. Drei verschlungene Elektronenbahnen mit einem goldenen Hammer im Zentrum des Symbols waren auf die linke Brustseite gestickt.

„Roslyn Pascal bittet um eine Direktaudienz beim Boß", sagte das Marsmädchen.

„Erste Dringlichkeit?" fragte einer der Capos. Roslyn nickte. Der Mann war einen Kopf größer als sie – ein schlanker Hüne mit glänzendem schwarzem Haar.

„Zeigen Sie den Bon!"

Roslyn Pascal holte eine runde Platinmünze aus einer kleinen Stofftasche. Der Capo legte die Münze in einen Schlitz. Irgendwo im Inneren des Kontrollgerätes summte eine Zentrifuge auf. Sie blies auch das letzte Staubkörnchen von der Münze. Langsam rasteten Wahrscheinlichkeitszahlen an der Frontseite des Geräts ein. Die ersten drei Stellen kamen schnell. Bereitwillig hatte sich Roslyn eine Haube mit zwei dicken Kabeln über den Kopf stülpen lassen.

„EEG, Fingerabdrücke, Stimmspektrogramm und ihr Bon sind in Ordnung", sagte der Wächter.

„Meldung durchgeben!" schnarrte der hünenhafte Capo.

Doch diesmal klappte es nicht. Der Empfangsimpuls blieb aus. Steinberg antwortete nicht.

Mit schiefem Gesicht starrte der Wächter auf das Marsmädchen. Im gleichen Augenblick pendelte eine silbern blitzende Peilantenne innerhalb des Warnsystems zur Seite. Hinter getönten Scheiben blinkte eine Reihe von Lichtern auf.

Roslyn Pascal starrte auf die beiden Capos. Ihre Haltung wurde drohend. Langsam kamen sie näher. An der Laserkanone klickte ein Sicherungsrelais. Der blutrote Zündstrahler begann zu glühen.

„Alarmstufe zwei in Long Island, Sektion Inspektion römisch vier!" schnarrte eine nicht besonders gut ausgepegelte Lautsprecherstimme.

„Nullzeit?" brüllte der lange Capo sofort.

„Jetzt minus fünfundfünfzig. Vermutetes Eindringen des Saboteurs über die Nordbrücke. Abwehrkommandos versuchen Lokalisierung des Flüchtigen in Dock neun."

„Wer liegt dort?" fragte der Capo. Seine Stimme klang gepreßt. Mit einem kurzen Blick streifte er das Marsmädchen. Roslyn Pascal kannte die Antwort. Sie sah nicht gut aus.

„Frachter drei der ‚Pascal Entertaining'. Die Ladung besteht aus AMPEX-Rollen und synthetischen Farben für die Marsstudios . . ."

„Pascal, Roslyn", sagte der Capo. Ein böses Lachen huschte über sein schmales Gesicht. „Ein Marsmädchen, wie? Ziemlich seltsam, diese Querverbindungen!"

Die Mündung der Laserkanone schwenkte. Sie zeigte nun genau auf Roslyns Brust. Sie ließ die Arme hängen. Millimeter um Millimeter näherte sich ihre linke Hand dem verborgenen Kontakt am Oberschenkel.

Sie preßte die Handballen fest dagegen. Im gleichen Augenblick jaulten die Kontrollgeräte auf. Roslyn Pascal sprang nach vorn. Sie rammte die Laserkanone, schleuderte sie zur Seite.

Zwei, drei Meter, dann war sie im Magnetschacht. Sie riskierte alles, um zu Steinberg zu kommen. Hinter ihr brach die Hölle los.

DER SCHARFE, stechende Schmerz in seinen Eingeweiden riß ihn hoch. Er schlug mit dem Kopf gegen die Stützleisten des Plastikdoms. Automatisch preßte er die Hände gegen seinen Unterleib. Schirra hatte das Gefühl, einen voll aufgeladenen Kondensator verschluckt zu haben. Gequält rollte er seinen Körper zur Seite. Er streckte seine Hand aus und hob den Plastikvorhang etwas an. Dunkelheit umgab ihn. Er brauchte einige Sekunden, bis er begriff, daß die Flutlichter nicht mehr auf das Raumschiff strahlten.

Tief unter ihm rannten Männer durch die Nacht. Sie brüllten und schienen nicht zu wissen, was eigentlich passiert war.

Robert Schirra erkannte sofort seine Chance. Er mußte die Dunkelheit ausnutzen! Der Schmerz ließ etwas nach. Unten flammten die ersten Lampen wieder auf. Sie leuchteten die Außenhülle des Marsraumers ab, verharrten über der Notluke und glitten weiter.

Schirra biß die Zähne zusammen. Inzwischen waren mindestens zehn Wagen mit automatischen Leitern, Radarantennen und elektronischen Spürern herangefahren. Sie bildeten einen unregelmäßigen Kreis um das Raumschiff. Schirra entschloß sich zu handeln.

Einmal würden sie ihn doch in seinem Versteck finden. Dann war es schon besser, wenn er den kurzen Ausfall der elektronischen Versorgung ausnutzte . . .

Er kroch über den Rand des Doms. Sekundenbruchteile lauschte er. Sie waren mit sich selbst beschäftigt. Er versuchte, die Dunkelheit zu durchdringen. Die Lampen der Fahrzeuge bewegten sich wie Irrlichter über den Boden. Der Augenblick konnte nicht günstiger sein!

Er legte sich flach auf die metallische Außenhülle des Raumschiffs. Langsam kroch er zum Heck. Er zog sich mit den Ellenbogen nach vorn. Der Regen hatte die Hülle glatt und schlüpfrig gemacht.

Das Leitwerk des Raumers stach messerscharf in den Nachthimmel. Es bildete eine filigranartige Kontur gegen den rötlich schimmernden Hintergrund der riesigen Klimakuppel über New York. Das Netz verwischte die Silhouette der Stadt zu einem dumpfen schwärzlichen Grau. Abgerissene Wortfetzen drangen bis zu Schirra herauf. Er blieb liegen und versuchte, etwas zu verstehen.

„Breakdown – Störsender – Sabotage von diesem – verdammten RELAX . . ."

Unwillkürlich lächelte Schirra. Erst jetzt spürte er wieder das stechende Ziehen in seinen Eingeweiden. Trotzdem mußte er fort – irgendwohin! Hier würden ihn die ARBITER finden.

Sein Hals war trocken, als er endlich weiterkroch. Er hatte begriffen, daß er jede Verbindung verloren hatte. Er konnte weder zu den RELAX zurück, noch konnte er im Einflußbereich der ARBITER bleiben. Er hatte sich zwischen die Stühle gesetzt.

Robert Schirra fand keine Lösung seines Problems. Er hatte nur noch den Wunsch, so schnell wie möglich vom Gelände der Werft wegzukommen. Vielleicht gelang es ihm, irgendwo zwischen den Einflußbereichen der ARBITER und der RELAX unterzutauchen. Er streckte einen Arm nach vorn. Tastend glitt er am Leitwerk des Raumschiffs nach unten. Er hielt sich an Bolzen fest und suchte mit den Zehen schmale Rillen zwischen den einzelnen Steuersystemen.

Es war ein langwieriger und anstrengender Abstieg. Doch dann hatte er es geschafft. Er ließ sich die letzten drei Meter einfach fallen. Der Aufprall war hart und schmerzhaft. Er verstauchte sich den rechten Knöchel, schlug mit dem rechten Arm auf Beton und blieb liegen. Direkt neben ihm standen einige Kästen mit Werkzeugen. Er schob sich ganz dicht an diese Kästen und plante die nächsten Schritte.

Mit Reservescheinwerfern strahlten sie die Flutlichtzentrale an. Kleine, wendige Elektrokarren schossen wie blinde Mäuse über das Feld. Die Jagd auf ihn war kein Kesseltreiben mehr – nur noch ein wildes Durcheinander. Ein Elektrokarren kam mit quietschenden Reifen vor der Rampe zum Stillstand. Ein Capo im weißen Overall rannte die Rampe hinunter. Schirra hörte, wie er eine Gruppe von ARBITERN im Innern des Marsraumers anschnauzte.

Vorsichtig richtete er sich auf. Er blickte sich um. Vierzig Meter weiter arbeiteten vier Männer mit einer Leiter, an deren

Ende sich eine Reparaturkanzel befand. Sie gestikulierten und schimpften und waren ganz mit sich selbst beschäftigt.

Schirra wagte einen Ausfall. Er richtete sich ganz auf. Er mußte sich zwingen, nicht einfach loszuspurten. Schnell, aber nicht zu hastig, ging er zu dem Karren. Er stieg auf den gepolsterten Sitz und drückte den Sicherheitsschalter nach unten. Dann gab er Strom. Der Karren schoß mit aufjaulendem Motor unter dem Marsraumer hervor. Schirra umklammerte den kurzen Steuerknüppel mit beiden Händen. Er preßte seinen linken Fuß auf das Beschleunigungspedal. Die Reifen zischten durch eine große Regenpfütze. Schirra drehte sich kurz um. Sechzig, siebzig Meter hatte er bereits geschafft. Doch dann mußte jemand bemerkt haben, was geschehen war.

Von allen Seiten kamen Fahrzeuge auf ihn zu. Sie waren hinter ihm her wie ein Rudel Katzen hinter der Maus.

Schirra hatte nur noch eine Chance – die Long-Island-Meerenge!

Er raste auf den Elektrozaun zu. Fünf Meter vorher ließ er sich fallen. Er rollte über den harten Betonboden. Der Elektrokarren schoß antriebslos in den Hochspannungszaun. Ein grelles Aufblitzen riß eine Lücke in das Drahtgeflecht. Schirra raffte sich auf. Er humpelte auf den Elektrokarren zu. Hastig kletterte er über das kleine Fahrzeug hinweg.

Schirra wußte nicht, daß hinter dem Zaun ein Minenfeld begann. Er kannte die Selenzellen nicht und ahnte nichts von paralysierenden Sperrstrahlen. Dreißig Meter vor sich sah er das Wasser. Die Long-Island-Meerenge war an dieser Stelle mindestens vierzig Kilometer breit. Da riß ihn eine unsichtbare Faust in die Knie. Mit einem gellenden Aufschrei taumelte er vorwärts, genau in das Minenfeld. Hinter sich hörte er Schüsse.

Ein Armalitegeschoß zischte an ihm vorbei. Beim Aufschlag traf es eine Mine. Die doppelte Explosion hob Schirra an. Der Luftdruck schleuderte ihn zur Seite. Genau einen Meter vor dem Wasser klatschte sein Körper in den feuchten Sand. Er zuckte zusammen, riß die Arme vor sein Gesicht und verlor die Besinnung. Langsam rollte sein erschlaffender Körper auf das schwarze Wasser zu. Er merkte es nicht mehr.

DREI Millionen Männer und Frauen in New York wußten nicht, daß sie einen neuen Boß hatten. Seit dem Tod von Lester Steinberg waren zwei Stunden vergangen. Für Guy Hammond waren diese Stunden die längsten seines Lebens gewesen!

Eine Woche Frist für Hammond!

Sein Gesicht wirkte eingefallen, als er sich von den Notizen Steinbergs aufrichtete. Er klappte das graue Heft zu und bewegte sich nicht. Fünf, zehn Minuten saß er bewegungslos auf Steinbergs Platz. Er hatte durch das graue Heft mehr gelernt als in neununddreißig Jahren seines Lebens vorher. Die knappen, klaren Sätze Steinbergs waren der nüchterne Report über eine soziologische Evolution, wie sie die Menschheit niemals zuvor in einer derart kurzen Zeitspanne erlebt hatte.

Guy Hammond schluckte, als er daran dachte. Etwas krampfte sich um sein Herz, preßte es zusammen. Steinberg hatte ihm viel hinterlassen, nur eines nicht: die letzte Entscheidung. Er hatte nicht gesagt, wie Hammond sich entscheiden sollte. Oder doch?

Guy Hammond griff nach dem Heft, doch dann stockte er. Auf dem Kontrollpult begannen mehrere Lichter zu blinken. Sie glühten auf, verloschen wieder, lösten neue Blinkzeichen aus.

Hammond durfte jetzt keinen Fehler machen. Das ganze, jahrzehntelang eingespielte System war auf die überragende Persönlichkeit von Lester Steinberg eingespielt. Vorsichtig berührte er einige Knöpfe. Als ausgebildeter Techniker erkannte er schnell die Funktionen der einzelnen Kontrollen. Es dauerte nicht lange, bis er einige Schaltsysteme entschlüsselt hatte. Das Licht flammte auf. Automatisch schloß sich die schwere Tür des Panzerschrankes. Vor den Scheiben glitten gepanzerte Jalousien herab. Die Desinfektionsanlage sprühte Chemikalien über den leblosen Körper von Steinberg. Langsam gewöhnte sich die Zentrale an den neuen Dirigenten.

Hammond berührte einen gelben Schalter. Weich und lautlos glitt eine bisher verschlossene Tür in der Wand zurück. Er stand auf, ging um Steinbergs Leiche herum und betrat den Nebenraum. Hier war die eigentliche Zentrale. Er erkannte es sofort. Die Wände waren mit leuchtenden Stadtplänen,

Kanalisationszeichnungen und Schaltplänen bedeckt. An einer Seite entdeckte Hammond die Masterschaltung für den Einsatzcomputer. Von hier aus also hatte Steinberg Wahlen beeinflußt und elektronisch errechnete Daten gefälscht! Hier hatte er jahrzehntelang seinen Willen durchgesetzt – zum Wohle eines Systems, das aus RELAX und ARBITERN bestand.

Hammond würde noch sehr viel lernen müssen. Er trat an die zentrale Schalttafel des Einsatzcomputers. Ein gelber Zettel steckte neben einem Lochstreifengeber.

„Auskünfte und Daten über Kode XX-120340-TRPM", las Hammond. Er riß den Zettel ab. Langsam weckte die perfekte Planung Steinbergs Widerstand in ihm. Woher sollte er wissen, daß Steinberg die Wahrheit für ihn vorbereitet hatte?

Er war kein Vollstrecker, der sich sklavisch an die Anweisungen des Alten hielt. Trotz aller Hochachtung vor seinem Opfer hatte Hammond eigene Ansichten. Er war in einer Welt groß geworden, die aus Feindschaft zwischen RELAX und ARBITERN bestand. Er konnte niemals so handeln wie Steinberg. Sein eigener Stil, seine Persönlichkeit und seine Erziehung waren stärker als die letzten Wünsche des toten ARBITER-Führers. Er war gegen alle Versuche. Er wollte keine Experimente mit RELAX, die zeitweise ARBITER sein durften. Derartige Dinge brachten das System durcheinander.

Mandy la Roccia!

Guy Hammond dachte an ihn, als er sich entschloß, seinen neuen Beruf so schnell wie möglich zu beherrschen. Er wußte sehr genau, daß eine Woche wenig Zeit war. In dieser Woche mußte er sich noch an die Weisungen von Steinberg halten. Schließlich wußte er nicht, welche Fallen und Prüfungen der Alte für ihn vorbereitet hatte.

Trotzdem! Er würde seinen eigenen Weg gehen. Und dieser Weg kannte keine Koexistenz. Hammond starrte auf die bunten Leuchtlinien. Er war überzeugt, daß er es schaffen würde. Auf seine Art! Schnell ging er in Steinbergs Büro zurück. Er trat an den Schreibtisch und ließ die Tür zugleiten.

„Darf ich reinkommen?" fragte eine helle Stimme. Guy Hammond zuckte zusammen. Er starrte auf den kleinen Fernsehschirm. Dreidimensional und farbig leuchtete das Gesicht eines Mädchens vor ihm auf.

Wer war das? Steinbergs Sekretärin? Unsinn, das gab es nicht mehr! Er suchte nach einer verborgenen Optik. Konnte sie ihn ebenfalls sehen? Vielleicht sogar das ganze Zimmer? Er starrte verbissen auf die beiden Schalter für die Tür nach draußen. Was geschah, wenn er einfach nicht reagierte?

Er schüttelte den Kopf. Er konnte sich nicht eine Woche lang einschließen. Die erste Prüfung begann. Irgendwie war er erleichtert, daß es nur ein Mädchen war. Er würde sie hereinlassen müssen. Das war eine gute Möglichkeit, Steinbergs verborgene Tricks herauszufinden . . .

Er hatte bereits die Hand an den Schaltern, als ihm der tote Boß einfiel. Schnell öffnete er die Tür zur Zentrale wieder. Es bereitete ihm keine Mühe, den ausgemergelten Körper des Alten in den Nebenraum zu schaffen.

Als er zurückkam, leuchtete das Gesicht des Mädchens noch immer auf dem Bildschirm. Es sah merkwürdig unruhig und gehetzt aus.

Hammond öffnete die Türverriegelung.

Sie trat sofort ein.

Im gleichen Augenblick gellten Alarmsirenen durch den riesigen Bau der ARBITER-Zentrale. Automatisch verriegelten sich die Türen. Schwere Panzerplatten teilten den Bau in hermetisch abgeriegelte Sektionen auf.

Das Mädchen trat einen Schritt vor. Sie starrte Hammond ins Gesicht. „Wo ist Lester Steinberg?" fragte sie scharf.

DIE CREW des Marsraumers kam mit einem Luftkissenboot über die Meerenge. Der automatische Leitstrahl hielt den schwebenden Transporter genau auf Kurs. Die vier Männer aus der Marskolonie hatten sich bequem zurückgelegt. Ohne sonderliches Interesse betrachteten sie die Spiegelungen der glühenden Klimakuppel im dunklen Wasser des Meeresarms nördlich von New York.

„Hoppla!" sagte Chosetti Young plötzlich. Er sagte immer hoppla, wenn ihn irgend etwas auf der Erde beunruhigte. Der

Holy Planet Terra war für die Marskolonisten eine Art Symbol geworden, ein Musterbeispiel dafür, wie die eigene Entwicklung nicht verlaufen durfte!

Der Chief der Crew beugte sich vor. Chosetti Young hatte Hunderte von Reisen zur Welt gemacht. Er galt als einer der erfahrensten Raumpiloten der Marskolonie.

„Dort drüben schlagen sie sich wieder einmal die Köpfe ein!" sagte er abfällig. Natürlich kannte er das Gesellschaftssystem der Erde. Außer ihm hatte nur noch Lansing Erderfahrung. Gallard und der kleine Marston waren zum erstenmal in New York.

„Da türmt einer!" rief Lansing plötzlich. Er strich sich über seinen völlig kahlen Schädel. Auch Young hatte keine Haare mehr. Die beiden Männer trugen das sichtbare Merkmal aller Raumfahrer wie eine Auszeichnung.

Young hatte sofort reagiert. Er nahm das Luftkissenboot vom Leitstrahl. Die großen Turbinen heulten auf. Mit einem weiten, gischtenden Bogen lenkte der Chief des Raumschiffes das Luftkissenboot zum Ufer hinüber. Sie waren nur noch knapp einen Kilometer vom Strand entfernt, als eine Doppelexplosion den geharkten Minenstreifen erleuchtete.

„Den hat's erwischt!" seufzte der kleine Marston. Als technischer Direktor der Pascal Entertaining hatte er dringend benötigte Kulissenfarben und Aufzeichnungsbänder für die Filmstudios eingekauft. Nur wenige Terraner wußten, daß der größte Teil aller Unterhaltungsprogramme auf dem Mars hergestellt wurde. Diese Tatsache gehörte zu den besonders gehüteten Geheimnissen.

„Das gibt Ärger, wenn wir ihn aufnehmen", sagte der Chief. Er preßte die Lippen zusammen. Ohne zu zögern, lenkte er das Luftkissenboot zum Strand hinüber. Wenn er sich beeilte, konnte er schneller sein als die Verfolger.

„Hat jemand einen Einwand?" fragte er seine Crew.

„Sie werden uns einen Prozeß anhängen", gab Lansing zu bedenken. „Vielleicht einer von diesen RELAX-Lümmeln, die immer nur sabotieren wollen."

„Auf jeden Fall ein Mensch, der ganz bestimmt unsere Hilfe

brauchen kann", meldete sich Marston. Der Chief grinste den kleinen Filmeinkäufer an.

„Also alle einverstanden?"

Das Luftkissenboot verringerte seine Fahrt.

„Und wenn wir uns einfach nicht um ihn kümmern?" fragte Gallard plötzlich. Er wurde sofort rot. Der Chief sah den jungen Raumfahrer eine Sekunde lang an. Ein winziges Lächeln spielte um seine Mundwinkel. Er wollte antworten, doch Marston schüttelte den Kopf.

„Das geht auf meine Kappe. Die Pascal Entertaining übernimmt das Risiko. Mir wird schon etwas einfallen. Authentische Aufnahmen oder so. Vielleicht machen wir später einen Unterhaltungsfilm aus dem Zwischenfall."

„Das könnte gehen", nickte Chosetti Young. Damit war die Entscheidung gefallen. Die Marskolonisten waren für ihre Zivilcourage bekannt. Sie kümmerten sich wenig um starre Gesetze.

„Gallard! Lansing! Manöver ‚Mann über Bord' – Ausführung!" sagte der Chief vollkommen ruhig. Die beiden Marskolonisten verließen augenblicklich die Kabine des Luftkissenbootes. Sie hangelten sich an den Führungsleisten an der Außenseite entlang.

Chosetti Young wendete das schwankende Fahrzeug auf der Stelle. Er beschrieb tanzende Kreise über dem flachen Wasser.

Hinter dem zerstörten Zaun rasten die ersten Verfolger heran. Zwei gebündelte Scheinwerferbatterien flammten auf. Ihre gleißenden Lichtfinger strahlten über das Minenfeld. Sie tauchten das Luftkissenboot in helles weißes Licht.

Gallard beugte sich nach unten. Lansing hielt ihn fest. Mit einem kurzen Schwenker griff Gallard nach dem zerfetzten Overall des Mannes. Er lag bereits mit den Beinen im Wasser. Gemeinsam zogen die beiden Männer den Körper des scheinbar leblosen Flüchtlings hoch. Sie schleppten ihn über die schmalen Stege bis zur Kuppel.

Marston bot seine Hilfe an. Innerhalb von Sekunden war der Mann im Passagierraum. Chosetti Young grinste zufrieden. Er gab volle Beschleunigung in die Turbinen. Eine Wasserwolke hüllte das kleine Boot ein. Mit ohrenbetäubendem Donnern schoß es auf die dunkle Meerenge hinaus.

Chosetti Young machte sich keine Illusionen. Er konnte den Mann nicht mitnehmen. Aber er konnte ihm eine Chance geben! Young steuerte in gerader Linie auf Bridgeport zu. Die kleine Landzunge bot eine natürliche Deckung. Young drehte nach Norden ab, tat so, als wolle er New Haven anlaufen, und schaltete Sekunden später die Turbinen aus. Mit aufstiebender Bugwelle senkte sich das Luftkissenboot ins Wasser. Es schwankte auf den leichten Wellen. Young wartete, bis es in den Schatten der Halbinsel geglitten war.

Die anderen drei Kolonisten kümmerten sich um den Flüchtling.

„Er lebt", sagte der Einkäufer der Pascal Entertaining. „Ein paar Rippen verstaucht, ansonsten nur Schrammen und Blutergüsse."

„Was ist mit seinem Kreislauf? Er muß in Lähmstrahlen gekommen sein."

„Nicht weiter tragisch", meinte Gallard. Er war Spezialist für elektronische Geräte. „Entweder waren die Strahler schlecht, oder sie haben nur mit verminderter Leistung gesendet. Vielleicht lag es auch an den Explosionen, daß er nicht sehr viel abbekommen hat . . ."

„Was geschieht jetzt?" wollte Lansing wissen.

„Er ist ARBITER, nach seiner Kombination zu urteilen", meinte der Chief. „Wir wissen nicht, was vorgefallen ist. Wir konnten ihn aus dem Wasser fischen – mehr ist nicht drin! Wir werden ihn also irgendwo verstecken. Wenn er ausgeschlafen hat, muß er selbst sehen, wie er weiterkommt."

Sie hielten sich nicht lange auf. Gallard und Lansing schafften Robert Schirra an Land. Sie trugen ihn bis zur Autostraße. Vorsichtig legten sie ihn neben einen Generator für die kilometerlangen Induktionsschleifen, die in die Plastikmasse der Fahrbahnen eingelassen waren. Sie beeilten sich, zum Chief zurückzukommen. Durch den Zwischenfall hatten sie eine Menge Zeit verloren. Wenn sie – wie vorgesehen – um sieben Uhr morgens starten wollten, mußten sie sich jetzt ranhalten.

Nach wie vor kosteten die Vorbereitungen für einen Raumstart ziemlich viel Zeit. Außerdem wollte Chosetti Young die Reparaturarbeiten überprüfen. Es war nicht das erste Mal, daß sich eine derartige Kontrolle als notwendig erwiesen hatte. Die beiden Männer sprangen an Bord. Sofort warf der Chief die Turbinen wieder an. In aufstiebender Gischt legte das Luftkissenboot ab.

Young konnte nicht direkt zur Raumwerft hinüberfahren. Er mußte einen weiten Bogen über Riverhead fahren. Diesmal wollte er die Halbinsel Long Island von der Atlantikküste aus ansteuern. Das war sicherer.

DAS CASINO war durchgehend geöffnet, für die RELAX gab es keinerlei Polizeistunde. Sie konnten schlafen, wann sie wollten, und sich vergnügen, wenn es ihnen Spaß machte. Der kurze Regen hatte eine Menge Männer und Frauen in den Casinoräumen festgehalten. Natürlich hätten sie auch auf regengeschützten Wegen in ihre Wohnräume zurückkehren können. Doch das war nicht mehr schick. Es gehörte einfach zu einem Casinobesuch, die angespannten Nerven im Mediacenter zu beruhigen. Der Weg dorthin führte über eine offene Brücke in neunzig Meter Höhe.

Einzeln und in lärmenden Gruppen verließen die ersten RELAX das Casino. Sie hatten jegliches Zeitgefühl verloren. Berauscht von Drogen und von der Hitze der Spiele, liefen sie tanzend über die Brücke. Hohe Glaswände schützten die Nachtbummler. Früher war es hier immer wieder zu wahren Selbstmordorgien gekommen. Gleich gruppenweise hatten sie sich mit brüllendem Gelächter in die tiefen Wasser der Lower Bay gestürzt. Sie nannten es „Heimkehr zur Freiheitsstatue".

Im Mediacenter war der Teufel los. Überall waren riesige Bildschirme angebracht. Ohne Unterbrechung liefen hier Filme, Farbsendungen mit hypnotischer Wirkung und grelle Lichtkompositionen. Blitzende Stroboskope schickten zuckendes Licht auf die neunzig Tanzflächen. Sie waren kreisrund und hingen wie Untertassen scheinbar ohne System in der endlosen Kuppel. Um jede Tanzfläche waren kleinere Kreise mit

Sitzgruppen angebracht. Leuchtende Träger liefen schräg und in unmöglichen Winkeln kreuz und quer durch das Center.

Ein verwirrendes Labyrinth von durchsichtigen Treppen, Laufbändern und Magnetröhren verband die einzelnen Unterhaltungsplattformen. Alles war durchsichtig und von gedämpftem Bunt angestrahlt. Tausende von Raumton-Lautsprechern hämmerten wilde Rhythmen gegen die RELAX auf den Plattformen. Und auf jeder Plattform dominierte ein eigenes Programm. Hektisch, hypnotisch und gegen andere Plattformen abgeschirmt. Erst das Zusammenwirken der ungeheuren Vielfalt gab dem Mediacenter diese berauschende Wirkung eines totalen Infernos.

Und dann war plötzlich Schluß. Der Schmerz der absoluten Stille wirkte wie ein gigantischer Hammerschlag. Sofort erlosch die Hypnose. Die hektische Ausgelassenheit fiel in sich zusammen wie eine leere Ballonhülle.

Die neun zentralen Bildschirme flammten auf. Ein schweigendes, markantes Gesicht tauchte auf.

„Dieser Mann ist ein Verräter!" donnerte es aus allen Lautsprechern. „Robert Schirra, Histosoziologe im dritten RELAX-Jahr, wird beschuldigt, mit den ARBITERN gemeinsame Sache zu machen. Schirra hat nachweislich mindestens sechs Monate unter Steinbergs Schutz gearbeitet!"

Der Schock wirkte wie eine eiskalte Dusche. Ein RELAX als ARBITER? Undenkbar!

Ein Sturm von Gefühlen überfiel die RELAX im Mediacenter. Sie wollten nicht wahrhaben, was sie eben gehört hatten. Nur wenige RELAX begriffen die ganze Tragweite dieser Meldung.

„Schirra ist aus seinem Apartment geflohen. Er benutzte den Speiseaufzug. Er hat eine Dauerdroge genommen, deren Wirkzeit noch unbekannt ist."

In schneller Folge wurden Bilder aus Schirras Apartment gezeigt. Die Kameras hatten den Schacht aufgenommen, den Tresor entdeckt und die aufgeschweißte Verriegelung am Fuße des Schachtes dokumentarisch festgehalten.

„Schirra wird wiederkommen", dröhnte die Stimme. „Wir müssen uns vor ihm schützen. Dieser Mann ist Gift für alle

RELAX, ein äußerst gefährlicher Verbrecher, der das System untergräbt . . ."

„Schlagt ihn tot!" kreischte irgendwo eine Frauenstimme. „Wir wollen keine ARBITER unter uns!"

Ein ungeheurer Tumult entstand.

Auf den Bildschirmen flammte eine Nummer auf.

„Auskünfte, Verteidigungsanweisungen und das neue Aktionsprogramm gegen alle ARBITER werden ab sofort pausenlos erteilt. Für Hinweise auf den Aufenthaltsort Schirras sind dreißig Reisetage ausgesetzt!"

„Die Zukunft gehört den RELAX!" brüllte eine Gruppe dicht unter den Bildschirmen. Der Rest ging unter im aufgeputschten Chaos.

In dieser Nacht dachte kein Besucher des Mediacenters an Schlaf. Die Sensation war perfekt. Und dann war da noch die Angst . . .

„DER BOSS ist tot", sagte Guy Hammond mit starrem Gesicht. „Ich habe seinen Platz eingenommen."

„Tot? Lester Steinberg soll tot sein?" Das Marsmädchen schüttelte den Kopf. Sie lachte kurz. Es war noch keine zwölf Stunden her, seit sie zum letztenmal mit ihm gesprochen hatte. Und jetzt behauptete dieser Mann, Steinberg sei tot. Roslyn Pascal trat einen Schritt vor. Sie blickte Hammond in die Augen. Sekundenlang starrten sie sich an. „Beweisen Sie es", sagte sie schließlich.

Guy Hammond lächelte. „Ich bin Ihnen keine Rechenschaft schuldig. Sagen Sie mir zunächst, wer Sie sind!"

„Ich habe für Steinberg gearbeitet. Mein Name ist Roslyn Pascal, wenn Ihnen das etwas sagt."

Guy Hammond dachte nach, dann schüttelte er den Kopf.

„Kennen Sie Schirra?" fragte sie vorsichtig.

Guy Hammond fuhr zusammen. „Schirra? Robert Schirra? Ein RELAX, glaube ich."

„Ja, ein RELAX mit einer Arbeitsgenehmigung von Lester Steinberg. Ich war sozusagen sein Schutzengel. Steinberg wollte herausfinden, ob . . ."

Hammond winkte ab. „Ich kenne den Fall. Eine verdammt gefährliche Sache. Kann sein, daß Sie tatsächlich in Steinbergs Auftrag gearbeitet haben. Doch das heißt jetzt nichts mehr. Ich lehne derartige Experimente ab. Es wird keinen zweiten Schirra mehr geben. Weder heute noch in Zukunft!"

Roslyn Pascal verstand. Eine maßlose Enttäuschung wurde in ihr wach. Sie hatte an das Experiment Steinbergs geglaubt. Sie hatte es für die einzige Möglichkeit gehalten, doch noch eine Brücke zwischen RELAX und ARBITERN zu finden.

„Irgendwo habe ich Sie gesehen", sagte Hammond plötzlich. Eine tiefe Falte grub sich in seine Stirn. Seine Augen wurden schmal. Langsam ging er auf sie zu. „Ja", sagte er schließlich. Er preßte die Lippen zusammen und nickte. „Das war es! 86. Straße, Magnetschacht vier. Drei RELAX hatten Schirra angegriffen. Wußten Sie auf dem Verbindungssteg bereits, daß die drei zur Sicherheitsstaffel von Big LL gehörten?"

„Natürlich!" gab sie zurück. Sie wich ihm aus und ging zum Schreibtisch. Sie setzte sich auf die Platte und zog ihre Zigaretten hervor. „Zu diesem Zeitpunkt gab es noch kein Übereinkommen zwischen Steinberg und Leonhard Lime."

„Wo ist er jetzt?" wollte Hammond wissen.

„Beweisen Sie mir zuerst, daß Sie berechtigt sind, diese Auskunft entgegenzunehmen."

Wieder zögerte er, doch dann kam er um den Schreibtisch herum. Er tippte auf einige Knöpfe. Die Verbindungstür zur Zentrale ging auf.

„Warten Sie hier!"

Er lief zur Schalttafel für den Einsatzcomputer und tippte den Namen des Mädchens in das Elektronengehirn. Es dauerte nur neun Sekunden, bis er den Rapport hatte. Er überzeugte sich, daß sie tatsächlich eine Vertraute von Lester Steinberg gewesen war.

Für einige Sekunden überlegte er. Dann entschloß er sich, die Wahrheit zu sagen. Er dachte daran, daß er ohne Hilfe aufgeschmissen war. Und Roslyn Pascal machte den Eindruck, als könne sie ihm helfen, auch wenn sie unterschiedliche Meinungen hatten. Er wußte nicht, wie sie auf die Wahrheit reagieren würde. Aber es mußte sein. Er brauchte das Mädchen. Wenigstens in dieser ersten Woche. Dann konnte er sie immer noch beseitigen.

„Kommen Sie her!“ rief er. Seine Stimme klang belegt. Als sie eintrat, deutete er auf Steinberg. Er ging an ihr vorbei und holte das graue Heft.

„Lesen Sie das!“ sagte er und hielt das Heft in ihre Richtung. Ihre Augen enthielten eine ganze Welt voller Verachtung. Und dieser Mann sollte in der Lage sein, die Existenzfrage der ARBITER zu entscheiden?

Sie nahm das Heft und schlug es auf.

„Keine Angst – Sie werden diese Informationen niemals weitergeben können“, sagte Hammond. Die Armalite-Pistole berührte ihre Brust.

SEIN Körper war wie gelähmt. Tausende winziger Nadeln stachen ununterbrochen auf ihn ein. Sein Kopf dröhnte. Er richtete sich auf. Ein plötzliches Würgen schnürte seine Kehle zusammen. Ohne zu denken, rollte er sich zusammen. Er kauerte sich in den schützenden Schatten. Und dann begann sein Unterbewußtsein, sich auf den neuen Lebensrhythmus einzustellen. Die ständige Gefahr und die permanente Anspannung mobilisierten seine schlafenden Verteidigungsinstinkte. Sein Selbsterhaltungstrieb erwachte. Er war stärker als die Schmerzen seines Körpers!

Hellwach und mit vibrierenden Nerven hockte er hinter dem Generator. Er dachte schneller und logischer als früher. Er hatte einfach keine Zeit mehr für lange Überlegungen. Für philosophische Erwägungen war immer noch Zeit – später!

Sie waren hinter ihm her. Die drei RELAX gehörten mit Sicherheit zu einem Sonderkommando von Big LL. Steinberg hatte versucht, ihn zu schützen. Er hatte ihm das Mädchen vom Mars geschickt. Sie hatte ihm auf dem Verbindungssteg über der 86. Straße und am Verteiler zur Queensboro Bridge geholfen. Und später nochmals, als er im Wartungstunnel unter dem Wasser der Lower Bay gefangen war.

Steinberg wollte also, daß er arbeitete!

Das war der entscheidende Punkt. Robert Schirra zog die Brauen zusammen. Die drohende Haltung der ARBITER in der Raumwerft paßte nicht zu dieser Erkenntnis. Sie hatten ihn angegriffen und verfolgt! Aber die Männer unterstanden Lester Steinberg. Wer hatte ihn verraten? Hatte Steinberg ihn etwa fallengelassen?

Vorsichtig hob er den Kopf. Die Straße war leer. Nur das leise Summen der kilometerlangen Induktionssschleifen war zu hören. Er hatte plötzlich das Gefühl, als ob er schärfer hören und besser riechen könne. Sein ganzer Körper war ein einziger Empfänger für die Signale seiner Umwelt. Er fühlte die Gefahr, in der er sich befand.

Wenige Augenblicke später tastete er die kleine Platte auf dem Generator ab. Er stand auf der US-Bundesstraße 1, knapp fünfzig Kilometer von New York entfernt.

Schirra hatte keine Ahnung, wie er an diesen Platz gekommen war. Er blickte sich um. Schräg vor ihm begann das Wasser. Es war ein Ausläufer der Long-Island-Meerenge. Der dunkle Schatten mußte eine Landzunge sein. Dahinter kamen die weite Wasserfläche und ganz entfernt am Horizont die Lichter der Raumwerft.

Schirra wunderte sich.

Seine Erinnerung reichte bis zum Minenfeld zurück. Er konnte unmöglich die ganze Strecke geschwommen sein! Jemand hatte ihm geholfen.

Erschreckt ließ er sich wieder in den Schatten des Generators fallen. Roslyn Pascal schied aus. Sie war in Queens bei Steinberg. Trotzdem blieben die unbekannten Helfer eine Tatsache. Schirra mußte sich mit diesem Gedanken abfinden. Er überlegte, wohin er sich wenden sollte. Sobald der Tag anbrach, war er verloren. Er brauchte unbedingt einen Unterschlupf.

Jede Möglichkeit, an die er dachte, taugte nach kurzer Überlegung nichts mehr. Sie würden ihn überall finden. Er hatte die Möglichkeit, sich von ARBITERN oder von RELAX fangen zu lassen. Bei beiden Alternativen krampfte sich sein Magen zusammen. Einen dritten Weg gab es einfach nicht! Ohne die entsprechenden Bons würde er nicht einmal eine Woche überleben. Er konnte keine öffentlichen Verkehrsmittel mehr benutzen. Nichts, aber auch gar nichts in dieser verdammten Welt stand ihm jetzt zur Verfügung. Auch sein großer Beschützer hatte ihn im Stich gelassen. Er mußte sich daran gewöhnen, daß es für ihn keinen Steinberg und keine Roslyn Pascal mehr gab. Er war allein. Das System hatte ihn ausgestoßen wie einen unverdaulichen Fremdkörper.

Schirra lehnte sich an den brummenden Generator. Er legte den Kopf an das kühle Metall und blickte nach oben. Der Himmel war wieder klar. Die Regenwolken hatten sich nach Osten verzogen. Er genoß das Flimmern der Sterne. Wenn er die Augen etwas schloß, strahlten sie wie Diamanten in allen Farben des Regenbogens. Und dann entdeckte er den rubinrot leuchtenden Punkt am Nachthimmel.

Der Mars übte eine hypnotische Wirkung auf ihn aus. Er öffnete die Augen ganz. Ein leise lockender Gedanke ergriff Besitz von ihm. Plötzlich zitterte sein Körper. Eine verrückte Idee zuckte in ihm auf: zum Mars!

Es war unmöglich – vollkommen absurd. Er wehrte sich, weiter daran zu denken. Doch immer mehr erschien ihm der ferne Planet wie ein verlockendes Paradies. Eine Welt ohne RELAX und ARBITER. Und dazu die Freiheit, so zu leben, wie er es für richtig hielt.

Wie unter einem inneren Zwang dachte er immer wieder an das Raumschiff drüben in der Werft. Der Gedanke erschreckte ihn. War er deshalb geflohen, um jetzt wieder in die Höhle des Löwen zu gehen? Er atmete kurz und hastig. In wenigen Stunden würde das Raumschiff starten. Und da fiel ihm eine winzige Möglichkeit ein. Sie war riskant und konnte tödlich für ihn sein. Er richtete sich auf. Die Straße war noch immer leer. Er schluckte, ballte die Hände zu Fäusten und zögerte. Robert Schirra blickte auf die Kuppel über New York zurück. Dort wartete nur der Tod auf ihn. Wie von magischen Kräften gezogen, sah er zum Raumhafen. Die Lichter der Werft signalisierten Freiheit.

Er hatte innerhalb des Raumschiffs gearbeitet. Er kannte es.

Er wußte, welche Ladungseinheiten noch erwartet wurden. Das war der Weg – die winzige Chance, zu überleben.

Er hatte keine Zeit mehr zu verlieren. Hastig humpelte er los. Sein Ziel war der Anlegeplatz der Sommerfähre über die Meerenge. Dort standen die Lagerhäuser, bewacht von elektronischen Sperren. Ein kalter Wind kam vom Atlantik herüber. Jetzt, da er sich entschlossen hatte, die Erde zu verlassen, saugte Schirra die kühle Luft noch einmal tief in seine Lungen. Seine Augen tränten. Nicht nur der Wind war schuld daran.

Die Alarmmeldungen erreichten die Zentrale in immer kürzeren Abständen. Guy Hammond hatte alle Hände voll zu tun, um sie auszuwerten. Er hatte mit Roslyn Pascal ein Abkommen getroffen. Sie ließ ihn entscheiden, was er für richtig hielt. Er hatte ihr dafür eine Marsreise zugesichert. Die Hoffnung, nach vielen Erdjahren ihre Eltern wiederzusehen, war für Roslyn Pascal entscheidend gewesen. Mit Lester Steinberg war auch in ihr etwas gestorben: die Hoffnung auf eine bessere Welt. Sollten sie sich doch selbst zerfleischen! Ihre Heimat war der Mars.

Sie klappte das graue Heft zu und legte es weg. Sie wußte jetzt, daß die Zukunft dem Mars gehörte. Sie hatte die Skizzen des neuen Raumantriebs gesehen. Auf der Erde würde er nie eingesetzt werden. Dafür würde Hammond sorgen. Aber zu Hause – sie lächelte.

„Es wird Zeit für die Droge!" rief Hammond aus dem Schaltraum. Sie nickte. Das gehörte ebenfalls zu ihrer Vereinbarung. Sie hatte versprochen, die Droge zu nehmen. Sie wußte, daß er sie dazu zwingen würde. Mit ihrem Wissen war sie ein hohes Sicherheitsrisiko. Und deshalb mußte sie vergessen. Alles.

Guy Hammond gab seine Anweisungen knapp und klar. Er stellte ein Suchkommando aus Arbitern zusammen. Die Werft wurde zur Festung. Keine Maus konnte ungesehen durch die Kontrollen. Jeder Pulsschlag, jedes noch so geringe Arbeiten von Gehirnzellen wurde von den elektronischen Kontrollen an den Zufahrtswegen zur Raumwerft geortet.

Roslyn Pascal wußte nicht, wo Robert Schirra war. Sie hatte

die Verbindung verloren. Nachdenklich beobachtete sie den schweren, muskulösen Mann in der Zentrale. Mit Hammond war ein neuer Geist in das System eingezogen. Seine Vorstellungen waren ohne Zweifel genau das, was die ARBITER brauchten. Er dachte und handelte klar, eindeutig und bestimmt. Sein Weltbild kannte nur zwei Alternativen: ARBITER oder RELAX. Dazwischen existierte nichts mehr.

„Schießbefehl für alle Reparaturteams", gab Hammond durch. „Absolute Trennung bei Zusammenstößen mit Angehörigen der Sicherheitsstaffel von Big LL. Sabotage gilt ab sofort als Verbrechen Nummer eins."

„Sie wollen also den offenen Krieg!" stellte Roslyn Pascal fest.

„Nein!" sagte Hammond knapp. „Ich kann nicht Millionen von RELAX einfach umbringen. Aber ich kann verhindern, daß sie unsere Arbeit stören. Vielleicht sollte ich sogar veranlassen, daß diese Parasiten in Zukunft etwas weniger lange leben. Fünfzig, sechzig Jahre sind genug für Faulenzer!"

„Und für ARBITER?" fragte Roslyn gedehnt. Hammond grinste kalt. Er nickte zustimmend. „Sie wissen sehr gut, was ich meine! Wenn die RELAX langsam aussterben, ist die Welt wieder in Ordnung!"

„Jeder ARBITER ohne Arbeitsplatz ist ein Anwärter auf den Freizeitstatus",warnte sie ihn. „In wenigen Jahren wird die Zahl der ARBITER nur noch verschwindend klein sein . . ."

„Das lassen Sie nur meine Sorge sein. Ich werde dafür sorgen, daß die neue Aristokratie entsteht. Der Adel der Arbeit wird über diese Erde herrschen. Und dann werden die Drohnen langsam aussterben, so wahr ich Guy Hammond heiße!"

Mitleidig schüttelte das Mädchen vom Mars den Kopf. Hammond mußte wahnsinnig geworden sein. Er hatte noch immer nicht begriffen, daß ARBITER von Jahr zu Jahr überflüssiger wurden. Mit einer Drosselung der RELAX-Lebenserwartung konnte er das Problem nicht lösen.

„Einsatzgruppen stehen", meldete der Computer. „Die Abschirmung der Magnetschächte und der wichtigsten Versorgungsanlagen ist in Vorbereitung."

„Danke“, sagte Hammond überflüssigerweise. „Ab sofort wird der gesamten Ernährung für die RELAX weniger Vitamin B12 beigefügt. Gleichzeitig entfallen Fluor- und Phosphorzugaben. Wir brauchen Pläne für die stufenlose Verminderung von Antibiotika in Nahrungsmitteln und Getränken.“

„Mord“, sagte das Marsmädchen. „Das ist Völkermord, Hammond!“

Der Boß der ARBITER reagierte nicht.

„Weiterhin ordne ich die völlige Freigabe von Psychodrogen, Koffein, Kokain und Alkohol an.“ Er wandte sich zu Roslyn Pascal um. „Jeder RELAX kann selbst entscheiden, wie er sich umbringen will. Die Zeit, in der wir ARBITER die Kindermädchen für all diese Parasiten gespielt haben, ist endgültig vorbei.“

Sein Gesicht glühte. „Und jetzt zu Ihnen, Marsmädchen!“

Er streckte ihr zwei braune Pillen hin. „Ganz langsam und ohne Tricks! Gehen Sie dort hinüber. Ich will am Röntgenlaser sehen, wie die Pillen für das große Vergessen in Ihren Organismus gelangen!“

Roslyn Pascal hatte keine Wahl. Wenn sie die Drogen nicht schluckte, gab es für sie keine Rückkehr zum Mars mehr. Trotzdem hatte sie eine winzige Hoffnung. Sie mußte die Sache so übertreiben, daß ihre Freunde auf dem roten Planeten Verdacht schöpften.

„Ich warne Sie“, sagte sie deshalb. „Ich bin als Sonderagentin von Steinberg an Drogen gewöhnt. Außerdem habe ich einen ziemlich seltsamen Organismus. Er reagiert anders als Ihrer . . .“

„Dann nehmen Sie eben noch eine Pille mehr!“ lachte Hammond kalt. Er gab ihr eine weitere Droge. Roslyn Pascal schluckte die Pillen. Sie tat es schnell und ohne zu zögern.

Hammond wußte nicht, daß sie hinter seinem Rücken die Meldung des Computers gesehen hatte. Ihre Ankunft wurde von der Crew des Marsraumers in der Long-Island-Werft bestätigt.

„Und nun unterschreiben Sie die Bons für meine Reise zum Mars“, sagte Roslyn Pascal. „Sie werden sich keine faulen

Tricks überlegen können. Drehen Sie sich um, dann sehen Sie, daß ich bereits erwartet werde . . ."

Guy Hammond schnellte zur Seite. Er starrte auf das flimmernde Bestätigungszeichen an der Wand. Er zeigte mit keiner Miene, ob er andere Absichten mit dem Mädchen gehabt hatte. Dafür war es auf jeden Fall zu spät. Er mußte sie gehen lassen. Diesmal mußte die Erde doch noch die Kosten für die Rückkehr eines Marsmädchens übernehmen. Achtundzwanzig hatten es nicht geschafft, doch das letzte der Kinder kehrte nach fast zwanzig Jahren zum Mars zurück.

„Vergessen Sie nicht, Ihre Kontrolleure zu benachrichtigen", sagte sie mit einem triumphierenden Lächeln. Ihre Zunge wurde schwer. Verwaschene Farbkreise drehten sich vor ihren Augen.

Guy Hammond blickte sie lange an. Entschlossen ging er dann zur Schaltwand des Einsatzcomputers. „Ich brauche eine Kältekammer für Humantransporte!" Er drehte sich um. Langsam sank Roslyn Pascal auf die Knie. Er fing sie nicht auf, als sie umkippte.

Die fensterlosen Lagerhallen sahen aus wie riesige Würfel. Der nahende Morgen zeichnete rosige Lichtstreifen auf die Oberkanten. Schirra kroch hinter einen Strauch. Er wartete, bis die breiten Tore geöffnet wurden. Ein Lastzug aus runden Kapseln näherte sich, stoppte vor den Kontrollen und erhielt die Freigabe. Mit einem einzigen Satz sprang Schirra auf die Kupplung zwischen dem Reaktorwagen und den Transportbehältern. Jetzt kam die entscheidende Sekunde. Wenn die Störstrahlung des Reaktors stark genug war, konnte es gelingen.

Langsam setzte sich der Lastzug in Bewegung. Noch zehn Meter. Schirra hing dicht über dem Boden. Er hatte den Rest des Kabels in seiner Kombination mit allen Werkzeugen verbunden, die er an sich fand. Mit einer Hand klammerte er sich an der Kupplung fest. Er sah, wie sich der blanke Metallstreifen am Boden näherte. Rechts und links waren Milchglasscheiben mit verborgenen elektronischen Tastern angebracht. Auf diese Taster kam es an!

Schirra hielt die Luft an. Der Reaktorwagen des Lastzuges war bereits in der Halle. Im gleichen Augenblick schleifte Schirra das Metall in seiner Hand über den Boden. Sofort ließ er sich fallen. Mit harten Schlägen zertrümmerte er die Scheiben. Rauch und Funken zischten aus den Vertiefungen.

Schirra warf sich zur Seite. Der Lastzug stoppte augenblicklich. Gellende Warnsirenen heulten auf. Schirra holte Luft. Mit katzenhaften Bewegungen rannte er am Reaktorwagen vorbei. Er warf sich über die Brüstung, kroch zwischen Stapeln und Metallkisten hindurch und erreichte die Treppe nach unten. Er lehnte sich über das Geländer. Mit brennenden Handflächen rutschte er in die Tiefe. Er wußte, daß er den ersten Schritt geschafft hatte. Der Reaktorwagen hatte seinen Körper gegen die elektronischen Fühler abgeschirmt. Er hatte nur eine Frist benötigt – genug, um das Alarmsystem auszulösen und dennoch in die Hallen zu kommen.

Hastig suchte er nach dem Frachtlager für die Werft. Er rannte an hochaufgetürmten Ersatzteilsektionen vorbei. Am Ende eines breiten Ganges entdeckte er die automatischen Verteiler. Sie wirkten wie blankpolierte Rutschbahnen innerhalb von komplizierten Schneckenhäusern.

Sein Fuß schmerzte, doch er hatte jetzt keine Zeit, daran zu denken. Er glaubte eine Möglichkeit gefunden zu haben, ungesehen in den Marsraumer zu kommen. Entscheidend war nur, eine versandfertige Klimakammer aufzutreiben.

Er hatte die Dinger einige Male gesehen. Sie wurden für verderbliche Frachten benutzt. Es gab auch Klimakammern für Menschen, doch die durfte er auf keinen Fall benutzen.

Keuchend blieb er an den Verteilern stehen. Schweiß lief über seinen Rücken. Seine Lippen waren aufgesprungen und trocken. Noch nie hatte jemand gewagt, auf diesem Weg die Erde zu verlassen. Die Chancen standen eins zu hundert. Er konnte erfrieren, ersticken oder verbrennen. Er mußte mit allen Möglichkeiten rechnen. Wenn sie ihn nicht entdeckten, konnte es passieren, daß er jahrelang tiefgekühlt in irgendeiner Lagerhalle auf dem Mars stand. Das hielt kein lebendes Wesen aus. Drei Monate waren die Höchstgrenze.

Sie sahen aus wie weiße Särge. Oder wie Tiefkühltruhen mit Magnetankern an den Seiten. Alles in Schirra verkrampfte sich, als er die Klimakammern entdeckte. Vorsichtig ging er näher. Es waren neun. An zwei Kammern brannten die Kontrolleuchten. Er las die Aufschriften. Sie ließen das Blut in seinen Adern gefrieren. Sekundenlang überlegte er, welches der beiden Tiere er töten sollte. Er mußte es tun, wenn er selbst überleben wollte.

In der ersten Kammer lag ein tiefgefrorener Delphin. Bestimmungsort: Pascal Entertaining, Zentral-Studios, Abteilung lebende Requisiten.

Schirra entzifferte die Aufschrift der zweiten Klimakammer. Sekundenlang zögerte er, dann stellte er den Kondensor ab. Er schaltete die Verriegelung aus und programmierte den kleinen Computer an der linken Seite der Kammer neu. Nur die Zeitdauer konnte er nicht einstellen.

Während über ihm die Alarmsirenen nicht verstummen wollten, öffnete er mühsam die Verschlußluke. Er lief zu einem von der Decke herabhängenden Elektromagneten und klinkte ihn an der Frontplatte des eingefrorenen Pferdes an.

Das Tier sah aus, als schlafe es. Die großen, feuchten Augen wirkten unnatürlich groß unter der glasklaren Eisschicht.

Schirra gab Strom. Der Elektromagnet saß fest. Langsam zog er das Pferd aus der Kammer. Schirra ließ das Plastikseil mit den eingeschweißten Leitungen ganz nach oben rollen. Drohend und steif hing der Körper des Pferdes über ihm. Er drückte auf zwei Tasten an der Kontrollbox. Der eisige Körper entfernte sich. Auf Rollen schwenkte er um eine Ecke.

Schirra lief hinterher. Er hatte noch immer die Kontrollbox in der Hand. Das Seil mit dem Magneten und dem daranhängenden Pferd rollte an Kisten und Containern vorbei bis in eine kleine Nebenhalle. Schirra stoppte die Fahrt. Er blickte nach oben. So konnte er den total vereisten Körper nicht hängen lassen. Er mußte ihn hinter den Containern verstecken. Automatisch drückte er auf den Knopf für das Absinken. Sein feuchter Finger rutschte ab. Er unterbrach den Stromkreis. Der Magnet verlor seine Kraft. Mit einem gewaltigen Getöse sauste der erstarrte Körper des Pferdes nach unten. Er fiel in einen Verbindungsschacht. Und dann hörte Schirra das unheimliche Klirren. Es klang, als würden tonnenweise Glasscheiben zerschmettert.

Ein Aufschluchzen erschütterte Schirras Körper. Er mußte sich an der Mauer festhalten. Der eisige Hauch des Todes erfaßte seinen Körper. Sekundenlang war er wie gelähmt.

Er lauschte.

Die Sirenen waren verstummt. Hoch über ihm rauschte der gestoppte Lastzug in die Halle. Später – viel später würden Männer kommen und die Panne am Eingang beheben. Das konnte Stunden dauern. Stunden, die für Robert Schirra eine Galgenfrist waren.

Er rannte zurück. Keine Sekunde zu spät. Automatische Karren standen vor den beiden für den Mars bestimmten Boxen. Sie hoben die Klimakammern auf.

Schirra spurtete los.

Er rannte hinter den Kammern her. In letzter Sekunde erreichte er die Kammer, in der das Pferd gelegen hatte. Er klammerte sich an der Verschlußluke fest. Die Karren fuhren schneller. Mit einem Satz sprang er hinauf. Haarscharf glitt sein Körper an einem Mauervorsprung vorbei. Schirra hatte keine Wahl mehr. In wenigen Sekunden würden die Karren in genau bemessene Tunnel einfahren. Bis dahin mußte er in seiner Rettungskammer sein!

Er zwängte sich am Verschlußluk vorbei. Der Eishauch des künstlichen Todes umfing ihn. Er richtete eine Frontplatte hinter sich hoch. Sofort schloß sich die Luke. Schirra legte sich auf den Rücken. Er zitterte vor Kälte und Anstrengung. Schnell riß er sich den Overall über der Brust auf. Eine Schlauchverbindung tastete in der Dunkelheit über seinen Körper. Sie suchte sein Herz.

Eine kreisrunde Metallplatte legte sich auf die linke Brust. Er bäumte sich auf, als die lange Hohlnadel bis ins Herz vorstieß. Eisige Flüssigkeit füllte seine Adern. Und dann kam der Kälteschock, genau dosiert und brutal. Von spasmischen Krämpfen geschüttelt, wehrte er sich gegen den Tod auf Zeit. Er glaubte zu brennen, doch das war die Kälte. Sie hüllte ihn ein, saugte das Leben aus seinem Körper. Er hatte nie gewußt, wie schwer diese Art zu sterben war. Jetzt erfuhr er es. Und niemand wußte, ob er jemals wieder aufwachen würde.

DIE BEWAFFNETEN Männer drangen, ohne lange zu fragen, bei Leonhard Lime ein. Big LL hatte sich zur Ruhe begeben. Seine Wächter dösten im Dämmerlicht des anbrechenden Morgens. Sie wurden überwältigt, noch ehe sie sich aufgerafft hatten.

„Steh auf!" brüllte Jonny Lime. Big LL wälzte sich von seinem Lager. Er griff nach einer Armalitepistole. Jonny schlug seinem Vater aufs Handgelenk.

„Laß das! Du hast Pech gehabt. Die RELAX schlafen nach deinen Befehlen. Sie können auch handeln, wenn es sein muß . . ."

„Was soll der Unsinn, Jonny!" protestierte Big LL. Er sah die buntgekleideten Männer hinter seinem Sohn. Sie hatten auf ihn angelegt. Ausnahmslos trugen sie hohe Perücken und teure Kimonos.

„Du hast mit Steinberg gemeinsame Sache gemacht, Vater. Das ist jetzt vorbei. Wir wollen keine Verbrüderung mit diesen Primitiven."

„So!" nickte Leonhard Lime. „Das wollt ihr nicht . . ."

„Nein! Und deshalb wirst du jetzt eine Direktverbindung zu Steinberg herstellen. Du weißt ja, wie er zu erreichen ist!"

„Und?" erwiderte Big LL. Langsam kehrten seine Lebensgeister wieder zurück. Er wurde wach, obwohl er erst spät schlafen gegangen war.

„Du wirst ihm sagen, daß die Zeit der Experimente vorbei ist. Und dann wirst du ihm sagen, daß wir jeden dieser verdammten ARBITER umlegen, sobald sie uns über den Weg laufen."

Big LL stand auf. Er ging zum Bad. Vorsichtig nahm er ein Wasserglas. Er schluckte eine Pille und trank desinfiziertes Wasser hinterher.

„Es ist Wahnsinn, Jonny!" sagte er und drehte sich wieder um. „Die ARBITER versorgen uns. Ohne sie sind wir vollkommen aufgeschmissen."

„Unsinn – die Maschinen dienen uns. Die ARBITER tun doch nur so, als ob sie arbeiteten. In Wirklichkeit läuft unsere Welt vollautomatisch."

„Es freut mich, daß du die Behandlung so gut überstanden hast", sagte Leonhard Lime. „Leider hast du in deiner Wut die wahre Gefahr noch nicht erkannt."

„Die wahre Gefahr?" wiederholte Jonny. Er blickte kurz zu Linn Ronning hinüber. Ronning zuckte mit den Schultern.

„Ja, die Gefahr, die nur uns RELAX droht", sagte Big LL ruhig. „Schon heute können wir kaum noch arbeiten. Wir verlieren unsere Konzentrationsfähigkeit. Natürlich können wir uns kurzfristig für irgendwelche Ideen begeistern. Aber die Ausdauer und die Disziplin, Jonny, sie fehlen uns. Und das wird in den nächsten Jahrzehnten noch schlimmer werden, weil wir langsam vergessen, was wir eigentlich sollen . . ."

„Ruf Steinberg an!" unterbrach Jonny Lime seinen Vater.

Der Führer von New York schüttelte den Kopf. „Steinberg ist tot!"

Maßlose Verwunderung breitete sich auf den Gesichtern der Männer aus. Diese Eröffnung wirkte wie eine kalte Dusche.

„Unmöglich! Du hast doch gestern noch . . ."

„Gestern galten die alten Gesetze. Aber heute bestimmt ein neuer Mann. Er hat bereits Anweisungen gegeben, unsere Lebensdauer drastisch zu verkürzen. Er hält uns für nutzlose Parasiten. Wir erfüllen nicht den geringsten wirtschaftlichen Zweck, Jonny. Das sind die Tatsachen, mit denen wir uns abfinden müssen!"

„Wir werden kämpfen!" triumphierte Jonny Lime. Sein Vater winkte ab. Er ging zum Fenster und löste die Polarisation vor den Scheiben aus. Am Horizont dröhnte der Antrieb eines Raumschiffes.

Leonhard Lime winkte die Männer zu sich her. Er deutete nach draußen. „Seit vielen Jahren bestand eine geheime Übereinkunft zwischen mir und Steinberg. Wir wußten beide, daß unser System eines Tages zu einer tödlichen Zeitbombe für die gesamte Menschheit werden mußte. Deshalb hatte Steinberg auch nichts dagegen, daß ich mich über eine Anzapfstelle an seinen Einsatzcomputer anschloß. Wir nannten es das kontrollierte Risiko."

„Das war Verrat!" zischte Linn Ronning.

„Nein, Linn!" gab Big LL zurück. „Nur der Rest von Verantwortung für viele Milliarden Menschen. Ihr wißt es nicht, aber das hat es immer gegeben. Zu allen Zeiten gab es Männer, die ganz oben versuchten, das drohende Unheil aufzuhalten. Nur selten haben die Massen davon erfahren . . ."

„Aber wir wissen es!" knurrte Jonny. „Wir wissen, daß ihr uns verraten wolltet. Deshalb habt ihr auch zugelassen, daß dieser Schirra das System untergräbt!"

„Schirra war der letzte Versuch", nickte Big LL. „Er durfte nicht wissen, daß beide Seiten seine Unternehmungen billigten. Er mußte fest daran glauben, daß er Verbotenes tat. Nur so konnten wir herausfinden, ob die Mindestdosis Arbeit tatsächlich eine Chance für Milliarden ist."

„Dann weißt du also auch, wo dieser Schirra jetzt ist!" stellte Jonny fest. „Sag es uns – wir werden ihn beseitigen, ehe noch andere darauf kommen, das System zu hintergehen."

„Holt ihn doch!" lächelte Big LL überlegen. „Dort draußen, irgendwo zwischen den Sternen. Oder glaubst du tatsächlich, ich würde das Ergebnis der gemeinsamen Arbeit von mir und Steinberg in eure Hände fallen lassen?"

Jonny wurde rot. Sein geschminktes Gesicht verzog sich zu einer wütenden Grimasse. Er hatte es zugegeben. Big LL hatte öffentlich zugegeben, noch nach dem Tod von Lester Steinberg einen Überläufer geschützt zu haben!

Jonny wußte nicht, wie sein Vater es gemacht hatte. Es war unwichtig geworden. Trotzdem mußte er alles daransetzen, um Schirra wiederzubekommen. Er brauchte ein Opfer, einen lebenden Beweis für den Verrat seines Vaters. Nur so konnte er Millionen von RELAX im Großraum New York auf seine Seite ziehen.

„Nehmt ihn fest!" befahl Jonny Lime.

Linn Ronning warf ein Netz über den Kopf von Big LL. Niemand bemerkte das resignierende Lächeln um die Mundwinkel des RELAX-Führers. Seit Steinbergs Tod war er allein. Er hatte erkennen müssen, daß der neue Boß der ARBITER ebenso verbohrt reagierte wie sein eigener Sohn. Eines Tages hatte es so kommen müssen. Nur daß es gerade Jonny war, der zum Bruderkrieg aufhetzte, verbitterte Leonhard Lime.

Als sie ihn abführten, warf er Jonny einen langen Blick zu. Es war, als ahnte er bereits, was jetzt kommen mußte. Er wußte, daß keiner dieser Jungen ihn verstand. Auch das war das Ergebnis des Systems. Sollte Haß tatsächlich der einzige Urtrieb sein, der jede Veränderung der Gesellschaft überdauerte? Leonhard Lime trat ab. Eine neue Generation stand auf, um zu vollziehen, was er so lange zu verhindern versucht hatte.

Und Jonny Lime war ihr Anführer.

GUY HAMMOND erhielt die Meldung genau eine Stunde zu spät. Er hatte an den Kontrollschirmen mitbeobachtet, wie sich der plumpe Marsraumer auf einem Feuerstrahl in die Höhe hob. Eine große Erleichterung war über ihn gekommen. Auf saubere Art hatte er sich des Marsmädchens entledigt. Sie würde nichts sagen können. Nie mehr . . .

Hammond hatte genug zu tun. Er wußte, daß seine Probezeit noch nicht abgelaufen war. Noch immer stand der drohende Schatten des toten Führers der ARBITER über ihm. Trotzdem stellte Hammond das Versorgungssystem für die RELAX vollkommen um. Er war so beschäftigt, daß er zunächst nicht auf die Sondermeldung achtete. Erst als sich das Klingelzeichen ständig wiederholte, wurde er stutzig.

Er überflog die Meldung. Allein besagte sie nichts. Doch dann traf die Mitteilung ein, daß sie die Reste eines Pferdes gefunden hatten, eines Pferdes, das für den Mars bestimmt war.

Da erst verstand Hammond auch die erste Meldung vom Alarm in den Lagerhallen. Wütend schleuderte er einen Stapel Mikrofilme in die Ecke. Er hatte versagt. Robert Schirra war in einer Klimakammer entkommen . . .

Sofort suchte er im Verzeichnis nach dem Auskunftskode für Raumschiffbewegungen. Er dämpfte das Licht. An der gegenüberliegenden Wand senkte sich eine schwarze Platte nach unten. Neben ihm öffnete sich ein Loch in der Wand. Ein mit winzigen Objektiven gespickter Kugelkopf erschien. Er sah aus wie das Oberteil eines kleinen Planetariums. Hastig tippte Hammond auf die Tasten. Ein schematisches Bild des Sonnensystems leuchtete auf. Winzige rote Punkte standen zwischen Planeten, Meteoren und Asteroiden. Es sah wesentlich günstiger aus, als Hammond angenommen hatte. In der ersten halben Stunde hatte der Marsraumer nur fünfundsiebzigtausend Meilen geschafft. Er beschleunigte proportional. Die Geschwindigkeit nahm mit dem Quadrat der Entfernung zu.

Hammond strich sich über sein kantiges Kinn. In den wenigen Stunden als Boß der ARBITER hatte er eine Menge gelernt. Jetzt erkannte er, was vor ihm die Mächtigsten der Erde ebenfalls hatten einsehen müssen: Ein einziger Märtyrer war gefährlicher als eine Armee unter Waffen!

Falls Schirra die Flucht zum Mars gelang, war Hammond erledigt. Er kannte die Einstellung der Marskolonie. Sie würde nicht schweigen . . .

Fast hätte Hammond Big LL angerufen und ihn um eine gemeinsame Aktion gebeten. Er wunderte sich selbst über diesen Gedanken.

Rechtzeitig erinnerte sich Guy Hammond an die Möglichkeiten, die er als neuer Boß der ARBITER hatte. Er blickte zur Seite. Der Schatten des ermordeten Lester Steinberg machte ihn nachdenklich. Entschlossen lief Hammond zur Schaltwand des Einsatzcomputers. „Welche Raumschiffe stehen mir kurzfristig zur Verfügung?" fragte er schnell.

Der Einsatzcomputer antwortete nicht sofort. Es klickte und summte in seinen weitverzweigten Eingeweiden. „Wollen Sie in einer Klimakammer reisen?" fragte die Maschine. „Das hängt allerdings sehr vom Reiseziel ab. Falls Sie beispielsweise eine Reise zum Mars beabsichtigen, beträgt die Reisezeit mit der *Naxos* bei maximalen Beschleunigungswerten sieben Tage und vier Stunden."

„Und ohne diese Klimakammern?" fragte Hammond sofort.

„Falls die Reise sofort angetreten wird – zweiundsechzig Tage!"

Hammond stöhnte auf. So lange konnte er der Zentrale nicht

fernbleiben. „Gibt es eine Möglichkeit, schnell zum Mars zu kommen und noch vor der Ankunft die Klimakammern zu verlassen?" fragte er.

Der Einsatzcomputer rechnete. Es dauerte eine Ewigkeit, dann hatte er ein Programm ausgearbeitet. „Ja", sagte die Lautsprecherstimme. „Diese Möglichkeit gibt es. Allerdings verlängert sich die Reisezeit dann auf elf Tage plus minus x, multipliziert mit einem gewissen Unsicherheitsfaktor."

„Wie sieht diese Möglichkeit aus?" fragte Hammond ungeduldig.

Der Computer antwortete sofort. „In diesem Fall muß die Mannschaft aus vier gesunden Personen mit technisch-medizinischen Fähigkeiten bestehen. Die Beschleunigung wird jeweils für einen Tag ausgesetzt. In dieser Zeit muß ein Aufweckmanöver durchgeführt werden – jeweils ein anderes Mitglied der Besatzung. Wer zuletzt geweckt wird, erlebt die Landung bewußt mit."

„Und was ist mit dem Risiko bei der Landung?"

„Darin besteht der Unsicherheitsfaktor", gab der Einsatzcomputer unbeeindruckt zurück.

Hammond überlegte lange. Dann gab er den Befehl, die *Naxos* für ihn bereitzustellen. Aus den Archiven suchte er sich drei zuverlässige Capos mit entsprechender Vorbildung.

Er riskierte es.

Genau neunzig Minuten später hob das schlanke schwarze Raumschiff vom verbrannten Boden der Raumwerft Long Island ab. Guy Hammond hatte die Verfolgung aufgenommen.

Johlend und protestierend rannten die Relax immer wieder gegen die künstlichen Sperren an. Der für sie reservierte Teil des Raumhafens war abgesperrt. Pausenlos wiederholte eine Computerstimme, daß der Raumer von Big LL bereits gestartet sei.

„Das ist eine verdammte Lüge!" brüllte Linn Ronning.

„Halt den Mund!" fauchte Jonny Lime. „Willst du in alle Welt hinausposaunen, daß wir meinen Vater festgesetzt haben? Das ist so gut wie Selbstmord, Linn!"

Schweigend zog sich Linn Ronning zurück. Er mußte zugeben, daß Jonny recht hatte. Er konnte noch immer nicht begreifen, wie es Big LL gelungen war, aus seinem Gefängnis auszubrechen. Sie hatten ihn mit Wächtern vor der Tür in der medizinischen Sektion des Ringturms Coney Island eingesperrt. Sofort waren sie aufgebrochen, um die Verfolgung Schirras aufzunehmen. Und dann waren sie doch zu spät gekommen. Big LL war vor ihnen eingetroffen und befand sich bereits nicht mehr auf der Erde!

„Es hat keinen Zweck!" sagte Jonny Lime kopfschüttelnd. „Wir müssen zurück. Laß den Alten doch hinter Schirra herfliegen. Dann sind wir ihn wenigstens los. In der Zwischenzeit nehmen wir hier die Sache ganz in die Hand. Einen größeren Gefallen hätte mein Vater uns gar nicht tun können!"

Grinsend gab Linn Ronning ihm recht. So gesehen standen sie recht gut da. Wenn sie keine Zeit verloren, gehörte die Welt ihnen, ehe Big LL auch nur einen Funkspruch zur Erde geschickt hatte . . .

Jonny Lime gab die neue Parole aus.

Die Meute der RELAX zog sich zurück. Sie tobten über die Ausfallstraßen, beschossen vorüberrasende Transporter und benahmen sich ganz so, als wollten sie New York kurzerhand auseinandernehmen. Und keiner war da, der sie aufhalten konnte!

DAS GEHEIMNIS der Marskolonie war nie bis zur Erde durchgedrungen. Die ältesten der Kolonisten hatten bereits über dreißig Jahre Marserfahrung. In kleinen, häßlichen Sonden waren sie damals gekommen. Sie hatten nach monatelangem Flug Plastikzelte aufgerichtet und Meßgeräte über den roten Planeten verteilt. Nach und nach waren Fahrzeuge, Maschinen und Ersatzteile eingetroffen. Niemand wollte damals eine echte Kolonie auf dem Mars errichten. Erst als die sechste Astronautencrew nicht wieder aufsteigen konnte, waren in kurzen Abständen weitere Raumschiffe auf den Weg geschickt worden. Sie hatten den einzigen Zweck, die gestrandete Crew auf die Erde zurückzuholen. Doch dann hatte jemand herausgefunden, daß bereits sehr viel nutzloses, aber höllisch teures Material auf dem Mars lagerte. Eine Rückkehr nach vierzehn Tagen Aufenthalt war unrentabel. Die nächsten Astronauten blieben fast ein Jahr auf dem roten Planeten. Sie richteten sich ein, so gut sie konnten. Maschinen zur Auswertung natürlicher Rohstoffe wurden ihnen nachgeschickt. Eine lächerlich kleine Basisindustrie entstand. Das waren die Anfänge der Kolonie gewesen. Die ersten Marsianer waren Techniker der Erde. Sie hatten ohne falsches Pathos gearbeitet, weil sie keine rauflustigen Pioniere gewesen waren.

Und dann waren die Frauen gekommen. Nüchterne, perfekt ausgebildete Wissenschaftlerinnen, Ingenieurinnen, Ärztinnen. Die Marskolonie wurde zum Sammelbecken technischer Intelligenz.

Nur ganz langsam entwickelte sich ein neuer Geist auf dem Mars. Die nüchternen Techniker entdeckten, daß hinter langen Zahlenkolonnen und verschlüsselten Meßdaten eine neue, ungeheuer romantische Welt verborgen war. Sie begannen den Planeten – ihren Planeten – zu lieben. Gleichzeitig und fast unmerklich nahm die Erinnerung an die Erde eine viel zu idealisierte Form an. Erst als immer unmenschlichere Berichte durchsickerten, begriffen die Marskolonisten, daß ihre Vorstellung von der Erde mehr und mehr zu einer Legende wurde.

Die Marskolonisten erkannten ihre Chance. Sie sonderten sich ab. Sie errichteten einen totalen Informationsschirm um ihren Planeten. Ihre Welt sollte kein Picknickplanet für gelangweilte RELAX werden! Sie bauten für den Mars ein künstliches, abstoßendes, unfreundliches Image auf. Sollte die Erde doch denken, auf dem roten Planeten würde es nur Wellblechbaracken und brackiges Wasser geben . . .

Doch die Wirklichkeit war anders.

Fast fünfundzwanzigtausend Menschen hatten sich eine neue Heimat aufgebaut. In dreißig Jahren war eine neue Kultur innerhalb des Sonnensystems entstanden. Sie hatte für Besucher einen häßlichen Vorhof. Und nur die Kolonisten selbst kannten das goldene, pulsierende Herz ihrer prosperierenden Zivilisation.

Längst hatten sie einen Raumantrieb entwickelt, der ihren Raumschiffen gestattete, beinahe mit Lichtgeschwindigkeit zu fliegen. Doch auch dieses Geheimnis verrieten sie den Terranern nicht! Vor jeder Landung auf der Erde tauschten sie die Antriebseinheit aus. Sie verankerten den Minus-x-Antrieb an bestimmten Stellen draußen im Raum, wo sie auf altmodische Chemotriebwerke umrüsteten. Und kein Terraner wußte davon.

Nur so war es zu erklären, daß auf den Suchschirmen der Verfolger das plump wirkende Marsraumschiff plötzlich verschwand. Es löste sich auf, als wäre es nie von der Erde gestartet.

VOLLKOMMEN automatisch raste das eiförmige Raumschiff des RELAX-Chefs durch die Dunkelheit des Raums. Seit vielen Stunden röhrte der hochkomplizierte Antrieb sein flammendes Lied. Computerbänke korrigierten den Kurs. Eine perfekt arbeitende Meßstation überwachte den eingefrorenen Körper von Big LL.

Leonhard Lime war in vielen Dingen dem toten ARBITER-Boß ähnlich. Er besaß die gleiche, sich selbst verzehrende Energie und die Stärke jener Männer, die sich seit Urzeiten für andere Menschen den Kopf zerbrochen hatten. Es gab nicht viele Dinge, die Big LL und Steinberg gemeinsam geschaffen hatten. Meistens waren ihre Aktionen durch eine natürliche Feindschaft bestimmt gewesen.

Doch ihre letzte Übereinkunft war eine Idee, die Big LL wie ein gemeinsames Kind zu schützen gewußt hatte. Auch nach dem Tod von Steinberg wollte Big LL alles daransetzen, um aus Robert Schirra Informationen herauszufiltern, die einmal allen RELAX und ARBITERN zugute kommen sollten.

Nur deshalb hatte er sich seinem Sohn entzogen. Ihm war vollkommen klar gewesen, daß er nur dann die Katastrophe verhindern konnte, wenn es ihm gelang, Schirra zu finden und an neutraler Stelle untersuchen zu lassen.

Jetzt wußte nur noch Big LL, wie wichtig Schirra für die Menschheit war. Er hatte das Risiko auf sich genommen und seinen Körper einfrieren lassen. Niemand wußte, ob es für ihn ein Erwachen gab. Der Unsicherheitsfaktor war zu groß für einen Mann seines Alters. Trotzdem hatte er es riskiert.

Er spürte nichts, als sein Raumschiff auf den Mars zusteuerte. Noch war der kritische Punkt nicht gekommen. Erst wenn sie ihn auftauten, würde sich herausstellen, ob er das Einfrieren überstanden hatte. Milliarden winziger Eisnadeln in seinen Zellen würden darüber entscheiden. Waren sie zu schnell entstanden, dann würde er nicht mehr erfahren, daß sein letzter, verzweifelter Versuch gescheitert war . . .

Doch noch war es nicht soweit. Noch beschleunigten die Triebwerke glatt, sauber und computergesteuert. Die Entscheidung würde erst auf dem Mars fallen.

DER HASS verzerrte sein Gesicht. Seine Augen waren blutunterlaufen. Er ertrug die Schmerzen, während die *Naxos* den roten Planeten ansteuerte. Schon konnte er die beiden kleinen Marsmonde ausmachen. Sein Körper war vollgepumpt mit Drogen. Irgend etwas hatte nicht geklappt. Sein linker Arm hatte eine braunschwarze Färbung angenommen. Er mußte sich dringend operieren lassen.

Guy Hammond biß sich auf die blutigen Lippen. Er hatte es so gewollt. Die Gewaltreise war nur für extreme Notsituationen ein Ausweg. Er hatte darauf bestanden, in wenigen Tagen zum Mars zu kommen. Die Rechnung stand noch aus! Er wußte inzwischen, daß Lester Steinberg versucht hatte, einen neuen Antrieb in das Raumschiff einzubauen. Es funktionierte mit verblüffender Einfachheit. Doch er konnte unter normalen Bedingungen nicht benutzt werden. Kein menschliches Wesen überstand die sprungartige Beschleunigung von einigen hundert g.

Der Einsatzcomputer in der ARBITER-Zentrale hatte eine Reise in Klimakammern vorgeschlagen. Jetzt wußte Hammond, warum. Nur vereiste, scheintote Körper überstanden die Wucht des neuen Antriebs. Eines Tages würde es Ausgleichsgeneratoren geben. Hammond hatte sie nicht zur Verfügung.

Er zupfte mit schmerzverzerrtem Gesicht abgestorbene Hautlappen von seinem Gesicht. Ein Rest von Leben pulsierte noch in seinem erstarrten Arm. Ein Nervenimpuls ließ die Finger zusammenzucken.

Hammond wußte, daß er eine Chance hatte, den Arm zu retten. Wenn er sofort in ärztliche Behandlung kam, konnten die Regenerationstabletten die Kälteschäden stoppen und reparieren. Doch dafür war keine Zeit!

Der fahlrote Ball des vierten Planeten im Sonnensystem glotzte ihn an wie ein feuriges Auge. Die *Naxos* hatte weniger Zeit gebraucht als je ein Schiff der Erde zuvor. Jedenfalls glaubte Guy Hammond das. Er kannte das große Geheimnis der Marskolonie nicht. Er ekelte sich förmlich bei dem Gedanken, Schirra irgendwo zwischen verfallenen Siedlungsresten und stumpfsinnigen Technikern suchen zu müssen.

Sein Status als New Yorker Boß der ARBITER galt nichts auf dem Mars. Außerdem war sein Flug weder registriert noch angemeldet. Er kam als Fremder. Und so würden sie ihn auch behandeln! Er machte sich keine Illusionen. Noch wußte er nicht, inwieweit er mit seiner kleinen Crew rechnen konnte. Notfalls würde er im Alleingang Schirra aufspüren müssen.

Um sich abzulenken, entwickelte er einen Plan, wie er die Festnahme von Robert Schirra über alle Informationskanäle zur Erde übermitteln konnte. Wenn ihm das gelang, war für ihn der Status des Steinberg-Nachfolgers für alle Zeiten gesichert.

Er zog einen Schlauch mit Nährflüssigkeit an seinen Mund. Wie ein zu Tode verletztes Tier kauerte er in seiner Andruckliege. Noch war seine Energie ungebrochen. Und doch wurde er seine dunklen Ahnungen einfach nicht los.

Das Geheimnis der Marskolonisten kündigte sich an, als aus dem Nichts ein Pulk kleiner, aufwendiger Abfangraumer auftauchte. Zuerst dachte Hammond an gelenkte Satelliten. Er verfolgte auf den Bildschirmen die Bahnbewegungen der kleinen Armada. Sie schoß an seinem Raumschiff vorbei, verharrte, kehrte um und kreiste ihn ein. Hammond versuchte sich aufzurichten. Sein ganzer Körper war eine einzige Schmerzquelle.

Es knackte in den Lautsprechern. Nach einigen Versuchen

hatten sie seine Empfangsfrequenzen herausgefunden. In regelmäßigen Abständen kamen die Buchstabenfolgen des internationalen Raumkodes durch. Sie fragten nicht – sie forderten Auskunft.

Hammond ignorierte die Störung. Arrogant lehnte er sich zurück. Er glaubte nicht, ein paar verwilderten Kolonisten eine Auskunft schuldig zu sein. In diesem Augenblick ahnte er noch nicht, daß sich der größte Schock seines Lebens bereits anbahnte. Langsam verringerte die *Naxos* ihren Sturzwinkel. Verzögerungstriebwerke jaulten auf.

Hammond schnallte sich mühsam fest. Sein Hirn hatte nur noch einen Gedanken: Er mußte Schirra zur Strecke bringen – und wenn er ihn bis zum Ende des Sonnensystems jagen sollte!

WÄRME! Robert Schirra lächelte. Sekundenlang genoß er das angenehme Gefühl, wieder denken zu können. Doch dann kam die Erinnerung wie ein Sturzbach zurück. Er bäumte sich auf. Verzweifelt schlug er um sich. Er keuchte gehetzt. Seine Augen rollten. Etwas fuhr in seine linke Armvene. Schirra wehrte sich dagegen. Er wollte nicht sterben.

„Ganz ruhig, mein Junge!" sagte eine ausgesprochen angenehme Stimme.

Schirra schlug die Augen auf. Er starrte auf einen kleinen Baum mit winzigen Blättern. Orangen in der Größe eines Golfballs hingen an den Zweigen. Das ganze Zimmer duftete nach frischen Apfelsinen.

„Herzlich willkommen auf dem Mars!" lachte der Mann mit der sonoren Stimme. Schirra drehte den Kopf zur Seite. Der Mann saß auf der Kante seines Bettes. Er kniff ein Auge zusammen.

„Auf dem Mars?" fragte Schirra schwach. Erst jetzt entdeckte er, daß sein Körper in einer Plastikhülle steckte. Geriffelte Schläuche führten zu einem Gerät, an dem Dutzende von Skalen aufblinkten. Das Zimmer war nicht besonders groß. Außer der Maschine, dem Bett und dem Orangenbaum befanden sich nur noch zwei Sessel und ein Gestell mit einem Wärmestrahler darin.

„Na? Zufrieden?"

Schirra musterte das Gesicht des Mannes.

„Ich bin Chosetti Young. Ich hatte das Vergnügen, Sie zweimal aus der Tinte zu holen."

„Zweimal?" fragte Schirra zweifelnd.

Chosetti Young nickte. „Zuerst am Minengürtel der Raumwerft Long Island. Wir kamen mit einem Luftkissenboot vorbei. Und dann draußen in den Studios. Nehmen Sie es mir nicht übel, aber was, zum Teufel, haben Sie mit dem Pferd gemacht?"

„Mit dem Pferd?" Schirra schüttelte sich. Ihm wurde plötzlich schlecht. Sein Magen krampfte sich zusammen. „Es ist tot – zersplittert!"

„Na schön", sagte Young, „dann müssen sie in den Studios eben wieder die mechanischen Pferde nehmen. Für Nahaufnahmen wäre ein echtes Pferd natürlich besser gewesen, aber . . ." Er stockte und blickte Schirra lange an. „Wenn Sie sich besser fühlen, wird es eine Verhandlung geben. Sie können dabei auf mich rechnen. Schließlich bin ich Ihr bester Zeuge dafür, daß eine ganze Menge Terraner nicht besonders gut auf Sie zu sprechen sind. Was haben Sie denn verbrochen, oder darf man das nicht wissen?"

„Ich habe gearbeitet", sagte Schirra müde.

„Na und? Viele Terraner arbeiten!"

Schirra schüttelte den Kopf. „Ich bin ein RELAX!"

„Ach du lieber Himmel!" sagte Young. Als Verbindungsmann zwischen Erde und Mars wußte er, was das bedeutete. Langsam schüttelte er den Kopf. Er sah den Patienten plötzlich mit ganz anderen Augen.

„Ein echter RELAX?" fragte er mit einem leisen Lächeln.

„Ich weiß es selbst nicht", gab Schirra zurück. „Ich bin als RELAX geboren. Meine ganze Erziehung war gegen die Welt der ARBITER ausgerichtet. Ich habe alles gehabt, was ich mir wünschen konnte – in gewissen Grenzen natürlich . . ."

„Natürlich!" nickte Young. Er beugte sich zur Seite. „Macht es Ihnen etwas aus, wenn ich ein Tonband mitlaufen lasse? Das erspart Ihnen eine Menge Zeit bei der Verhandlung."

Schirra lächelte. „Meinetwegen", sagte er. Er reckte sich. Seine Mundwinkel zuckten kurz. Noch hatte sein Körper die Schmerzen nicht überwunden.

„Erzählen Sie!" forderte der Marskolonist.

„Da ist nicht viel zu erzählen", sagte Schirra mit einem kurzen Seufzer. „Ich habe meine Ausbildung abgeschlossen. Histosoziologe. Seit drei Jahren lebe ich in einem Ringturm auf Coney Island."

„Und seit der Zeit haben Sie gearbeitet?"

„Nein! Es begann eigentlich damit, daß mir die Nutzlosigkeit meines Lebens bewußt wurde. Ein paar Saatkörner aus meiner Studienzeit, dann die kalte, sterile Welt der RELAX und eine heimliche Bewunderung für Steinberg . . ."

Er dachte zurück.

„Ich hatte das Gefühl, verrückt zu werden. Können Sie sich das vorstellen, einfach leben, ohne Sinn, ohne Aufgabe? Das macht Sie wahnsinnig, Young! Wie eine schleichende Krankheit. Und keine Hoffnung, irgendwann etwas zu tun, das sich lohnt, wofür man kämpfen muß!"

„Zweifel am Sinn der eigenen Existenz also", sagte Young.

„Ja", nickte Schirra. „Ein goldenes Gefängnis. Eine totale Wohlfahrtskultur, bevölkert von nutzlosen Idioten!"

„Aber wie haben Sie es gemacht, Schirra? Wie kamen Sie dazu, eigene Wege zu gehen?"

„Identitätsmanipulation. Das war nicht schwer. Ein paar Drogen und dann die ersten Versuche. Ich habe in den Ringtürmen angefangen. Ich habe lernen müssen, mich wie ein ARBITER zu verhalten. Oft fühlte ich mich wie ein Schauspieler, der seine Rolle übt. Wenn ARBITER in den Versorgungstrakten zu tun hatten, bin ich hinterhergegangen. Ich habe aufgepaßt, wie die RELAX auf mich reagierten. Und dann habe ich mit Steinberg gesprochen . . ."

„Sie müssen eine Menge Glück gehabt haben", sagte Chosetti Young anerkennend.

„Ja, bis ich den RELAX auffiel. Das war gestern nachmittag."

„Nein, vor einer Woche", korrigierte Young. „Vergessen Sie die Reise in der Klimakammer nicht. Sie waren eine Woche sozusagen tot. Hundertneunzig Grad unter dem Gefrierpunkt!"

Schirra suchte mit seinen Blicken den Wärmestrahler. Trotzdem fror er noch nachträglich.

„Da ist noch etwas", sagte Chosetti Young. „Wußten Sie, daß Sie einen Schutzengel hatten?"

„Steinberg?"

„Nein, Roslyn Pascal, ein Marsmädchen!"

„Woher . . ."

„Sie ist hier. Sie sehen, wir wissen auch eine ganze Menge. Steinberg ist tot. Sein Nachfolger wollte das Experiment mit Ihnen nicht fortführen. Er schickte Roslyn Pascal weg. Wir haben sie mitgenommen."

Schirra war wie vor den Kopf geschlagen. Die neuen Eindrücke überschlugen sich. Er brauchte lange, um zu verstehen. „Das Experiment – bin ich?" sagte er fragend. Er kannte die Antwort bereits.

„Ja, Sie durften arbeiten. Sogar Big LL hatte seine Zustimmung gegeben. Sie werden ihn übrigens bald sehen. Er ist auf dem Weg hierher – ebenso wie sein Todfeind, der neue Boß der ARBITER."

„Nein!" stöhnte Schirra. „Das kann einfach nicht wahr sein!"

Chosetti Young stand auf. Er schaltete das Tonbandgerät aus. Er wandte sich zum Wärmestrahler und verringerte die Intensität geringfügig. Dann wandte er sich zur Tür. „Schlafen Sie. Danach werden Sie sich besser fühlen. Ich würde mir an Ihrer Stelle jetzt keine dummen Gedanken machen. Auf dem Mars gibt es keinen Krieg zwischen RELAX und ARBITERN."

„Aber Big LL und dieser Nachfolger von Steinberg . . . Warum kommen sie? Etwa meinetwegen?"

„Natürlich", nickte Young. „Was dachten Sie denn?" Er lächelte, als er das Krankenzimmer verließ.

Schirra wollte aufspringen. Die Angst kroch durch seinen geschwächten Körper. Gab es denn keinen Ort, an dem er Ruhe fand? Auf der Erde war er nur eine Nummer gewesen. Langsam erkannte er, welche gravierenden Folgen sein Doppelleben hatte. Er fing an, seine Flucht in einem völlig neuen Licht zu sehen. Er wollte raus, einfach weiterlaufen. Sie durften ihn nicht fangen! Ohnmächtig sah er jedoch ein, wie geschwächt sein Körper jetzt noch war. Wilde Alpträume trieben Schweißperlen auf seine Stirn, als er endlich einschlief.

DIE *NAXOS* landete am Rande eines stillgelegten Flugfeldes. Guy Hammond brauchte lange, bis er sich so weit erholt hatte, daß er seine Crew auftauen konnte. Bei einem Capo hatten seine Bemühungen keinen Zweck mehr. Hammond starrte auf das schlaffe weiße Fleisch hinab.

Hammond ließ sich von den beiden anderen Capos eine luftdichte Kompresse um seinen erfrorenen Arm legen. Er schluckte serienweise Pillen und Tabletten. Er sorgte dafür, daß auch die beiden ARBITER genügend Psychodrogen einnahmen.

In wenigen Minuten verstärkte sich der natürliche Aggressionstrieb der drei Männer. Alle Hemmungen fielen von ihnen ab. Sie kannten nur noch ein Ziel. Sie mußten einen RELAX aufspüren, der sich wie ein Spion in ihre eigenen Reihen eingeschlichen hatte. Sie würden ihn jagen und stellen. Und dann würden sie ihn voller Triumph zur Erde zurückbringen. Wenn ihnen das gelang, konnte der Krieg gegen die RELAX offiziell beginnen. Denn dann hatten sie ein starkes Motiv, einen lebenden Beweis dafür, daß die Kultur der ARBITER von den RELAX bedroht war.

„Robert Schirra", sagte Guy Hammond. Er spürte seine Schmerzen nicht mehr. Die Drogen hatten sie betäubt. „Merkt euch diesen Namen. Der Mann ist gefährlich, wir dürfen ihn nicht unterschätzen." Er suchte eine Serie von dreidimensional wirkenden Bildern hervor. Sie zeigten Schirra in verschiedenen Masken. „Das ist er! Ein Teufel und eine tödliche Gefahr für uns alle. Wir müssen ihn finden!"

Die beiden Capos strafften sich. Ihre muskulösen Körper wirkten wie eine Erfolgsgarantie. Hammond konnte mit ihnen zufrieden sein.

„Also los!" sagte er hart. „Hier sind gefälschte Dokumente – und hier die Waffen. Und jetzt werden wir diesen primitiven Siedlern einmal zeigen, wie ein Einsatz der ARBITER abläuft!"

Ohne zu zögern, verließen die drei Jäger ihr Raumschiff. Sie trugen Nasenmasken und kleine Sauerstofftanks auf dem Rücken. Nur so konnten sie sich auch außerhalb der riesigen Plastikkuppel über den Marssiedlungen bewegen.

Als sie die *Naxos* verließen, schlug ihnen eine Kältewelle entgegen. Die dünne, kühle Marsluft war das erste Hindernis, das sie überwinden mußten. Sie rechneten mit weiteren Zwischenfällen. Aber sie waren fest entschlossen, sich durch nichts aufhalten zu lassen.

BIG LL konnte selbst kaum verstehen, wie er die Strapaze heil überstanden hatte. Erstaunlich schnell erholte er sich von den vielen Stunden in der Klimakammer. Noch ehe die Bremsdüsen seines Raumschiffs ganz ausgekühlt waren, konnte er sich aufrichten und Verbindung mit den Kolonisten aufnehmen.

„Hier spricht Leonhard Lime", sagte er mit krächzender Stimme in eine Gruppe von Mikrofonen. Seine Finger zitterten leicht, während er die Frequenzen des offiziellen Marsraumhafens einpegelte.

Sein Schiff war durch den konischen Schacht in der Luftkuppel gefallen. Exakt war er auf einer Landeplattform niedergegangen. Die Kuppel hatte sich selbständig über ihm geschlossen.

„Hier spricht Leonhard Lime", wiederholte Big LL. „Ich komme in offizieller Mission als Chef der RELAX von New York und bitte um Hilfe." Er wartete geduldig, bis sich die Kolonisten meldeten.

„Verlassen Sie Ihr Raumschiff unbewaffnet. Wir werden Sie abholen!"

Leonhard Lime lächelte. Er wußte, daß auch Hammond zum Mars aufgebrochen war. Nur deshalb hatte er sich entschlossen, den höflichen Weg zu gehen. Er bat die Marssiedler um Hilfe und hoffte dabei, daß Hammond den entgegengesetzten Weg gehen würde. Falls seine Vermutungen zutrafen, würde er selbst mit sehr viel mehr Wohlwollen aufgenommen werden. Da er außerdem allein zum Mars gekommen war, konnte er mit seinem Status als offizieller RELAX-Chef wahrscheinlich mehr ausrichten als Hammond. Keuchend erhob er sich und verließ sein Raumschiff. Er mühte sich mit den Abstiegsschächten ab. Für ihn war das eine ungewohnte Arbeit.

Zehn Minuten später stand er im Schatten seines Raumschiffes. Er wartete, bis der leichte Transporter neben ihm hielt. Kräftige Hände halfen ihm in die Polster. Daß sie ihn dabei schnell nach Waffen abtasteten, entlockte ihm nur ein Lächeln. Seine Hauptwaffe hatte er in seinem Mund verborgen. Sie war nicht größer als eine Psychopille.

Der Raumhafen sah kahl und trostlos aus. Überall lagen Abfälle herum. Windschiefe Baracken und graue Gebäude machten einen deprimierenden Eindruck. Nur die große Plastikkuppel über der Siedlung sah neu und sorgfältig gepflegt aus.

Sie brachten ihn in die Empfangshalle.

Leonhard Lime wurde einem abgerissen aussehenden Offizier vorgestellt. Mit einem einzigen Blick erkannte Lime, daß der ungepflegte Mann eine Waffe trug, die bereits Rost angesetzt hatte. Er hatte seine Stiefel mit gelben Bindfäden zugebunden. Für Big LL bestätigte sich damit der Eindruck, den er immer vom Mars gehabt hatte.

Der Offizier schob einen halbleeren Teller zur Seite. Er wischte sich die Finger an seinem Overall ab. „Was wollen Sie?" fragte er unwirsch.

„Ich möchte mit dem zuständigen Sicherheitsbeauftragten sprechen. Die Sache ist von allerhöchster Wichtigkeit."

„Aha!" sagte der Offizier. Er ließ sich in einen durchgesessenen Sessel fallen und streckte die Beine aus. „Da, nehmen Sie Platz! Auf dem Stuhl da!"

Big LL drehte sich um. Er musterte etwas verstört die grinsenden Gesichter seiner Begleitmannschaft. Sie lümmelten an der Barriere herum.

„Die Sache ist geheim", sagte Big LL mit leisem Protest in der Stimme. „Ich möchte doch jetzt um . . ."

„Schon gut, Mister! Ich bin der, den Sie suchen! Schießen Sie los! Die anderen können ruhig zuhören."

„Aber gibt es denn keinen Kontrollrat, keinen richtigen, äh . . ."

„Paßt Ihnen an mir etwas nicht?" fragte der Offizier drohend. Leonhard Lime wand sich unruhig hin und her. Er stützte sich auf die Barriere. Sein Gesicht hatte eine ungesunde Farbe angenommen. „Hören Sie zu", sagte er mit gedämpfter Stimme. „Hier auf dem Mars muß vor kurzer Zeit ein Mann angekommen sein, der für die Erde äußerst wichtig ist."

„Schirra?"

„Pst!" sagte Big LL sofort. Er merkte, daß er begann, sich lächerlich zu machen. Er drehte sich kurz zur Seite. Seine Begleiter grinsten noch mehr.

„Sie brauchen mir nichts zu erzählen, Mr. Lime! Wir sind hier nicht in New York. Ihr Befehlsbereich dürfte im Augenblick rund vierzig Millionen Meilen von diesem Punkt entfernt sein. Aber spielen wir mit offenen Karten! Sie wollen, daß wir Robert Schirra an Sie ausliefern. Er selbst wird von Ihrem Wunsch kaum begeistert sein. Er kam als Flüchtling zum Mars und genießt hier die gleichen Rechte wie Sie – vielleicht sogar noch ein paar mehr!"

„Ich verstehe", sagte Big LL sofort. „Aber ich muß Schirra haben, koste es, was es wolle!"

„Na schön, das ist Ihre Meinung. Und jetzt hören Sie mal gut zu, Mr. Lime. Wir auf dem Mars mischen uns grundsätzlich nicht in irdische Streitereien ein. Aber wir haben gewisse Grundgesetze. Eins davon heißt, daß das Recht und die eigene Freiheit immer an der Nasenspitze des anderen aufhören, wenn Sie verstehen, was ich meine."

Big LL sah ein, daß er so nicht weiterkam. Er versuchte einen anderen Weg. Nur er wußte, wie wichtig Schirra für die Erde war. „Kann ich wenigstens mit ihm sprechen?"

„Wenn er selbst den Wunsch dazu äußert!"

„Können Sie ihm dann sagen, daß ich auf ihn warte und daß er – äh – in Gefahr ist?"

„Wenn ein Mann, der über Millionen Meilen von Menschen gejagt wird, nicht selbst erkennt, daß er in Gefahr ist, werde ich ihn gern daran erinnern", sagte der Offizier mit kaum verborgenem Spott.

Er sah die Unterredung als beendet an. Die Begleiter führten

Big LL in einen Warteraum. Er war so kahl und trostlos wie alles auf dem Mars. Big LL fühlte, daß er sich auf eine längere Wartezeit einrichten mußte. Noch während ihn seine Begleiter verließen, entschloß er sich, den direkten Weg zu gehen. Er hielt es nicht für besonders schwierig, Robert Schirra aufzuspüren.

In dieser Disziplinlosigkeit mußte es gelingen, ihn zu finden. Zuerst wollte er die Abteilung für Kranke aufsuchen. Dort vermutete er Schirra eher als an irgendeinem anderen Ort dieses trostlosen Planeten. Er wartete, bis er allein war. Vorsichtig untersuchte er die Türen. Sie waren verschlossen.

Der Schuss riß ihn aus dem Schlaf. Robert Schirra war plötzlich hellwach. Mit einem Ruck richtete er sich auf. Sein Unterbewußtsein registrierte blitzartig Ursache und Herkunft des Schußgeräusches. Er brauchte nicht lange, bis ihm klar wurde, daß dieser Schuß aus einer irdischen Armalitepistole abgefeuert worden war.

Die Schlußfolgerungen aus dieser Feststellung waren klar und einfach: Sie kamen, um ihn zu holen! Wer es war, wußte Schirra nicht. Für ihn war dieser Unterschied ohne Bedeutung.

Er riß den Verschluß der Plastikhülle um seinen Körper auf. Er schälte sich aus dem Unterdrucksack, schwang die Beine über die Bettkante und sah sich um. Auf der anderen Seite des Zimmers entdeckte er einen Einbauschrank. Seine Sachen hingen sauber und desinfiziert an Magnetklammern. Daneben entdeckte er einen vollsynthetischen Anzug, der eine Mischung aus Overall und Sandmantel war. Es war der beste Planetenanzug, den Schirra jemals gesehen hatte.

Er zögerte keine Sekunde. Der Anzug paßte wie angegossen. Er nahm seine wenigen Utensilien aus einem Metallkasten. Seit dem Schuß waren kaum drei Minuten vergangen.

Er schlich zur Tür und öffnete sie einen Spaltbreit. Er hörte hastige Schritte auf den Gängen. Jemand brüllte kurz auf. Schirra zögerte nicht. Er wandte sich zur anderen Seite.

Der blitzsaubere Gang führte in einem leichten Bogen aufwärts. Schirra ging an ein paar Dutzend Türen vorbei. An den

Kreuzungen paßte er besonders gut auf. Und dann stand er plötzlich in einem riesigen, goldgelb leuchtenden Raum. Er mußte sich an einer Balustrade festhalten, so erschrocken war er im ersten Augenblick. Er hatte das Gefühl, in einem gigantischen Theater zu stehen, oben – auf dem zwölften oder dreizehnten Rang. Ein glänzender Kegel stand unter ihm in der Mitte der Halle.

Im gleichen Augenblick sah er einen ARBITER-Capo. Der bullige Mann rannte mit schußbereiter Waffe um den Kegel herum. Er brüllte wie ein Wahnsinniger. Dunkles Blut rann über seinen linken Arm.

Sekunden später tauchte Big LL auf. Schirra vergaß zu atmen. Mit brennenden Augen starrte er auf das Schauspiel zu seinen Füßen. Eine Gruppe von Marskolonisten schleppte einen Lähmstrahler auf die zweite Empore. Sie bauten ihn auf. Noch ehe sie zum Schuß kamen, war der ARBITER verschwunden.

Big LL rannte hinter ihm her.

Schirra beugte sich vor. Da streifte ein leiser Luftzug seinen Rücken. Er wirbelte herum. Keine zwei Meter vor ihm stand Hammond. Schirra kannte ihn nicht. Er sah nur die Abzeichen am Overall des Mannes. Das also war der neue Boß der ARBITER.

Schirra war nicht zum Mars geflogen, um durch ein Armaliteprojektil zu sterben. Er tauchte zur Seite. Mit dem rechten Arm erwischte er den kurzen Lauf der Waffe. Das Geschoß fuhr aufblitzend aus der Mündung. Hammond brüllte wütend auf.

Unter ohrenbetäubendem Lärm entstand ein gewaltiges Loch in der Decke der Halle. Jetzt bemerkten auch die Kolonisten den Krisenpunkt. Sie rissen ihren Lähmstrahler herum.

Schirra sah die neue Gefahr aus den Augenwinkeln. Er schlug mit aller Kraft gegen den steifen, bandagierten Arm des ARBITERS.

„Verräter!" kreischte Hammond. Ein irres Leuchten flammte über sein Gesicht.

Schirra hatte nur eine einzige Chance: Er mußte dem Boß der ARBITER so zusetzen, daß er einen neuen Vorsprung erhielt.

Er holte bereits aus, als er das Ultravakuumgewehr sah, das die Verteidiger auf ihn angelegt hatten.

Schirra sprang zur Seite. Mit einem gewaltigen Satz hechtete er zur Tür. Er vergaß, daß die Schwerkraft auf dem Mars geringer war als auf der Erde. Krachend zerschmetterte er mit der linken Schulter die Plastiktür. Er überschlug sich und schlitterte über den glatten Boden des Korridors.

Die Explosion hinter ihm trieb ihn noch ein Stück weiter. Trotzdem atmete Schirra auf. Er schnellte nach vorn, zog sich an einem Geländer hoch und rannte los. Seine Füße hämmerten über den glatten Boden. Wenn sich Big LL und die ARBITER nicht einigen konnten, war das nur gut für ihn. Er hatte damit nichts mehr zu tun. Die Marskolonisten tauchten hinter einer Biegung auf. Er rannte ihnen direkt in die Arme.

„Chosetti Young!" keuchte er. „Schnell – ich brauche seine Hilfe!"

„Was war im Auditorium?" fragte einer der Kolonisten stur. Er hielt Schirra am Arm fest.

„ARBITER und der Chef der RELAX!"

„Verdammte Terraner!" schimpfte der Sicherheitsoffizier der Kolonisten. Er hatte eine blitzsaubere Uniform angelegt. Nur ein feiner silberner Streifen kennzeichnete seinen Dienstgrad. Auf Schirra wirkte der Streifen auf den Schultern des Mannes ungeheuer beruhigend.

„Los, Männer!" rief der Offizier. „Jetzt ist endgültig Schluß! Und Sie kommen mit!"

Schirra wollte sich losreißen.

„Na los, Mann! Wir bringen Sie nicht um! Niemand wird Ihnen auf dem Mars ein Haar krümmen. Das gibt es hier nicht, verstanden!"

„Höchstens in den Studios", grinste einer der Männer. „Speziell für die Erde. Mord und Totschlag, Krieg und Verbrechen, und dazu jede Menge Spaß am Haß. Das macht euch faulen RELAX doch Freude, oder?"

Schirra biß die Zähne zusammen. So war das also. Der Mars produzierte jenes ungeheure Unterhaltungsprogramm für alle RELAX. Hollywood 2039.

Sekunden später tauchte am Ende des Korridors ein Mädchen auf. Schirra erkannte sie am Gang. Er riß die Augen auf. Sein Hals wurde trocken. Damit hatte er nicht gerechnet.

„Hallo!" sagte Roslyn Pascal. Sie trug einen weichen rosafarbenen Seidenanzug. Ihr blondes Haar war frisch frisiert. „Kommen Sie! Wir brauchen Sie noch. Wahrscheinlich wissen Sie überhaupt nicht, wie wichtig Sie inzwischen für die Erde geworden sind."

„Ich und wichtig!" lachte Schirra ungläubig.

Erst als Chosetti Young mit einem breiten Grinsen auf ihn zukam, wurde Robert Schirra ruhiger. Der Raumfahrer schlug ihm auf die verletzte Schulter. Schirra verzog das Gesicht.

„Wie ein rohes Ei werden Sie von jetzt an behandelt", lachte Young. „Und vor denen da brauchen Sie nicht mehr wegzulaufen!" Er deutete auf die ARBITER, die auf weißen Tragen an ihnen vorbeigeschleppt wurden.

Hammond war nicht dabei. Auch Big LL fehlte.

„Wo sind die anderen?" fragte Schirra. Sein Blut hämmerte noch immer in den Schläfen. Er konnte es einfach noch nicht fassen, daß seine lange Flucht jetzt vorbei sein sollte.

„Hammond wird weiterhin Boß der ARBITER sein", erklärte Roslyn Pascal. „Wir hoffen, daß wir ihm einen halbmechanischen Körper anpassen können. Gleichzeitig werden wir ihn zur Vernunft bringen. Vielleicht schafft es aber Leonhard Lime auch ohne unsere Hilfe."

„Wo ist er?" wollte Schirra wissen.

„Wir bringen Sie zu ihm. Er wartet bereits auf Sie!"

Sie lächelte ihm zu. „Na, gehen Sie schon, Sie – Versuchskaninchen . . ."

Schirra wurde bis über beide Ohren rot. Das lag weniger an dem, was sie gesagt hatte, sondern daran, wie sie es gesagt hatte. Er ging einen Schritt auf sie zu. Chosetti Young hatte sich unbemerkt entfernt. Auch die anderen waren nicht mehr da.

„Der erste vernünftige Mensch seit einer Generation Irrsinn auf der Erde", sagte Roslyn spöttisch. „Und dieser ausgewachsene Mann weiß offensichtlich nicht, was er mit einem Marsmädchen anfangen soll . . ." Sie stand jetzt sehr dicht vor ihm.

Er entdeckte ein neues, großes Geheimnis in ihren jadegrünen Augen. Es wartete darauf, entdeckt zu werden.

Ein halbes Dutzend Reparaturroboter rollte an ihnen vorbei. Er achtete nicht darauf. Er wußte jetzt, was er mit einem blonden, grünäugigen Marsmädchen anfangen sollte.

„Schutzengel!" sagte er, dann nahm er sie fest in die Arme. Er hatte eine ganze Menge nachzuholen.

SIE BEWIESEN die Leistungsfähigkeit ihrer Studios, indem sie in kürzester Frist einen knappen, dokumentarischen Report zusammenstellten.

„Das war die Situation auf der Erde bis zum Experiment Schirra", erläuterte Marston, der Einkäufer der Pascal Entertaining. „Wir sind uns alle darüber klar, daß das Experiment gewagt werden mußte. Leonhard Lime hat zusammen mit Lester Steinberg versucht, den drohenden Verfall und den Weg in die Dekadenz zu stoppen."

Roslyn Pascal lehnte sich bei Robert Schirra an. Sie saßen in einem kleinen Vorführraum. „Versuchskaninchen!" flüsterte sie ihm leise zu.

Er küßte ihren Hals, ohne die Augen von Marston und Big LL abzuwenden. Fast fünfzig Personen hatten sich eingefunden. Stück für Stück erfuhr Schirra jetzt, daß er nur ein kleines, aber entscheidendes Rädchen in einem gewagten Unternehmen gewesen war. Die Marsianer hatten von Anfang an davon gewußt. Steinberg hatte sie ständig informiert.

„Was ist unter dem Strich denn nun herausgekommen?" wollte Schirra schließlich wissen. Alle Augen richteten sich auf ihn.

Big LL stand mühsam auf. Er kam zu ihm und reichte ihm die Hand. „Ich muß mich entschuldigen", sagte er ernst. „Aber hätte ich etwa meinen Sohn einsetzen sollen? Der wird in diesen Tagen alles daransetzen, um unsere Kultur noch schneller dem Untergang zuzuführen."

„Die Erde kann nur bestehen, wenn in Zukunft ein Mittelweg zwischen ARBITERN und RELAX gefunden wird", sagte Marston. „Wir von der Pascal Entertaining können unseren Teil dazu beitragen, indem wir unser Produktionsprogramm für alle Unterhaltungssendungen umstellen."

„Und ich werde die Gelder für neue Forschungsprogramme lockermachen!" versprach Big LL.

„Dann fehlt eigentlich nur noch das Einverständnis von Guy Hammond", meinte Roslyn Pascal. Sie beugte sich zu Schirra hinüber und flüsterte: „Bist du einverstanden, wenn ich dich heute abend meinen Eltern vorstelle?"

Schirra lachte leise. So hatte es immer angefangen.

„Guy Hammond hat bereits eingesehen, daß jede Art von Radikalismus letztlich zum Krieg und zum Untergang führt. Selbst wenn extreme Meinungen scheinbar berechtigt sind – wir müssen dafür sorgen, daß in Zukunft alle intoleranten Trends rechtzeitig erkannt werden."

Chosetti Young wischte sich über den Mund. Ein feines Lächeln stand in seinen Augen. „. . . und deshalb werden wir gemeinsam eine neue Organisation gründen. Hier und jetzt soll die Geburtsstunde einer soziologischen Polizei sein. Die SOPOL wird auf wissenschaftlicher Grundlage die Entwicklung der Menschheit überprüfen und rechtzeitig eingreifen, sobald neue Selbstmordkulturen entstehen!"

Eine Schiebetür sprang auf. Alle starrten auf den seltsam glitzernden Wagen, an dessen Oberseite der Kopf von Guy Hammond zu sehen war. Er sah blaß und blutleer aus.

„Und wer soll diese Organisation leiten? Ein Marsianer, ein RELAX oder ein ARBITER?"

Für einige Sekunden war es so still, daß Schirra sich selbst atmen hörte. Roslyn drückte seine Hand.

„Ein Histosoziologe natürlich", polterte Chosetti Young. „Einer, der weiß, wie ARBITER fühlen, und der das Leben als RELAX kennt . . ."

„. . . und der familiäre Beziehungen zum Mars hat!" ergänzte Roslyn Pascal.

Robert Schirra machte ein Gesicht, als wollte er schon wieder weglaufen. Erst als er überall nur grinsende Männer sah, fügte er sich in sein unvermeidliches Schicksal. „Also ich!" sagte er skeptisch.

„Genau!" bestätigten Chosetti Young und Big LL gleichzeitig.

„Und meine Leute passen nächstens besser auf, wenn Sie sich wieder der Verantwortung entziehen wollen!" krächzte Guy Hammond.

„Keine Angst", sagte Robert Schirra. „Inzwischen weiß ich, wofür ich eigentlich lebe. Und diese Aussichten gefallen mir ausgesprochen gut, meine Herren!"

Er blickte zu Roslyn hinüber. Gleichzeitig wurde ihm klar, daß es unendlich viel für ihn zu tun gab, ehe er ganz für sie dasein konnte. Er hatte es immer so gewollt. Und er freute sich zum erstenmal in seinem Leben auf die Zukunft. Auf ihre Zukunft.

Thomas R. P. Mielke

Der 1940 in Detmold geborene Thomas R. P. Mielke zählt sicherlich zu den wichtigsten und produktivsten Autoren der deutschen Science-fiction. Auch wenn er sich in seinen letzten großen Romanen „Gilgamesch“ und „Inanna“, die zu internationalen Bestsellern wurden, mehr mythologischen Stoffen zuwandte, galt sein größtes Interesse jahrelang der wissenschaftlich orientierten Zukunftsspekulation.

1960 schrieb Thomas Mielke seinen ersten SF-Roman „Unternehmen Dämmerung“, den er unter dem Pseudonym Mike Parnell veröffentlichte. Ihm folgte bis 1980 in rascher Folge eine Vielzahl von Heftromanen, in denen er auf unterhaltsame Weise ungewöhnliche und skurrile Ideen ausgestaltete. Dabei hat Mielke kein großes Thema der Zukunft ausgelassen, ob er sich nun die totale Freizeitgesellschaft vornahm, die Umweltzerstörung geißelte oder einfach nach Art der klassischen Space Opera Erdbewohner und Außerirdische aufeinandertreffen ließ.

Anfang der achtziger Jahre begann Thomas Mielke, der hauptberuflich in der Werbung arbeitet, ambitioniertere Werke zu veröffentlichen. Dabei gelang ihm mit „Das Sakriversum“ ein SF-Roman von hohem literarischem Rang, für den er 1984 verdientermaßen den Kurd-Laßwitz-Preis erhielt.

Die Zeiten sind schwer?
Her mit den Hellsehern!

Im Laufe der Geschichte gab es immer wieder Männer und Frauen mit der Gabe der prophetischen Vorausschau. Aber konnten diese Menschen die Zukunft wirklich sehen? Oder wurden ihre Visionen von einer willigen Nachwelt entsprechend zurechtgedeutet? Die wichtigsten Vorhersagen der populärsten Hellseher werden hier untersucht.

Typisch Kalifornien: Als vor einigen Jahren zwischen Los Angeles und San Francisco wieder einmal ein großes Erdbeben erwartet wurde, entdeckten findige Köpfe sofort eine Marktlücke. Sie verkauften jedem, der genug Angst und 45 Dollar hatte, einen „Überlebenskoffer". Inhalt: Wasser, Verbandszeug, eine Taschenlampe und andere Nothelfer. Wem das zu dürftig war, der konnte statt dessen zum „Yuppie-Survival-Bag" greifen – darin hatten auch Wodka und Kaviar Platz. Für 80 Dollar.

Die Koffer fanden reißenden Absatz, aber die Katastrophe blieb aus. Was viele verblüffte. Schließlich war zuvor in einem Fernsehfilm verkündet worden, daß kein Geringerer als der berühmte Nostradamus den Zeitpunkt für das Erdbeben vorausgesagt hatte.

Die Weissagungen des Nostradamus

Michel de Notredame, wie der französische Arzt und Astrologe eigentlich hieß, gilt als der bekannteste aller „Seher". Keiner hat so viele, so geheimnisvolle, so weitreichende Prophezeiungen gemacht wie er. Und keiner hat damit so oft ins Schwarze getroffen – sagen seine Anhänger.

Nostradamus (1503–66) erhielt seine Eingebungen angeblich vom Himmel. Was er niederschrieb, war aber bodenständiges Französisch. Die Sprache des Volkes, im Gegensatz zum gelehrten Latein, das er natürlich ebenfalls beherrschte. Mehr als tausend jeweils vierzeilige Strophen verfaßte der Hellseher, in denen er die Zukunft enthüllte. Bis zum Weltuntergang im

Jahre 3797: „Vom Himmel werden solche Mengen an Feuer und Meteoren stürzen, daß sich nichts retten kann."

Ob diese Prophezeiung stimmt oder nicht – wir werden es nicht mehr erfahren. Leichter nachzuprüfen sind da schon die Vorhersagen, die Nostradamus für seine eigene Epoche und die nachfolgenden Jahrhunderte gemacht hat.

„Der junge Löwe siegt über den alten; auf dem Schlachtfeld im Einzelkampf; im Goldkäfig zerreißt er ihm die Augen; von zwei Schlägen der eine, dann kommt das Sterben, ein grausamer Tod."

Dieser Vierzeiler gilt als eindeutiger Hinweis auf das Ende Heinrichs II. von Frankreich. Er starb 1559, nachdem ihm während eines Turniers sein sieben Jahre jüngerer Gegner versehentlich eine Lanze ins Auge stieß. Nostradamus, so scheint es, hatte diese Szene einige Jahre zuvor „gesehen".

Ein Beispiel aus späterer Zeit, die 73. Strophe im vierten Abschnitt der Aufzeichnungen: „Wenn der Lahme die Regentschaft übernimmt, wird ein nahestehender Bastard rivalisieren; er und das Reich werden stark gestutzt werden; bevor er sich erholt, kommt seine Tat zu spät."

Heinrich II., dessen Tod im Turnier Nostradamus offenbar vorhergesehen hatte.

Diese Strophe wird in einem englischen Buch über Nostradamus als eindrucksvolle Beschreibung des Herzogs von Bordeaux gepriesen, der sich 1841 bei einem Reitunfall eine Lähmung zuzog. Also eine faszinierende Prophezeiung?

Prophezeiung in der Bibel: Belschazzar sieht die Zeichen an der Wand

In einem anderen Werk sind genau diese Zeilen des mittelalterlichen Sehers ein Beleg für die Zeit des Nationalsozialismus: Der „Lahme" sei niemand anderer als Hitlers hinkender Propagandaminister Joseph Goebbels und der „nahestehende Bastard" der SS-Führer Heinrich Himmler, den Rassenforscher als nicht „rein arisch" bezeichnen.

Welche Version ist die richtige? Vielleicht keine. Denn der Nostradamus-Forscher Manfred Dimde hat berechnet, daß diese Strophe gar nicht die Vergangenheit betrifft – sie weise in die ferne Zukunft und beschreibe das Jahr 2373. Eine Prophezeiung – drei grundverschiedene Auslegungen!

Genau dies ist die wunde Stelle der Nostradamus-Sprüche: Sie sind so ungenau, daß man jeweils verschiedene Ereignisse in sie hineindeuten kann. Jahreszahlen hat der mittelalterliche Seher in der Regel nicht genannt. Seine Vierzeiler sind auch keineswegs in zeitlicher Reihenfolge geordnet. Und die altfranzösische Sprache läßt obendrein verschiedene Übersetzungen zu, so daß sich die Zahl der möglichen Interpretationen weiter vergrößert.

Diese nüchterne Erkenntnis hat allerdings noch keinen Nostradamus-Forscher abgeschreckt. Im Gegenteil. Jede Zeit hat ihre eigenen Experten, die sich aufs neue an Deutungen versuchen. So behauptete zum Beispiel im Jahr 1959 der Franzose Dr. Max de Fontbrune, daß Nostradamus sehr wohl die Zukunft vorhergesehen habe. Die zeitliche Zuordnung dieser Ereignisse sei allerdings eine ganz andere Sache: Zeitangaben könnten „nur hypothetisch erfaßt werden, denn die Angaben dazu sind zu bruchstückhaft, um zu absoluten Schlüssen zu führen".

Der Sohn dieses Forschers wollte es aber genauer wissen. Jean Charles de Fontbrune analysierte deshalb die Nostradamus-Verse in mehrjähriger Arbeit von Grund auf neu. Zunächst übertrug er alle Strophen ins Lateinische, weil er annahm, daß der mittelalterliche Seher in dieser Sprache dachte. Mit Hilfe eines Computers übersetzte er dann die Prophezeiungen ins moderne Französisch.

Das auf diese Weise entstandene Buch erschien 1980 in Frankreich und wurde sofort ein Bestseller. Verblüfft lasen die Franzosen, daß Nostradamus den Machtwechsel im Iran (1979) ebenso

Nostradamus, der berühmteste aller Wahrsager, hier in einer französischen Radierung

vorhergesehen hatte wie den Wahlsieg des Sozialisten Mitterrand im Jahr 1981. Doch inzwischen ist es um dieses Buch still geworden. Mehr als zehn Jahre sind vergangen. Um so lohnender ist jetzt die Prüfung der Vorhersagen für die Jahre unmittelbar nach dem Erscheinungsdatum, also nach 1980.

Laut Fontbrune sollten von damals bis heute unter anderem folgende Ereignisse eintreten: Arabische und sowjetische Truppen marschieren gemeinsam in die Bundesrepublik Deutschland ein; islamische Truppen landen in Italien und Frankreich, wobei Paris zerstört wird; der aus Rom geflohene Papst wird in Lyon ermordet.

Alles Unsinn? Keinesfalls, entgegnen eingefleischte Nostradamus-Anhänger: Die Prophezeiungen werden schon eintreten, nur kann der Prophet des Mittelalters nichts dafür, wenn heutige Wissenschaftler falsche Zeitangaben aus den alten Versen herauslesen.

Die Vorhersagen des Nostradamus werden also – da „unwiderlegbar" – auch in den kommenden Jahren für Gesprächsstoff sorgen. Andere Hellseher dagegen sind längst in Vergessenheit geraten. Obwohl sie ihre Zukunftsvisionen zum Teil wesentlich klarer und treffender verkündet haben.

Mühlhiesl – der Waldprophet aus Niederbayern

Um 1800 lebte im nördlichen Niederbayern ein Hellseher, der als „Mühlhiesl" bekannt wurde. Seine Prophezeiungen waren so aufsehenerregend, daß sich nach dem Krieg mehrere Forscher mit seiner Existenz beschäftigten. Trotz aller Bemühungen blieb sie aber mysteriös. Festzustehen scheint: Mühlhiesl (der mit richtigem Namen vermutlich Matthias Lang hieß) arbeitete ursprünglich in einer Klostermühle und wurde dann als umherziehender „Waldprophet" bekannt. Er sagte Katastrophen voraus, die, mündlich überliefert, 1923 von einem Pfarrer gesammelt und veröffentlicht wurden.

Darstellung des bayerischen Waldpropheten Mühlhiesl auf einer Glasmalerei

„Eine Zeit wird kommen, wo die Menschen wieder wenig werden und die Welt abgeräumt wird." Mühlhiesl, der damit möglicherweise auf den Ersten oder Zweiten Weltkrieg hinwies, nannte zwar kein Datum, aber eine Reihe von Veränderungen, die dann sichtbar werden sollten:

„. . . wenn im Vorwald draußen die eiserne Straß fertig ist". Im Jahr 1914, also zu Beginn des Ersten Weltkriegs, wurde in der Nähe von Mühlhiesls Heimatort die Bahnstrecke von Deggendorf nach Kalteneck vollendet.

„. . . wenn in Straubing die Donaubruck baut wird, sie wird aber nimmer fertig." 1939, beim Ausbruch des Zweiten Weltkriegs, war die neue Donauüberquerung tatsächlich bis auf die Betondecke vollendet.

Kriege und Umweltzerstörung machen die Menschen empfänglich für apokalyptische Visionen.

Mühlhiesl nannte unter anderem auch folgende Zeichen für einen Kriegsbeginn: „... wenn die Leute rote Schuhe haben, wenn die Bauernleut lauter Kuchen fressen, wenn sich die Bauernleut gewanden wie die Städtischen und die Städtischen wie die Narren". Dies sind vermutlich Visionen, die aus der Angst entstanden; Ängste eines an der Tradition orientierten Menschen; Ängste, die als Grundlage für Prophezeiungen ganz typisch sind – bei demjenigen, der sie äußert, ebenso wie bei jenen, die sich für sie interessieren.

Propheten haben häufig Angst vor Veränderungen. Mühlhiesl zum Beispiel prangerte indirekt die Auswüchse des dekadenten Stadtlebens an und warnte vor modischen Einflüssen. Andere Visionäre beklagen ein Verblassen der christlichen Religion und des Glaubens – sie verkünden mahnend die Bestrafung der Menschheit durch große Katastrophen, die Rettung durch einen großen Heilsbringer (Monarch, Gott, Jesus) und ein glückliches Zeitalter. Immer in dieser Reihenfolge.

Die Zuhörer des Propheten, so stellte der Gießener Psychotherapeut Horst Eberhard Richter einmal fest, haben für düstere Vorhersagen offene Ohren, weil sie zaghaft und pessimistisch sind. Ihre Angst vor dem Leben schürt die Lust am Untergang. Oder sie sind aufgrund ihres Glaubens empfänglich für Unheilvolles, weil sie sich als „schuldige Sünder“ fühlen und mit Bestrafung rechnen.

Nicht immer jedoch verkünden die Propheten große Kriege und weltumfassende Strafgerichte. Mancher Hellseher hat auch mit kleinen und lokal begrenzten Visionen Aufsehen erregt.

Ein Hellseher löst Kriminalfälle

Zum Beispiel der 1959 verstorbene Alois Irlmaier. Er lebte als Brunnenbauer in der bayerischen Grenzstadt Freilassing bei Salzburg. Die Fähigkeit des Hellsehens entdeckte er erst mit 34 Jahren. Bekannt wurde er vor allem, weil er nach Straftaten die Täter oder das Versteck der Beute „sah“ – mehrere Kriminalfälle wurden mit seiner Unterstützung gelöst.

Da sich Irlmaiers Begabung schnell herumsprach, wurde der gutmütige und bescheiden lebende Hellseher bald von Hilfesuchenden bestürmt. Er gab Auskunft über vermißte

Erhebliches Aufsehen weit über die Grenzen Bayerns hinaus erregten die Zukunftsdeutungen des Brunnenbauers Alois Irlmaier. Für seine Vorhersagen wurde er allerdings auch stark angefeindet.

Angehörige und half bereitwillig. Doch mit seiner Popularität wuchs auch die Zahl seiner Gegner – sie warfen ihm (zu Unrecht) Gewinnsucht vor, und ein mit Irlmaiers Hilfe gestellter Dieb zeigte ihn sogar wegen übler Nachrede an.

Schließlich war der bayerische Hellseher so verbittert, daß er ein Schild an seiner Haustür anbrachte: „Bin nur noch in Angelegenheit des Brunnensuchens zu sprechen."

So erfolgreich Irlmaier bei seinen Alltagsvisionen war – bei der Vorhersage großer Ereignisse lag er häufig daneben. So hatte er für das Jahr 1950 einen großen Krieg vorhergesagt. Ähnliche Visionen, die „bald" kommen sollten (dreitägige Finsternis, Überfall der Russen) sind zum Glück ebenfalls nicht eingetroffen.

Wenn auch manche Aussagen von Hellsehern beeindruckend sein mögen – einer wissenschaftlichen Überprüfung würden sie kaum standhalten, denn viele eingetroffene Vorhersagen wurden diesen „Sehern" nachträglich in den Mund gelegt.

So fiel zum Beispiel dem niederbayerischen Pater Norbert Backmund im Jahr 1938 bei einem Besuch im Bayerischen Wald auf, daß sich auf dem Kirchturm in Zwiesel ein Gewächs befand. Man erzählte ihm: „Es existiert eine alte Prophezeiung, wenn auf dem Zwieseler Kirchturm ein Baum wächst, kommt ein Krieg." Ein Jahr danach war aus dem Gewächs ein Bäumchen geworden, und der Zweite Weltkrieg hatte begonnen.

Später, so stellte der Pater fest, wurde diese Prophezeiung dem „Waldpropheten" Mühlhiesl in den Mund gelegt. Der hatte den Zwieseler Kirchturm vermutlich nie erwähnt, aber sein Ruhm war im nachhinein ebenso gewachsen wie das Bäumchen.

Bei anderen angeblichen Prophezeiungen hat es sich in Wirklichkeit um Wunschträume oder Befürchtungen der Bevölkerung gehandelt. Der bedrängte Hellseher sollte hierzu nur noch den Termin des Eintreffens liefern. So erging es auch

Die Entführer des holländischen Bierkönigs Heineken vor Gericht. Hellseher hatten zuvor vergeblich versucht, das Versteck der Kidnapper aufzuspüren.

Alois Irlmaier, der 1950 klagte: „Da kommen d' Reporter und fragn und bohrn und alles wollns ganz genau wissn über d' Zukunft, und schließlich sag i dann halt irgendwas, damit's z'friedn san."

An Prophezeiungen zu glauben ist leicht. Sie kritisch zu untersuchen ist schwer. „Die meisten Hellseher haben an einer wissenschaftlichen Überprüfung ihrer Fähigkeiten gar kein Interesse", weiß der Freiburger Parapsychologieforscher Eberhard Bauer.

Wenn aber wirklich einmal die Gelegenheit da ist, die Fähigkeiten der „Seher" zu überprüfen, dann meist mit enttäuschendem Ergebnis. So erinnert sich Diplompsychologe Bauer, daß es nach der Entführung des holländischen Bierkönigs Alfred Heineken im November 1983 Hunderte von Hinweisen selbsternannter Hellseher auf Versteck und Täter gab. Doch keiner der Tips half weiter.

In einem Fall ist es Wissenschaftlern allerdings doch gelun-

gen, einen Hellseher auf dem Prüfstand zu beobachten. Der Holländer Gérard Croiset stellte sich Freiburger Parapsychologen in den fünfziger Jahren für eine Reihe von Experimenten zur Verfügung. Da sich die Prophezeiung von Kriegen oder Katastrophen im Labor nicht untersuchen läßt, ließen sich die Versuchsleiter eine einfache Prüfmethode einfallen. Sie stellten in einen kleinen Saal mehrere Stühle. Hier sollten willkürlich ausgewählte Besucher nach Belieben Platz nehmen. Croisets Aufgabe war es, zu beschreiben, wer sich auf einen bestimmten, vorher ausgewählten Stuhl setzen würde. Ergebnis: In vielen Fällen beschrieb der Holländer die ihm unbekannten Männer und Frauen zutreffend. „Hat dieser Mann mit Bergwerken zu tun?" fragte er einmal. „Ich sehe Hochöfen, Kühltürme, in gewissem Sinn Schächte." (Derjenige, der sich später auf den Stuhl setzte, wohnte tatsächlich in einem Bergwerksort.)

In einem anderen Fall sah Croiset: „Er leidet ab und zu an Schmerzen, die aus der Herzgegend herrühren, an schmerzhaften Stauungen, Beklemmungen, über die er sich Sorgen macht." Auch das stimmte.

Dennoch lag auch der Holländer mit seinen Prophezeiungen häufig daneben. „Verblüffende Treffer", so Eberhard Bauer, „wechselten sich ab mit enttäuschenden Nieten." Alles in allem traf der Seher bei den Laborversuchen in weniger als 30 Prozent der Fälle ins Schwarze – was aber immer noch weit über jedem Zufallsergebnis liegt.

Die gespenstischen Vorhersagen eines unbekannten Franzosen

Noch beeindruckender sind jene Vorhersagen, die ein unbekannter Franzose zu Beginn des Ersten Weltkriegs gemacht hat. Deutsche Soldaten, die in einem Kloster bei Colmar im Elsaß übernachteten, hatten ihn dort angetroffen. Als einer der Männer meinte: „Bis Weihnachten sind wir wieder zu Hause", entgegnete der Franzose: „Da werdet ihr euch bitter täuschen – der Krieg dauert über vier Jahre."

Ein Gespräch entstand. Der deutsche Soldat Andreas Rill schrieb auf, was der Franzose prophezeite, und schickte zwei Feldpostbriefe an seine Familie. Die Echtheit dieser Briefe ist auch bei Skeptikern unumstritten.

„Der Krieg", so hatte der Franzose verkündet, „ist für Deutschland verloren und geht ins fünfte Jahr, dann kommt Revolution, aber sie kommt nicht recht zum Ausbruch." Das schrieb Andreas Rill am 24. August 1914. Die Kampfhandlungen im Ersten Weltkrieg dauerten tatsächlich über vier Jahre, und am Ende stand eine Revolution, die schnell niedergeschlagen wurde.

„Reich wird man; alles wird Millionär, und so viel Geld gibt's, daß man's beim Fenster rauswirft." Die Beschreibung der Inflation von 1923, bei der eine Billion Papiermark den Wert von einer Goldmark besaß.

„Dann", so notierte Andreas Rill, „kommt ein Mann aus der niederen Stufe, und der macht alles gleich in Deutschland, und die Leute haben nichts Rechtes zu reden, und zwar mit seiner Strenge, daß es uns das Wasser bei allen Fugen raustreibt. Denn der nimmt den Leuten mehr, als es gibt, und straft die Leute entsetzlich, denn um diese Zeit verliert das Recht sein Recht . . ." Ohne Zweifel eine Beschreibung, die auf Hitler und das Dritte Reich paßt.

Auch den Zweiten Weltkrieg und sein Ende 1945 hat der unbekannte Franzose vorhergesehen. „Steht an der Jahreszahl 4 und 5, dann wird Deutschland zusammengedrückt, und das zweite Weltgeschehen ist zu Ende, und der Mann verschwindet, und das Volk steht da . . ."

So unheimlich präzise uns diese Prophezeiungen heute erscheinen, als so unglaublich empfand sie damals der Zeuge, der sie notierte: „Da muß man doch lachen über diese Reden", schrieb der Soldat Andreas Rill nach Hause. „Wir haben ihn ausgelacht, aber der Leutnant sprach mit ihm die ganze Nacht."

Der geheimnisvolle Franzose sah auch einen dritten Weltkrieg. „Beim dritten Geschehn", so heißt es in Rills Feldpostbrief vom 30. August 1914, „soll Rußland in Deutschland einfallen, und zwar im Süden bis Chiemgau."

Sogar die betroffenen Regionen werden genannt: „Bis zu Donau und Inn wird alles dem Erdboden gleichgemacht und vernichtet. Die Flüsse sind alle so seicht, daß man keine Brücke mehr braucht zum Hinübergehen. Von der Isar an wird den Leuten kein Leid mehr geschehen, und es wird nur Not und Elend hausen."

Wann das sein wird? Ob es überhaupt sein wird? Auch ein Hellseher, der oft ins Schwarze getroffen hat, kann sich irren: „Der prophetische Franzose", so schrieb Andreas Rill, „sagte, das soll im Jahre 1949 sein."

Da sind wir wohl noch einmal davongekommen. Oder besser: wieder einmal. Denn die Geschichte der Prophezeiungen mit all ihren unheilvollen Ankündigungen ist ja zum Glück mit Irrtümern durchsetzt.

Illustrierter Anhang:
„Die Zeiten sind schwer? Her mit den Hellsehern!"
Eine Kurzfassung des Artikels von Martin Tzschaschel,
erschienen in „P.M." 11/1991